STUART M.
KAMINSKY

Wie Wölfe im Winter

Roman

Aus dem Amerikanischen
von Ursula Walther

GOLDMANN

Die Originalausgabe erschien 1997 unter dem Titel
»Tarnished Icons«
bei Ballantine Books, New York

Umwelthinweis
Alle bedruckten Materialien dieses Taschenbuches
sind chlorfrei und unweltschonend.
Das Papier enthält Recycling-Anteile

Der Goldmann Verlag
ist ein Unternehmen der Verlagsgruppe Bertelsmann

Deutsche Erstausgabe 4/98

Umschlaggestaltung: Design Team München
Umschlagfoto: Tony Stone Bilderwelten
Satz: Uhl + Massopust, Aalen
Druck: Elsnerdruck, Berlin
Krimi 5979
Redaktion: AB · Alexander Groß
Herstellung: Heidrun Nawrot
Made in Germany
ISBN: 3-442-05979-8

1 3 5 7 9 10 8 6 4 2

*Für Eleanor, Tim und Catherine Mallin mit Dank
für dreißig Jahre Freundschaft, Hilfe,
Gastfreundschaft und Herzlichkeit.
Für uns seid ihr ein wichtiger Teil unserer Familie.*

Glückliche Familien sind alle gleich;
jede unglückliche Familie ist
auf ihre eigene Art unglücklich.

Leo Tolstoi, *Anna Karenina*

1

Sankt Petersburg, Rußland, 1862

Eine Frau war brutal ermordet worden. Das Opfer war die Baronin Anastasia Wolodow-Kronow.

Die Baronin, eine sehr wohlhabende und gesellschaftlich einflußreiche Frau, gab alljährlich ein Fest mit reichlich Wein, gebratenem Geflügel und verschiedenen aufwendigen Torten im Park nahe der neuen Eremitage. Alle waren eingeladen. Die Tradition hatte vor acht Jahren nach dem Tod ihres Mannes begonnen. Das Fest am Todestag des Barons wurde von manchen als Zeichen des Respekts für einen loyalen Offizier des Zaren angesehen, von anderen als Ausdruck der Erleichterung, denn schließlich war die Witwe an diesem Tag von einem strengen Zuchtmeister befreit worden. Sie hatte den Baron geheiratet, als sie vierzehn und er ein Offizier von dreißig Jahren gewesen war.

Ihr Tod gefiel der Bevölkerung von St. Petersburg keineswegs. Sie war eine Wohltäterin, eine Bewunderin der französischen Aristokratie, die ihr wiederholt den Zugang zu ihren Kreisen verweigert hatte. Ihr Mann galt als Held des Landes. Obwohl sie das Leben einer westeuropäischen Grande Dame führte und junge Künstler in ihren Salon einlud, setzte sie sich ernsthaft für Gerechtigkeit, Freiheit für alle und schließlich auch für die Abschaffung einiger ungerechter Privilegien des Adels ein.

Man erzählte sich, daß Zar Alexander persönlich die Baronin zu allen Festen im Palast einlud und ihr sein Wohlwollen entgegenbrachte. Als Dank dafür hatte sie in ihrem Testament verfügt, daß eine sehr kostbare goldene, mit Juwelen verzierte Wolfsstatuette die die Größe eines kleinen Hundes hatte, nach ihrem Ableben in den Besitz der kaiserlichen Familie übergehen und einen Platz in der wachsenden Sammlung der Eremitage finden sollte. Den Wolf, das Wappentier der Familie ihres verstorbenen Mannes, hatte ein junger französischer Juwelier namens Emile Toussiant nach den genauen Angaben des Barons angefertigt.

Der Mord an der Baronin wurde einem mageren jungen Mann angelastet, den sie unter ihre Fittiche genommen, an ihren üppigen Busen gedrückt und unter die seidenen Laken ihres französischen Bettes gelassen hatte. Zusätzlich zu der Mordanklage wurden der junge Mann und drei seiner Kameraden beschuldigt, den goldenen Wolf gestohlen zu haben, um ihn an einen reichen fremden Monarchen zu verkaufen und mit dem Erlös eine kleine Gruppe antizaristischer Revolutionäre zu unterstützen.

Der junge Mann war fünfundzwanzig Jahre alt und gehörte zu dem neuen Menschenschlag mit langen Haaren, Schnurrbart, schwarzem Mantel und Proklamationen über die Rechte der Leibeigenen. Er war Enkel eines Dekabristen, eines der Offiziere, die 1825 eine Revolte gegen Zar Nikolaus angezettelt hatten. Der Großvater, Pjotr Marlowow, war vor fünf Jahren, also 1857, nach einer Begnadigung des Zaren von Sibirien nach St. Petersburg zurückgekehrt und hatte den Geist der Revolution an seinen Enkel weitergegeben.

Der magere junge Mann und seine drei Kumpane – zwei von ihnen waren Offiziere in der Armee – waren aneinandergefesselt und wurden von einem Dutzend bewaffneter Soldaten bewacht, als sie über den Senatsplatz an der Newa marschierten. Der eigenartige kleine Mann, der die bewaffnete Eskorte befehligte, hielt sich neben Marlowow und seinen Kameraden. Die beiden bildeten einen bemerkenswerten Kontrast. Marlowow, der dünne junge Mann mit der langen Haarmähne, war trotz oder gerade wegen seiner entbehrungsreichen Jugend in Sibirien großgewachsen, mit aufrechter Haltung, selbstbewußt und gut aussehend. Wenn ein Ausdruck sein Gesicht beherrschte, dann war es Überheblichkeit. Obwohl sein Name Wladimir war, nannte er sich Louis.

Der kleine Mann an seiner Seite war Oberst Dieter Fritsch, ein Deutscher im Dienste des Zaren. Fritsch, elegant gekleidet in weißer Uniform, war etwa vierzig Jahre alt, fett und glattrasiert. Sein Haar war kurz geschnitten, und der runde, große Kopf saß auf einem bemerkenswerten Stiernacken. Die gelbliche Haut seines weichen, molligen, stupsnasigen Gesichts legte die Vermutung nahe, daß er sich selten ans Tageslicht wagte. Er lächelte unaufhörlich, als hätte er ein Geheimnis, das er eines Tages vielleicht jemandem anvertrauen könnte. Der kleine Mann machte einen femininen Eindruck, nur seine stets feuchten Augen unter den weißen Wimpern wirkten ernst.

»Wenn wir ein bißchen langsamer gehen würden«, sagte Fritsch mit unverkennbar deutschem Akzent, »würde ich nicht so schwer atmen, und wir könnten uns besser unterhalten.«

Es war Sommer, und die Bäume verstellten den Blick auf die Fassade des Admiralitätsgebäudes.

Louis strich über seinen Schnurrbart, zuckte mit den Achseln und sah auf den lächerlichen kleinen Mann herab. Die anderen Gefangenen und die beiden bewaffneten Wachmänner verlangsamten ihre Schritte ein wenig.

»Danke«, sagte Fritsch, während er ein großes Taschentuch zutageförderte, und wischte sich die Stirn ab. »Können wir uns kurz hinsetzen?«

Louis seufzte ungehalten und warf seinen Kameraden und den Wachen einen Blick zu; einer der Soldaten sah den kleinen Deutschen an und nickte. Die gefesselten Freunde steuerten die gemauerte Balustrade an und setzten sich. Der Deutsche ließ sich neben Louis nieder, die Soldaten blieben stehen. Der Gruppenführer der Eskorte, ein junger Leutnant in der roten Uniform der kaiserlichen Leibgarde, sagte: »Zehn Minuten, Oberst. Nicht länger. Wir kommen in Schwierigkeiten, wenn wir Sie nicht rechtzeitig zum Prozeßbeginn abliefern.«

Die Leute würden sich auf den hölzernen Bänken im Gerichtssaal drängen, um die Männer zu sehen, die die beliebte Baronin Wolodow-Kronow ermordet hatten.

»Sie haben den Mord nicht gestanden.« Oberst Fritsch sah den hübschen jungen Poeten aus seinen großen Augen an. Die anderen drei Angeklagten starrten in eisernem Schweigen vor sich hin. »Sie haben sich geweigert, mit einem Anwalt zu sprechen. Und Sie gestehen weder Ihre Schuld ein, noch erklären Sie Ihre Unschuld. Es wird nicht schwer sein, Sie zu verurteilen und hinzurichten. Man hat Richter Wolorow auf seine eigene Bitte hin den Fall übertragen. Er war ein persönlicher Freund der Baronin und hegt seit langem einen erbitterten Groll gegen die Dekabristen und die Überlebenden der Bewegung. Zudem hat er nichts übrig für europäische Dilettanten.«

»Sie halten mich also für einen europäischen Dilettanten?« fragte der junge Mann mit einem Seufzen.

»Der Richter und die Geschworenen werden Sie dafür halten«, erwiderte Fritsch. »Und ich muß gestehen, Sie machen tatsächlich diesen Eindruck.«

»Haben Sie meine Gedichte gelesen?« erkundigte sich der junge Mann und schlug die Beine übereinander.

»Einige. Das dünne Bändchen, das die Baronin herausgebracht hat.«

»Und?« fragte der junge Mann.

»Sie interessieren sich mehr dafür, wie ein ausländisches Mitglied des zaristischen Stabes Ihr Werk beurteilt, als dafür, wie Sie Ihr Leben retten können?«

»Was halten Sie von meinen Gedichten?« wiederholte der junge Mann.

»Zügellos. Mittelmäßig. Wenig originell. Unaufrichtig«, antwortete Fritsch. »Aber was verstehe ich schon davon? Ich bin Soldat, kein Literaturkritiker.«

»Ich war im Theater«, sagte der junge Mann, ohne den Blick vom Fluß abzuwenden. »Das Stück handelte von dem russischen Idioten Filatka. Habe viel gelacht. Es gab auch Varietéeinlagen und lustige Spottverse auf Juristen – so unverblümt, daß ich mich gewundert habe, weshalb sie den Zensoren entgangen sind. Beamte sind Banausen... Solche Dummköpfe sieht man nie ins Theater gehen, nicht einmal, wenn sie Freikarten bekommen.«

»Gogol, *Aufzeichnungen eines Wahnsinnigen*«, sagte Fritsch, der das Zitat auf Anhieb erkannte, »aber Sie haben die Kaufleute und Zeitungsschreiber ausgelassen, die alles kritisieren.«

Der junge Mann betrachtete den Oberst mit neuem Respekt. »Sie lesen?«

»Mit langsam wachsender Gewandtheit«, entgegnete Fritsch. »Und ich schicke Leute ins Gefängnis, ins Exil oder vor ein Hinrichtungskommando. Gelegentlich helfe ich den Angeklagten auch, wenn sie unschuldig sind. Haben Sie den Mord begangen, Wladimir Marlowow?«

»Ich bin schuldig«, erklärte der junge Mann gleichgültig. »Die drei anderen sind vollkommen unschuldig. Und ich ziehe es vor, Louis genannt zu werden.«

»Noch französischer«, stellte Oberst Fritsch fest.

»Sie haben noch fünf Minuten«, meldete sich der Leutnant zu Wort.

Ein warmer Wind blies durch die Lücken zwischen den Gebäuden.

Einer der verhafteten Offiziere, ein unrasierter junger Mann mit wirrem Haar, brummte: »Wir alle tragen die gleiche Verantwortung für das, was vorgefallen ist.«

»Sie wollen uns hinrichten«, sagte Marlowow mit einem Achselzucken. »Dagegen können wir nur wenig tun.«

Der kleine Oberst stand auf und ging langsam vor den vier Gefangenen auf und ab.

»Der Mord ist erst vor zwei Tagen passiert«, sagte er, »und Sie haben sich geweigert, mit einem Polizisten oder einem Anwalt zu sprechen.«

»Und bald stehen wir vor einem Richter und vor Geschworenen«, ergänzte Marlowow, »die kurzen Prozeß mit uns machen werden.«

Fritsch wünschte, sie wären in seinem Büro mit den Vorhängen und dem großen Schreibtisch. Ein bißchen Einschüchterung und genügend Zeit, um die Verdächtigen zu zermürben, wären besser als ein hastiges Gespräch im Freien mit einem drittklassigen Poeten, der ausgesprochen unsympathisch war. Man müßte sie einzeln bearbeiten. Sich den Schwächsten vorknöpfen. Aber der Zar persönlich hatte Fritsch Anweisungen gegeben, und er durfte die Sache nicht hinauszögern.

»Tatsachen«, forderte der kleine Deutsche. »Am Morgen des dritten Juli drang ein Schrei aus dem Zimmer der Baronin. Ein Dienstmädchen hörte diesen Schrei und rannte in das Gemach der Dame – dort standen Sie, nackt über ihre ebenfalls unbekleidete Leiche, die auf dem Bett lag, gebeugt. In Ihrer Hand befand sich ein blutbeflecktes Messer.«

»Ziemlich erdrückende Beweise«, gab Marlowow zu.

»Und Ihre drei Freunde, alles Mitglieder der neuen Dekabristen-Bewegung, wurden von Zeugen beobachtet, wie sie die Wohnung der Baronin verließen und etwas, was in eine Decke gewickelt war, forttrugen. Der berühmte goldene Wolf stand nach dem Mord nicht mehr auf seinem Marmorsockel im Schlafzimmer.«

Marlowow seufzte erneut. »Ich war im Badezimmer, um mich auszuziehen und zu baden. Ich mußte häufig meinen sexuellen Pflichten nachkommen, als Gegenleistung für die Förderung, die mir die Baronin zuteil werden ließ. Die Baronin war, wie Sie wissen, jenseits der sechzig. Sie war immer zu stark geschminkt. Als ich aus dem Bad kam, sah ich sie auf dem Bett – ein Messer lag neben ihr. Ich begriff, daß sie ermordet worden war, während ich mein Bad nahm. Ich nahm das Messer an mich, um mich gegen den Mörder verteidigen zu können. Dann kam das Mädchen herein.«

»Diese Geschichte ist lächerlich. Wenn sie bereits tot war«, sagte Fritsch, »wie konnte sie dann einen Schrei ausstoßen, der das Mädchen alarmierte?«

Diesmal war der Seufzer abgrundtief.

»Nicht sie hat geschrien«, stellte Marlowow klar. »Ich schrie, als ich die Leiche sah. Jetzt können Sie noch Feigheit zu den anderen verdammenswerten Eigenschaften, die Sie mir und meinen Freunden zuschreiben, hinzufügen. Abgesehen davon habe ich meine Schuld bereits eingestanden.«

»Wie lange hielten Sie sich im Badezimmer auf?« wollte Fritsch wissen.

»Zehn Minuten, vielleicht länger – so konnte ich die Pflichtleistung an meiner Gönnerin hinauszögern«, sagte Marlowow.

»Gibt es noch einen anderen Zugang zu dem Schlafzimmer, abgesehen von der Tür, durch die das Mädchen kam, nachdem es den Schrei gehört hatte?«

»Eine Tür zum Balkon«, sagte der junge Mann. »Die Wohnung liegt im dritten Stock. Eine andere Tür zum Korridor führt zu dem hinteren Teil der Wohnung, zur Küche.«

»Wie viele Diener befanden sich in der Wohnung, als der Mord geschah?« wollte Fritsch wissen.

»Das wissen Sie sicher längst.«

»Setzen Sie mich ins Bild.«

»Nur das Mädchen.«

»Könnte das Mädchen die Baronin umgebracht haben, in den Salon gegangen und zurückgelaufen sein, als es Ihren Schrei hörte?«

Marlowow lachte.

»Ich sehe sie vor mir«, sagte er, »vor dem Richter und den Geschworenen. Ein verängstigtes, dürres, kleines Ding, halb so groß wie die Matrone, mit der ich geschlafen habe. Der Gedanke ist absurd.«

»Sind Sie mit den Bewohnern der anderen Wohnungen in dem Gebäude bekannt, in dem Ihre... Gönnerin umgebracht wurde?«

Wieder zuckte Marlowow mit den Schultern.

»Es gibt noch fünf weitere Wohnungen. In jeder Etage eine. Aber ich kenne keinen der anderen Bewohner näher – wenn wir uns zufällig begegneten, begrüßten wir uns lediglich mit einem Kopfnicken. Ich wollte nicht viel mit ihnen zu tun haben. Anastasia wünschte nicht, daß ich mich mit ihnen abgab.«

»Komisch«, meinte Fritsch und rieb sich die Stirn. »Ich hätte gedacht, daß sie mit Ihnen angeben möchte, wenn sie Sie schon finanziell unterstützt.«

»Wir haben Lesungen in ihrem Salon veranstaltet. Ihre Freunde waren dort.«

»Aber keiner ihrer Nachbarn?«

Louis hob erneut die Schultern.

»Keine Ahnung. Für mich waren sie alle gleich. Sie aßen,

was sie bekommen konnten, und tranken, was in ihrer Reichweite stand.«

»Also, wer hat die Baronin ermordet und den goldenen Wolf gestohlen?« hakte Fritsch nach.

»Wer weiß?« sagte Louis. »Wir alle hatten zumindest die Möglichkeit dazu. Und ich wiederhole: Sie haben mein Geständnis.«

»Sie könnten Ihren Freunden das Leben retten«, erklärte Fritsch. »Ich bin dazu ermächtigt, ihnen ein Exil in Sibirien zu garantieren, wenn Sie uns den Wolf aushändigen. Nur Ihnen wird dann der Prozeß gemacht.

»Und ich werde erschossen«, ergänzte Marlowow.

Fritsch musterte die beschuldigten Männer. Die vier sahen sich an, und ihre Blicke verrieten Einigkeit. Sie würden zusammen sterben.

Fritsch verstand. Diese jungen Männer würden für eine verlorene Sache in den Tod gehen. Der Deutsche war ebenfalls bereit zu sterben. Er hatte seine Loyalität an den russischen Zaren verkauft, der Handel war endgültig, und er würde seinen Teil des Vertrages um jeden Preis erfüllen. Der einzige Unterschied zwischen ihm und diesen vier Revolutionären war, daß ihre Treue nicht demselben Objekt galt.

Marlowow stand auf. Er überragte den kleinen Mann. Die Wachen nahmen die jungen Männer in die Mitte und führten sie in Richtung Gerichtsgebäude. Fritsch begleitete sie nicht weiter. Er rührte sich erst von der Stelle, als sie aus seinem Blickfeld verschwunden waren, aber er hörte noch lange das Rasseln der Ketten.

Er glättete die wirklichen und die eingebildeten Falten seiner Uniform, rückte seine Mütze zurecht und machte sich auf den Weg zu den Räumen von General Androjanow. Ein großgewachsener Offizier verschwand, nachdem sich der Oberst angemeldet hatte, durch eine Tür und kehrte nach einer Minute zurück, um Fritsch in ein geräumiges Büro zu führen. Der große Offizier ging und schloß die Tür hinter sich. Das Büro des Generals war riesig, viel größer als das von Fritsch auf der anderen Seite des Flusses.

Der General war ein stattlicher, kräftiger imposanter Mann Mitte Sechzig. Er hatte wallendes, schneeweißes Haar. Als Fritsch hereinkam, stand er vor dem Spiegel und richtete seine Uniform. Jedermann wußte, daß General Androjanow ein persönlicher Freund des Zaren war.

Zufrieden mit seiner Erscheinung wandte er sich zu dem schwitzenden Deutschen um. Fritsch nahm Haltung an.

»Ich sehe Ihnen an, daß Sie keinen Erfolg hatten«, sagte der General auf französisch.

»Sie sind echte Fanatiker«, antwortete Fritsch ebenfalls auf französisch.

»Folter?«

»Wir würden ihnen die Würde nehmen, aber den Wolf bekommen wir dadurch nicht«, erwiderte Fritsch.

Der General nickte. Im Laufe der Zeit hatte er die Auffassungsgabe und die Talente des Deutschen schätzen gelernt. Er setzte sich und drehte sich so in seinem Sessel, daß er aus dem Fenster des dreistöckigen, gelben Menschikow-Palastes über den Fluß schauen konnte. Der bescheidene Palast war von Alexander Menschikow erbaut worden, der vom Stallburschen zum besten Freund Peters des Großen avanciert war und schließlich der zweitmächtigste Mann Rußlands wurde. Das Gebäude war 1710 errichtet worden – der erste Steinpalast in einer Stadt voller Kirchen und Paläste aus Holz.

»Wissen Sie, warum ich diesen Blick so liebe?« fragte der General und deutete zum Fenster.«

»Er ist historisch und wunderschön«, sagte Fritsch.

»Ich war Stallbursche wie Menschikow«, erzählte der General. »Wußten Sie das?«

»Ja. Ihre Verdienste und großartigen Leistungen sind allseits bekannt.«

Der General zupfte an seinem Kragen, dann faltete er die Hände, legte sie auf den massiven Schreibtisch und sah Fritsch an.

»Der Wolf ist verloren«, stellte er fest.

Fritsch nickte.

»Ich erstatte dem Zaren Bericht«, verkündete der General, »und versichere ihm, daß wir nicht ruhen werden, bis wir den Wolf gefunden und jeden, der etwas mit dieser armseligen Revolutionsbewegung zu tun hat, bis aufs Blut ausgequetscht haben. Es wird Zeit vergehen. Wir werden scheitern. Es gibt viele bei Hofe, die sich über unseren Mißerfolg freuen, weil ich der einzige General in der Armee des Zaren bin, der nicht von adliger Geburt ist. Aber ich komme nicht zu Fall. Haben Sie verstanden?«

»Voll und ganz«, bestätigte Fritsch.

»Eine Baronin ist ermordet worden. Vier Männer werden erschossen. Möglicherweise werden andere folgen. Sie und ich, wir werden um unsere Positionen, unseren Einfluß und unsere Würde kämpfen, und der Zar soll keine weitere Enttäuschung erleben müssen. Oberst, haben Sie den goldenen Wolf jemals gesehen?«

»Nie«, sagte Fritsch. Er wußte, daß der weiße Kragen seiner Uniform inzwischen dunkelgeschwitzt war.

»Schade«, meinte der General. »Er ist wirklich prachtvoll.«

In der Ferne peitschten Schüsse durch die Luft. Keiner der beiden zuckte auch nur mit der Wimper.

»Kurzer Prozeß und rasche Urteilsvollstreckung«, bemerkte der General. Dann erhob er sich seufzend. Auf russisch sagte er: »Lassen Sie uns dem Zaren die schlechten Nachrichten überbringen.«

2

Moskau, Rußland, 1996

Katrina Iwanowa eilte die Taras-Schewtschenko-Promenade am Ufer der Moskwa entlang. Ihre Schicht als Aufzugbegleiterin im Hotel Ukrainia endete kurz vor Mitternacht, und dann blieb ihr nur noch eine halbe Stunde, um über die Promenade zu laufen, unter der Borodino-Brücke hindurch und durch den Garten vor dem Kiewer Bahnhof zur Metrostation Kiewskaja zu gehen.

Wenn sie die letzte Metro verpaßte, müßte sie entweder ein Taxi nehmen, was sie sich nicht leisten konnte, oder zurück zum Hotel gehen und Molka Lew um Hilfe bitten, damit sie sich in eins der leeren Zimmer schleichen konnte. Katrina wollte Molka Lew nicht um Hilfe bitten. Sie wollte niemanden um Hilfe bitten. In ihren zweiunddreißig Lebensjahren war sie selten erfreut über die Hilfe gewesen, die man ihr angeboten hatte. Alles hatte seinen Preis.

Es war Dezember, und frischer Schnee fiel auf die zwei Tage alte Schneedecke, die von einem bitterkalten Wind, der über den Fluß wehte, aufgewirbelt wurde. Katrina störte weder die Kälte noch der Schnee. Je kälter es war, desto unwahrscheinlicher war es, daß sie von einem Trunkenbold oder einem Straßenräuber oder von einer der kürzlich entstandenen Kinderbanden, die stahlen, vergewaltigten und mordeten, belästigt oder überfallen wurde. Zu dieser Stunde und bei diesem Wetter würde sie wohl unbeschadet ihr Ziel erreichen.

Eine Stimme vor ihr, die fast wie das Wimmern eines Tieres klang, übertönte den Wind. Katrinas linker Stiefel kam auf einer Eisplatte unter einer dünnen Schneeschicht auf. Sie wäre fast ausgerutscht, konnte aber gerade noch das Gleichgewicht halten und einen Sturz vermeiden.

Katrina war dick eingepackt in einen gefütterten Mantel und einen hochgeschlossenen Wollpullover. Eine Wollmütze hielt ihre Ohren und die leicht geröteten Wangen warm. Katrina Iwanowa wußte, daß sie keine Schönheit war, aber häßlich konnte man sie ganz bestimmt auch nicht nennen. Sie hatte eine recht gute, wenn auch etwas füllige Figur und eine klare, rosige Haut. Ihr Haar war noch so blond wie an ihrem dritten Geburtstag.

Wieder hörte sie einen Laut in der Dunkelheit. Es war eine andere, eine tiefere Stimme, die im Wind klagte. Jemand befand sich vor ihr – links von ihr und außer Sichtweite. Sie würde unweigerlich an dieser Person vorbeikommen.

Vielleicht war es auch nur das Heulen des Windes und das Rieseln des Schnees in den Bäumen oder ein streunender Hund oder zwei streitende Männer auf der Brücke in der Ferne, deren Stimmen in der Nacht weit trugen.

Die Überfälle auf Frauen hatten seit dem Zusammenbruch der Sowjetunion so dramatisch zugenommen, daß die Statistiken, die in den Zeitungen und im Fernsehen veröffentlicht wurden, längst nicht mehr zuverlässig waren. Vergewaltigungs- und Tötungsdelikte waren um zwei- oder dreihundert Prozent gestiegen. Banden bekämpften sich und metzelten sich auf offener Straße gegenseitig nieder. Verbrecher mit sichtbaren Schußwaffen unter der Jacke wurden in den besten Hotels willkommen geheißen, auch im Hotel Ukrainia.

Katrina kannte sich mit Statistiken aus. Sie liebte Statistiken. In ihnen fand sie eine gewisse Sicherheit. Durch den weißen Schleier konnte sie die Lichter der Bolschaja-Dorogomilowskaja-Straße ausmachen. Dort führte die Brücke ins Herz der Stadt.

Einen Augenblick blieb sie stehen. Keine Stimmen mehr. Noch etwa fünfzig Meter. Kein Mensch weit und breit. Die Straßenlaternen auf der Promenade brannten, aber der Schein war durch den umherwirbelnden Schnee gedämpft. Sie konnte schnell laufen und das Risiko eingehen, hinzufallen, oder sie konnte ein bißchen langsamer gehen. Katrina beschloß, sich zu beeilen.

Plötzlich hörte sie neben dem Zischen einer heftigen Bö einen scharfen, lauten Knall, als würde ein Stahlkabel auf Metall treffen. Jetzt war sie sicher. Da direkt vor ihr war ein Ächzen zu hören, dann knallte es wieder – drei- oder viermal.

Katrina bekam Angst. Jetzt konnte kein Zweifel mehr bestehen, und es hatte keinen Sinn, sich etwas vorzumachen. Etwa fünfundzwanzig Meter vor ihr kam plötzlich eine geduckte Gestalt vom Flußufer auf die Promenade. Sie sah aus wie ein Bär. Die Kreatur schaute sich um und entdeckte Katrina.

Katrina sah etwas in der Hand der Gestalt aufblitzen, faßte in ihre schwere rote Plastiktasche und zog eine Tokarew .762-mm-Automatik heraus. Sie hatte einem Kellner aus dem Hotel die Waffe vor fast einem Jahr abgekauft, als ihr klargeworden war, daß sich das neue Rußland zu einem Ort des Wahnsinns entwickelt hatte und Statistiken bedeutungslos geworden waren.

Die bärenhafte Gestalt hob den rechten Arm, und Katrina sah, daß sie etwas in der Hand hielt. Sie ließ ihre Handtasche in den Schnee fallen, schloß die in Wollhandschuhen steckenden Hände fester um die Pistole und richtete den Lauf auf den Koloß, der auf sie zielte.

Sie schoß zuerst, und die Kreatur zuckte zusammen. Es war ein Mann mit langem Mantel und Fellmütze, und er hatte eindeutig eine Waffe. Er taumelte zurück. War er überrascht über den Schuß? War er getroffen? Dann feuerte er seine Waffe ab. Katrina spürte unvermittelt einen Druck in ihrem linken Arm, als hätte ein großer, zorniger Gorilla sie gepackt. Bevor sie noch einen Schuß abgeben konnte, rannte der Mann in Richtung Brücke davon. Genaugenommen sah es mehr aus wie die Flucht eines Tieres, ein eigenartiges Springen, das sogar in diesem Moment seltsam erschien. Dann war er in der Dunkelheit verschwunden. Katrina hörte, wie er sich immer weiter von ihr weg bewegte. Ihr Arm tat weh, und sie hatte Angst. Sie hob ihre rote Handtasche auf, lief zur Brücke und schrie dabei um Hilfe. Sie hoffte, jemand würde sie hören und kommen, um ihr zu helfen, aber sie wußte auch, daß nur wenige mutig genug waren, um mitten in der Nacht auf die Schreie einer Frau zu reagieren, die sich weit weg von den belebten und erhellten Straßen aufhielt.

Katrina fühlte sich benommen, und ihr wurde schwindlig. Noch immer mit der Pistole in der Hand, stolperte sie weiter. Sie wußte, daß sie blutete, und versuchte nicht nach unten zu schauen, aber sie konnte nicht widerstehen und sah die dunklen Tropfen in den Schnee fallen. Sie spähte über die Schulter – sie zog eine Blutspur hinter sich her. Katrina geriet in Panik und rannte schneller.

Die Fußabdrücke an der Uferböschung, über die der Mann mit der Waffe gekommen war, zogen sie magisch an. Die Lichter von der anderen Flußseite spiegelten sich auf dem Wasser – tanzende Puzzleteilchen –, und sie sah sie in dem schwachen Schein. Etwa drei Meter weiter unten. Vier Gestalten lagen in einer fast geraden Reihe nebeneinander, als hätten sie sich selbst so arrangiert, um gleich große Engel in den Schnee zu zeichnen. Aber die Gestalten rührten sich nicht.

Das Licht war nicht hell genug, aber Katrina wußte genau,

daß die vier Männer tot waren, ermordet von der Kreatur, die auf sie geschossen hatte.

Sie schleppte sich weiter, zu schwach jetzt und zu verängstigt, um noch zu schreien. Er lauerte ihr auf. Das wußte sie. Er würde hinter einem der schneebedeckten Büsche oder einem Steinblock, der die Promenade von der Uferböschung abgrenzte, hervorspringen. Etwas vor ihr bewegte sich. Sie schoß, wobei sie sich Mühe gab, nichts zu treffen – sie wollte sich nur diese bärenhafte Gestalt vom Leib halten. Ein Hund stürmte aus einer Birkengruppe und floh zu Tode erschrokken in den Park.

Katrina kam zur Straße. Sie sah die entsetzten Gesichter von drei dick vermummten alten Männern und verlor das Bewußtsein.

Als sie die Augen öffnete, schaute sie in ein breites, flaches Gesicht. Sie versuchte sich darauf zu konzentrieren. Einen Moment lang glaubte sie, sie hätte den Mann vom Fluß vor sich, aber der besorgte Ausdruck in seinen Augen und das angenehme Gefühl, das der weiße Raum ausstrahlte, beruhigten sie.

»Wir sind in einem Krankenhaus«, sagte der Mann leise. »Sie haben viel Blut verloren, aber Sie werden wieder gesund. Ein Polizist bringt Agda her. Wir haben ihren Namen in Ihrer Handtasche gefunden.«

Katrina nickte, ihr Mund war entsetzlich trocken.

»Wasser«, flüsterte sie.

Der stämmige Mann nahm einen Krug vom Nachttisch und goß Wasser in ein Glas.

»Nur ein, zwei Schlucke«, sagte er.

Sie nickte und tat, was man ihr geraten hatte.

Der Mann schien in den Fünfzigern zu sein. Er hatte dunkles Haar, in das sich das erste Grau mischte, und eine Figur, die an einen kleinen Lieferwagen erinnerte. Unter dem Mantel trug er einen gelben Rollkragenpullover, so daß es aussah, als hätte er überhaupt keinen Hals.

»Ich bin Oberinspektor Porfirij Petrowitsch Rostnikow«, stellte sich der Mann vor. »Meine Kollegin ist Inspektorin Timofejewa.«

Katrina warf der zweiten Person im Raum einen Blick zu, ohne den Kopf zu drehen; dort stand eine junge, hübsche blonde Frau im offenen Mantel und mit einem langen roten Schal um den Hals. Sie hätte ohne weiteres als Katrinas jüngere Schwester durchgehen können.

»Wir sind vom Dezernat für Sonderermittlungen der Petrowka«, erklärte der Mann. »Können Sie sprechen?«

»Ja«, sagte sie heiser. Sie trank noch einen kleinen Schluck Wasser. »Werde ich meinen Arm wieder benutzen können?«

»Ja«, antwortete die junge Frau, während sie zum Bett trat und Katrinas rechten Arm sanft berührte. »Die Wunde ist nicht allzu schlimm. Was ist passiert?«

Katrina erzählte ihre Geschichte. Die junge Frau machte sich Notizen, und der Mann stand, die Hände in den Taschen vergraben, da und hörte zu. Als Katrina geendet hatte, fragte er: »Haben Sie den Mann erkannt, auf den Sie geschossen haben?«

»Habe ich ihn getroffen?« fragte Katrina.

»Es gab zwei Blutspuren«, berichtete er. »Ihre und die von jemand anderem. Ihre führte direkt zur Straße, die andere in den Park. Dort ist er offenbar in einen Wagen gestiegen.«

»Sind Sie sicher, daß es ein Mann war?« wollte die junge Frau wissen.

Katrina nickte. »Zuerst hielt ich ihn für ein großes Tier.«

»Ich meine, könnte es nicht auch eine große Frau gewesen sein?«

»Nein«, sagte Katrina.

»Würden Sie ihn wiedererkennen?« fragte die junge Polizistin.

»Nein«, erwiderte Katrina. »Sie sagten, ich hätte ihn angeschossen, oder?«

»Es scheint so«, schaltete sich der Mann ein.

»Ich werde Ihnen die Fotos von den vier toten Männern zeigen«, erklärte Elena Timofejewa. »Können Sie sie sich ansehen?«

Katrina schloß die Augen und nickte wieder. Elena hielt ihr die Polaroid-Aufnahmen von den Leichen an der Uferböschung hin. Jedes der Gesichter war vom Blitzlicht unheimlich beleuchtet. Katrina betrachtete die vier Gesichter. Zwei der Männer hatten die Augen geschlossen, die anderen beiden nicht. Einer von denen mit den offenen Augen wirkte verängstigt, der andere wütend. Alle vier hatten dunkle Löcher in der Stirn und im Gesicht. Drei der Männer waren jung, vielleicht unter zwanzig oder knapp älter. Der Wütende war älter, aber Katrina konnte nicht einschätzen, um wieviel.

»Nein«, bedauerte Katrina. »Die habe ich noch nie gesehen.«

Elena steckte die Fotografien weg.

»Können Sie uns etwas über den Mann sagen, der das getan hat?«

Katrina dachte nach und rief sich den Mann ins Gedächtnis, der vom Ufer heraufgekommen war, auf sie gezielt hatte und dann…

»Er hatte einen eigenartigen Gang«, sagte sie. »Er ist gelaufen wie ein Tier.«

»Sie sagten, er bewegte sich schnell vorwärts«, meinte Rostnikow.

»Ja, ich denke schon, sehr schnell. Nicht wie ein Krüppel.«

Elena Timofejewa warf Rostnikow einen raschen Blick zu; er seinerseits musterte unverwandt die Frau in dem Krankenbett. Vor erst sechs Monaten hatte sich Rostnikow auf Drängen seiner Frau, seines Sohnes und des Vetters seiner Frau, Leon, der Arzt war, bereit erklärt, sich das linke Bein unterhalb des Knies amputieren zu lassen. Es war medizinisch nicht mehr vertretbar gewesen, ein allmählich abfaulendes Bein, das nur noch ein Infektionsherd und nicht mehr funktionsfähig war, zu erhalten.

Rostnikow hatte Wochen gebraucht, um sich mit der Wahrheit abzufinden. Als junger Soldat hatte er sich im Kampf gegen die Nazis die Beinverletzung zugezogen. Er hatte einen Panzer zerstört – der Preis dafür war ein fast zertrümmertes Bein gewesen. Fast ein halbes Jahrhundert hatte Rostnikow mit dem Schmerz gelebt. Da er als Kriegsheld galt, hatte man es ihm ermöglicht, nach dem Krieg Polizist zu werden. Er war kräftig, er war gelassen, und er besaß eine Eigenschaft, die ihn zu einem idealen Polizisten in der Zeit des Kalten Krieges machte – er hatte keinerlei Ambitionen und wünschte sich nichts weiter, als mit seiner Frau und seinem Sohn in Frieden leben und seine Arbeit tun zu können.

Er war schrittweise vom Streifenpolizisten bis zum Ermittler im Büro des Generalstaatsanwalts von Moskau die Karriereleiter hinaufgeklettert. Als er mit einem der Mächtigen aneinandergeriet und eine Entschiedenheit an den Tag legte, die nicht einmal mehr durch politische Schachzüge abgeschwächt werden konnte, wurde er schließlich auf ein vermeintlich totes Gleis abgeschoben – er wurde Oberinspektor im Dezernat für Sonderermittlungen, dem hauptsächlich Fälle zugewiesen wurden, mit denen sich sonst niemand beschäftigen wollte.

Die Ironie, die keinem der Mitglieder der Staatspolizei oder des KGB entging, war, daß sich das Dezernat für Sonderermittlungen nicht nur der aussichtslosen Fälle annahm, sondern daß es ihm auch noch gelang, die meisten davon zu lösen.

Rostnikow hatte nach und nach andere Beamte aus dem Büro des Generalstaatsanwalts in seine Abteilung gebracht.

Den ersten Ruhm erlangte Rostnikows Truppe, als sie einen Anschlag auf Michail Gorbatschows Leben vereitelte. Seither war es ihnen gelungen, auf einem Niveau zu arbeiten, das es ihnen ermöglichte, den Zusammenbruch der Sowjetunion und den Untergang der Kommunistischen Partei zu überleben.

Das zerschmetterte Bein hatte Porfirij Petrowitsch Rostnikow die ganze Zeit hindurch begleitet, und die Entscheidung, es aufzugeben, war ihm nicht leichtgefallen.

Ein befreundeter FBI-Beamter, der die russische Polizei beriet, wie sie mit dem organisierten Verbrechen fertig werden konnte, hatte einen amerikanischen Chirurgen dazu gebracht, die Amputation in einem Moskauer Krankenhaus durchzuführen. Wenige Tage nach der Operation hatte Rostnikow gelernt, mit einer Prothese zu laufen. Allmählich schwand der Schmerz. Dafür mußte er sich damit abfinden, daß der Stumpf dort, wo die Gehhilfe angebracht war, gelegentlich wund und entzündet war. Inzwischen konnte er fast ohne zu hinken gehen, doch es gab Zeiten, in denen er das Bein, das ihm ein halbes Jahrhundert Qualen bereitet hatte, vermißte, auch wenn er das niemals jemandem eingestand. Er fragte sich, was mit seinem Bein geschehen war, aber er beschloß, lieber nicht danach zu fragen.

Rostnikow sagte zu Katrina: »Die Polizei, die zuerst am Tatort war, ist ziemlich herumgetrampelt, aber im Grunde waren die Abdrücke im Schnee klar und deutlich.«

Eine große, dünne Frau in Weiß, die Rostnikow für eine gebürtige Usbekin hielt, kam herein und flüsterte Rostnikow etwas zu. Er nickte und sah Katrina lächelnd an. »Inspektor Timofejewa hat noch ein paar Fragen. Ihre Freundin Agda ist hier.«

Rostnikow verließ mit der Schwester den Raum, und eine kleine, ältere Frau im Wintermantel stürmte herein. Ihre Haare waren zerzaust und die Wangen von der Kälte gerötet. Rostnikow war schon weg, als sich Agda weinend über das Bett beugte, um ihre Freundin auf den Mund zu küssen und leise mit ihr zu sprechen.

Elena hielt sich im Hintergrund und wartete. Trotz der Schwierigkeit, dem veralteten Computer nützliche Informationen zu entlocken, hatten Elena und Rostnikow eine Menge über Katrina Iwanowa in Erfahrung gebracht, ehe sie zu ihr ins Krankenhaus gefahren waren. Sie wußten, wie alt sie war, daß sie als Kind aus Georgien nach Moskau gekommen war, daß sie ihre Waffe nie zuvor benutzt hatte, daß sie eine zuverlässige Angestellte des Hotels Ukrainia war und daß sie seit langem eine Beziehung mit Agda hatte, die in einer Band Violine im Hotel Metropole spielte. Elena trat noch weiter zurück, um den beiden Frauen Gelegenheit zu einem privaten Gespräch zu geben.

Bevor Rostnikow im Korridor fünf Schritte weit gekommen war, stand er einem etwa vierzigjährigen Mann gegenüber, der kleiner und beträchtlich schlanker war als er selbst. Die offene Jacke verriet jedoch, daß er bemerkenswerte Muskeln hatte.

Obwohl es in diesem Krankenhaus warm war – eine Seltenheit für jedes russische Gebäude im Winter –, nahm der Mann seine kleine Pelzkappe nicht ab. Er war glattrasiert und hellhäutig mit aschbraunem Haar und ärgerlich verkniffenem Gesicht.

»Was ist passiert?« wollte er wissen. Rostnikow konnte seinen Akzent nicht genau bestimmen.

»Wer sind Sie?« fragte Rostnikow.

»Ich habe eine Frage gestellt«, betonte der Mann und baute sich dicht vor Rostnikow auf. Die anderen Leute auf dem

Korridor bemühten sich, die beiden Männer zu ignorieren, die den Eindruck machten, als wollten sie eine handfeste Schlägerei anfangen.

»Ich auch«, sagte Rostnikow. »Mein Name ist Porfirij Petrowitsch Rostnikow. Und Sie sind?«

»Belinsky. Rabbi Avram Belinski.«

»Ah, ja. Ich wollte ohnehin mit Ihnen sprechen. Ihr Name stand auf Visitenkarten, die wir in den Brieftaschen von vier ermordeten Männern gefunden haben. Kannten Sie die Opfer persönlich?« Rostnikow reichte dem Rabbi die Polaroid-Fotos.

»Beantworten Sie erst meine Frage«, sagte Belinsky. »Ich habe die Leichen bereits gesehen und identifiziert. Ich muß mir die Fotos nicht ansehen, um mich an sie zu erinnern.«

Der Mann war ganz und gar nicht so, wie sich Rostnikow einen Rabbi vorstellte.

»Vier Männer wurden kurz nach Mitternacht an der Taras-Schewtschenko-Promenade ermordet«, sagte Rostnikow. »Den Namen nach zu urteilen waren sie alle Juden.«

»Mit den zwei vom letzten Monat sind es jetzt sechs«, stellte Belinsky fest. »Alle aus meiner Gemeinde. Wir können und wollen nicht noch mehr Juden verlieren. Was unternehmen Sie, um die Mörder zu finden?«

»Was können Sie tun, um uns zu helfen?« Rostnikow meinte, einen Stich in seinem nicht mehr vorhandenen Bein zu spüren.

»Statt Antworten nur Gegenfragen«, beschwerte sich Belinsky mißmutig. »Ich habe ein paar Informationen, die von Bedeutung sein könnten. Aber woher soll ich wissen, daß Sie und der Rest der Polizei sich überhaupt mit Mordfällen an Juden abgeben?«

»Meine Frau ist Jüdin«, sagte Rostnikow. »Und mein Sohn ist demzufolge Halbjude. In der alten Sowjetunion und zur

Zeit der Zaren hätte er uneingeschränkt als Jude gegolten. In der Armee mußte er feststellen, daß er auch unter unserem neuen System als Jude betrachtet wird.«

»Und das gefällt Ihnen nicht«, meinte Belinsky sarkastisch, während er seine Jacke auszog und sie sich über den Arm hängte.

»Ich brauche Ihnen nicht zu erklären, wie schwierig es heute ist und seit jeher war, Jude in Rußland zu sein, Avram Belinsky«, sagte Rostnikow. »Sie sind kein Russe, nicht wahr?«

»Ich bin Israeli«, erwiderte Belinsky. »Ich bin hergekommen, um beim Wiederaufbau der jüdischen Gemeinde zu helfen. Man kann uns nicht aufhalten. Ein jüdisches Gemeindezentrum wurde gerade in St. Petersburg eröffnet, wo schätzungsweise hunderttausend Juden leben. Es gab nur etwas mehr als sechzig Synagogen in der gesamten Sowjetunion, die Hälfte davon befand sich in Georgien. Jetzt versuchen wir, das Judentum in Rußland wieder neu aufleben zu lassen und denen die Würde und den Glauben wiederzugeben, die zu lange ohne Würde und Glauben gelebt haben.«

»Ist das eine Predigt?« erkundigte sich Rostnikow.

»Es ist ein Teil aus einer meiner Predigten«, gestand Belinsky. »Wenn Sie meine Akte überprüfen, werden Sie feststellen, daß ich Offizier in der israelischen Armee war, zweimal verwundet wurde und mich freiwillig für die Aufgabe gemeldet habe, als eine Gruppe Moskauer Juden um Beistand gebeten hat. Ich war, wie Sie auch herausfinden werden, Mitglied der olympischen Mannschaft bei den Spielen in Deutschland, als das Massaker stattfand. Ich kannte die Männer, die damals ums Leben kamen, und ich kannte die Männer, die hier ermordet wurden.«

»Sie sind Ringer?«

»Griechisch-römisch«, bestätigte Belinsky.

»Heben Sie Gewichte?« fragte Rostnikow.

Belinsky sah ihn verwirrt an. »Ja«, sagte er.

»In ein paar Stunden findet eine Besprechung im Dezernat für Sonderermittlungen statt, für das ich arbeite«, sagte Rostnikow. »Ich werde darum bitten, daß man mich exklusiv mit diesem Fall betraut und mir angemessene Unterstützung gewährt.«

Belinsky nickte, noch immer argwöhnisch.

»Unternehmen Sie nichts auf eigene Faust, Rabbi«, riet Rostnikow.

Belinsky gab keine Antwort.

»Und jetzt«, schlug Rostnikow vor, »gehen wir in die Kantine, trinken Tee und reden.«

Belinsky zögerte, dann nickte er.

Sascha Tkach war spät dran. Es schien, als gäbe es ein paar unumstößliche Wahrheiten, mit denen er leben mußte. Erstens: Er würde nie genügend Schlaf kriegen. Zweitens: Er würde immer zu spät kommen. Drittens: Er konnte seiner siebzig Jahre alten Mutter Lydia niemals entkommen. Obwohl Lydia jetzt eine eigene Wohnung hatte, verbrachte sie beinahe jeden Abend und viele Nächte in der ohnehin viel zu beengten Behausung ihres Sohnes, der mit Frau und zwei Kindern zusammenlebte. Sascha hate für sie ein kleines, aber hübsches Zimmer in einem einstöckigen Apartmenthaus gefunden. Elena Timofejewa, die einzige Frau im Dezernat für Sonderermittlungen, hatte es ihm vermittelt.

Genaugenommen hatte Elena, die in dem Gebäude ein Zweizimmerapartment zusammen mit ihrer Tante bewohnte, die Hilfe eben dieser Tante, Anna Timofejewa, und von ihren Freunden, die ihr seit ihrer Zeit im Büro des Generalstaatsanwalts noch einen Gefallen schuldeten, in Anspruch genommen, um Lydia in dem Haus unterzubringen. Anna hatte eine ganze Reihe Regeln festgesetzt, nach denen sich Lydia Tkach zu richten hatte. Die Regeln waren schriftlich festgehalten. Erstens: Lydia durfte Anna und Elena nicht besuchen, wenn sie nicht eingeladen war oder kein echter Notfall vorlag. Ob eine Situation ein Notfall war oder nicht, bestimmte Anna, nachdem sie sich die Informationen, die in nicht mehr als zwei Sätzen abgegeben werden durften, angehört und sie beurteilt hatte. Zweitens: Lydia mußte ihr Hörgerät tragen, wenn sie zu Besuch kam. Falls es einmal kaputt sein sollte, durfte sie nicht kommen. Drittens: Diskussionen über die Arbeit ihres Sohnes oder Beschwerden über ihre Schwiegertochter wurden nicht geduldet. Obwohl es nicht in den Regeln verankert war, machte Anna von Anfang an klar, daß sie insbesondere nichts über Lydias Enkel hören wollte, es sei denn, sie selbst brachte das Thema zur Sprache. Lydia hatte sich bereit erklärt, sich an diese Regeln zu halten. Sie verbrachte immer noch so viel Zeit in der Wohnung ihres Sohnes, wie die Toleranz ihrer Schwiegertochter Maja es zuließ. So sehr Maja auch die häufige Anwesenheit ihrer Schwiegermutter verabscheute, so mußte sie doch eingestehen, daß Lydias Bereitschaft, die Kinder zu hüten, während Maja arbeitete, sehr hilfreich war.

Sascha war Mitarbeiter im Dezernat für Sonderermittlungen. Er und Emil Karpo waren zusammen mit Rostnikow dorthin versetzt worden, als Rostnikow im Büro des Generalstaatsanwalts in Ungnade gefallen war. Das Dezernat für Sonderermittlungen war ein absolut totes Gleis gewesen, bis zu den Tagen der oft chaotischen reformorientierten Regierung unter Boris Jelzin und bis es wichtigere, oft politisch heikle Fälle übernahm, an denen sich die anderen Ermittlungsbehörden – die Staatssicherheit (der ehemalige KGB), das Innenministerium (die Sonderkommission Mafia eingeschlossen), die Staatspolizei (früher: MVD), das Büro des

Staatsanwalts und die Steuerpolizei – nicht die Finger schmutzig machen wollten. Es kam öfter vor, daß sich an einem Tatort hitzige Debatten darüber entzündeten, in wessen Zuständigkeitsbereich ein Verbrechen fiel. Oft gerieten zwei Behörden über diese Frage in aller Öffentlichkeit in erbitterten Streit. Das System der russischen Exekutive lag zwar nicht vollkommen darnieder, aber alle schienen sich zurückzulehnen und abzuwarten, ob die Reformer die Macht behalten oder ob sich die neuen Kommunisten und Schirinowskis Nationalisten zusammenschließen und das Ruder übernehmen würden. Niemand wollte versagen oder einen Fehler machen, deshalb schien es am einfachsten, die schwierigen Fälle dem Dezernat für Sonderermittlungen zuzuschieben.

Sascha, der über dreißig war, aber aussah wie knapp Mitte Zwanzig, zog sich an diesem Morgen hastig an. Lydia hatte bei ihnen übernachtet, und da sie sich weigerte, ihr Hörgerät zu benutzen, beklagte sie sich lautstark, daß sie schlecht geschlafen hatte. Pulcharia, noch nicht ganz vier Jahre alt, machte ihrer Mutter Maja klar, daß sie nicht bei Großmutter Lydia bleiben wollte. Der kleine Ilja brabbelte in seiner behelfsmäßigen Wiege friedlich vor sich hin.

Sascha begutachtete sich im Spiegel im winzigen Badezimmer. Es zeigte sich keine Ausbuchtung in seinem Jackett, dort, wo das Pistolenholster war. Der Anzug, den er trug, war weit und schon ein bißchen verschlissen. Ein neuer Anzug war allerdings nicht drin. Sein Gehalt und Majas Verdienst reichten kaum aus, um die Familie zu ernähren, zu kleiden und in einer Zweizimmerwohnung unterzubringen. Er zupfte sein vom vielen Waschen leicht gelbliches Hemd zurecht und entschied, daß er das Beste aus seinen dürftigen Möglichkeiten gemacht hatte. Außerdem würde er sich fast den ganzen Tag im Freien aufhalten und ohnehin Mantel und Schal tragen.

Er war mit dem Baby allein im Schlafzimmer. Wenn Lydia die Nacht bei ihnen verbrachte, schlief sie zusammen mit Pulcharia hier in dem großen Bett. Die Wiege stand dann im anderen Zimmer. Selbst wenn die Türen zu waren, konnte man Lydias Schnarchen, das nur wenig leiser war als das Rattern einer Metro, in der ganzen Wohnung hören. Pulcharia schien allerdings vollkommen taub gegen die rasselnden Geräusche zu sein, die ihre Großmutter im Schlaf von sich gab.

Sascha trat in das Wohnzimmer, das zugleich Eßzimmer und Küche war und in dem Maja und er auf dem Fußboden geschlafen hatten. Die Futon-Matratze war inzwischen aufgerollt und weggeräumt, und alles schien leidlich ordentlich zu sein, aber Majas mitleidiger Blick, der seinem begegnete, verriet ihm, daß sie beide heute nicht ohne Konflikte aus dem Haus kommen würden. Man sah der hübschen, dunkelhaarigen Maja nicht an, daß sie zwei Kinder zur Welt gebracht hatte. Sie zuckte leicht mit den Schultern und schüttelte den Kopf, wobei das kurzgeschnittene, dunkle Haar beinahe in Zeitlupe aufflatterte.

Maja hatte sich bereits für die Arbeit angezogen – dunkler Rock, grüne Bluse, Schuhe mit flachen Absätzen. Sie sah wunderschön aus. Er fragte sich, wie viele Männer wohl seiner Frau gegenüber im Laufe des Tages im Komitee für internationale Wirtschaftsförderung zudringlich wurden. Sascha ignorierte seine Mutter und ging zu seiner Frau, um ihr einen Kuß zu geben. Sie hatte bereits Make-up aufgelegt, deshalb fiel der Kuß ziemlich sittsam aus.

»Ich auch«, krähte Pulcharia und streckte die Arme in Saschas Kniehöhe aus. Sascha hob sie hoch, drückte je einen Kuß auf ihre Augen und die Nase und umarmte sie. Trotz Lydias Behauptung, die Kleine sei Saschas Großmutter wie aus dem Gesicht geschnitten, fand er, daß Pulcharia eindeutig Majas Kind war. Maja hatte als Kind genau wie sie ausgehen. Es gab Fotos. Lydia leugnete die unglaubliche Ähnlichkeit und beharrte steif und fest darauf, daß die Enkelin das Ebenbild ihrer eigenen Mutter sei.

Sascha stellte seine Tochter auf den Boden und nahm eine Tasse Kaffee und die Scheibe Brot entgegen, die Maja ihm anbot. Erst jetzt wandte er sich seiner Mutter, einer kleinen, drahtigen Frau, zu. Ihr Gesicht, das man als hübsch hätte ansehen können, wenn nicht der finstere Blick gewesen wäre, wirkte energisch. Das kurze, wellige Haar war ziemlich angegraut. Sie trug einen ausgebeulten blauen Morgenrock und betrachtete ihren Sohn mit entschlossenem Blick.

»Dobraye utra«, sagte Sascha und biß von dem Brot ab. »Guten Morgen, Mutter.«

»Zwei Dinge!« brüllte Lydia, als sich Pulcharia an den Tisch am Fenster setzte und sich über die Bohnensuppe von gestern abend und ein großes Stück Brot hermachte. Das Mädchen hatte die beneidenswerte Fähigkeit, sich gegenüber seiner Großmutter vollkommen zu verschließen.

»Ja, Mutter«, sagte Sascha und setzte sich zu seiner Tochter vor einen Suppenteller. Er war sicher, daß Maja schon fertig war mit ihrem Frühstück.

»Erstens«, begann Lydia, »die Kleine tritt im Schlaf um sich. Sie wälzt sich unaufhörlich herum, und ich kann nicht schlafen.«

Lydias unaufhörliches Schnarchen war Beweis für das Gegenteil, aber Sascha erwähnte das nicht, als seine Mutter auf ihn zukam.

»Dann mußt du eben einfach öfter in deiner eigenen Wohnung schlafen«, sagte er.

Sie ignorierte den Kommentar. Maja warf einen Blick auf ihre Uhr, trank den Rest ihres Kaffees, küßte Pulcharia, sah Sascha mitfühlend an und ging ins Schlafzimmer, um sich von dem Baby mit einem Kuß zu verabschieden.

»Zweitens, diese Wohnung ist viel zu kalt«, setzte Lydia hinzu.

»Jede Wohnung ist entweder zu kalt oder zu heiß«, erwiderte Sascha. »Das ist in Moskau im Winter so.«

»Ich habe vor, mich zu beschweren«, erklärte Lydia.

»Bei wem?« fragte er, während er sein Brot in die Suppe tauchte.

»Drittens«, fuhr Lydia fort.

Maja zog ihren Mantel an.

»Ich dachte, du sagtest, es gäbe nur zwei Beanstandungen«, warf Sascha ein – diese Bemerkung konnte er sich nicht verkneifen.

»Das hat Großmama gesagt«, bestätigte Pulcharia.

»Du hast dich immer noch nicht bemüht, einen Bürojob zu bekommen«, sagte Lydia.

»Ich will keinen Bürojob«, meinte Sascha mit, wie er fand, bemerkenswerter Gefaßtheit, wenn man bedachte, daß er diese Diskussion mit seiner Mutter mindestens schon hundertmal geführt hatte.

»Du hast eine Familie«, sagte sie.

Maja schloß leise die Wohnungstür und machte sich aus dem Staub.

»Ja«, stimmte er zu.

»Die Leute versuchen dich zu töten. Du tust gefährliche Dinge.«

»Manchmal.«

»Du bist genau wie dein Vater«, stellte Lydia fest. »Du bist jähzornig und launenhaft. Du gerätst schnell in Wut, und dein Temperament bringt dich immer wieder in Schwierigkeiten.«

Sascha schaute auf die Uhr. In diesem Punkt hatte seine Mutter recht, das war ihm bewußt. Sein Vater, an den er selbst keinerlei Erinnerung hatte, war Offizier in der Armee gewesen und bei der Ausübung seiner Pflichten in Estland gestorben, als Sascha zwei Jahre alt war. Offiziell wurde als Todesursache Lungenentzündung angegeben, aber Lydia war nicht davon abzubringen, daß ihm in Wirklichkeit sein ausschweifendes Leben zum Verhängnis geworden war.

»Dein Vater hat sich immer freiwillig gemeldet, um an den entlegensten, unwirtlichsten Orten, sogar in Sibirien, Dienst zu tun«, sagte sie, »und das nur, weil er so heißblütig war.«

Und, davon war Sascha überzeugt, weil er seiner Frau entkommen wollte, die zwar eine Schönheit gewesen sein mochte, aber damals bestimmt genauso unleidlich und zänkisch gewesen war wie heute.

»Noch heute bittest du darum, in ein Büro versetzt zu werden«, bestimmte sie. »Ich werde mit einigen meiner alten Freunde reden. Sie haben mir ihre Unterstützung bereits zugesichert.«

Sascha nahm seinen und Pulcharias Suppenteller und deponierte sie zusammen mit den Löffeln in dem kleinen Spülbecken.

»Nein, Mutter«, sagte er.

»Dann spreche ich noch einmal mit Porfirij Petrowitsch!« brüllte sie.

Das Baby reagierte mit einem Schrei und weinte. Lydia schien das Wimmern nicht zu hören. Pulcharia lief zur Wiege und beruhigte den kleinen Ilja.

»Porfirij Petrowitsch hat gar keine Befugnis, mich zu versetzen«, stellte Sascha klar. »Außerdem würde er, selbst wenn er es könnte, nichts ohne meine Zustimmung unternehmen.«

»Oberst Snitkonoi«, sagte sie. »Ich werde direkt zu ihm gehen.«

»Er wird dir beschwichtigend die Hand tätscheln, Verständnis für dich zeigen und versprechen, zu tun, was er kann, nur um deinen Besuch zu vergessen, nachdem er mir unmißverständlich klargemacht hat, daß es für mich besser wäre, wenn ich dafür sorgen würde, daß du ihn nicht mehr belästigst.«

»Dickköpfig«, sagte sie, »wie dein Vater.«

Sascha nickte.

»Er braucht eine neue Windel«, verkündete Pulcharia. »Er stinkt.«

»Das Baby muß frisch gewickelt werden«, rief Sascha, als er den Raum durchquerte, um seinen Mantel und die Wollmütze vom Garderobenständer neben der Tür zu nehmen. »Und ich bin schon viel zu spät dran.«

»Diese Unterhaltung ist noch nicht beendet«, machte Lydia deutlich.

»Das ist mir klar, Mutter«, sagte er, während er den Mantel zuknöpfte.

»Handschuhe!« bellte Lydia.

Er holte die Handschuhe aus der Manteltasche und zeigte sie ihr.

»Er stinkt«, wiederholte Pulcharia und beugte sich über den Rand der Wiege, um noch mehr von dem Geruch abzukriegen.

Sascha eilte zu seiner Mutter, küßte sie auf die Wange und ging rasch wieder zur Tür.

»Ich will nicht mit Großmama daheim bleiben«, jammerte Pulcharia, als er die Tür öffnete. Tränen standen in ihren Augen.

»Sie liebt dich«, flüsterte Sascha so, daß seine Mutter es nicht hören konnte. »Du mußt bei ihr bleiben.«

»Yah n'e khachooo«, sagte Pulcharia. »Ich will aber nicht.«

»Ich bringe dir auch etwas ganz Besonderes mit«, versprach Sascha. Dann nahm er seine Tochter in die Arme und küßte sie noch einmal. »Ich muß mich beeilen.«

»Wir machen einen Spaziergang«, erklärte Lydia und ging zur Wiege. »Wir gehen in den Park.«

»Gut«, sagte Pulcharia.

Als Lydia noch im Ministerium für öffentliche Angelegenheiten beschäftigt gewesen war, hatte sie ständig bei Maja und Sascha gewohnt, und damals war das Zusammenleben beinahe erträglich gewesen. Jetzt war Lydia im Ruhestand, bezog eine unbedeutende, oft nicht ausbezahlte Pension und hatte viel Zeit. Trotz ihrer erbärmlichen Rentenbezüge war Lydia keine arme Frau. Während ihrer mehr als vierzig Jahre als Angestellte im Ministerium war es ihr gelungen, ein paar Rubel auf die hohe Kante zu legen. Das wenige, was sie sparen konnte, hatte sie in Schmuck und Juwelen investiert, die sie Leuten in Geldnöten abgekauft hatte. Nach und nach hatte sie genug über Edelsteine gelernt, um zu wissen, was sie kaufte, und sich einige wertvolle Stücke anzueignen. Ihre Schätze bewahrte sie in einer Schachtel auf, die sie immer dort, wo sie sich aufhielt, sorgfältig versteckte. Nach ihrer Pensionierung, als die Sowjetunion im Untergang begriffen war, verkaufte sie den Schmuck Stück für Stück mit beträchtlichem Profit an die Unternehmer, Spekulanten und Ausländer, die plötzlich nach Moskau strömten.

Als Jelzin auf einem Panzer stand und das Ende des Kommunismus verkündete, ging Lydia zu den entsprechenden Ministeriumsstellen und arrangierte den Kauf des bis dahin staatseigenen Brotladens 61, der sich einen halben Block von ihrer Wohnung entfernt in der Nähe des Solkonicki-Parks befand. Und als Gorbatschow anfing, Worte wie *Perestroika* – die Umstrukturierung des sowjetischen kommunistischen Systems – und *Glasnost* – mehr Meinungsfreiheit – zu benutzen, setzte sich Lydia mit ihrem Vetter in Verbindung, der Bauer auf einer Kolchose außerhalb von Kursk war, und traf mit ihm eine Abmachung. Es war ganz einfach. Falls der Staat jemals seine uneingeschränkte Macht verlieren sollte und die Bauern für sich selbst arbeiten und ihre Produkte in eigener Regie verkaufen konnten, wollte sie sich seine gesamte Weizenernte und auch die seiner Nachbarn für ihre Bäckerei sichern. Es war keine riesige Menge, aber sie hätte genug Mehl für das Brot, das sie verkaufen wollte. Lydias Vetter kannte zudem jemanden in Kursk, der den Weizen zu einem vernünftigen Preis mahlen konnte, und natürlich würde er eine gewisse Provision für die Vermittlung dieses Geschäftskontakts bekommen. Lydia und ihr Vetter wollten den Preis für den Weizen jedes Jahr neu festsetzen, und sie würde ihn nicht übervorteilen. Aus Angst, daß es bald keinen Staat mehr geben könnte, der ihnen das Getreide abnahm, stimmten der Vetter und seine Freunde dem Handel bereitwillig zu. Dann schob Lydia die nötigen *Vzyatka* – inoffizielle Schmiergelder, mit denen sie sich die Gunst der entscheidenden Stellen sicherte – über einige Schreibtische und wurde rechtmäßige Besitzerin des Brotgeschäftes. Die Bürokraten hielten den ehemals staatseigenen Betrieb, den sie ihr übereigneten, für vollkommen unrentabel; sie nahmen dankbar das Geld, das sie ihnen zusteckte, obwohl es rapide an Wert verlor. Lydia hatte das Unternehmen gekauft und war im Besitz aller Papiere, die sie zu diesem Kauf ermächtigten und als Eigentümerin auswiesen. Selbst nach dieser Erwerbung blieben ihr jedoch noch genügend Ersparnisse.

Während die Menschen mit linker, rechter und moderater Gesinnung auf den Straßen demonstrierten und Gebäude in Flammen aufgingen, bot Lydia den Staatsangestellten, die in dem Betrieb tätig waren, die Gelegenheit, auch für sie zu arbeiten, und stellte Leistungsprämien in Aussicht, falls die Geschäfte gut gingen. Einige blieben, andere nicht. Sie alle hielten Lydia für ein bißchen verrückt. Nach und nach wurde den Arbeitern in der Bäckerei klar, daß es nur zu ihrem Vorteil war, Brot zu produzieren und einigermaßen höflich zu den Kunden zu sein.

Jetzt, drei Jahre später, war Tkachs Bäckerei, in der nur gleich schwere Brotlaibe zu einem günstigeren Preis als in den Konkurrenzgeschäften angeboten wurden, ein blühendes Unternehmen mit besten Zukunftsaussichten. Das Brot wurde wie am Fließband gebacken, und auf den Preisschildern waren Rubel- und Dollarbeträge angegeben.

Einmal, vor gut einem Jahr, kam eine Bande junger Männer – zu klein, um als Verbrecherorganisation angesehen, zu groß, um ignoriert zu werden, und zu gewalttätig, als daß man vernünftig hätte mit ihnen reden können – in den Laden und verlangte Schutzgelder, die wöchentlich bezahlt werden sollten. Der Geschäftsführer rief Lydia an, und sie erklärte sich bereit, die Bande am folgenden Dienstagmorgen zu treffen. Als die tätowierten jungen Männer in ihren Lederjacken auftauchten, wurden sie von der alten Dame und drei Männern empfangen, die ihnen ihre Waffen und Polizeimarken zeigten. Einer der Polizisten sah aus wie ein Junge, aber in seinen Augen glitzerte eine Entschlossenheit, die fast an Wahnsinn grenzte. Der zweite war ein bulliger Typ und machte den Eindruck, ein bißchen schwer von Begriff zu sein. Der dritte war groß, ganz in Schwarz gekleidet und hatte ein kalkweißes Gesicht und schütteres, zurückgekämmtes Haar. Die Bande entschied, daß das Geld, das sie aus der Bäckerei herausholen könnten, eine handfeste Konfrontation mit diesen drei Polizisten nicht lohnte. Sechs Monate später wurde eine größere Bande erfahrener Georgier ebenso in die Schranken verwiesen, als Sascha und seine Kollegen auf der Bildfläche erschienen. Die paar Rubel, die Lydia ihnen überlassen würde, waren es schlichtweg nicht wert, zu sterben oder für Jahre ins Gefängnis zu wandern.

Ohne Schutzgeldverpflichtungen war Lydia ihren Konkurrenten um einiges voraus, und ihre Bäckerei florierte. Nach ihrem Tod würde Lydia ihrem Sohn und ihren Enkeln einen gutgehenden Betrieb hinterlassen. Sie hatte alles schriftlich festgelegt und die richtigen Leute geschmiert, um sicherzustellen, daß ihr Eigentum einmal in die richtigen Hände fallen würde.

Obwohl Lydia ihrem Sohn keine Einzelheiten erzählte, erwartete sie von ihm, daß er all das wußte und sich dankbar zeigte. Doch er hatte normalerweise ganz andere Dinge im Kopf und noch dazu gefährliche, die Lydia Sorgen bereiteten.

Sascha ließ seine Tochter los, huschte durch die Tür und schloß sie hastig hinter sich. Als er die Treppe hinunterrannte, strich er sich eine Haarsträhne aus dem Gesicht, die ihm, seit er ein Junge war, ständig in die Stirn fiel. In dem, was seine Mutter gesagt hatte, lag mehr als nur ein Körnchen Wahrheit. Er hatte einen gefährlichen Beruf, heutzutage mehr denn je, und zudem gab es Bestechung und die Frauen. Er war jähzornig. Aber es gab ja auch viele Dinge und Menschen, die einen in Rage brachten.

Einer dieser Menschen war ein brutaler Vergewaltiger, der schon so lange sein Unwesen trieb, daß er sich den Spitznamen »der Scheue« verdient hatte. Es war ihm gelungen, ungefähr zwanzig Vergewaltigungen zu begehen, ohne auch nur einmal von seinen Opfern – Frauen im Alter von sechzehn bis siebenundsechzig – gesehen zu werden. Er näherte sich ihnen von hinten und zerrte sie in finstere Straßen, in einen Park oder auf den unbelebten Verschiebebahnhof. Er riet seinen Opfern eindringlich, nicht zu schreien, dann nahm er sie von hinten.

Vor mehr als zwei Jahren wurde die erste Vergewaltigung der Polizei gemeldet. Der Vergewaltiger hatte ein Kondom benutzt und kein Sperma hinterlassen, das man hätte analysieren können. Nach jedem sexuellen Überfall schlug er die

Opfer – wenn er fertig war, versetzte er den Frauen einen Hieb auf den Kopf oder ins Gesicht. Mit jedem Verbrechen wurden die Schläge brutaler. Alle Opfer waren in einem Krankenhaus behandelt worden. Sieben mußten operiert werden, zwei verloren die Sehkraft auf einem Auge. Und der Scheue hinterließ keinerlei Spuren, deshalb war die Staatspolizei froh, den Fall an das Dezernat für Sonderermittlungen weiterleiten zu können. Der Graue Wolf hatte Sascha und Elena Timofejewa mit den Ermittlungen betraut und vage angedeutet, Elena könne als Lockvogel auftreten, während Sascha, der wegen seiner jugendlichen Erscheinung keinen Verdacht erregen würde, sie beobachtete. Falls die beiden den Sittenstrolch faßten, konnte der Wolf den Erfolg für sich verbuchen. Sollten sie jedoch kein Glück haben, würde er ihr Versagen mit väterlicher Milde und deutlicher Enttäuschung zur Kenntnis nehmen.

Der Scheue ging nicht nach einem festgelegten Zeitschema vor – er wurde nicht an einem bestimmten Wochentag und nicht während einer bestimmten Zeitspanne im Monat tätig, und sein Operationsfeld war nicht auf wenige Straßen beschränkt. Einige der Opfer sagten aus, sie hätten kurz nach der Vergewaltigung eine Wagentür zuschlagen gehört, aber niemand konnte die Automarke identifizieren.

Sascha versuchte sich eine Strategie zu überlegen, als er zur Bushaltestelle joggte, aber er konnte an nichts anderes denken als daran, daß seine Mutter noch da war, wenn er nach Hause kam, und daß sie ihm keinen Frieden lassen würde.

Emil Karpo war – ohne Wecker – um fünf Uhr morgens aufgewacht wie jeden Tag seit mehr als zwanzig Jahren. Als er die Augen aufschlug, war es noch vollkommen dunkel. Er knipste die kleine Lampe an, die sich auf dem Nachttisch neben seinem schmalen Bett befand, und stand langsam auf.

Noch Wochen nach Mathilde Versons Tod hatte er nachts das kleine Licht brennen lassen, wie er es als kleiner Junge getan hatte. Aber eines Abends hatte er es ausgeschaltet. Er schlief trotz der Kälte nackt. Die Nacht war kalt, aber für Moskauer Verhältnisse im Winter nichts Ungewöhnliches gewesen. Im Sommer lag Karpo auf dem dünnen Laken und der Decke, bei Kälte kroch er unter die etwas dickere Decke, die ihm Mathilde geschenkt hatte. Mathilde war am hellichten Tag auf einer belebten Straße in Stücke zerfetzt worden, als sie in das Kreuzfeuer zweier rivalisierender Verbrecherbanden geriet. Sie war Telefonistin und Teilzeitprostituierte gewesen und hatte einen Humor gehabt, den Karpo nicht verstand. Im Laufe der Jahre war aus ihren regelmäßigen Zusammenkünften am Donnerstagabend erst eine lockere Freundschaft, dann eine ernsthafte Beziehung entstanden. Karpo fragte sich, was er an sich hatte und was die kluge, hübsche Frau dazu veranlaßt haben mochte, mit ihm zusammensein zu wollen.

Emil Karpo machte sich keine Illusionen über sein Äußeres. Er war groß und unglaublich hager, obwohl er jeden Morgen in seinem Zimmer trainierte. Sein Teint war ungewöhnlich blaß, und sein schütteres Haar kämmte er streng aus der Stirn. Erst Mathilde hatte ihn allmählich davon abgebracht, immer nur Schwarz zu tragen, doch seit ihrem Tod war er wieder in diese alte Gewohnheit zurückgefallen. In Mathildes Gesellschaft hatte er sogar ein paarmal gelächelt – seine Lippen verzogen sich kaum merklich, und nur jemand, der ihn intensiv beobachtete, hätte dieses Lächeln bemerkt. Er war sich durchaus bewußt, daß ihn sowohl die Verbrecher als auch seine Polizeikollegen »Tatar« oder »Vampir« nannten. Das störte ihn keineswegs. Es konnte nicht schaden, einen einschlägigen Ruf zu haben. Aber Mathilde war es gelungen, hinter seine bleiche, kalte Fassade zu schauen.

Zeema, der Winter, sagte ihm zu, und jetzt war *Dikabr'*, Dezember, und dieser Monat gefiel ihm am besten von allen. Er sah sich in seinem Zimmer um. An der einen Wand stand ein Bücherregal, in dem er schwarze Notizbücher aufbewahrte, die alle Details der Fälle enthielten, an denen er jemals gearbeitet hatte. Die Fälle, die nie gelöst worden waren, waren speziell markiert. Auf dem Schreibtisch vor dem Regal stand ein alter Schemel und darauf der Computer, den Karpo vor zwei Monaten erstanden hatte. Es war ein primitiver alter Macintosh II, aber er hatte eine beträchtliche Summe gekostet. Für Karpo spielte das keine Rolle. Er hatte all die Jahre kaum etwas von seinem Gehalt ausgegeben. Im Grunde hätte er ein viel besseres Leben führen, besser essen und sich vor allem besser kleiden können, aber er tat es nicht und steckte das Geld schlicht in ein gutgetarntes Versteck außerhalb seines Zimmers.

Jetzt übertrug Karpo nach und nach alle Daten aus seinen Notizbüchern in den Computer. Er hatte Handbücher für Computerbenutzer studiert und war, nachdem er des öfteren mit dem Gerät im Dezernat für Sonderermittlungen gearbeitet hatte, überzeugt, daß ihn die detaillierten Informationen, die er in seinen Notizbüchern festgehalten hatte, in die Lage versetzen würden, Querverbindungen zwischen den unzähligen Kriminalfällen herstellen und neue Erkenntnisse gewinnen zu können.

An der Wand neben der Tür zum Flur stand eine so alte Kommode, daß man sie schon fast als Antiquität hätte bezeichnen können. Darüber hing ein Bild, das Mathilde gemalt hatte. Craig Hamilton, der schwarze FBI-Agent, der dazu abgestellt gewesen war, die russischen Behörden im Kampf gegen das organisierte Verbrechen zu unterstützen, lebte in Washington, war Kunstliebhaber und besuchte zusammen mit seiner Familie oft die National Gallery. Er hatte erklärt,

Mathilde sei eine begabte Malerin. Mathilde hatte das Bild seinerzeit den Rostnikows geschenkt, doch kurz nachdem sie ums Leben gekommen war, hatte es Karpo eines Abends an der Wand seines Zimmers vorgefunden. Jeden Morgen, bevor er mit seinem Training anfing, blieb er wie jetzt davor stehen und sah im Halbdunkel die nach hinten geneigte Frauengestalt an, die den Blick auf einen grasbewachsenen Hügel richtete. Das Gesicht war vom Betrachter abgewandt, und das rote Haar – es hatte dieselbe Farbe wie Mathildes Haar in ihrer Jugend – wehte sanft im Wind. Auf dem Hügel stand ein kleines Haus.

In der Wand, an der Karpos Bett stand, führte eine Tür zu einem eingebauten Schrank, in dem ordentlich die schwarzen Kleidungsstücke hingen. Die Sachen, die er auf Mathildes Anraten gekauft, die sie ihm geschenkt oder selbst gemacht hatte, waren in Schachteln verstaut. Rechts von seinem Bett befand sich das einzige Fenster seiner Behausung, das Karpo nur morgens öffnete, um festzustellen, wie das Wetter würde.

Seine Bleibe war kaum behaglicher als eine Mönchszelle. Genaugenommen hatte Karpo das Zimmer so eingerichtet, daß es an Lenins Moskauer Quartier erinnerte. Emil Karpo war felsenfest davon überzeugt gewesen, daß der Marxismus die Korruption schließlich ausmerzen und der Kommunismus die Welt einen wurde. Seit der Versammlung, zu der er als kleiner Junge an der Hand seines Vaters gegangen war, hatte er an diesem Glauben festgehalten – damals hatte ihn die riesige rote Fahne mit Hammer und Sichel ebenso beeindruckt wie der leidenschaftliche Redner, der lauthals verkündete, daß der Sowjetkommunismus die ganze Welt verändern würde. Am Abend dieser Versammlung hatten die Arbeiter – bis auf seinen Vater und einige wenige andere – so laut geschrien, bis dem Jungen die Ohren weh taten. Sein Vater, dem er jetzt sehr ähnlich war, hatte schlicht und wortlos seine Hand gedrückt.

Karpo war Polizist geworden, weil er seinen Beitrag leisten wollte bei den Bemühungen, diejenigen aufzuhalten, die das Gesetz brachen und die Verwirklichung des kommunistischen Traums behinderten. Die Partei, so brüchig und fehlerhaft sie auch geworden sein mochte, war seine Religion gewesen. Jetzt gab es die Sowjetunion nicht mehr, und eine Gruppe von Opportunisten, die sich selbst Kommunisten nannten, drohten, nach freien Wahlen die Regierung zu übernehmen. Aber Karpo wußte, daß ihr Kommunismus nicht der war, an den er glaubte. Sein Kommunismus war tot. Die neuen Kommunisten behaupteten, sie könnten Rußland von der Mafia befreien und die Sowjetunion neu aufbauen. Karpo, der mittlerweile auf dem kalten Betonboden Liegestütze machte, wußte, daß es dafür zu spät war. Die Menschen hatten die Korruption des Kommunismus und seine Verheißungen gegen die Korruption des Kapitalismus, Inflation, Orientierungslosigkeit und wachsende Kriminalität eingetauscht. Nach wie vor war es nötig, andere zu bestechen, die Lebensmittel waren noch knapper, die politischen Versprechungen hohler und unglaubwürdiger.

Nicht der Kommunismus hatte versagt, sondern die Menschheit. Die Animalität und die Schwächen der Menschen, die Bequemlichkeit der Korruption und der Mangel an Pflichtbewußtsein in allen Schichten hatten den Traum zerstört, der Wirklichkeit hätte werden können. Letztendlich war alles vom Glauben abhängig gewesen – nicht vom Glauben an Gott oder an das System, sondern vom Glauben an die Menschen, an das russische Volk, an das sowjetische Volk. Ohne diesen Glauben konnte niemand am Kommunismus und seinem ultimativen Ziel festhalten. Inzwischen war Karpos Überzeugung, daß das Volk den Jahrhunderten der Korruption in unterschiedlichen Systemen entkommen konnte, beträchtlich geschwunden. Der Kapitalismus stellte keine Rettung dar. Er war lediglich eine andere Fassade, hinter der sich die Schwachen und Verantwortungslosen – also beinahe jeder – verstecken konnten.

Mathilde hatte ihm genauso über die schwere Zeit des Umbruchs hinweggeholfen wie Porfirij Petrowitsch Rostnikow, der sich verhielt, als könnte ihn gar nichts überraschen, als wäre die Gesellschaft verrückt, egal wer oder welches System sie beherrschte, als würden nur einzelne – Frauen, Kinder, die Unschuldigen und die relativ Unschuldigen – zählen. Rostnikows Einstellung hatte ihn schon oft beim MVD, beim KGB und der Militärpolizei in Schwierigkeiten gebracht, aber er hatte alles mehr oder weniger unbeschadet überstanden. Karpo hatte schon in den frühen Jahren seines Berufslebens entschieden, an der Seite dieses hinkenden Exzentrikers, der oft über die Narreteien dieser Welt lächelte, zu bleiben und ihn zu respektieren.

Nachdem Karpo die hundert Liegestütze absolviert hatte, rollte er sich auf den Rücken, legte die Beine aufs Bett und begann mit den hundert Rumpfbeugen. Er brauchte nicht mitzuzählen – sein Körper verriet ihm, wie viele Übungen er hinter sich hatte. Als nächstes stützte er die Arme auf, streckte die Beine nach oben und strampelte ein, zwei Minuten, dann wurde er immer schneller, als wurde er radfahren. Er strampelte eine Viertelstunde und war kaum außer Atem, als er aufhörte und aufstand. Ein dünner Schweißfilm bedeckte seine Haut, und trotz der Kälte im Zimmer war ihm warm. Er holte ein Handtuch aus der untersten Kommodenschublade – eines von den dreien, die er besaß –, nahm die blaue Seifenschale, wickelte das Handtuch um sich und verließ sein Zimmer. Es war noch nicht einmal sechs Uhr. Der schmale Flur mit den öden grauen Wänden war menschenleer. Selbst die Hausbewohner, die früh zur Arbeit mußten, warteten, bis der Polizist geduscht hatte und wieder in seinem Zimmer war, ehe sie sich anstellten, um sich unter dem kalten Wasserrinnsal zu waschen. Das war ein ungeschriebenes Gesetz in dem Haus am Vernadskogo-Prospekt. Niemand hatte Lust, dem Vampir über den Weg zu laufen. Viele wunderten sich, warum der Polizist, immerhin ein Inspektor, in einem Haus wie diesem wohnte, obwohl er sich doch sicher etwas Besseres leisten konnte, aber er lebte schon länger hier als alle anderen.

In seinem Zimmer trocknete sich Karpo vollständig ab, hängte das Handtuch über die Stange vor dem Fenster und zog sich bedächtig an. Seine Uhr verriet ihm, daß er noch zwei Stunden an seinem Computer arbeiten konnte. Er hatte bereits einige interessante Informationen gewonnen, über die er mit Porfirij Petrowitsch sprechen wollte. Karpo hatte möglicherweise eine Spur in dem Brief- und Paketbombenfall gefunden. Die Empfänger der Bomben waren alle Moskowiter, die auf den ersten Blick nichts miteinander gemein hatten; ein Opfer war ums Leben gekommen, und acht wurden schwer verletzt.

Er konzentrierte sich auf diesen Fall, während er am Computer arbeitete. Alles andere schaltete er aus, selbst den Gedanken an Pankows Besuch am gestrigen Abend. Pankow, der kleine, zitternde Adjutant vom Leiter des Dezernats für Sonderermittlungen, Oberst Snitkonoi, genannt der Graue Wolf, war nur gekommen, um Karpo mitzuteilen, daß der Oberst alle Mitarbeiter des Dezernats um neun Uhr morgens zu einer Konferenz zusammenrief. Eigentlich war eine morgendliche Besprechung an der Tagesordnung, und Karpo schoß durch den Kopf, daß etwas sehr Wichtiges vorliegen mußte, wenn es der Graue Wolf für nötig hielt, Pankow loszuschicken und die Leute der Abteilung zusammenzurufen.

Aber er war klug genug, um den kleinen Adjutanten nicht nach dem Anlaß für die Konferenz zu fragen.

Er würde ohnehin früh genug erfahren, worum es ging.

3

Elena Timofejewa saß zwischen Porfirij Petrowitsch und Emil Karpo am Tisch in Oberst Snitkonois Büro. Rechts von Karpo hatte sich Sascha Tkach plaziert, der einen sehr müden Eindruck machte. Arkadi Selatsch, dem ganz und gar nicht wohl in seiner Haut zu sein schien, saß zu Rostnikows Linken. Der schwerfällige Riese mit den nach vorn gebeugten Schultern, der bekannt für seine Loyalität, aber nicht für seine Intelligenz war, machte einen ausgesprochen besorgten, unsicheren Eindruck. Der Stuhl links neben Selatsch war unbesetzt – das machte Elena stutzig. Normalerweise war das der Platz von Major Gregorowitsch, dem zweiten Mann in der Hierarchie des Dezernats, der, wie jedermann wußte, Rostnikow nicht leiden konnte, den Grauen Wolf für einen Dummkopf hielt und Informationen in andere Abteilungen durchsickern ließ. Gregorowitsch war für besonders heikle Fälle verantwortlich, in die das Militär oder andere Ermittlungsbehörden verwickelt waren. Offiziell war er Oberst Snitkonois Büro lediglich vorübergehend zugeteilt, aber jedermann vermutete, daß er nur hier war, um den Grauen Wolf im Auge zu behalten. Zudem hoffte er, sobald Snitkonoi versetzt oder in den Ruhestand geschickt wurde, seinen Posten einnehmen zu können – sozusagen als Lohn dafür, daß er zuverlässig brisante Informationen über die Ermittlungsergebnisse des Dezernats weitergegeben hatte. Aber heute war der Major nicht erschienen. Elena mutmaßte, daß er krank, auf Geheimmission oder tot war. Die letzte Möglichkeit betrübte sie kein bißchen.

Auf dem Stuhl neben dem von Gregorowitsch kauerte der beinahe zwergenhafte Pankow. Er hatte einen Notizblock vor sich aufgeschlagen und sich hinter einem Stapel Berichte und Protokolle gegen die Wut des Vorgesetzten, die er stets zu erwarten schien, verschanzt. Pankow zappelte wie immer auf seinem Stuhl und zerrte unaufhörlich an dem zu engen Kragen seines allseits bekannten grauen Anzugs.

Natürlich war es Elenas Aufmerksamkeit auch nicht entgangen, daß sich ein neuer Gesprächsteilnehmer zu ihnen gesellt hatte. An dem Tisch gab es außer Gregorowitschs eigentlich keinen freien Platz mehr, deshalb hatte man einen zusätzlichen Stuhl neben den von Sascha für Josef Rostnikow, Porfirij Petrowitschs Sohn, gestellt. Er bedachte Elena mit einem Lächeln, die ihrerseits der Versuchung widerstand, ihr Haar glattzustreichen und ihn anzusehen. Josef war groß, so breit wie sein Vater, hatte ein hübsches Gesicht und dunkle Locken, und jetzt lächelte er auch wie sein Vater. Mehr als ein Jahr nach seiner Entlassung aus der Armee und dem Dienst im Fegefeuer von Sibirien oder auf den Kriegsschauplätzen in Afghanistan hatte sich Josef dem Theater verschrieben – er führte regierungsfeindliche Stücke, von denen er viele selbst verfaßt hatte, in kleinen Theatern auf und spielte in manchen selbst mit. Irgendwann hatte Josef Rostnikow eine innere Wandlung durchgemacht. Er hatte das Theater aufgegeben und sich bei der Staatspolizei beworben, die Bedenken hegte, Porfirij Petrowitsch Rostnikows Sohn bei sich aufzunehmen, da die Gefahr bestand, daß er Informationen an seinen Vater weitergeben könnte. Aber ihnen blieb keine Wahl. Josef war qualifiziert, und das Innenministerium gab die Anweisung, ihn einzustellen. Eine Zeitlang war er mit einem wortkargen jungen Kollegen auf Streife gegangen, hatte Betrunkene beschwichtigt, Familienstreitigkeiten geschlichtet, aufbrausende Teenager beruhigt, Protokolle über Schlägereien und Diebstähle angefertigt und gelernt, so viel er konnte. Die Staatspolizei war nur zu froh, den jungen Rostnikow ziehen zu lassen, als das Versetzungsgesuch zum Dezernat für Sonderermittlungen einging.

Aber noch etwas anderes hatte Josef verändert. Bei einer Feier bei seinen Eltern, zu der er mit dem schönsten Mädchen, das Elena jemals zu Gesicht bekommen hatte, erschienen war, hatte er verkündet, daß er beabsichtige, Elena Timofejewa zu heiraten. Zuerst hatte Elena geglaubt, er sei betrunken und mache sich über sie lustig, aber er hatte ihr auch nach diesem Abend nachgestellt.

Jeden Morgen sah Elena ein gutaussehendes, wenn auch ein bißchen molliges Gesicht mit zarter, rosenfarbener Haut und glattem, blondem Haar im Spiegel. Elena focht einen ständigen Kampf aus, um ihr Gewicht zu reduzieren. Sie hatte immer das Bild ihrer Tante und ihrer Mutter vor sich und war überzeugt, dazu bestimmt zu sein, eine dicke Matrone zu werden. Im Jahr zuvor hatte sie eine kurze Affäre mit einem kubanischen Polizisten gehabt, während sie zusammen mit Porfirij Petrowitsch in Havanna Nachforschungen für einen Fall angestellt hatte. Der Polizist war verheiratet, und sie konnte niemals sicher sein, ob er sich wirklich von ihr angezogen fühlte oder sie verfuhrt hatte, um über Rostnikows Ermittlungen auf dem laufenden zu bleiben. Wahrscheinlich beides, vermutete sie.

Elena warf einen Blick auf die Wanduhr. Dreißig Sekunden vor neun. Sie sah Rostnikow an, der Vögel in sein Notizbuch zeichnete und ganz unten auf der Seite mit ordentlichen Buchstaben »Farben?« geschrieben hatte.

Um Punkt neun ging die Tür auf, und ein magerer Mann in blauem Anzug und passender gestreifter Krawatte kam herein. Sein dunkles Haar war kurzgeschnitten. Er stellte sich vor den Tisch, faltete die Hände und schaute einen nach dem anderen an. Sein Gesicht war zerfurcht und glattrasiert, und am auffallendsten waren die buschigen Augenbrauen, die ihn wie eine jüngere, schmuckere Version von Leonid Breschnew aussehen ließen. Elena schätzte ihn auf Anfang Fünfzig. Rostnikow sah von seinem Notizblock auf, und begegnete dem Blick des Mannes, der jetzt das Wort ergriff.

»Mein Name ist Igor Jakowlew«, erklärte er selbstbewußt. »Oberst Snitkonoi wurde befördert und ist jetzt General. Seine Anwesenheit wird in St. Petersburg gefordert, wo er Leiter der Sicherheitsabteilung in der Eremitage werden soll. Die Versetzung auf diesen Posten ist dauerhaft. Major Gregorowitsch wurde ebenfalls versetzt und ist ab heute für die Sicherheit eines prominenten Abgeordneten im Unterhaus, Schirinowski, verantwortlich.«

Für jeden vernünftigen Menschen wäre es, wie Elena sehr genau wußte, ein fürchterlicher Alptraum, den Schutz für einen wahrscheinlich wahnsinnigen, rückständigen Nationalisten zu gewährleisten, der mit jedem Tag aufs neue ein Attentat herausforderte, wenn er die Menschen beleidigte und den Juden die Schuld an unzähligen Mißständen und Übeln der russischen Vergangenheit gab. Der verrückte Schirinowski war angeblich selbst ein halber Jude.

Jakowlew sah jedem einzelnen am Tisch direkt in die Augen. Offenbar wußte Pankow bereits, was vorgefallen war. Karpo zeigte kein äußeres Anzeichen von Interesse. Rostnikow studierte das Gesicht des Mannes, der vor ihm stand. Sascha war wachsam und spitzte die Ohren. Josef machte sich nicht die Mühe, seine Neugier zu verbergen. Selatsch war offensichtlich verwirrt und schaute sich um, als könnte er von den anderen eine beschwichtigende Erklärung erwarten. Es kam aber keine.

»Ich«, fuhr Jakowlew fort, »bin der neue Leiter des Dezernats für Sonderermittlungen. Ich erwarte von Ihnen dieselbe effiziente Arbeit, die Sie seit der Entstehung dieser Behörde geleistet haben. Obwohl wir einen großen Anteil am Erfolg Oberst Snitkonoi zuschreiben dürfen, strebe ich ein noch höheres Leistungsniveau an. Ich habe mich über Sie alle informiert und kenne Ihre Stärken, Ihre Schwächen und Ihre Loyalitäten.« Bei diesen Worten ruhte sein Blick auf Rostnikow. »Ich war, wie Inspektor Rostnikow weiß, beim ehemaligen KGB beschäftigt, bekleide jedoch keinen Rang mehr bei der Staatssicherheit. Ich habe auf eine Stellung dort verzichtet, als mir ein Mitglied der Regierung durch das Innenministerium die Position als Leiter des Dezernats für Sonderermittlungen anbot. Ich sehe diese Berufung als Chance. Das ist alles, was Sie je über meinen beruflichen Werdegang von mir hören werden. Ich bezweifle nicht, daß Ihnen Porfirij Petrowitsch weitere Informationen über mich geben kann, falls es ihm geboten erscheint – ich jedenfalls werde ihn nicht dazu auffordern, Stillschweigen zu bewahren. Noch irgendwelche Fragen?«

Keiner rührte sich oder sagte etwas.

»Sie alle, auch Adjutant Pankow, bekommen mit sofortiger Wirkung eine Gehaltserhöhung von zehn Prozent«, sagte er. »Im Gegenzug erwarte ich fünfzig Prozent mehr Leistung. Außerdem werden diese morgendlichen Besprechungen ab heute nicht mehr stattfinden. Damit verschwenden wir nur die Zeit, die Sie auf die Arbeit verwenden können. Wir werden uns seltener und nur dann, wenn es nötig ist, zusammensetzen. Ich ernenne Inspektor Rostnikow zum stellvertretenden Leiter dieser Abteilung. Er wird in das ehemalige Büro von Major Gregorowitsch ziehen. Sie alle sind ihm unterstellt, das heißt, alle bis auf Pankow, der nur Weisungen von mir erhält. Oberinspektor Rostnikow wird mir in regelmäßigen Abständen Bericht über Ihre Fortschritte erstatten und die Akten der neuen Fälle in Empfang nehmen, die dann auf meinem Schreibtisch landen. Sie werden nur direkt zu mir kommen, wenn ich Sie dazu auffordere. Alles verstanden?«

Ein paar sagten *»da«*, die anderen, Elena eingeschlossen, nickten.

»Gut«, sagte Jakowlew. »Ich denke, Sie alle haben zu tun. Mit Ausnahme von Oberinspektor Rostnikow können Sie gehen. Pankow hat bereits die nötigen Papiere für Ihre Gehaltserhöhungen vorbereitet, und ich habe sie abgezeichnet. Das Geld dafür wird dem Jahresbudget der Abteilung entnommen, und das Gehalt des Leiters wird reduziert, um die finanzielle Mehrbelastung auszugleichen.«

Ein wenig benommen erhob sich einer nach dem anderen – Karpo als erster, gefolgt von Sascha und Elena. Josef sah seinen Vater an, dann Jakowlew, der sich vor Porfirij Petrowitsch aufgebaut hatte. Der neue Leiter des Dezernats hatte jetzt die Hände auf dem Rücken verschränkt und blieb aufrecht stehen wie zuvor.

Josef erhob sich, und der vollkommen verwirrte Selatsch tat es ihm gleich.

Als alle den Raum verlassen hatten, sagte Jakowlew: »Na, Waschfaß?«

»Na, Yak?«

Jakowlew grinste und zog die buschigen Augenbrauen hoch. Er faßte in die Tasche und zog eine Brille heraus, die er behutsam auf die Nase setzte.

»Ich brauche Sie«, sagte Jakowlew.

Rostnikow zuckte mit den Schultern.

»Ich brauche einen einbeinigen Querkopf, dessen Sarkasmus sich mit dem von Gogol messen kann«, sagte der Yak. »Ich brauche einen aufrichtigen Mann und die Loyalität, die Ihnen die Leute entgegenbringen, die für Sie arbeiten. Das ist keine Schmeichelei. Ich brauche Sie wirklich, Porfirij Petrowitsch.«

»Ich weiß«, erwiderte Rostnikow. »Aber Sie zollen mir mehr Anerkennung, als ich verdiene.«

»Als Ihr Vorgesetzter behalte ich mir das Recht vor, mir einen kleinen Zweifel an all dem zu bewahren.«

»Alles andere wäre töricht«, bekräftigte Rostnikow. »Und Sie sind kein Dummkopf.«

»Wir standen öfter als einmal auf verschiedenen Seiten«, sagte Jakowlew, als er zum anderen Ende des Tisches ging und sich auf Josefs Platz setzte.

Rostnikow nickte. Er drehte sich so, daß er dem Leiter des Dezernats direkt ins Gesicht sehen konnte. Die Bewegung wirkte linkisch mit dem künstlichen Bein, aber er verspürte keinen Schmerz. Rostnikow kannte den Mann als rücksichtsloses Mitglied des KGB. Jakowlew hatte unter einem General gedient, der nach dem gescheiterten Putschversuch gegen Gorbatschow Selbstmord begangen hatte. Offiziell war als Todesursache plötzliches Herzversagen angegeben worden. Jakowlew war danach nicht befördert, aber auch nicht entlassen oder degradiert worden. Noch immer hatte er seine Gönner. Seit dem Zerfall der Sowjetunion war Jakowlew in den Schatten zurückgetreten, und erst jetzt kam er wieder zum Vorschein. Er war klug und, was noch wichiger war, er war *khitry*, gerissen. Rostnikow wußte, daß er mehr als einmal auf Befehl des inzwischen dahingeschiedenen Generals und vielleicht auch anderer getötet hatte. Es kursierten Gerüchte über Verhörsitzungen, die der Yak in der Lubjanka durchgeführt und der Verdächtige nicht überlebt hatte.

»Bis auf Pankow und Selatsch vielleicht ist allen, die vorhin an diesem Tisch gesessen haben, klar«, sagte Jakowlew, »daß der Graue Wolf ein Trottel ist. Aber dort, wo er jetzt ist, kann er keinen Schaden mehr anrichten, und er sieht sehr stattlich aus in Uniform. Ich nehme an, er wird sich in St. Petersburg ausgezeichnet machen und sich glücklich schätzen, befördert worden zu sein, wie er meint.«

»Möglicherweise unterschätzen Sie ihn«, warf Rostnikow ein.

»Sie widersprechen mir?« fragte Jakowlew und stand abrupt auf. »Genau das brauche ich von Ihnen. Die ehrliche, durchdachte Einschätzung von Menschen und Situationen und Loyalität. Können Sie mir das geben?«

»Darf ich dasselbe von Ihnen erwarten?« erwiderte Rostnikow und malte ein X durch zwei der fliegenden Vögel auf seinem Block.

»Könnten Sie mir glauben, wenn ich einfach ja sagen würde?«

»Ja«, antwortete Rostnikow, »aber ich wüßte auch, daß es Ereignisse geben könnte, die diese Einstellung ändern. Falls das passiert, hoffe ich auf einen rechtzeitigen Hinweis darauf, daß ich mich nicht mehr auf Ihre volle Unterstützung verlassen kann.«

»Die Antwort auf Ihre Frage lautet ja«, sagte Jakowlew.

»Und meine Antwort lautet ebenfalls ja«, entgegnete Porfirij Petrowitsch Rostnikow.

»Dann können wir jetzt ja an die Arbeit gehen«, meinte der Yak. »Geben Sie mir einen Kurzbericht über die Morde an den vier Juden.«

Jakowlew ließ sich hinter dem Schreibtisch nieder, der vor ein, zwei Tagen noch der von Oberst Snitkonoi gewesen war. Er legte die gefalteten Hände vor sich auf die Tischplatte und wartete. Rostnikow schlug den Aktenordner, den er mitgebracht hatte, auf.

Er war Jakowlew gegenüber offen gewesen, obwohl er nicht preisgegeben hatte, daß ihn Anna Timofejewa, die von einem alten Freund aus dem Büro des Generalstaatsanwalts davon erfahren hatte, schon vor zwei Tagen über den bevorstehenden Führungswechsel in der Abteilung unterrichtet hatte. Anna hatte niemandem sonst davon erzählt, nicht einmal ihrer Nichte. Einerseits hatte sie sich zu diesem vertraulichen Gespräch veranlaßt gesehen, weil sie sicherstellen wollte, daß Rostnikow seine schützende Hand auch weiterhin über Elena breitete, obwohl er, wie sie sehr genau wußte, ohnehin alles in seiner Macht Stehende für sie tun würde. Andererseits wollte sie ihn auf einen Mann vorbereiten, dem man nicht so ohne weiteres trauen konnte. Es war sogar möglich, daß Porfirij Petrowitsch Rostnikow noch vor Oberst Snitkonoi Kenntnis von dieser plötzlichen Veränderung gehabt hatte.

Rostnikow sah von dem Ordner auf und klappte ihn zu. Er tat genau das, was Jakowlew seiner Meinung nach von ihm erwartete: Er schilderte mit knappen Worten den Tatbestand und umriß, wie er vorgehen wollte.

Außerhalb des Büros, im obersten Stockwerk der Petrowka, fingen Dutzende von Hunden gleichzeitig an zu kläffen. Die wachsenden Aktivitäten von Verbrecherbanden und die steigende Kriminalität auf den Straßen hätten eine Verstärkung der Truppen der Staatspolizei erforderlich gemacht, aber Polizisten waren im Vergleich zu Hunden teuer, deshalb hatte man die Hundestaffel vergrößert. Und jedesmal, wenn Fressenszeit war oder etwas die Tiere in Aufregung versetzte, bellten sie ohrenbetäubend. Gelegentlich verschwand ein Hund, und man munkelte, daß der eine oder andere Streifenpolizist eins der Tiere mit nach Hause nahm, um seine Familie mit Fleisch zu versorgen.

Rostnikow kam, begleitet von dem Geheul, zum Ende seines Berichts.

»Soweit ich gehört habe, weiß die ausländische Presse bereits von den Morden an den vier Juden und den beiden anderen«, sagte Jakowlew. »Die *New York Times* und CNN werden die Sache öffentlich machen. Ein aufgebrachter Rabbi, dessen Telefon abgehört wird, hat das Ausland von den Vorfällen unterrichtet. Vermutlich ist dieser Rabbi ein Informant der Israelis.«

»Ich bin dem Mann begegnet«, sagte Rostnikow.

»Ich kann die Einzelheiten über den Fall noch für eine Weile unter Verschluß halten«, sagte der Yak. »Aber ein Beispiel von offenem und gewalttätigem Antisemitismus wäre zum gegenwärtigen Zeitpunkt und in der Lage, in der sich unser Land befindet, ein verheerender politischer Zündstoff.«

»Ich verstehe«, brummte Rostnikow.

»Gut«, sagte Jakowlew. »Finden Sie den oder die Mörder. Und zwar schnell. Nehmen Sie sie nicht fest. Finden Sie sie und melden Sie mir den Fahndungserfolg unverzüglich mit einem kurzen Bericht, der nicht mehr als eine Seite umfassen soll. Spüren Sie sie auf, bevor sie noch einen Juden umbringen.«

Rostnikow nickte.

Der Bericht, den Rostnikow seinem neuen Vorgesetzten lieferte, betraf das Leben dreier Männer in Moskau. In dem Moment, in dem Porfirij Petrowitsch den Aktenordner zuschlug und zu reden begann, traf der erste dieser drei Männer bei seiner Arbeitsstelle ein. Der Mann wohnte in einem der noch unter Stalin in den fünfziger Jahren erbauten Apartmenthochhäuser jenseits der Äußeren Ringstraße. Er brauchte jeden Morgen beinahe vierzig Minuten, um von der Metrohaltestelle Rechnoi Vokzal nach Moskau, und ebenso lange, um abends von der Arbeit nach Hause zu kommen. Der Mann lebte mit seiner Frau und der gemeinsamen siebenjährigen Tochter zusammen, die in der Schule für ihre außergewöhnlichen Leistungen in Mathematik hochgelobt und häufig ausgezeichnet wurde. Man hatte dem Mann und seiner Frau mehr als einmal prophezeit, daß ihre Tochter eine glänzende Zukunft vor sich hatte.

Er wußte, welche Aufgaben er heute erfüllen mußte. Seit seiner Beförderung hatte sich kaum etwas an dem täglichen Arbeitsablauf geändert, und er brauchte so gut wie nie darüber nachzudenken, was er tat. Intelligenz war nicht erforderlich. Während der Arbeit brütete dieser Mann, der eine Frau und eine hochbegabte Tochter hatte, die meiste Zeit über einem Plan: Er überlegte, wo er sein nächstes Opfer aufspüren konnte, wann er es tun würde und wo. Von Zeit zu Zeit fragte er sich, warum er so etwas tat. Wieso hatte ihn diese Besessenheit allmählich übermannt? Er war sich im klaren, daß er nicht mehr damit aufhören konnte. Das jämmerliche Wimmern oder das entsetzte Schweigen seiner Opfer peinigte ihn. Und er fürchtete, daß er bei jedem Überfall brutaler wurde, daß er die Beherrschung vollkommen verlor, wenn diese ungeheure Wut ihn im Griff hatte. Aber er konnte nicht mehr aufhören. Er wußte, daß man ihm einen Spitznamen gegeben hatte – der Scheue –, aber bald würde man ihn mit schlimmeren, drastischeren Namen bezeichnen.

Aber jetzt schmiedete er schlicht seine Pläne und hoffte, daß diese Macht, die ihn befallen hatte, verschwinden würde, wie sie gekommen war, und daß er lernte, mit seinen Taten und mit dem, was er in der kommenden Nacht vorhatte, leben oder vielleicht eines Tages sogar alles vergessen zu können.

Der zweite Mann hieß Jewgenij Tutsolow. Er wohnte mit einem anderen jungen Mann namens Leonid Scharwotz zusammen. Beide waren Ende Zwanzig. In der Nacht zuvor hatte ein dritter Mann, der knapp fünfzigjährige Georgi

Radzo, auf einem Stuhl in ihrem kleinen Zimmer gesessen und Jewgenij schweigend betrachtet. Der ältere Mann war außergewöhnlich kräftig, da er seit zwanzig Jahren Lastwägen mit schweren Kisten belud. Neun Stunden täglich – mit einer Stunde Mittagspause – schleppte er die schweren Lasten, aber das würde bald ein Ende haben.

Jewgenij war ruhig geblieben, als ihm Georgi die Schulter verbunden hatte.

»Ein glatter Durchschuß«, hatte Georgi festgestellt. »Ich denke, das heilt rasch. Die Kugel hat nichts Lebenswichtiges verletzt und ist neben dem Knochen ein- und wieder ausgetreten.«

Jewgenij Tutsolow hätte am liebsten geflucht, aber er schüttelte statt dessen den Kopf und sagte: »Das Unerwartete. Es ist immer das Unerwartete. Ich töte die Juden und lege sie in Reih und Glied in den Schnee. Alles läuft gut, und dann steht da plötzlich diese Verrückte und zielt mit der Pistole auf mich.«

»Es ist nicht gut gelaufen«, widersprach Leonid, der andere junge Mann, der wie ein Häuflein Elend auf dem Bett hockte. »Igor ... du hast Igor getötet.«

»Das war unvermeidlich«, sagte Georgi. »Jewgenij hatte keine andere Wahl.«

»Die Frau, die auf dich geschossen hat, konnte dich doch nicht deutlich sehen, oder?« fragte Leonid, als sich der ältere Mann hinsetzte, um den Verband zu begutachten. Er hatte schon weit schlimmere Verletzungen auf der Laderampe gesehen. Er nickte zufrieden über seine Erste Hilfe, und der verwundete Jewgenij zog ein frisches Hemd an und knöpfte es zu. Die Bewegung bereitete ihm keine großen Schmerzen, und er war sicher, daß er am nächsten Tag seinen Schichtdienst in der Wäscherei verrichten konnte.

»Es war dunkel, und sie stand zu weit weg. Selbst wenn sie

mein Gesicht im Licht der Straßenlaterne gesehen hat, war sie ganz bestimmt zu verängstigt, um sich Einzelheiten merken zu können. Wenn sie näher an mich herangekommen wäre, hätte sie besser getroffen, und ich wäre jetzt wahrscheinlich entweder tot oder so schwer verwundet, daß mich die Polizei dort liegend gefunden hätte. Ich verlasse mich nicht gern auf mein Glück.«

Jewgenij war am gestrigen Abend in der Tat nicht vom Glück begünstigt gewesen. Als er die vier Männer die Uferböschung hinuntergetrieben hatte, war er mit dem Knie gegen einen schneebedeckten Felsbrocken gestoßen und konnte sich deshalb vor und nach der Hinrichtung nur noch hinkend vorwärts bewegen.

Ein großer Teil der Ersparnisse aller drei Männer war für den Kauf des AT-9, des amerikanischen 9-mm-Halbautomatik-Karabiners, den Jewgenij benutzt hatte, verwendet worden. Der Karabiner hatte den Vorteil, relativ leicht und klein zu sein, aber er war auch teuer gewesen, selbst auf dem derzeitigen Waffenmarkt in Moskau. Er hatte vor einer Woche die zwei Juden mit dem Karabiner getötet und war bestens damit zurechtgekommen. Und gestern, als er die drei Juden und Igor hingerichtet hatte, war er höchstens für einen kurzen Moment in Panik geraten, als die Waffe zu blockieren schien, aber Jakowlew mußte lediglich das Magazin mit der behandschuhten Handfläche fester in die Kammer rammen.

Die Zusammenkunft der drei hatte in der Nacht stattgefunden. Jetzt, am Morgen, arbeitete der kräftige ältere Mann auf der Laderampe, und Leonid und Jewgenij waren allein. Ein leichter Schmerz pochte in Jewgenijs verwundeter Schulter, und sein Knie tat so weh, daß er nachts ein- oder zweimal aufgewacht war, aber dem Mörder der vier Männer am Flußufer war es schließlich doch gelungen, Schlaf zu finden. Er zog sich an und bereitete sich auf den Tag vor. Er war überzeugt, daß er die Verletzung gut verbergen konnte und nicht hinken würde.

»Wird das ausreichen?« wollte der großgewachsene, dünne Leonid mit dem jungenhaften Gesicht wissen.

»Ausreichen?« fragte Jewgenij.

»Werden die Juden jetzt gehen?«

Jewgenij Tutsolow zuckte mit den Achseln – er spürte ein Ziehen in seiner Schulter.

»Vielleicht, vielleicht auch nicht«, sagte er. »Sie sind störrisch und eigensinnig. Die Juden sind schlau, und sie haben gelernt zu überleben. Vermutlich muß noch mehr geschehen. Ich denke, es ist unumgänglich, daß wir den israelischen Rabbi einen besonders grausamen Tod sterben lassen.«

»Belinsky«, sagte Leonid. Am liebsten hätte er gefragt, warum es unvermeidlich gewesen war, Igor umzubringen, aber er hatte Angst. Jewgenij und Georgi hatten es für nötig erachtet, den Mann zu töten, der ihr Partner gewesen war, die Morde mit ihnen geplant hatte und den sie alle seit Jahren kannten. Leonid kannte die Gründe. Es waren gute Gründe, aber waren sie gut genug?

»Belinsky«, bestätigte Jewgenij. »Bevor wir ihn töten, versuchen wir es mit einer ordentlichen Tracht Prügel. Vielleicht ist er danach nicht mehr ganz so begeistert von der Idee, die Juden in Moskau zu organisieren. Ein Mord würde ihn möglicherweise zum Märtyrer machen, aber ich glaube trotzdem, daß wir ihn über kurz oder lang töten müssen.«

Etwa drei Kilometer von dem Büro entfernt, in dem Rostnikow seinen neuen Vorgesetzten über die Morde und die anderen Fälle ins Bild setzte, stand ein anderer Mann in seinem winzigen Zimmer an einem Arbeitstisch. Er hielt diesen Raum in der Wohnung, die sich in einem der besseren Apartmenthäuser am Tschechow-Prospekt und einen halben

Block vom Rossia-Kino entfernt befand, stets geschlossen, und nur er besaß einen Schlüssel für die Tür.

Alexi Monochow lebte mit seiner Mutter und seiner Schwester zusammen. Die Schwester litt unter dem Down-Syndrom, einer genetischen Erkrankung, die in Rußland noch immer als Mongolismus bezeichnet wurde. Trotz ihrer Behinderung war sie in der Lage, eine anspruchslose Arbeit in der Nähe des Apartmenthauses auszuüben, obwohl die Familie das Geld, das sie damit verdiente, nicht nötig hatte.

Alexis Vater Iwan hatte vor seinem Tod dafür gesorgt, daß die Familie in den Besitz einer großen Wohnung kam und auch in Zukunft mit einem mehr als angemessenen Einkommen rechnen konnte. Der Vater hatte im Amt für Energiewirtschaft gearbeitet. Als man ihm eröffnet hatte, daß er an Prostatakrebs sterben würde wie sein Vater vor ihm, hatte Iwan nach und nach einschlägige Dokumente, die in den Aktenbergen vergraben waren, entwendet und kopiert. Die Originale versteckte er gut. Die Kopien legte er wohlhabenden Regierungsangestellten und Geschäftsleuten vor und drohte ihnen, die Papiere, die sie ganz bestimmt ins Gefängnis bringen oder sogar ihren Tod herbeiführen würden, weiterzuleiten. Er war klug genug, von diesen Männern keine unverschämt hohen Geldbeträge zu fordern, die sie monatlich seiner Witwe ausbezahlen sollten. Er ließ keinen Zweifel daran, daß die Papiere an die richtigen Behörden gehen würden, falls irgendeinem Mitglied seiner Familie etwas passieren sollte oder die Zahlungen ausblieben. Keiner der Männer hatte auch nur die geringste Ahnung, daß noch andere auf die gleiche Weise erpreßt wurden.

In der alten Sowjetunion hätte der plötzliche finanzielle Aufstieg der Familie Argwohn erregt, doch einer der Männer auf Iwans Liste hatte dafür gesorgt, daß keine Fragen gestellt wurden, und im neuen Rußland kümmerte sich kein Mensch mehr darum, woher die Leute ihr Geld hatten. Man setzte voraus, daß sowieso nicht alles mit rechten Dingen zuging.

Jetzt, da sich die Schwester und die Mutter außer Haus befanden und seine Zimmertür verschlossen war, wählte Iwans Sohn das richtige Werkzeug aus: eine kleine Augenbrauenpinzette.

Er arbeitete langsam und sorgfältig. Er war stolz auf sein Geschick, und das Wissen, das Richtige zu tun, vermittelte ihm Sicherheit. Er beendete sein Werk, ging aus dem Zimmer und schloß die Tür von außen zu. Seine Mutter und seine Schwester waren noch nicht zurück. Das war gut. Er zog sich warme Sachen an, stieg in seine Stiefel und verließ die Wohnung.

Der nächste Briefkasten war nur zwei Blocks entfernt, aber er spazierte über den Gorki-Prospekt sechs Blocks weiter zum Majakowskij-Platz. Dort, am Belors-Bahnhof, warf er seine neueste Briefbombe in den Kasten.

Rostnikow brauchte nicht mehr als zwanzig Minuten, um mit der Hilfe von seinem Sohn und Elena Timofejewa das ehemalige Büro von Major Gregorowitsch zu beziehen. Jakowlew hatte auf dem sofortigen Umzug bestanden; Rostnikow verstand das. Das Kommando übernehmen hieß, Veränderungen zu bewirken. Man mußte von Anfang an zeigen, wer das Sagen hatte und wie die Dinge laufen mußten.

Um zu Porfirij Petrowitschs Büro zu kommen, mußten seine Mitarbeiter von dem Raum, der in einzelne Bereiche unterteilt war und in dem auch Rostnikow bis zu diesem Morgen gearbeitet hatte, nur den Flur überqueren.

Für Rostnikow war der Blick auf die Petrowka-Straße, Bäume, Busse, Händler, Polizeiautos und Fußgänger das beste an seinem neuen Arbeitsplatz.

Auf dem Schreibtisch standen ein Telefon, eine große Plastikschachtel mit Büroklammern und eine Tasse, in der gespitzte Bleistifte steckten.

Der hölzerne Schreibtischstuhl war drehbar und hatte Rollen. Rostnikow beschloß, es mit ihm zu versuchen, aber er war ziemlich sicher, daß er auf den soliden, schweren Stuhl zurückgreifen würde, der ihm keine Streiche spielen konnte. Auf der anderen Seite des Schreibtischs standen drei Stühle seinem gegenüber.

In der Ecke des Raums befand sich ein stählerner Aktenschrank mit drei unverschließbaren Schubladen. Sie enthielten etwa fünfzig ziemlich neue, leere Ordner und die Papiere und Schnellhefter, die Rostnikow mitgebracht hatte.

Sobald Porfirij Petrowitsch allein war, zog er in Erwägung, die Beinprothese abzunehmen und dem Stumpf eine Ruhepause und eine Massage zu gönnen. Aber dazu hätte er die Hose ausziehen müssen.

Während er darüber nachdachte, klingelte das Telefon. Er nahm den Hörer ab und meldete sich schlicht mit: »Rostnikow.«

»Sie sind befördert worden?« sagte eine Stimme. »Ich habe gerade in Ihrem Büro angerufen und mit jemandem namens Selatsch gesprochen. Er hat es mir erzählt. Meinen Glückwunsch.«

»Danke«, sagte Rostnikow.

In der Vergangenheit, in der er mehr als ein dutzendmal dieselbe Stimme am Telefon gehört hatte, hatte Rostnikow vergeblich versucht, den Anrufer aufzuspüren. Doch der war erstaunlich geschickt darin, derartige Bemühungen zunichte zu machen, und führte nur kurze Gespräche. Rostnikow hatte ruhig zugehört, sich Notizen gemacht und die Informationsfetzen und Besonderheiten sorgfältig zusammengesetzt. Er hatte nicht viel, aber allmählich entstand ein zusammenhängendes Bild.

»Ich habe wieder einen Brief verschickt«, eröffnete der Mann.

»An wen?« fragte Rostnikow.

Der Mann lachte und erwiderte: »Sie haben Sinn für Humor. Gerade das mag ich so an Ihnen.«

»Freut mich, daß ich zu Ihrem Amüsement beitrage.«

Jemand klopfte an die Tür. Rostnikow legte die Hand über die Sprechmuschel und sagte, ohne die Stimme zu heben: »Herein.«

Karpo, Sascha und Elena traten ein. Karpo schloß die Tür, als Rostnikow sie mit einer Geste aufforderte, auf den Stühlen vor dem Schreibtisch Platz zu nehmen.

»Hören Sie zu?« wollte der Anrufer wissen.

»Sehr aufmerksam«, versicherte Rostnikow und hauchte kaum hörbar seinen drei Inspektoren zu: »Das ist der Bombenattentäter.«

Der erste Anruf des Bombenmörders war vor etwas mehr als vier Monaten erfolgt. Er hatte die Petrowka angewählt und darum gebeten, mit dem Leiter der Ermittlungen gegen den Mann, der Menschen per Post bestraft, verbunden zu werden. Rostnikow hatte Jakowlew über all dies vor einer Stunde in Kenntnis gesetzt. Jakowlew hatte leicht den Kopf geschüttelt und gesagt: »Wenn nur die Mitarbeiter im Büro von diesen Anrufen wissen, sorgen Sie dafür, daß sie auf keinen Fall mit jemandem darüber sprechen.«

Rostnikow hatte ihm zugestimmt. Genaugenommen hatte er seine Leute längst darum gebeten, Stillschweigen zu bewahren.

»Geht es Ihrer Familie gut?« erkundigte sich der Anrufer.

»Sehr gut«, antwortete Rostnikow.

»Und was macht das neue Bein?«

»Ich gewöhne mich daran.«

In den vergangenen drei Jahren hatte der Bombenattentäter Bomben an neun Personen verschickt. Da unter den Opfern, von denen eines zu Tode gekommen war, einige prominente Wissenschaftler und sogar der stellvertretende Minister für Energieversorgung waren, hatte der Innenminister auf eine rasche Klärung des Falles gedrängt, doch der Attentäter war, wie sich herausstellte, schwer zu fassen, und es waren bereits Gerüchte an die Medien durchgesickert, daß jemand in Moskau Briefbomben verschickte.

Aus den kurzen Telefonaten schloß Rostnikow, daß der Mann ein großer Bewunderer des amerikanischen Unabombers war und sich ihre Fälle in vielen Punkten glichen. Deshalb hatte Rostnikow die Hilfe des FBI-Agenten Craig Hamilton in Anspruch genommen, der wie etliche andere Amerikaner als Berater bei der Bekämpfung des organisierten Verbrechens in Rußland fungierte. Hamilton hatte sich bemüht, so viele Informationen wie möglich über den Unabomber und die Maßnahmen der amerikanischen Kollegen in Erfahrung zu bringen, und sie an Rostnikow weitergeleitet.

»Ich habe beschlossen, bald aufzuhören«, sagte der Briefbombenattentäter.

»Gut.« Rostnikow sah die drei Mitarbeiter an, die schweigend zuhörten.

»Aber ich stelle eine Bedingung«, fügte der Attentäter hinzu.

»Das überrascht mich nicht.«

»Ich habe ein Schriftstück verfaßt, in dem ich darlege, warum ich die Bomben verschickt habe. Ich habe das Schreiben an Sie persönlich gesandt. Keine Angst. Es enthält keine Bombe. Das Schreiben muß täglich in den Moskauer Fernsehnachrichten verlesen werden – eine ganze Woche lang. Es nimmt fünf Minuten in Anspruch.«

»Ich kann nicht garantieren, daß sich ein Sender dazu bereit erklärt«, sagte Rostnikow.

»Dann wird es leider noch mehr Bomben geben.«

»Schön«, entgegnete Rostnikow, »wir unterhalten uns noch einmal darüber, sobald ich das Schriftstück in Händen halte. Geben Sie mir eine Nummer, unter der ich Sie erreichen kann.«

Der Bombenattentäter lachte erneut.

»Ich mag Sie, Waschfaß«, sagte er.

Rostnikow schrieb etwas auf seinen Block. Kollegen und viele Gewohnheitsverbrecher nannten ihn Waschfaß. Das könnte etwas zu bedeuten haben. Vielleicht aber auch nicht. Der Briefbombenattentäter war nicht dumm. Aber Rostnikow wußte noch eine Menge mehr über den Mann – genug, daß der Attentäter unruhig geworden wäre, wenn er von dem Ausmaß der Informationen gewußt hätte.

»Meine Empfehlung an die Frau Gemahlin und die beiden kleinen Mädchen«, sagte der Attentäter.

»Und ich grüße Ihre Mutter und Ihre Schwester«, erwiderte Rostnikow.

Das war riskant. Rostnikow reimte sich aus all dem, was er hatte, zusammen, daß der Mann eine Mutter und eine Schwester hatte und daß sein Vater tot war, aber sicher war er sich dessen nicht.

Der Anrufer legte auf. Rostnikow tat das gleiche und rutschte in seinem Stuhl zurück. Er hatte vergessen, daß sich das Ding drehte, und wäre beinahe umgekippt. Sascha machte Anstalten, aufzustehen und ihm zu Hilfe zu kommen, aber Rostnikow lächelte und richtete den Oberkörper auf. Jetzt wußte er Bescheid über die Familie des Bombenattentäters. Schon seit Monaten hegte er den Verdacht, daß zwischen den Opfern eine Verbindung bestand, und jetzt hatte sich dieser Verdacht bestätigt. Sie alle hatten ein Betätigungsfeld, das in irgendeiner Weise mit der privaten oder öffentlichen Energieversorgung zu tun hatte. Die Opfer reichten vom einfachen Elektriker über Wissenschaftler bis zum stellvertretenden Minister.

Der Attentäter hatte nur eine einzige Bemerkung über die Auswahl seiner Opfer fallenlassen: »Dieser Wahnsinn muß endlich gestoppt werden. Die Erzeuger müssen aufgehalten werden.« Rostnikow war ebenfalls der Ansicht, daß der Wahnsinn gestoppt werden mußte, aber er hatte den Wahnsinn der Attentate im Sinn.

»Die Liste«, sagte er und sah Karpo an.

Karpo nickte. Er hatte eine lange Liste von Leuten zusammengestellt, die etwas mit der Energieproduktion zu tun hatten oder auf diesem Gebiet Forschung betrieben und in Moskau lebten. Man hatte mit allen dieser mehr als siebenhundert Personen Kontakt aufgenommen, um sie vor verdächtigen Postsendungen zu warnen. Zudem hatte man ihnen einen Code genannt, mit dem sie benachrichtigt werden konnten, sobald die Polizei Grund zu der Annahme hatte, daß eine Bombe unterwegs war. Jede Person, die auf der Liste stand, mußte angerufen werden, und der Anrufer würde nur ein Wort sagen: »Pinguin.« Die Staatspolizei hatte absolute Kooperation zugesichert, und innerhalb einer Stunde würden zwanzig Sekretärinnen, Polizisten und andere Mitarbeiter am Telefon sitzen, die aufgelisteten Nummern wählen und, sobald sich jemand meldete, das Codewort sagen. Keiner der Anrufer würde auch nur die geringste Ahnung haben, warum sie diese Nummern wählten oder was das Wort zu bedeuten hatte. Die Mitarbeiter der Staatspolizei waren verantwortlich dafür, daß sie alle Personen auf der Liste so schnell wie möglich erreichten, entweder bei der Arbeit oder zu Hause.

»Alarmieren Sie die Leute im Postraum«, fuhr Rostnikow fort. »Ich erwarte einen Brief oder ein Paket vom Bombenattentäter. Ich bezweifle, daß Sprengstoff drin ist, aber …«

Karpo nickte. Er würde Anweisung geben, alle an Rostnikow adressierten Briefe und Pakete auf einem gesonderten Tisch zu deponieren und die Sendungen so wenig wie möglich zu berühren.

Karpo und Elena sahen Sascha Tkach an.

»Ja?« fragte Rostnikow.

»Emil ist im Fall des Scheuen auf eine mögliche Spur gestoßen«, sagte Sascha, der immer noch einen sehr müden, erschöpften Eindruck machte.

»Die Vergewaltigungen begannen vor fünf Jahren«, sagte Karpo. »Vier Jahre vor der ersten wurde eine Frau im Flur eines Apartmenthauses überfallen. Sie war sehr groß und außergewöhnlich energisch. Sie wehrte den Angreifer ab, und er flüchtete, als eine der Wohnungstüren aufging. Die Frau rief die Polizei und meldete den Überfall als versuchten Raub. Aber die Methode war genau die, die der Vergewaltiger immer anwendet.«

»Vier Jahre vor der ersten Vergewaltigung?« wiederholte Rostnikow.

»Genau«, bestätigte Karpo.

»Irgendwelche Vermutungen?« wollte Rostnikow wissen.

Vermutungen anzustellen war nicht Karpos Stärke.

»Es war sein erster Versuch«, schaltete sich Sascha wieder ein. »Er hat kläglich versagt und konnte vier Jahre lang nicht den Mut aufbringen, einen weiteren Überfall zu wagen.«

»Vielleicht«, meinte Rostnikow. »Wie sind Sie auf diese Sache gekommen?«

»Computer«, erwiderte Karpo knapp. »Ich habe ungeklärte Fälle auf Besonderheiten überprüft. Ich suchte nach Fällen, in denen Frauen von hinten angegriffen wurden, in denen der Täter ein Messer bei sich hatte und eine Warnung aussprach. Dabei kam ich auf diesen Fall.«

»Wie hilft uns das weiter?« wollte Rostnikow wissen.

»Das damalige Opfer hat das Gesicht des Angreifers deutlich gesehen«, berichtete Elena. »Kurz nach dem Verbrechen sagte sie der Polizei, sie würde das Gesicht niemals vergessen.«

Rostnikow nickte wieder. Es war nicht nötig, ihnen zu erklären, was zu tun war – er mußte nur bestimmen, wer sich damit befassen sollte.

»Sascha, Elena – das übernehmen Sie beide. Emil, ich brauche Sie im Bombenfall, Josef wird Ihnen helfen. Ich kümmere mich um die Morde an den Juden. Selatsch geht mir zur Hand.«

Die drei Ermittler standen auf. Elena und Sascha wollten eigentlich noch über die Vorfälle an diesem Morgen sprechen und wissen, was das alles zu bedeuten hatte. Wer war dieser Jakowlew? Warum hatten sie alle eine Gehaltserhöhung bekommen? Nur Karpo hatte in dieser Hinsicht keine Fragen.

»Als ich ein Kind war«, sagte Rostnikow, während er sich vorbeugte und einen Vogel auf einem Ast über das Wort *Waschfaß* malte, »war Blau meine Lieblingsfarbe. Jetzt ist es Rot. Welche Farbe mögen Sie am liebsten, Elena Timofejewa?«

Sie hatte sich mittlerweile an Rostnikows Eigenarten und daran gewöhnt, daß er sich aufrichtig für Dinge interessierte, die offenbar keine große Bedeutung hatten.

»Violett«, sagte sie.

Rostnikow sah Sascha an.

»Grün«, sagte Sascha.

Dann war Karpo dran. »Schwarz.«

Rostnikow hatte im Grunde gar keine Antwort von Emil Karpo erwartet. Er schaute auf und entdeckte etwas in Karpos Augen, das ihn beunruhigte.

»Danke«, sagte Rostnikow. »Schicken Sie mir bitte Selatsch herüber.«

Die drei verließen das Büro.

Kurze Zeit später klopfte ein nervöser Selatsch an die Tür und wartete, bis er zum Eintreten aufgefordert wurde; dann trottete er herein und blieb unsicher vor dem Schreibtisch stehen.

»Setzen Sie sich«, bat Rostnikow.

Selatsch gehorchte.

»Wie geht es Ihrer Mutter?« erkundigte sich Rostnikow.

»Gut«, sagte Selatsch, »sie wird glücklich über meine Gehaltserhöhung sein. Ist das wahr?«

»Ja«, bestätigte Rostnikow. »Jakowlew ist ein Mann des Wortes.«

Er verschwieg, daß sein Wort oft etwas war, was andere nicht hören wollten.

Selatsch war einundvierzig Jahre alt und unverheiratet. Er lebte mit seiner Mutter zusammen, war bedingungslos loyal, aber bei weitem keine Geistesgröße. Er führte jede Anweisung gewissenhaft aus, selbst wenn Gefahr für Leib und Leben bestand. Vor zwei Jahren hatte Selatsch beim Angriff eines Verbrechers einen Teil seiner Sehkraft eingebüßt. Es war viel Zeit vergangen, bis er sich vollständig von dieser und anderen Verletzungen, die er sich bei jenem Vorfall zugezogen hatte, erholt hatte.

Selatsch trug leicht verschlissene, aber saubere und ordentliche Kleidung, die ihm seine Mutter ausgesucht hatte.

»Zwei Fragen, Selatsch«, sagte Rostnikow, »danach gehen wir gemeinsan an die Arbeit. Erstens, was ist Ihre Lieblingsfarbe?«

Selatsch sah ihn verwirrt an.

»Orange«, sagte er. »Meiner Mutter gefällt Weiß am besten.«

»Meiner Frau auch. Zweite Frage«, fuhr Rostnikow fort. »Wie starb Ihr Vater?«

Diese Frage schien Selatsch noch mehr durcheinanderzubringen.

»Das wissen Sie doch. Er wurde erschossen.«

Selatschs Vater war Polizist gewesen und wurde erschossen, als er ein Schwarzmarktgeschäft in einer Garage verhindern wollte. Es hätte gar nicht zu einer Schießerei kommen dürfen, da es sich nur um eine mindere kriminelle Tat gehandelt hatte und die Schwarzhändler ohne weiteres die Möglichkeit gehabt hätten, mit Hilfe von Bestechungsgeldern um eine schwere Bestrafung herumzukommen. Aber einer der Männer geriet in Panik, und ein einziges 9-mm-Geschoß hatte genügt, um das Leben von Selatschs Vater auszulöschen.

»Welche Empfindungen haben Sie damals bewegt?« fragte Rostnikow weiter und dachte an den Bombenattentäter, mit dem er kurz zuvor telefoniert hatte.

»Empfindungen? Ich war traurig und wütend. Ich wollte Rache.«

»Rache«, wiederholte Rostnikow und gab dem Vogel mit ein paar Bleistiftstrichen den letzten Schliff. »Haben Sie Ihre Rache jemals bekommen?«

»Nein«, erwiderte Selatsch.

»Aber das hat Sie offensichtlich nicht verrückt gemacht«, sagte Rostnikow.

»Nein«, bestätigte der vollkommen konfuse Selatsch.

»Denken Sie immer noch an Rache?«

»Nein.«

»Kommen Sie.« Rostnikow erhob sich mühsam. »Wir haben später noch Zeit, Vögel zu zeichnen und über Farben zu sprechen. Jetzt fangen wir einen Mörder.«

4

Ludmilla Henschakajowa erschrak, als jemand an die Tür klopfte. Sie saß am Fenster und beobachtete, wie die Schneeflocken auf die Straße fielen. Auf dem Fernsehbildschirm in der Ecke erschien ein lachender Mann. Ludmilla hatte keine Ahnung, worüber er sich so amüsierte, und es war ihr im Grunde auch egal. Er und das Fernsehbild waren nur dazu da, ihr Gesellschaft zu leisten. Ludmilla war nicht gern allein.

Es klopfte wieder.

Ludmilla wohnte nicht in der besten Gegend. Das Haus war heruntergekommen, und vom Fenster aus konnte sie, nicht weit entfernt vom Wendeplatz der Oberleitungsbusse, einen alten Friedhof und seine gelegentlichen Besucher sehen. Oft beobachtete sie die häßlichen großen Krähen, die auf den Grabsteinen hockten und Krallenabdrücke im Schnee hinterließen. Ludmilla war fast siebzig und konnte von ihrer kleinen Rente und dem Geld, das sie verdiente, wenn sie vor und nach Theater-, Opern- und Ballettaufführungen Blumen vor dem Bolschoi verkaufte, kaum leben. Sie stand oft vor dem Theater, und sie brauchte das Geld dringend, aber kürzlich hatte sie sich eine Erkältung geholt, und Kretschmann, der Blumenlieferant, hatte vorgeschlagen, daß sie zu Hause bleiben sollte, bis sich das Wetter gebessert hatte. Aber wie sollte sie ohne den Verdienst auskommen?

Es klopfte zum drittenmal.

Ludmilla seufzte und übertönte den lachenden Mann im Fernsehen: »Wer ist da?«

»Polizei«, antwortete eine Frauenstimme.

»Ich glaube Ihnen nicht!« rief Ludmilla zurück und betrachtete prüfend den Riegel und die Schlösser an ihrer Tür.

»Wir sind zu zweit«, sagte die Frau, die behauptete, von der Polizei zu sein. »Wir schieben unsere Ausweise unter der Tür durch.«

Ludmilla blieb reglos sitzen. Der Mann im Fernsehen lachte nicht mehr. Vielleicht hörte es bald auf zu schneien. Im Bolschoi wurde heute eine Mozart-Oper aufgeführt. Sie wußte nicht mehr, welche, aber sie rechnete damit, daß viele Amerikaner, Franzosen und Kanadier die Vorstellung besuchen würden. Sie und die neureichen jungen Russen waren ihre Kunden.

Die Karten erschienen unter der Tür.

»Sie könnten gefälscht sein«, sagte Ludmilla. »Man kann alles fälschen, wenn man Geld hat.«

»Wir sind hier, um mit Ihnen über den Mann zu sprechen, der Sie überfallen hat«, erklärte der Mann, der der Stimme nach zu urteilen noch ziemlich jung sein mußte.

»Das war vor zehn Jahren«, sagte Ludmilla.

»Vor nicht ganz zehn Jahren«, präzisierte die Frau vor der Tür.

»Ich möchte nicht darüber reden«, erwiderte Ludmilla entschlossen.

»Wir glauben, daß er weiterhin Frauen überfällt«, sagte die Frauenstimme. »Wir glauben, daß er ihnen ernsthafte Verletzungen zufügt, sie vergewaltigt und schlägt. Möglicherweise tötet er bald eines seiner Opfer.«

»Dann sprechen Sie doch mit denen!« schrie Ludmilla. Sie wußte, daß ihre Nachbarin jedes Wort mit anhörte.

»Sie sind die einzige, die sein Gesicht gesehen hat«, sagte die Frau.

Ludmilla seufzte erneut, zog sich mühsam auf die arthritischen Beine und schlurfte langsam zur Tür. Sie schielte hinunter auf die beiden Ausweise, hob sie aber nicht auf. Sie machte sich am Riegel zu schaffen.

Sascha und Elena hörten, wie die Schlösser klickten, und beobachteten, wie sich die Tür langsam öffnete. Laut Polizeibericht von damals war Ludmilla Henschakajowa eine große, kräftige Frau Anfang Sechzig. Die Frau, die jetzt vor ihnen stand und ein viel zu weites Kleid trug, war dünn und wirkte sehr alt. Sie musterte Sascha und Elena und trat dann beiseite, um sie in ihre kleine Wohnung zu lassen.

Sascha bückte sich, um die Ausweise aufzuheben, und gab einen an Elena weiter.

Ludmilla schloß die Tür und sagte: »Solange sich zwei Polizisten hier aufhalten, brauche ich ja nicht abzusperren.«

Der Mann, der vorhin im Fernseher gelacht hatte, interviewte jetzt einen Schauspieler. Ludmilla erinnerte sich nicht an seinen Namen, aber sie erkannte ihn. Er saß dem lachenden Mann gegenüber – selbstbewußt, gutaussehend und mit übereinandergeschlagenen Beinen.

»Ludmilla Henschakajowa«, begann Elena sanft, um die Aufmerksamkeit der alten Frau auf sich zu lenken.

»Tut mir leid«, sagte Ludmilla. »Ich leide an den russischen Krankheiten: Angst, Einsamkeit, Melancholie und der Sehnsucht, die Vergangenheit zu vergessen.«

Das Zimmer war alles andere als das, was Sascha und Elena erwartet hatten. Die Gegend war seit Jahren verkommen und berüchtigt. Einen halben Block entfernt befand sich die Ruine eines Hauses, das so schlecht konstruiert gewesen war, daß es vor vier Jahren eingestürzt war und mehr als ein Dutzend Menschen unter sich begraben hatte.

Aber dieses Zimmer war makellos. Zwei gerahmte Poster von Blumen hingen nebeneinander an einer sauberen Wand. Die anderen Wände waren kahl. Auf dem Betonboden lag ein großer, dunkel gemusterter Teppich, und die Stühle sowie das schmale Bett in der Ecke waren mit zusammenpassenden, gestrickten Überwürfen in Grün und Gelb bedeckt. An einer

Wand stand ein großes, breites Regal, in der Ecke ein Tisch mit gelber Tischdecke und zwei Stühlen davor. Auf einem polierten Tischchen befand sich ein Schwarzweißfernseher – auf dem Bildschirm war der lachende Mann noch in sein Gespräch mit dem Schauspieler vertieft.

Elena und Sascha betrachteten beide den niedrigen Sessel vor dem Fenster. Auch Elenas Tante hatte einen Sessel vor ein Fenster gestellt. Anna Timofejewa saß dort stundenlang, manchmal sogar den ganzen Tag, und stand nur auf, um die vom Arzt empfohlenen kleinen Spaziergänge zu machen oder eine Kleinigkeit zu essen. Elena fielen die Erinnerungen ihrer Tante ein, als sie den Sessel sah; Sascha stellte sich seine Mutter Lydia in einem solchen Sessel vor – aber er sah sie nicht lange dort sitzen. Lydia hatte kein Sitzfleisch. Sascha spürte förmlich die Angst vor Einsamkeit und die ständige Ungeduld seiner Mutter. Lydia würde es sich niemals länger als für fünf Minuten in einem solchen Sessel bequem machen – sie würde aufspringen, sich überlegen, wen sie besuchen oder was sie tun könnte.

»Nehmen Sie Platz«, bot Ludmilla an.

»Dürfen wir den Fernseher abstellen?« fragte Elena.

»Bitte«, sagte Ludmilla und ging zu ihrem Sessel am Fenster.

Sascha hatte das vorausgesehen. Er kam ihr zuvor und drehte den Sessel so, daß Ludmilla sie ansehen konnte, wenn sie sich auf die beiden geradlehnigen Stühle am Tisch niederließen. Sascha warf einen Blick auf den alten Friedhof. Drei Krähen steuerten einen Grabstein an, der sich bedenklich zur Seite neigte.

»Ein kleines Mädchen als Polizistin«, sagte Ludmilla kopfschüttelnd, als würde sie nichts anderes als Verrücktheiten vom neuen Rußland erwarten. »Ein hübsches kleines Mädchen.«

Elena war nicht sicher, ob sie sich geschmeichelt fühlen oder beleidigt sein sollte.

»Dieser Überfall«, begann Elena.

Sie hatten vorher vereinbart, daß derjenige, der den besseren Draht zu der Frau zu haben schien, die Vernehmung leiten sollte.

Jetzt fiel Ludmillas Blick auf Sascha.

»Und ein Junge. Ein blutjunger Polizist, dessen Augen so alt zu sein scheinen wie meine. Ich war früher Dichterin, müssen Sie wissen. Ich kann Ihnen einige meiner Bücher zeigen und die Zeitschriften, in denen meine Gedichte veröffentlicht wurden. Es gibt auch Plakate, auf denen die Lesungen, die ich in der ganzen Sowjetunion veranstaltet habe, angekündigt wurden.«

Sie hielt inne und betrachtete die beiden Poster an der Wand. Sascha und Elena folgten ihrem Blick. Tatsächlich war unter den Blumen das Datum und der Ort einer Dichterlesung angegeben. Die Aufschrift auf dem einen Poster war in Französisch, die auf dem anderen in Russisch.

»Ich schreibe keine Gedichte mehr. Und dann...«

Sie verstummte, riß sich von den alten Erinnerungen los und richtete sich mit neu erwachtem Elan auf. »Tee?« fragte sie.

»Nein danke«, sagte Elena. »Wir sind uns bewußt, daß das Ereignis lange zurückliegt, aber wir wissen nur wenig über diesen Überfall.«

Wenn es Karpos Notizen nicht gegeben hätte, wären sie nach allem, was sie in den Polizeiakten gefunden hatten, niemals auf diese Frau gestoßen. Ludmilla Henschakajowas damalige Anzeige war lediglich mit einem kurzen Eintrag festgehalten worden, der den Namen, das Alter und die Adresse des Opfers und den Ort, an dem die Tat begangen worden war, sowie eine kurze Schilderung des Tathergangs und eine

Beschreibung des Angreifers enthielt. Erwähnt wurde lediglich das Messer, der Angriff von hinten und daß der Übeltäter dem Opfer die Hand über die Augen gelegt hatte. Die Personenbeschreibung lautete: »Junger Mann, dunkles Haar, braune Augen, khakifarbene Jacke. Versuchte die Handtasche des Opfers zu stehlen, wurde aber wirksam abgewehrt.«

Mehr stand über diesen Fall nicht in den Akten, und es war unwahrscheinlich, daß weitere Ermittlungen angestellt worden waren. Karpos Notizen hingegen waren ausführlicher. Er wies darauf hin, daß das Opfer eine hochgeschätzte Dichterin war, und Karpo hatte sich auch die Adresse der Wohnung notiert, in der sie jetzt saßen. Die offiziellen Angaben waren falsch gewesen.

»Was tut er diesen Frauen an?« wollte Ludmilla wissen.

»Er vergewaltigt sie auf brutale Art und Weise und schlägt sie«, sagte Elena. »Bis jetzt hat er noch keine getötet, aber …«

»Ich war früher sehr groß und kräftig«, erklärte die alte Frau. »Und auch jetzt bin ich nicht so schwach, wie ich aussehe, aber ich verspüre nicht mehr den Drang, über das zu schreiben, was ich sehe und fühle.«

»Können Sie sich noch an den Mann erinnern?«

Ludmilla lächelte. Unzählige Fältchen waren um ihren schmalen Mund zu sehen. In diesem Lächeln lag Ironie, aber kein Spott.

»Ja. Sie wollen wissen, wie er damals aussah und wie er heute aussieht?«

»Heute?« hakte Sascha Tkach nach. »Sie haben ihn wiedergesehen?«

»Ja, ich habe ihn gesehen.«

»Haben Sie das der Polizei gemeldet?« fragte Elena.

Wieder huschte dieses Lächeln über das alte Gesicht.

»Denken Sie, man hätte die Sache verfolgt?« fragte Ludmilla. »Sie meinen doch nicht im Ernst, daß man sich die Mühe gemacht hätte, meine Aussage zu Protokoll zu nehmen – die Aussage einer alten Frau, die plötzlich behauptet, den Mann gesehen zu haben, der sie vor fast zehn Jahren überfallen hatte?«

Elena und Sascha waren sich im klaren, daß die Frau mit Recht daran zweifelte. In einem Moskau, in dem Gewalt und Verbrechen an der Tagesordnung waren, hatte niemand Zeit oder Lust, sich um alte, bereits abgelegte Kriminalfälle zu kümmern. In der großen Stadt mit etwa neun Millionen Einwohnern gab es schätzungsweise hunderttausend Polizeibeamte. Kaum jemand wollte noch diese Laufbahn einschlagen. Selbst mit einer Kalaschnikow-Automatik und kugelsicherer Weste konnte sich ein Polizist, der zwölf bis vierzehn Stunden täglich im Einsatz war, kaum gegen die neue Mafia und die Straßenbanden durchsetzen, die besser bewaffnet und ausgerüstet waren. Anders als in Amerika war es russischen Polizisten erlaubt, auf Verdächtige, die zu fliehen versuchten oder den Eindruck machten, als würden sie ihre Waffe ziehen, zu schießen. Die Todesrate unter den Kriminellen war hoch. In offiziellen Statistiken wurde festgehalten, daß die Moskauer Polizei im vergangenen Jahr öfter als tausendfünfhundertmal von der Schußwaffe Gebrauch gemacht hatte, während in Los Angeles im gleichen Zeitraum nur hundertfünfzigmal Schüsse abgegeben wurden.

»Wo haben Sie den Mann, der Sie angegriffen hat, gesehen?« fragte Elena.

Ludmilla wandte sich ihr zu. Sie entdeckte etwas in Elenas Gesicht, das sie an ihre eigene Jugend erinnerte.

»Werde ich ihn identifizieren müssen?«

»Möglicherweise«, sagte Sascha. »Es sei denn, wir haben eindeutige Beweise gegen ihn, oder wir finden heraus, wo er wohnt. Vielleicht können wir ihn aber auch dazu bringen, ein Geständnis oder wenigstens ein Teilgeständnis abzulegen.«

»Sie werden gar nichts unternehmen oder erfolglos bleiben«, behauptete Ludmilla, während sie den Blick durch das Zimmer schweifen ließ und dann die beiden Kinder ansah, die Polizei spielten. »Und falls Sie doch mit ihm reden, könnte er mich aufspüren. Er könnte mich umbringen. Ich bin resigniert, nicht deprimiert, und ich habe vor, noch ein bißchen länger zu leben.«

»Wie sollte er auf Sie kommen? Wir werden ihm Ihren Namen ganz bestimmt nicht nennen«, sagte Sascha und strich die lästige Haarsträhne, die ihm immer ins Gesicht fiel, zurück.

»Er wird mich auf dieselbe Weise finden, wie Sie mich gefunden haben«, sagte die alte Frau.

»Die Informationen befinden sich nur in den Polizeiberichten«, erklärte Sascha.

»Ganz recht«, meinte Ludmilla ernst und beugte sich vor.

Es war kalt in dem Zimmer, und Elena und Sascha hatten ihre Jacken deswegen anbehalten, aber erst jetzt wurde ihnen bewußt, wie eisig es war.

»Sie meinen ...«, begann Sascha.

Ludmilla schloß die Augen und nickte.

»Er ist Polizist?« fragte Elena.

»Er ist Polizist«, wiederholte Ludmilla.

Das Päckchen wurde in der Petrowka abgegeben. Es war an Porfirij Petrowitsch Rostnikow, Dezernat für Sonderermittlungen, adressiert. Karpo, Josef und Paulinin standen vor dem Päckchen und starrten es an. Sie hatten die vier Personen, die in der Poststelle arbeiteten, aufgefordert, den Raum zu verlassen.

Nachdem sich der Bombenattentäter telefonisch bei Rostnikow gemeldet hatte, wurde das kleine Heer von Anrufern mobilisiert, und die Warnungen wurden an den betroffenen Personenkreis weitergeleitet. Jeder, der mit der Produktion von Energie oder auch nur im entferntesten mit Atomkraftwerken in Verbindung stand, hörte am Telefon das Wort »Pinguin«. Die Anrufer hakten die Namen der Personen auf der Liste ab, die sie erreicht hatten. Später würden Karpo und Josef die Liste noch einmal durchgehen, vorausgesetzt natürlich, das Päckchen, das vor ihnen lag, enthielt keine Bombe, die sie zerfetzte.

Paulinin war Techniker. Er hatte ein Labor im zweiten Untergeschoß der Petrowka und war Experte für alles – angefangen von der Untersuchung der Mordopfer bis zur Bestimmung von Sprengstoff. Die meisten Kriminalisten der Petrowka und alle wissenschaftlichen Mitarbeiter, eingeschlossen die Teilzeit-Pathologen, die die Autopsien durchführten, gingen Paulinin aus dem Weg, der als wandelndes Lexikon, aber auch als ziemlich exzentrisch galt. Er ähnelte einem bebrillten, kurzsichtigen Affen mit zu großem Kopf, der von einer wilden, grauen Haarmähne umrahmt wurde. Sein Labor, das ihm gleichzeitig als Büro diente, war vollgestopft mit Büchern und Gegenständen früherer Untersuchungen – hier eine Pistole mit fehlendem Magazin, dort, zwischen hohen Bücherstapeln, ein falsches Gebiß in einem Glas.

Der verschrobene Wissenschaftler rückte seine Brille zurecht, stellte die billige rote Plastikkiste mit seinem Werkzeug auf den Tisch und holte ein Paar Gummihandschuhe aus einem Plastikbeutel. Er zog die Handschuhe an und steckte den Plastikbeutel in seine Tasche; dann ging er neben dem braunen Päckchen, das für eine Fünf-Minuten-Botschaft viel zu dick zu sein schien, in die Knie.

Paulinin sah aus, als würde er das Päckchen anbeten. Um

ihn herum türmten sich andere Pakete und Briefe. Altertümliche Holzfächer verschiedener Größe waren mit Post vollgestopft.

Paulinin beugte sich vor und schnüffelte erst an einer Ecke des Pakets, dann an der anderen. Danach legte er das Ohr neben dem Paket auf den Boden, ohne es zu berühren. Er holte ein Stethoskop aus der Plastikkiste, steckte sich die Ohrstücke umständlich in die Ohren und richtete den Blick in weite Fernen, während er das Paket behutsam abhörte. Als nächstes strich er mit den Fingerspitzen über den Rand und hielt an einem Punkt inne. Noch immer auf den Knien drehte er das Päckchen vorsichtig um, wobei er es nur am Rand anfaßte. Josef hielt den Atem an, als Paulinin mit den behandschuhten Fingern leicht auf das Packpapier klopfte. Dann erhob sich der Wissenschaftler unvermittelt, nahm die Ecke des Päckchens zwischen zwei Finger und hob es hoch. »Ich würde sagen, es enthält nur ein einzelnes Stück Papier und einen massiven Holzklotz, möglicherweise Birkenholz, dem Gewicht nach zu schließen. Ich werde es röntgen und auf Fingerabdrücke überprüfen, falls es uns gelingt, es unbeschadet zu öffnen. Mal sehen, was mir der Inhalt verrät.«

Karpo ersparte sich eine Antwort. Sobald sich das Päckchen in Paulinins Händen befand, würde er damit in seinem riesigen, unordentlichen Kellerlabor ohnehin machen, was er wollte. Karpo hatte die Erfahrung gemacht, daß Paulinin tatsächlich ein brillanter Kopf war und außerdem, um es milde auszudrücken, für ein bißchen irre gehalten wurde. Aber Karpo hatte gelernt, diese Art von Irrsinn nicht nur zu akzeptieren, sondern auch zu negieren. Paulinin hatte einen klaren, hellwachen Verstand und neigte dazu, seinen Standpunkt und seinen Ärger deutlich zum Ausdruck zu bringen. Die Wut, die er hin und wieder zeigte, richtete sich hauptsächlich gegen die Pathologen in der Petrowka. Ein bißchen toleranter war er, wenn es um die Arbeit der sogenannten forensischen Experten ging, die, laut Paulinin, wenigstens keine Starallüren hatten wie die Pathologen. Kaum etwas bereitete Paulinin mehr Freude, als eine Leiche in die Finger zu kriegen, die die Pathologen untersucht und obduziert hatten, denn er konnte stets sicher sein, etwas zu finden, was sie übersehen hatten. Allerdings konnte er sich noch mehr begeistern, wenn er als erster einen Toten auf seinen Labortisch bekam. Ein solches Glück bescherten ihm nur die Mitarbeiter des Dezernats für Sonderermittlungen und eine Handvoll anderer Ermittler, die seine Fähigkeiten zu schätzen wußten.

Karpo wußte auch, daß Paulinin ein einsamer Mann war, der die Freundschaft des Vampirs suchte. Die Annäherungsversuche waren bescheiden: eine Tasse Tee aus fragwürdigen Bechern in Paulinins Labor und, beträchtliche Zeit später, die Einladung, an dem Mittagessen teilzuhaben, das Paulinin für sich mitgebracht hatte. Inzwischen hatte das seltsame Paar schon zweimal zusammen in einer der vergleichsweise billigen Cafeterias die Mittagspause verbracht. Paulinin betrachtete Emil Karpo zweifellos als seinen einzigen Freund.

»Kommen Sie in einer Stunde und vierzig Minuten in mein Labor, Emil Karpo«, sagte Paulinin. »Bis dahin dürfte ich etwas für Sie haben. Wir können uns dann bei einer Tasse Tee darüber unterhalten.«

»In einer Stunde und vierzig Minuten«, wiederholte Karpo, und der Wissenschaftler verschwand mitsamt dem Päckchen durch die Tür.

»Und was, wenn das Ding in seinen Händen explodiert?« fragte Josef.

»Dann werden wir sicherlich die Erschütterung spüren«, erwiderte Karpo ohne jede Spur von Sarkasmus oder Humor. »Falls nichts zu spüren ist, gehen wir in Paulinins Labor, und

Sie werden dort den Tee, den er Ihnen anbietet, nicht ausschlagen.«

»Gut«, sagte Josef.

»Es wird Ihnen widerstreben, ihn zu trinken«, prophezeite Karpo, »aber Sie werden den Drang, ihn abzulehnen, unterdrücken.«

»Ich erwarte keine mit Marmelade gefüllten Blinis. Ich habe schon eine verdächtige braune Brühe aus dem gebleichten Totenschädel eines afghanischen Stammesführers getrunken und kleine Nagetiere verzehrt«, gab Josef mit einem Grinsen zurück. »Ich war Soldat. Wir haben oft derart interessante Erlebnisse gehabt.«

»Wir werden sehen«, sagte Karpo und ging zur Tür, um den Postverteilern zu sagen, daß keine Gefahr mehr bestand und sie wieder an die Arbeit gehen konnten.

Das Gebäude am Balakawa-Prospekt, in dem sich die jüdische Gemeinde traf, war mit israelischem Geld in deutscher Währung gekauft worden. Der Preis war unverhältnismäßig hoch für das kleine Haus gewesen, aber es entsprach Avram Belinskys Bedürfnissen und denen seiner kleinen Gemeinde, die kürzlich durch die Morde um sechs Mitglieder reduziert worden war. Das zweihundert Jahre alte Gebäude war einmal eine russisch-orthodoxe Kirche gewesen und bestand im großen und ganzen aus einem Vorraum und einer großen Halle. Während der kommunistischen Herrschaft war das Kreuz in dem einzigen Türmchen abgenommen worden. Eine Zeitlang wurde das Haus von der Kraftfahrzeugzulassungsstelle als Büro benutzt, dann als Versammlungsraum für die kommunistische Gilde der Bauarbeiter, und später diente es ohne großen Erfolg als Touristenattraktion, in der Ikonen verkauft und ausgestellt wurden.

Ein deutscher Geschäftsmann, der für harte Währung unterschiedliche Dienste und Gefälligkeiten – insbesondere die Vermittlung zwischen ausländischen Investoren und Regierung sowie Mafia-Gruppierungen – anbot, erwarb das Gebäude vom Staat. Er beabsichtigte, die Räumlichkeiten als Lagerfläche zu nutzen, doch der Standort erwies sich als ungünstig. Es war zu wenig Platz, tagsüber herrschte zuviel Verkehr, und man konnte die Lieferwagen nicht abstellen, um sie von anderen unbeobachtet zu entladen. Zu viele neugierige Augen in der Nachbarschaft verfolgten die Aktivitäten. Der Geschäftsmann beschloß, sein Lager in einem Außenbezirk der Stadt einzurichten. Er hätte das Haus für die Hälfte des Betrags verkauft, den er von den Juden bekommen hatte, wenn es ihnen eingefallen wäre, ihn herunterzuhandeln. Im Grunde erwartete jedermann von Juden, daß sie schacherten. Aber der seriöse Rabbi aus Israel, der fließend Russisch sprach, hatte schlicht nach dem Preis gefragt und die Kirche im Namen der russischen Mitglieder der jüdischen Gemeinde gekauft.

Als Avram einzog, war nichts weiter da als ein Holztisch und ein einzelner, zerkratzter Klappstuhl. Der Boden in der hohen Halle bestand aus schiefen und krummen Holzdielen, die auf der blanken gefrorenen Erde lagen. Heizung gab es keine, und nachdem die neue Synagoge gesegnet und geweiht war, mußte noch vor Einbruch des Winters dafür gesorgt werden, daß der Raum beheizt werden konnte. Die *Bema*, die Holzplattform, auf der der Rabbi seine Gottesdienste abhielt, zu bauen, war nicht schwer. Er brachte seinen eigenen Schrein und zwei Torahs mit; all das war relativ neu und wartete nun auf die Versammlungen, um mit einer Geschichte aus Gebeten, Tränen, Entschlossenheit, Hingabe und Hoffnung erfüllt zu werden. Avram hatte keine Mühe, den Schrein hinter dem Podium aufzustellen. Selbst die Beschaffung von Stühlen war einfacher als befürchtet. Er kaufte dem ehemaligen Hausmeister einer kommunistischen Versammlungsstätte, der behauptete, darüber verfügen zu können, fünfzig Holzstühle ab – mehr paßten nicht in die neue Synagoge. Genausowenig Schwierigkeiten bereitete es Belinsky, eine kleine Gemeinde anzulocken, die trotz der beiden ersten sinnlosen Morde noch gewachsen war. Nur einer der vierundzwanzig Menschen, die zu ihm kamen, als sich herumsprach, daß in diesem Stadtteil eine Synagoge eingerichtet wurde, sprach Jiddisch. Keiner konnte Hebräisch lesen oder schreiben. Lediglich zwei der Männer waren beschnitten. Wenig hatten die Thora, die ersten fünf Bücher der Bibel, gelesen, aus der er jede Woche bei den Gottesdiensten in Russisch und Hebräisch vorlesen würde. Ihre Vorstellung von den Prüfungen, die Abraham und Moses erduldet hatten, war eher mythisch, und die Geschichten dienten ihnen nicht als Beispiel dafür, daß Standhaftigkeit und unerschütterlicher Glaube das Leben erträglicher machten und bereicherten.

Das größte Problem allerdings war, daß die russischen Juden die Scheu, als Juden identifiziert zu werden, noch überwinden mußten. Antisemitismus war immer ein Thema, und sie hatten gelernt, damit zu leben, indem sie sich offiziell als atheistische Sozialisten ausgaben, die keiner Religionsgemeinschaft angehörten. Viele hatten ihren Namen geändert, damit sie nicht als Juden erkannt wurden. Damit hatte Belinsky gerechnet, und er wurde besser damit fertig, als er erwartet hatte. Aber auf Mord war er nicht vorbereitet. Vielleicht auf Schlägereien, auf Hakenkreuzschmierereien an der Tür oder sogar auf Entweihung der Synagoge, aber nicht auf Mord.

Der Einbau der Heizung war sehr problematisch. Belinsky war nicht imstande, einen ehrlichen Handwerker für diese Arbeit aufzutreiben. Er erkannte Betrüger auf den ersten Blick, und nach einem kurzen Gespräch wußte er, ob sein

Gegenüber zuverlässig war oder nicht. Schließlich beschloß er – obwohl er keine Ahnung von Heizungsinstallationen hatte –, die Sache mit Hilfe von Freiwilligen, von denen mittlerweile drei ermordet worden waren, selbst in die Hand zu nehmen. Er stellte je einen Eisenofen, der mit Holz befeuert wurde, in die vier Ecken des großen Raums. Der Rauch konnte durch Löcher, die ins Dach geschlagen wurden, abziehen. Die vier identischen Öfen hatte er bei einem alten Mann erstanden, der seiner Gemeinde angehörte und sich weigerte, preiszugeben, woher er sie hatte.

Belinsky hatte im Kibbuz in Israel beim Bau von Straßen, Eisenbahngleisen, Bunkern und Häusern geholfen. Aber mit Heizungen hatte er keine Erfahrung, und als der Winter kam, zeigte sich, daß die vier Holzöfen nur wenig Wärme spendeten. Die Gemeinde fand sich nach wie vor an den Freitagabenden und am Samstagmorgen ein, gelegentlich traf man sich auch an den anderen Wochentagen zu Diskussionen, Hebräischstunden und Thorastudien, aber der Raum war sehr kalt.

Belinsky war es gelungen, beinahe alle verbleibenden Mitglieder der Gemeinde zu erreichen und sie zu einer Zusammenkunft am heutigen Abend zu rufen. Er wollte mit ihnen über die Morde diskutieren und Gebete für die Toten sprechen. Es war seinerzeit gerade möglich gewesen, eine *Minion* – die zehn für die Morgengebete erforderlichen Männer – aus den Gemeindemitgliedern zusammenzustellen. Vierzehn Männer hatten ihre Bar-Mizwa gefeiert, so daß eine *Minion* möglich war. Fünf von diesen Männern lebten mittlerweile nicht mehr.

Belinsky stand an der Tür der Synagoge, um jedes einzelne widerstrebende, ängstliche oder wütende Mitglied hereinzuführen. Um halb neun, eine halbe Stunde, nachdem er zu dem Treffen gerufen hatte, schritt er durch den Gang zwischen den Stuhlreihen zur *Bema* und stellte sich vor das Podium. Einunddreißig Menschen saßen vor ihm – junge und alte, sogar ein paar Kinder. Es waren mehr, als er erwartet hatte, und er entdeckte sogar ein paar neue Gesichter, die er sorgfältig musterte, ohne sie direkt anzusehen. Die neu Hinzugekommenen machten einen zornigen, entschlossenen Eindruck. Sie waren nicht gekommen, um Unruhe zu stiften. Sie waren Juden, die durch die entsetzlichen Gewaltverbrechen ans Tageslicht gelockt worden waren, obwohl der oder die Mörder vermutlich das Gegenteil beabsichtigt hatten – die Greueltaten sollten die Juden dazu zwingen, sich mit ihrer Angst zu verstecken. Alle behielten ihre Mäntel und Jacken an. Sie trugen Hüte, Mützen oder schwarze *Kipas*, die in einer Holzkiste neben der Tür aufbewahrt wurden. Jeder, der die Synagoge betrat, wurde aufgefordert, das Haupt zu bedecken, wie Gott es gefordert hatte. Der Rabbi selbst hatte eine schwarze Hose und einen schwarzen Rollkragenpullover an. Dies war eine Zusammenkunft, bei der gebetet wurde, aber man würde auch über die Arbeit sprechen, deshalb hatte er sich gegen Anzug und Krawatte entschieden.

Belinsky beobachtete, daß sich alle aufmerksam umsahen, ohne die Köpfe zu bewegen. Immerhin könnten Spione, vielleicht sogar die Mörder oder Polizei anwesend sein. Alle fürchteten um ihr Leben, und trotzdem hatten sie sich eingefunden.

»*Chaverim*«, begann Belinsky leise. »Freunde! Seit mehr als fünftausend Jahren haben sich Unterdrücker erhoben, um uns millionenfach, zu Dutzenden oder einzeln umzubringen, weil wir Juden sind. Sigmund Freud, ein praktizierender Jude, sagte, daß die Juden die Sündenböcke der westlichen Welt seien. Er sagte, daß ein animalischer Trieb die Gesellschaften dazu drängt, sich eine Gruppe zu suchen, der sie die Schuld an Mißernten, am Ausbruch von Seuchen und ihrer eigenen Unfähigkeit, ein angenehmes Leben zu führen, geben können. Sie brauchen solche Sündenböcke, um sich selbst überlegen zu fühlen. Antisemitismus gab es nicht nur unter den Christen. Er kam schon Jahrtausende vor Christi Geburt vor, und nicht nur die Unwissenden und Ungebildeten stellten sich gegen uns, sondern all jene, die die Entschlossenheit der Juden fürchteten, auch unter den schwierigsten Bedingungen zu überleben, Wohlstand zu erringen und füreinander Sorge zu tragen. Man machte uns verantwortlich für die Probleme der westlichen Zivilisationen, und wir wurden gehaßt, weil Gott uns zum auserwählten Volk ernannt hat. Ein amerikanischer Schriftsteller schrieb einmal: ›Eigenartig, daß Gott die Juden auserkoren hat.‹ Aber er hat uns durch Moses und Abraham auserwählt. Er hat uns Prüfungen auferlegt. Wir beteten um Schutz und Erlösung, und Gott antwortete uns – manchmal lautete seine Antwort: ›Nein.‹ Wir wurden geprüft, aber wir haben überlebt. Wir haben unseren eigenen Staat. Wir genießen neu erwachten Respekt in der Welt, und mit diesem Respekt kam die Furcht.«

An diesem Punkt seiner Predigt öffnete sich die Tür. Alle drehten die Köpfe und erwarteten geradezu Männer mit Kapuzen und Maschinengewehren. Avram Belinsky sah dem leicht hinkenden Polizisten entgegen, der die Tür hinter sich schloß und ruhig zu einem Stuhl in der hintersten Reihe ging. Er behielt seine Fellmütze und den mit Wollstoff gefütterten Mantel an.

»Die sechs jungen Männer, die ermordet wurden«, sagte Belinsky und richtete den Blick auf Rostnikow, der ihn unverwandt anschaute, »wir werden das Ansehen dieser sechs jungen Männer, deren einziges Vergehen es war, Juden zu sein und die Religion praktizieren zu wollen, ehren, indem wir weiterhin unsere Gottesdienste abhalten. Manche unter uns meinen, wir sollten aufhören damit, sie befürchten, daß sie uns alle töten werden, daß die Polizei die Verbrecher nicht findet und möglicherweise nicht einmal nach ihnen sucht. Viele von uns wissen, daß es Antisemiten bei der Polizei, bei der Staatsanwaltschaft und der Staatssicherheit gibt. Aber es gibt einige, die das Gesetz achten und unsere Toten ehren. Vor einigen Wochen hielten wir einen Gottesdienst für zwei tote Miglieder dieser Gemeinde ab und schrieben ihre Namen auf die Gedenktafel, die an dieser Wand hängt. Am Freitag werden wir in einer Andacht vier weitere Tote ehren. Wir werden uns wehren und Gott bitten, der Polizei bei der Suche nach den Mördern zu helfen. Hat jemand den Wunsch, etwas zu sagen?«

Ein dünner Mann Mitte Dreißig mit dunklem, glattrasiertem Gesicht stand auf. Seiner Nase sah man an, daß sie einmal gebrochen und der Bruch nie richtig verheilt war. »Ich schlage vor«, sagte er, »daß wir uns bewaffnen – jeder, der noch keine Waffe hat, soll sich eine beschaffen. Wir sollten unsere eigenen Nachforschungen anstellen und, wenn möglich, nur in Gruppen auftreten. Ich denke, wir sollten unsere Finger am Abzug unserer Revolver halten und uns darauf vorbereiten, beim kleinsten Anzeichen von Gefahr zu schießen.«

Die Leute fingen an zu tuscheln und zu debattieren. Belinsky sah Rostnikow an. Es verstieß gegen das Gesetz, Waffen mit sich zu führen, aber dieses Gesetz wurde immer mehr mißachtet.

Eine Frau meldete sich zu Wort. »Wenn wir sie töten, werden wir verdammt sein. Noch mehr Menschen werden uns hassen.«

Belinsky nickte, sagte aber nichts und deutete auf einen untersetzten, etwa sechzig Jahre alten Mann.

Der Mann stand auf und sagte: »Ich bin Angestellter, Buchhalter in einem Nachtclub, in dem laute Musik gespielt wird – im ›Rostigen Sputnik‹.«

Leises Gelächter war zu hören.

»Ich bin Buchhalter«, wiederholte der Mann. »Ich wurde immer als Jude erkannt, obwohl ich mich nie offen zum Glauben meiner Väter bekannt und die Religion bis heute nicht praktiziert habe. Unter dem sowjetischen Regime galten wir alle als verdächtige Individuen. Ich habe mein Leben lang damit gerechnet, erschossen, angeklagt, überfallen zu werden, nur weil ich Jude bin. Rabbi Belinsky hat mir und meiner Familie den Stolz darauf zurückgegeben, daß wir das sind, was wir sind. Ich werde kämpfen, wenn es nötig wird, obwohl ich nichts anderes als ein kurzsichtiger Buchhalter bin. Das ist alles – mehr habe ich dazu nicht zu sagen.«

Der Mann nahm wieder Platz. Niemand applaudierte, aber die meisten nickten zustimmend. Belinsky wußte, daß diejenigen, die noch schwankten, nichts sagen würden. Aber immerhin hatten sie den Mut aufgebracht, heute hier zu erscheinen. Sie würden zuhören und dann in ihren Familien – sofern sie welche hatten – besprechen, ob sie sich von der Synagoge fernhalten oder sich in ihrer Entschlossenheit und Angst mit den anderen zusammenschließen sollten. Belinsky schätzte, daß zumindest die Hälfte der Anwesenden noch unschlüssig war.

Der Rabbi sah Rostnikow an. Der bullige Polizist hatte die Arme verschränkt, und sein Gesicht verriet nicht das geringste.

»Für alle, die teilnehmen können, sage ich, daß die Trauerfeier für die Toten morgen stattfindet. Ihre Leichname werden hier von Mittag bis drei Uhr aufgebahrt sein, dann begraben wir sie auf dem jüdischen Friedhof.«

»Was sollen wir tun?« fragte eine Frau, die ein schlafendes Baby auf dem Arm hatte.

»Ich habe mein ganzes Leben gekämpft«, sagte Belinsky. »Ich habe mich gegen die zur Wehr gesetzt, die uns ermorden, ausbeuten und versklaven wollen. Mein Vater und mein

Onkel haben für Großbritannien gekämpft. Mein Land und meine Familie hielten den Arabern stand, die uns vernichten wollten. Wir überleben. Wir haben Erfolg, weil wir willens sind, zu kämpfen und, wenn nötig, zu sterben. Wir sind nur wenige, und wir überleben, weil wir bei dem Kampf keine Kompromisse eingehen. Jeder Jude ist ein Soldat. Ich schlage vor, daß alle, die sich bewaffnen wollen, zu mir kommen, damit wir gemeinsam trainieren können. Ich denke, wir sollten uns weiterhin treffen und Gottesdienste abhalten. Ich bin bereit, für meinen Glauben zu sterben. Ohne Glauben, für den es sich zu sterben lohnt, ist das Leben bedeutungslos.«

Belinsky bat seine Gemeinde, sich zu erheben. Er senkte den Kopf und sprach ein Gebet in Hebräisch. Ein paar andere, die bei dem Rabbi Hebräischunterricht nahmen, versuchten die Worte mitzusprechen. Er wiederholte das Gebet auf russisch, und mehr Stimmen fielen ein.

Die Versammlung war beendet. Rostnikow stand auf und wartete, dabei verlagerte er sein Gewicht so weit wie möglich auf sein gesundes rechtes Bein. Er war dabei zu lernen, das künstliche Bein ab und zu ein wenig zu belasten, und mit jedem Tag hatte er mehr das Gefühl, daß der Schmerz nachließ, je mehr er das Bein aus Plastik und Metall zu einem Teil seiner selbst machte.

Einige Gemeindemitglieder gingen zum Rabbi, um mit ihm zu reden – der junge Mann, der sich für eine Bewaffnung ausgesprochen hatte, war auch dabei. Rostnikow verstand nicht, worüber sie diskutierten, aber er sah, daß das Gespräch lebhaft, fast leidenschaftlich verlief. Belinsky schüttelte jedem die Hand. Bald war niemand mehr in der Synagoge außer dem Polizisten und dem Rabbi.

»Es ist kalt hier«, sagte Rostnikow und betrachtete die vier Öfen. Neben jedem waren ein paar Holzscheite aufgeschichtet. »Schlechte Luftzirkulation.«

»Das ist mir klar«, entgegnete Belinsky, »aber ich weiß nicht, wie ich das Problem beheben soll.«

Rostnikows Blick wanderte über die Wände.

»Mit der Hilfe von vier Männern und mit geeignetem Werkzeug und Material könnten wir vermutlich ein System einrichten, so daß das Gebäude von den vier vorhandenen Öfen ausreichend beheizt wird.«

»Wir?« fragte Belinsky, während er auf den Polizisten zuging.

Rostnikow zuckte mit den Schultern.

»Kennen Sie sich mit Heizungssystemen aus?«

»Ich kenne mich mit Wasserinstallationen aus«, sagte Rostnikow. »Das Prinzip ist ganz ähnlich.«

»Ich helfe selbst mit und bitte noch drei andere mitzuarbeiten«, versprach Belinsky. »Solange das Material verfügbar und nicht astronomisch teuer ist, würden wir uns freuen, wenn Sie uns Anweisungen geben könnten.«

»Ich weiß, wo man das Material zu einem vernünftigen Preis bekommen kann«, sagte Rostnikow. »Es wird eine interessante Herausforderung.«

»Und was ist mit der Herausforderung, die Mörder zu fassen?« erkundigte sich Belinsky.

»Sie können sicher sein, daß die gegenwärtige, keineswegs sattelfeste Regierung wegen mörderischer Übergriffe von Antisemiten keine internationalen Verwicklungen riskieren will«, sagte Rostnikow.

»Es ist unmöglich, Gott zu verstehen. Aber die Politik kann ich nachvollziehen. Zweckdienliche Erfolge... Es braucht also keinen guten Willen, sondern nur Eigeninteresse.«

»Und?« hakte Rostnikow nach.

»Deshalb glaube ich, daß Sie im Moment Ihr Bestes tun werden, um die Mörder zu finden.«

»Und um diese Synagoge zu beheizen.«

Belinsky lächelte.

»Vielleicht«, ergänzte Rostnikow.

»Sie haben mir etwas zu sagen«, stellte Belinsky fest.

Die beiden Männer standen sich jetzt gegenüber.

»Einer der vier Männer, die an der Uferböschung gefunden wurden, war kein Jude.«

Belinsky sah Rostnikow verwirrt an. »Alle vier waren Mitglieder dieser Gemeinde«, erklärte er.

»Einer der Ermordeten war Igor Mesanowitsch«, sagte Rostnikow, zog sein Notizbuch aus der Tasche und las das ab, was er zwischen die kleinen Zeichnungen geschrieben hatte. »Seine Familie kann viele Generationen zurückverfolgt werden. Vor der Revolution waren sie praktizierende Mitglieder der russisch-orthodoxen Kirche. Laut Mesanowitschs Bruder, der vor ein paar Stunden in St. Petersburg vernommen wurde, gehörten sie zur Aristokratie. Einige Familienmitglieder gehörten sogar zum Zarenhof. Der Bruder glaubt, daß der Zweig der Familie, der vor der Revolution nach Moskau und in diesen Stadtteil übersiedelte, in dieser Kirche, die Sie jetzt zur Synagoge gemacht haben, zum Gottesdienst gegangen ist.«

Rostnikow schlug sein Notizbuch zu und steckte es wieder in die Tasche.

»Vielleicht wollte Mesanowitsch zum Judentum übertreten«, mutmaßte Belinsky. »Manche Menschen verspüren den Wunsch, einer stolzen, unbeugsamen Minderheit anzugehören. Einige Nichtjuden glauben sogar an die Wahrhaftigkeit unseres Gottes.«

»Aber er hat Ihnen nie gesagt, daß er kein Jude ist, oder?« fragte Rostnikow.

Belinsky schüttelte den Kopf. »Er behauptete, seine Familie stamme aus der Ukraine, aus einer kleinen jüdischen Gemeinde.«

»Wir Russen sind gewohnheitsmäßige Lügner«, erklärte Rostnikow. »Wir erzählen Unwahrheiten mit so offenem Blick und einer solchen Überzeugungskraft, daß wir oft selbst an unsere Lügen glauben. Ich bin Mördern begegnet, die das Verbrechen im Beisein vieler zuverlässiger Zeugen verübt haben. Trotzdem behaupteten sie steif und fest, keine kriminelle Handlung begangen zu haben. Ihre Aufrichtigkeit wirkte überzeugend. Lügendetektoren versagen bei uns. In fast tausend Jahren haben wir die Kunst zu lügen perfektioniert.«

»Mesanowitsch hat sich bei uns eingeschmuggelt?« fragte Belinsky.

»Das wäre möglich«, erwiderte Rostnikow. »Wie es scheint, gehörte er einer nationalistischen oder antisemitisch eingestellten Organisation an. Trotzdem kann die Möglichkeit nicht ausgeschlossen werden, daß ihm diejenigen, mit denen er konspirierte, aus irgendeinem eingebildeten oder echten Grund mißtrauten und ihn töteten. Am wahrscheinlichsten ist jedoch, daß man ihn versehentlich für einen Juden gehalten hat; schließlich bemühte er sich sehr, als solcher zu erscheinen. Das überprüfen wir gerade. Bis jetzt ist es uns noch nicht gelungen, Mesanowitschs Eltern hier in Moskau zu sprechen. Sie waren nicht zu Hause, als wir ihnen einen Besuch abstatten wollten, und wir konnten nicht ermitteln, wo sie arbeiten.«

Belinsky begegnete dem Blick des Polizisten, und er traf die Entscheidung, ihm zu trauen.

»Haben Sie Informanten bei der Mafia, den nationalistischen Gruppierungen und den Schlägertrupps?« fragte der Rabbi.

Rostnikow zuckte mit den Achseln. »Der Leiter unserer Abteilung bat mich, Sie aufzufordern, Ihre Andachten und Aktivitäten einzustellen, bis wir die Mörder dingfest gemacht haben.«

»Nein«, widersprach Belinsky entschieden.

Rostnikow nickte – er hatte keine andere Antwort erwartet.

»Es könnten noch mehr Menschen ihr Leben verlieren, wie Sie schon sagten«, gab er zu bedenken.

»Wir werden Gott und der Polizei helfen, weitere Todesfälle abzuwenden«, sagte der Rabbi.

»Und ich sehe zu, daß ich das Material und die Werkzeuge für den Einbau der Heizung beschaffen kann«, versprach Rostnikow.

»Warum?«

»Weil es kalt hier drin ist«, sagte Rostnikow. »Und weil meine Frau und mein Sohn Juden sind und meine Enkelkinder auch Juden sein werden. Vielleicht wird sich einer von ihnen eines Tages entschließen, an einem Wintermorgen hierher zu kommen. Ich möchte nicht, daß sie dann frieren müssen.«

Der Rabbi musterte seinen Besucher neugierig.

»Eine letzte Frage noch«, sagte Rostnikow. »Haben Sie eine Lieblingsfarbe?«

»Ja«, antwortete der Rabbi. »Genaugenommen habe ich zwei Farben besonders gern – Blau und Weiß. Das sind die Farben Israels.«

»Ich erforsche gerade die Theorie, daß die Farben, zu denen sich die Menschen hingezogen fühlen, viel über den Charakter verraten«, erklärte Rostnikow. »Die Idee stammt nicht von mir, sondern von einem deutschen Psychologen. Ich habe einen Artikel gelesen, den er darüber verfaßt hat. Mir erscheint die Theorie plausibel, aber die Frage ist, wie man die Farben, die sich die Leute aussuchen, interpretieren soll.«

»Sie haben also noch keine eigenen Schlüsse gezogen?«

»Über Sie schon. Sie sind ein glühender Zionist, der sich in

Gefahr begeben könnte, um die Mörder aufzuspüren. Allerdings verraten mir das nicht die Farben. Sie bestätigen es nur. Meine Lieblingsfarbe scheint nichts über mich auszusagen. Aber so ist das Leben.«

Der Polizist drehte sich um und hinkte durch die Tür in die verschneite Nacht hinaus. Belinsky hatte schon viel zuviel Zeit damit vergeudet, Holz zu beschaffen und die Öfen ohne nennenswerten Erfolg zu beheizen. Nach der Trauerfeier mußte er die Mitglieder seiner kleinen Gemeinde einzeln aufsuchen – nicht nur, um sie aufzufordern, noch entschlossener vorzugehen, sondern auch, um durch sie andere Juden kennenzulernen, die er dazu bringen wollte, sich ihnen anzuschließen und ihnen beizustehen. Belinsky wußte, daß er gut reden und die Menschen überzeugen konnte – das war einer der Gründe, warum er diese Aufgabe übernommen hatte. Grausige Ironie war, daß die Morde letztendlich die Gemeinde eher vergrößern statt reduzieren könnten und daß das Geld, das Israel in die Gemeinde investierte, noch mehr nach Nahrung und anderem Hungernde dazu veranlassen würde, den Status der Ausgestoßenen mit den anderen zu teilen. Belinsky glaubte an Gott und an die Macht seiner Überredungskunst.

Rostnikow allerdings war ihm ein Rätsel. Der Rabbi konnte es sich nicht leisten, den Mann zu mögen, aber ihm gefielen die augenscheinliche Offenheit und die seltsamen Ideen des Polizisten. Außerdem hatte sich Rostnikow bereit erklärt, ein Heizungssystem in der Synagoge zu installieren. Belinsky wollte abwarten, was daraus wurde. Es ist leicht, Versprechungen zu machen, und nur wenig schwerer, sie nicht zu halten.

Er ließ das Feuer in den nutzlosen Öfen herunterbrennen, während er in stummem Gebet auf einem Stuhl saß. Als er das Gefühl hatte, daß das Feuer nicht mehr gefährlich war, holte er seinen Mantel aus der Nische neben dem Eingang, schaltete die Lichter aus und verschloß die Tür von außen.

Er machte sich auf den Weg zu seiner kleinen Wohnung, die nur zwei Blocks entfernt lag. Die Straßen waren menschenleer. Es war schon spät und sehr kalt. Zu einer solchen Zeit gab es nicht viel zu tun für die Moskauer Bürger, außer Freunde zu besuchen, zu reden und Tee zu trinken, ein Buch zu lesen, fernzusehen oder mehr Russen zu produzieren.

Avram Belinsky war nicht mehr weit von seiner Haustür entfernt, als sie auftauchten. Es waren drei. Avram wußte, daß sie vor ihm waren, noch ehe zwei von ihnen aus einem Durchgang traten. Und er wußte, daß noch einer hinter ihm sein mußte. Er hatte ihn im Schatten eines unbeleuchteten Hauses gesehen und sich bemüht, einfach weiterzugehen und nicht zu zeigen, daß er etwas bemerkt hatte.

Belinskys Hand lag auf der Pistole, die er in der Tasche hatte, als er sich den beiden Männern näherte, die sich ihm in den Weg gestellt hatten, und darauf warteten, daß er sich umdrehte und sehen würde, daß eine Flucht unmöglich war. Aber Belinsky wollte nicht fliehen. Er ging auf die beiden Männer zu und sah sich nicht um.

5

Die Polizisten, die dort arbeiteten, nannten das Revier Trotzki-Station, und die meisten Veteranen von anderen Dienststellen, die damit zu tun hatten, kannten es auch unter diesem Namen. In Wahrheit hatte die Polizeistation wie die anderen hundertdreiunddreißig in Moskau eine Nummer, die aber nur von Verwaltungsbeamten benutzt wurde. Kein Mensch wußte genau, wieso dieses Revier Trotzki-Station hieß.

Einige behaupteten, daß Trotzki und einige seiner Freunde das Gebäude eine Zeitlang bewohnt hatten. Alt genug dafür war es. Die großen Steinblöcke, aus denen es erbaut worden war, waren vermutlich einmal weiß gewesen. Inzwischen hatten sie eine graue Farbe angenommen. Die Treppe zum ersten Stock hatte eine Reparatur dringend nötig. Die Wände müßten frisch verputzt und gestrichen werden, und die Heizung funktionierte so gut wie gar nicht. Zudem lag ein deutlicher, unangenehm muffiger Geruch in der Luft. Die Steinfliesen auf dem Boden waren locker und die Toiletten ekelhaft und verkommen.

Andere führten als Grund für die Bezeichnung Trotzki-Station die berühmt-berüchtigte Brutalität der Polizisten dieses Reviers an. Man erzählte sich, daß der Dienststellenleiter in den fünfziger Jahren einmal einem Mordverdächtigen den Schädel mit einem Hammer eingeschlagen hatte – ein Tod, der dem von Trotzki ähnelte.

Elena und Sascha saßen im Vorraum von Leutnant Spaskows Büro. Der Beamte mit dem alterslosen, pockennarbigen Gesicht, der hinter einer vergitterten Scheibe am Empfang saß und trotz Polizeiuniform eher wie ein Häftling aussah, hatte sie hierhergeschickt. Er hatte nicht einmal richtig aufgeschaut, als sie ihm ihre Ausweise gezeigt hatten.

Sascha machte ihm klar, daß sie den Beamten sprechen wollten, der mit der Leitung der laufenden Ermittlungen betraut war. Als der Mann hinter dem Gitter nachfragte, um welche Ermittlungen es sich handelte, sagte Elena: »Um die Vergewaltigungen.«

»Welche …?« begann der Mann; erst dann hob er den Blick. »Leutnant Spaskow, erster Stock, Zimmer zwei. Er hat eine

Besprechung in seinem Büro, aber ich denke, sie ist bald zu Ende.«

Deshalb saßen sie jetzt auf der Holzbank gegenüber von vier numerierten Türen ohne Namensschilder. Sie hörten Stimmen hinter den Türen, verstanden aber nicht, was geredet wurde. Die russischen Beamten hatten gelernt, ihre Stimmen gesenkt zu halten und ruhige, leise Unterhaltungen zu führen.

»Das ist reine Zeitverschwendung«, stellte Sascha schließlich fest.

»Haben Sie vielleicht einen besseren Anhaltspunkt?« erwiderte Elena.

»Eine alte Frau hat vor zehn Jahren einen kurzen Blick auf das Gesicht eines Mannes geworfen, der einen Überfall auf sie unternommen hat. Vielleicht ist er der Vergewaltiger, vielleicht auch nicht. Jetzt sieht sie nach all der Zeit zwei- oder dreimal einen Polizisten in einem Streifenwagen auf dem Leningrad-Platz und erklärt, daß dies der Mann sei.«

»Sie hat eine Beschreibung abgegeben«, meinte Elena gelassen, während sie ihre Jacke aufknöpfte.

»Eine Beschreibung, die auf ein paar Millionen Männer in Moskau und Umgebung oder mindestens auf die Hälfte der Polizisten passen könnte«, sagte er und ließ sich zurücksinken. »Ich brauche einen Kaffee.«

Aus Zimmer Nummer zwei drangen Stimmen; eine war besonders deutlich zu hören – sie war tief und klang selbstbewußt. Gelegentlich antworteten eine oder zwei andere Personen.

»Wie geht es eigentlich Ihrer Tante?« erkundigte sich Sascha und hielt sich den müden Kopf, der nach Kaffee schrie.

»Anna Timofejewa ist wohlauf«, sagte Elena. Sie sah die Tür zu Zimmer Nummer drei an, hinter der jetzt ebenfalls

Stimmen laut wurden. »Sie und Ihre Mutter kommen ganz gut miteinander zurecht.«

»Und meine Mutter hält sich an die Vereinbarungen?« fragte er.

»Gewöhnlich schon«, sagte Elena. »Sie kommt, wenn sie eingeladen ist, und sobald Anna wünscht, daß sie geht, sagt sie, sie sei müde und müsse sich ausruhen. Allerdings fällt es ihr schwer, die Regel einzuhalten, sich nicht über Sie, Maja und die Kinder zu beschweren oder nicht darüber zu klagen, daß das neue Rußland nicht in der Lage ist, ihren Sohn zu schützen. Sie ist scheinbar nicht imstande, sich zurückzuhalten. Tante Anna kann mehr ertragen als ich. Ich fürchte mich regelrecht davor, abends durch den Flur zu gehen und die Stimme Ihrer Mutter im Zimmer meiner Tante zu hören.«

»Das kann ich Ihnen nachfühlen«, meinte Sascha. »Ihre Mutter unterstützt scheinbar die nationalistische Partei.«

»Das ist nur Gerede«, behauptete er. Er richtete sich auf, in der Hoffnung, daß diese Haltung seine durch Koffeinmangel hervorgerufenen Kopfschmerzen lindern würde. »Wahrscheinlich war es keine besonders gute Idee, ihr eine Wohnung in dem Haus zu besorgen, in dem auch Sie wohnen, aber wir waren der Verzweiflung nahe.«

Elena zuckte mit den Schultern. »Tante Anna scheint Ihre Mutter amüsant zu finden, wenn auch ein wenig zu laut. Ihre Mutter ist kein Dummkopf. Trotzdem spielt sie ihn hin und wieder. Und wenn sie die Rolle lang genug spielt, wird sie womöglich zur Realität.«

Sascha warf die Haarsträhne zurück und sah seine Partnerin an, die ihm ihrerseits das runde Gesicht zuwandte und sich auf einen verbalen Angriff gefaßt machte.

»Sie haben recht«, sagte er.

»Sie darf unsere Wohnung ohne ihr Hörgerät nicht betreten«, sagte Elena, »aber ich glaube, es funktioniert nicht richtig, oder sie hat schlichtweg zu lange geschrien, um den Verlust des Hörvermögens wettzumachen.«

»Nach Hause zu kommen, wenn Mutter da ist, kann deprimierend sein, aber sie ist gut zu den Kindern. Sie macht sich Sorgen um mich. Und sie spricht voller Zuneigung von Ihrer Tante.«

»Aber nicht von mir«, erwiderte Elena.

»Sie findet Sie kalt und distanziert«, gab er zu und schloß die Augen.

»Vielleicht bin ich das, aber ich möchte wirklich keine allzu enge Beziehung zu Ihrer Mutter haben«, sagte Elena, als sich die Tür von Nummer zwei öffnete.

Drei uniformierte Polizisten mit Helmen und automatischen Kalaschnikows kamen heraus. Sie waren alle jung und trugen ihre kugelsicheren Westen über der Uniform. Die Westen nutzten nichts gegen Geschosse aus den Waffen, die sie selbst bei sich hatten, und die meisten Verbrecher waren mittlerweile besser ausgerüstet als die Polizei. Die Westen waren hinderlich, aber nötig. Die drei Männer, von denen keiner über dreißig sein konnte, durchmaßen mit schnellen Schritten den Korridor, ohne auf Elena und Sascha zu achten.

Ein anderer Mann erschien auf der Türschwelle. Er war mindestens einsachtzig groß, nicht übermäßig breit, hatte schütteres dunkles Haar und einen Schnauzbart wie die meisten Polizisten in höheren Dienstgraden. Zuerst hatte sich die Ansicht durchgesetzt, daß sie mit Bärtchen älter aussahen, später behielten sie sie, weil sie sich daran gewöhnt hatten. Diesem Mann in blauer Hose, blauem Hemd und offener Lederjacke stand der Bart.

»Spaskow«, stellte er sich vor, als die beiden Besucher aufstanden.

Elena und Sascha stellten sich ebenfalls vor und zeigten ihm ihre Ausweise. Spaskow trat zurück, um ihnen den Vortritt in sein Büro zu lassen. Es war erstaunlich groß und überraschend leer – ein Schreibtisch, ein Schreibtischstuhl, vier Besucherstühle aus Holz, in einer Ecke ein Aktenschrank, auf dem zwei Ablagekörbe mit ordentlich gestapelten Akten standen. Die Wände waren kahl. Auf dem Schreibtisch lag ein Schnellhefter neben einer gerahmten Fotografie. Der Raum hatte zwei Fenster.

»Möchte jemand Tee oder Kaffee?« fragte Spaskow.

»Kaffee«, erwiderte Sascha dankbar.

»Nichts«, sagte Elena.

Spaskow verließ das Büro, und die beiden Polizisten warteten schweigend, bis er mit zwei weißen Bechern zurückkam. Einen davon reichte er Sascha, der sich bedankte und sofort einen Schluck trank. Das schwarze Gebräu schmeckte scheußlich und abgestanden, aber es war Kaffee.

»Frankowitsch sagt, Sie hätten Informationen über die Vergewaltigungsfälle«, begann Spaskow, während er sich nicht hinter dem Schreibtisch, sondern auf einem der Besucherstühle niederließ. Elena und Sascha verrückten ihre Stühle, um ihn ansehen zu können.

»Die meisten Überfälle fanden in diesem Bezirk statt«, sagte Elena.

Spaskow nickte bedächtig. »Brutale Überfälle. Als ich befördert wurde, übertrug mir Major Lenonow diesen Fall. Ich habe die Opfer befragt, das heißt, die Opfer, die Anzeige erstatteten oder ins Krankenhaus eingeliefert und uns von der Verwaltung gemeldet wurden. Einige sind schwer verletzt und für immer behindert. Keine Personenbeschreibung. Der Mann ist kräftig, wie die Berichte zeigen. Vermutlich mittelgroß. Es scheint kein bestimmtes Schema zu geben, nach dem er vorgeht – er macht sich einfach über die Frauen her, die im

Dunkeln allein unterwegs sind. Junge, alte, sogar kleine Mädchen. Ich beschaffe Ihnen eine Kopie unserer Akte.«

Spaskow nahm einen Schluck Kaffee.

»Das Dezernat für Sonderermittlungen ist ebenfalls mit dem Fall betraut worden«, erklärte Tkach. »Wir haben einen neuen Anhaltspunkt.«

Spaskow stellte den Becher auf dem Schreibtisch ab und wandte sich Sascha interessiert zu.

»Einen neuen Anhaltspunkt?«

»Eine Zeugin«, sagte Elena.

Spaskow lehnte sich zurück und hörte zu.

»Eine alte Frau wurde vor beinahe zehn Jahren angegriffen«, erzählte Sascha. »Sie wurde nicht vergewaltigt, aber sie glaubt, daß der Mann versucht hat, sie sexuell zu mißbrauchen. Er hat ihr von hinten einen Schlag auf den Kopf versetzt, aber sie schlug zurück, wehrte ihn ab und konnte sein Gesicht sehen. Dieser Überfall hat erstaunliche Ähnlichkeit mit den Berichten über die Vergewaltigungen, die vier Jahre später begannen.«

Spaskow sah seine Besucher skeptisch an.

»Ich weiß«, sagte Sascha, während er sich die Hände am Becher wärmte. »Die Frau ist alt. Möglicherweise besteht auch kein Zusammenhang zwischen den Fällen. Inzwischen könnte ihr Erinnerungsvermögen nachgelassen haben, oder sie ist ein wenig verwirrt. Vielleicht beschuldigt sie einen vollkommen unschuldigen Mann.«

»Sie behauptet, sie habe den Mann seither ein paarmal gesehen«, schaltete sich Elena ein. »Sie scheint sich ziemlich sicher zu sein.«

»Wo?« wollte Spaskow wissen.

»In einem Polizeiauto«, erwiderte Sascha.

»Sie sagt, daß der Mann, der sie angegriffen hat, bei der Polizei ist?« fragte Spaskow nach.

»Ganz recht«, bestätigte Elena. »Sie meint, ihn vor etwa drei Jahren zwei- oder dreimal in einem Polizeiauto gesehen zu haben, und zwar in der Gegend des Kiewskaja-Bahnhofs.«

Spaskow nickte bedächtig, trank seinen Kaffee aus und stellte den Becher wieder auf seinen zerkratzten Schreibtisch.

»Hat sie eine Tageszeit angegeben? Wie glaubwürdig ist diese Identifizierung? Ich bin seit fast zwanzig Jahren in diesem Bezirk und kenne jeden Polizisten, der mit dem Wagen unterwegs ist.«

»Sie sagt, sie hat ihn jedesmal bei Tag gesehen – zwischen drei und fünf Uhr«, sagte Elena. »Der Polizist war dunkelhaarig, trug eine Mütze, hatte braune Augen und eine kleine weiße Narbe im Gesicht.«

Spaskow dachte einen Moment nach. »Eine Menge Polizisten haben Narben im Gesicht«, erklärte er schließlich. »Ich werde das unverzüglich überprüfen, aber ich halte es für möglich, daß sich Ihre Zeugin irrt.«

Spaskow verließ erneut das Büro und nahm seinen und Saschas Becher mit. Er bot keinen weiteren Kaffee an, aber Sascha glaubte, genug Koffein getankt zu haben, um sich über Wasser halten zu können, besonders wenn er Elena dazu überreden konnte, ihm drei oder vier der Aspirin zu überlassen, die sie immer in der Handtasche hatte.

Spaskow kam mit einer Akte und einem Notizbuch zurück. Den Aktenordner übergab er Sascha.

»Die Ordner mit den Dienstplänen sind sehr dick«, sagte er und setzte sich. »Ich habe ein paar von ihnen, die zeitlich passen könnten, kopiert. Aber Sie können unten alle durchgehen, wenn Sie wollen. Falls die Frau den Angreifer tatsächlich in einem Streifenwagen gesehen hat, dann kommt nur ein ganz bestimmter Personenkreis in Frage. In den letzten fünf Jahren gab es in dieser Gegend zwei Nachmittagsstreifen mit immer denselben Polizisten. Zwei sind Armeeveteranen, die erst nach dem Überfall auf Ihre Zeugin in den Polizeidienst eingetreten sind. Einer, der damals Streifenpolizist war, ist vor über einem Jahr bei einem Autounfall ums Leben gekommen. Er kann demnach die letzten Vergewaltigungen nicht verübt haben. Und der letzte, der zu dem Verdächtigenkreis gehören könnte, ist inzwischen im Ruhestand. Er hat keine Narbe. Er arbeitet jetzt als Wächter in einem Lager für Elektrowaren. Ich kenne ihn gut, sein Name ist Pjotr Grinsk. Ich kann nicht glauben, daß er Ihr Mann ist, aber hier ist ein Foto aus seiner Personalakte, das ich später gern zurückhätte.«

Spaskow reichte Elena die Fotografie. Sascha beugte sich zu ihr, um sich die Aufnahme anzusehen. Der Mann auf dem kleinen Foto hatte helles, fast blondes Haar und keine Narbe.

»Pjotr ist klein, untersetzt und hat, wie es in seiner Akte steht, blaue Augen. Er hat eine Frau, die er jung geheiratet hat, und eine Enkeltochter. Es steht Ihnen natürlich frei, weitere Untersuchungen anzustellen, wenn Sie ihn für verdächtig halten. Ich muß jetzt gehen. Die Männer, die im Korridor an Ihnen vorbeikamen, sind auf dem Weg zur Wohnung eines bekannten Drogendealers. Ich sollte auch dort sein, obwohl ich wenig ausrichten kann. Wir haben hundertzehn Polizisten hier in diesem Bezirk mit mehr als siebzigtausend Einwohnern, von denen ein Viertel in kriminelle Handlungen aller Art verwickelt zu sein scheint.«

Sascha und Elena wußten, was das bedeutete. Der Drogendealer hatte vermutlich einen der spezialisierten Anwälte auf seiner Seite. Der würde wissen, wen er bestechen mußte und wer Geheimnisse hatte, die am besten nicht ans Licht kommen sollten. Der Spezialist war sicher im Besitz von wertvollen Informationen über Polizeibeamte, Richter und Staatsanwälte, und der Dealer hatte wahrscheinlich Kontakte zur Mafia. Innerhalb einer Woche konnte er wieder im Geschäft sein, nachdem er nicht mehr als ein, zwei Nächte in einer Arrestzelle auf einem Revier verbracht hatte. Sascha und Elena kannten die Arrestzellen in Moskau. Der Dealer würde dort keine angenehme Zeit haben, selbst wenn er einem der Wärter Schmiergeld zusteckte.

»Falls Sie noch weiteres brauchen, lassen Sie es mich wissen. Ich möchte den Vergewaltiger hinter Schloß und Riegel bringen. Ich habe eine Frau und eine Tochter. Ich will, daß er uns ins Netz geht und mir allein im Vernehmungszimmer gegenübersitzt. Aber unter uns – Pjotr ist nicht Ihr Mann, und Ihre Zeugin scheint nicht gerade glaubwürdig und zuverlässig zu sein.«

Sascha sah Elena an, als würde Spaskows Einschätzung seine eigene Ansicht bestätigen.

»Ich muß Sie jetzt verlassen«, sagte Spaskow. »Sie können die Akte gern mitnehmen und sich Kopien machen. Ich würde es begrüßen, wenn Sie sie mir gelegentlich zurückgeben könnten.«

Sascha und Elena nickten. Nichts in der Akte war hilfreich oder besonders neu. Es gab eine Aussage von jedem Opfer – eine Seite mit jeweils einem Foto. Manche der Frauen waren wegen der schlimmen Verletzungen kaum zu erkennen. Alle machten einen verstörten, entsetzten Eindruck. Keine hatte eine Personenbeschreibung abgegeben, ein paar hatten nur von einer Ahnung gesprochen, wie groß der Mann in etwa war. Alle meinten, er hätte eine tiefe, heisere Stimme, aber die konnte er auch absichtlich verstellt haben.

Nichtsdestotrotz machten sich Sascha und Elena auf den Weg zu Ludmilla Henschakajowas Wohnung und zeigten ihr das Foto von dem Polizisten Grinsk. Die Frau warf nur einen kurzen Blick darauf.

»Das ist nicht der Mann«, sagte sie. »Ich kenne ihn und werde ihn nie vergessen. Ich habe ihn gesehen. Er ist Polizist, das habe ich Ihnen bereits gesagt.«

»Jeder kann sich mal irren«, gab Elena vorsichtig zu bedenken.

Ludmilla sah der jungen Polizistin in die Augen und erwiderte: »In vielen Dingen, ja, aber nicht bei dieser Sache.«

Im Laufe des Vormittags wurde es ein wenig wärmer, aber es war noch immer kalt, und es schneite. Sascha und Elena standen vor Ludmillas Haustür. Ein Bus fuhr langsam vorbei – die Reifen knirschten über die dünne Schneeschicht, die nach dem morgendlichen Schneeräumen entstanden war, und hinterließen ein deutliches Muster.

»Und jetzt?« fragte Sascha.

»Das wissen Sie doch«, meinte Elena.

Sascha schüttelte den Kopf und sah dem Bus nach. Sie würden alle Opfer noch einmal befragen und versuchen, etwas aufzudecken, was andere übersehen hatten, und ein Profil aus den Informationen zusammenzusetzen. Das Problem war nur, daß Aussagen, wie die von Ludmilla, fehlerhaft sein konnten.

Paulinin rieb sich den Kopf. Wahrscheinlich hätte sein Haar dringend eine Wäsche gebraucht. Aber Paulinin war nur eine der eigenartigen Sehenswürdigkeiten in dem Kellerlabor der Petrowka. Josef hatte schon viel von dem zerstreuten Wissenschaftler und seiner Wirkungsstätte gehört, aber das, was er jetzt mit eigenen Augen sah, übertraf seine kühnsten Vorstellungen. Überall standen Tische und Regale, und man hatte Mühe, sich durch die schmalen Durchgänge zu winden. Die meisten Sachen, die sich auf den Tischen und Regalen befanden, hatte Josef noch nie zuvor gesehen. In Gläsern schwammen innere Organe – vermutlich menschlicher Herkunft –, die meisten davon Gehirne und Herzen. Pfannen und Tiegel türmten sich im Waschbecken. Bücher, bekritzelte

Notizzettel und Berichte lagen überall verstreut, sogar auf dem Fußboden um Paulinis Schreibtisch herum und in einer Ecke, die von etwa einem Dutzend Glühbirnen mit grünen Metallschirmen beleuchtet wurde. Es war erstaunlich hell in diesem Raum. Die Kuriositäten waren deutlich sichtbar: verschiedene Apparate mit Teströhrchen oder Platz für Teströhrchen, ein Karton mit glänzenden, sauberen Werkzeugen, die von Skalpellen über Hämmer bis zu Meißeln reichten. Josef wäre fast in ein Regal gelaufen, das mit unzähligen Knochen in Kartons vollgestopft war.

Bevor sie ihr Gespräch begannen, bot Paulinin Karpo und Josef einen Tee an. Sie nahmen beide an, und Paulinin goß eine bräunliche Flüssigkeit aus einer Kanne, die er von einer Wärmeplatte neben dem Waschbecken nahm, in gläserne Meßbecher. Josef bemühte sich, nicht zu überlegen, wie gründlich Paulinin die Meßbecher abgespült hatte oder was vor dem Tee in den Bechern gewesen sein mochte.

»Sehen Sie«, begann Paulinin und betrachtete das Päckchen, das ihm Karpo und Josef im Postraum überlassen hatten. Der Wissenschaftler lächelte. »Wir haben es hier mit einem brillanten Techniker zu tun. Er ist kein Genie, nicht so beschlagen wie ich, aber brillant – zur Abwechslung mal ein würdiger Verbrecher.«

»Und was bringt Sie dazu, so über ihn zu urteilen?« fragte Josef.

Paulinin schaute ihn an, als sähe er ihn zum allererstenmal.

»Sie sind Porfirij Petrowitsch Rostnikows Sohn«, stellte er fest. »Ich hab' schon gehört, daß Sie sich der chaotischen Truppe da oben angeschlossen haben, den Ermittlern, die sich gegenseitig auf die Füße steigen, Beweise vernichten und die Leichen den sogenannten Pathologen schicken. Emil Karpo und Ihr Vater sind die einzigen, die wissen, was sie tun, aber manchmal habe ich bei Rostnikow auch so meine Zweifel.«

»Das Päckchen«, erinnerte ihn Josef.

»Er wird es lernen«, versicherte Karpo, nachdem er ein paar Schlucke Tee getrunken hatte.

Josef trank ebenfalls. Das Zeug schmeckte nicht halb so ekelhaft, wie er befürchtet hatte. Vielleicht enthielt es doch keine Untersuchungsproben oder ähnliches.

»Es war mir nicht möglich, es zu röntgen«, erklärte Paulinin. »Können Sie sich vorstellen, daß sich jemand die Mühe macht, das Paket mit einer papierdünnen Bleischicht auszulegen, damit keine Röntgenstrahlen durchkommen? Ich habe es ganz genau abgewogen. Ich habe daran gerochen. Ich habe die Dichte und Zusammensetzung des Inhalts berechnet, indem ich ein dünnes Röhrchen und eine Injektionsnadel in den Boden des Pakets zwischen die beiden Bleischichten eingeführt habe. Es war ein geringes Risiko, weil ich dieses Experiment in der Stahlkammer der Bombenexperten durchgeführt habe.«

Josef war drauf und dran zu fragen, was der Wissenschaftler herausgefunden hatte, aber er sah noch rechtzeitig Karpos warnenden Blick und schwieg.

»Ich hatte recht«, fuhr Paulinin fort. »In dem Päckchen befindet sich ein zweieinhalb Zentimeter dickes Birkenholzstück. Es ist nur Holz, nichts ist damit verbunden oder in dem Holz versteckt. Außerdem sind da noch drei Bögen Papier und ein Mechanismus aus Aluminium, der an einer lehmartigen Substanz klebt.«

»Eine Bombe«, platzte Josef heraus.

Statt ärgerlich zu werden, wandte sich Paulinin mit zufriedenem Gesicht dem jungen Mann zu.

»Nein«, sagte Paulinin. »Er hat damit gerechnet, daß ein fähiger Experte wie ich das Päckchen untersuchen könnte. Ich führte eine Faseroptiksonde durch das Loch ein, das ich mit der Injektionsnadel gemacht hatte. Ich habe alles vorsichtig untersucht, bis ich genug gesehen hatte, um sicher sein zu können. Es ist eine Bombenattrappe. Der Lehm ist Lehm. Der Mechanismus ist nichts anderes als eine windige Mausefalle, die zuschnappt, wenn das Paket geöffnet wird.«

»Ein Scherz?« fragte Josef.

»Eher eine Herausforderung«, erwiderte Paulinin mit Genugtuung.

Karpo fragte sich, woher sich der Wissenschaftler die teuren Faseroptiksonden beschafft hatte, um diese Untersuchung durchzuführen. Paulinin wurde finanziell kaum unterstützt, deshalb war die einzige logische Antwort: Er hatte sich in irgendein anderes Labor eingeschlichen und das, was er benötigte, einfach benutzt.

»Ich habe die brauchbaren Fingerabdrücke, die auf dem Paket waren, abgenommen«, sagte Paulinin, »aber keine davon stammen von dem Bombenattentäter.«

»Woher wissen Sie das?« hakte Josef nach.

»Riechen Sie daran.«

Karpo beugte sich vor und schnupperte an dem Paket.

»Riechen Sie es?« fragte Paulinin.

»Da ist ein schwacher Geruch«, bestätigte Karpo. »Puderrückstände.«

Josef kam sich idiotisch vor, aber er beugte sich ebenfalls vor und roch. Nichts.

»Latexhandschuhe«, erläuterte Paulinin. »Das riechen Sie. Er trug eingepuderte Latexhandschuhe. Das Paket kann getrost geöffnet werden. Ich hätte es nur gern zurück – mit den Papieren, nachdem Sie sie kopiert haben. Vielleicht finden wir doch noch Fingerabdrücke.«

Karpo nickte, trank seinen Tee aus und stellte seine Tasse auf ein freies Fleckchen, das er auf dem Tisch zwischen einem schwarzlackierten Metallobjekt und einem leeren Glasbehälter fand. Josef tat es ihm gleich.

»Könnten Sie mir irgend etwas, was von den Bomben noch da ist, überlassen – von den früheren Briefbomben?« fragte Paulinin. »Ich bin überzeugt, daß diese Tölpel von Sprengstoffexperten alle brauchbaren Hinweise zerstört haben, die uns von Nutzen sein könnten – und sie kommen nie auf die Idee, mich hinzuzuziehen –, aber möglicherweise finde ich ja doch etwas. Dieser Mann ist wahrhaft ein würdiger Gegner.«

»Wir tun, was wir können«, versicherte Karpo.

»Mittagessen, Schach?« fragte Paulinin.

»Morgen, ein Uhr«, erwiderte Karpo.

Als sie im Flur im Untergeschoß der Petrowka waren und die schwere Tür zu Paulinins Labor mit einem lauten Knall zufiel, sagte Josef: »Er ist verrückt.«

»Er ist auch ein Genie«, entgegnete Karpo. Er trug das Päckchen.

Drei Minuten später legten sie es auf den Schreibtisch von Porfirij Petrowitsch Rostnikow. Rostnikow sah Karpo an, der knapp nickte. Das reichte, um Rostnikow wissen zu lassen, daß er das Paket ohne Gefahr öffnen konnte.

Er nahm sein Taschenmesser, klappte eine kleine, scharfe Klinge heraus und machte sich ans Werk.

»Fingerabdrücke?« fragte Rostnikow.

»Paulinin sagt, es gibt keine«, sagte Karpo. »Latexhandschuhe.«

Josef stand sprachlos daneben. Nur weil der Verrückte im Keller seine Zustimmung gegeben hatte, öffnete sein Vater das Päckchen. Es könnte explodieren und sie alle töten, wenn sich Paulinin geirrt hatte. Josef hatte bei der Armee in Afghanistan zerfetzte Leichen gesehen. Er hatte gesehen, was von Soldaten und Zivilisten übriggeblieben war, nachdem sie auf die kleinen, im Sand versteckten Minen getreten waren.

Rostnikow nahm den Inhalt aus dem Karton und legte die einzelnen Teile nebeneinander auf den Schreibtisch – die

Bombenattrappe, die lehmartige Substanz, die dünnen Bleiplatten, das Birkenholzstück und die drei Papierbögen. Auf die erste Seite war mit Schreibmaschine getippt: »Ich frage mich, wie viele Stunden vergehen und wieviel Schweiß vergossen wird, bevor Sie sich entschlossen haben, das Paket zu öffnen. Wahrscheinlich haben Sie sich so lange Zeit gelassen, daß die heutige Post schon ausgeliefert und die Briefbombe, die ich abgeschickt habe, in die Luft gegangen ist. Diesem Schreiben beigefügt ist die Erklärung, die im Fernsehen verlesen werden soll. Damit mache ich meinen Standpunkt klar, und sobald die Bürger von Moskau die Botschaft gehört haben, werde ich meine Bombensendungen einstellen und abwarten, was – wenn überhaupt – unternommen wird. Ich rechne nicht damit, daß viel geschieht. Ich nehme an, ich werde wieder Bomben verschicken müssen. Mehr Menschen werden sterben; allerdings sterben mehr durch die Hand derer, die Macht haben, als durch mich.«

Der Brief war nicht unterschrieben. Rostnikow reichte ihn an Karpo weiter, der ihn bedächtig las.

Rostnikow nahm sich inzwischen die anderen beiden Blätter vor. Die Überschrift lautete: »Erklärung an das russische Volk.« Es war eine Aufforderung, alle nuklearen Einrichtungen abzubauen und zu vernichten, alle nuklearen Waffendepots zu räumen und jede Atomforschung auf militärischem, industriellem und medizinischem Gebiet abzubrechen. Es wurde auf die Gefahren für alle und die Bedrohung für russische Bürger hingewiesen. Der Verfasser war gebildet, gut informiert und wahrscheinlich so wirklichkeitsfremd wie Paulinin, dachte Rostnikow.

»Und was jetzt?« wollte Josef wissen.

»Jetzt«, sagte sein Vater gelassen, »warten wir, daß die nächste Bombe hochgeht und der Bombenattentäter mich anruft.«

»Fernsehen?« fragte Josef weiter.

»Ich werde nachfragen«, sagte Rostnikow. »Aber ich bin überzeugt, daß die Sender ablehnen, die Erklärung verlesen zu lassen.«

»Paulinin will alles untersuchen, was von den letzten Briefbomben übrig ist«, schaltete sich Karpo ein.

Rostnikow nahm den Telefonhörer ab und tippte drei Ziffern. Pankow meldete sich. Rostnikow verlangte, mit dem Leiter des Dezernats verbunden zu werden, und wurde sofort durchgestellt.

Karpo und Josef hörten zu, wie Rostnikow über das Paket berichtete und Paulinins Anfrage weitergab. Nach einer Weile legte er auf.

»Sie können die Beweismittel von den Sprengstoffexperten abholen. Sie werden informiert und um Kooperation gebeten. Es ist ziemlich sicher, daß den Forderungen des Bombenattentäters nicht entsprochen wird.«

Karpo nickte, drehte sich um und verließ das Büro; Josef folgte ihm auf dem Fuße.

Rostnikow blieb an seinem Schreibtisch sitzen und aß ein belegtes Brot, das ihm seine Frau gemacht hatte. Sarah hatte ihm auch eine Thermoskanne mit lauwarmem, aber süßem Tee eingepackt. Rostnikow hatte vier Gründe, sein Mittagessen im Büro einzunehmen. Erstens wartete er auf den Bericht über die Briefbombe, die der Attentäter angekündigt hatte. Zweitens wartete er darauf, daß sich der Bombenattentäter bei ihm meldete, der sicher wissen wollte, ob Rostnikow sein Päckchen erhalten hatte. Drittens wartete er auf den Anruf eines ehemaligen Schwarzhändlers, der inzwischen ein ehrlicher Geschäftsmann geworden war. Der Mann hatte versprochen, für Rostnikow die Rohre zu besorgen, die er für die Heizung in Belinskys Synagoge brauchte. Und viertens war es einfacher, am Schreibtisch zu essen, als auf einem künstlichen Bein irgendwohin zu gehen. Das zu üben hatte er Gelegenheit genug, und es war erholsam, ein oder zwei Stunden sitzen zu können.

Das Telefon klingelte, noch ehe Rostnikow sein Brot aufgegessen hatte.

Avram Belinsky saß auf dem Stuhl, den ihm Arkadi Selatsch in den Flur vor Rostnikows Büro gestellt hatte, und las. Belinsky hatte seinen Besuch nicht telefonisch angekündigt. Er hatte nicht gut geschlafen und von Straßenkämpfen in kleinen Städten geträumt – von einer Schießerei mit den Syrern. Die dünnen Wände von ein- oder zweistöckigen Häusern stürzten ein oder zerbarsten unter dem Einschlag von Handgranaten, die in solidere Häuser nur kleine Löcher gerissen oder Kerben in die Mauern geschlagen hätten. Er hatte zugesehen, wie Freunde starben, und er hatte mehr als einen Gegner getötet. Das war lange her, aber in seinem Gedächtnis waren die Ereignisse noch so präsent, als hätten sie erst gestern stattgefunden.

Avram hatte sich nach seinen Morgengebeten auf den Weg in die Petrowka gemacht – es war ein langer Marsch gewesen, den er unterbrochen hatte, um nachzusehen, ob die Synagoge noch stand. Sie war unversehrt. Aber ein Lieferwagen wartete vor der Tür, als er dort ankam, und ein Mann mit Mantel, Mütze und Wollschal saß am Steuer. Der Mann rauchte und schien seinen Erinnerungen nachzuhängen. Der Motor war abgestellt.

Belinsky näherte sich dem Lieferwagen und erschreckte den Fahrer. Der kurbelte die Scheibe herunter, ohne sich an der Kälte oder dem altersschwachen Zustand des Lieferwagens zu stören.

»Belinsky?« fragte er mit heiserer Stimme, die die Vermutung nahelegte, daß bei der Mandeloperation in seiner Kindheit gepfuscht worden war.

»Ja.«

Der Mann kurbelte das Fenster wieder hoch, stieg aus und schlug die Tür zu.

»Ich habe geklopft«, sagte er.

»Es ist noch sehr früh.«

»Ich hab' viel zu tun.« Der Fahrer war dünn und viel älter, als man auf den ersten Blick vermutet hätte. »Sind Sie stark?«

»Einigermaßen«, sagte Belinsky.

»Gut. Und heute ist nicht ein Tag, an dem Sie nicht arbeiten dürfen?« fragte der Mann und unterdrückte ein Niesen. Seine Nase war ziemlich rot.

»Nein«, antwortete Belinsky. »Wir dürfen nur am Freitagabend und am Samstag nichts tun.«

»Gut. Juri hat einen schlimmen Rücken. Er ist mein Gehilfe. Im Grunde ist er zu nichts nutze, aber wenn er gesund ist, ist er stark, und er ist der Sohn meiner Schwester«, sagte der Fahrer. »Fangen wir an.«

Der Fahrer ging zur Ladefläche, holte einen Schlüsselbund aus der Tasche und öffnete das Vorhängeschloß. Belinsky trat zur Seite, als sich die Tür quietschend öffnete und schimmernde Aluminiumplatten verschiedener Größe, Rohre, Verbindungs- und Kniestücke sichtbar wurden.

»Machen wir uns an die Arbeit«, sagte der Fahrer, und er und der Rabbi fingen an, die Sachen in die kleine Synagoge zu schaffen.

Sie kamen nur langsam voran, weil der Fahrer ein alter Mann war und der Rabbi besser in einem Krankenhaus aufgehoben gewesen wäre.

Das war vor einigen Stunden gewesen. In der Petrowka bat Avram Belinsky um ein Gespräch mit Oberinspektor Rostnikow. Der junge, uniformierte Mann im Wachhäuschen sah ihn alles andere als respektvoll an, nachdem er sich als Rabbi Belinsky vorgestellt hatte. Der Wachmann tätigte einen Anruf; Selatsch meldete sich und gab die Anweisung, den Rabbi vorzulassen.

Ein zweiter Uniformierter, der eigentlich draußen Dienst tun sollte und bewaffnet war, hielt sich ebenfalls im Wachhäuschen auf, um sich aufzuwärmen, obwohl es auch hier nicht besonders warm war. Dieser zweite, jüngere Wachmann kam heraus und deutete auf den Eingang des U-förmigen Gebäudes. Der Hof glich einer weißverschneiten Hügellandschaft. Ein säuselnder, beißender Wind fegte um das Gebäude und wirbelte Schnee auf.

Die Eingangshalle war düster. An einer Seite befand sich ein Tisch, hinter dem ein dritter Wachmann saß. Er war älter als die beiden anderen und trug eine braune Uniform ohne Mütze. Sein Schädel war an den Seiten rasiert, und das kurze braune Haar auf dem Kopf hate er nach hinten gestriegelt. Hinter ihm stand ein Uniformierter mit einer Kalaschnikow-Automatik. Belinsky kannte die Waffen. Er hatte sie in den Händen von Mitgliedern der PLO, von Syrern und Libanesen gesehen. Uzis gegen Kalaschnikows. Belinsky rief sich ins Gedächtnis, daß dies eine andere Zeit und ein anderer Ort war. Dies war das neue Rußland. Ein anderer bewaffneter Wachmann stand an der Treppe.

Alle drei Männer musterten Belinsky verstohlen. Vier Menschen kamen in ein Gespräch vertieft die Treppe herunter. Alle waren in den Vierzigern oder Fünfzigern, und nur einer hatte Militäruniform an. Der Mann vom Militär führte das Wort. Er redete emphatisch, selbstbewußt und laut, und die anderen hörten ehrfurchtsvoll zu.

»Julia Piskowaja«, sagte er angewidert. »Wir legen den Fall Julia Piskowaja vor. Sie war elf Jahre Gerichtsstenographin, und jetzt plötzlich ist sie Richterin. Wie redet man mit so jemandem?«

»Sie wird ihn für schuldig befinden«, erwiderte einer der

anderen Männer vorsichtig. »Sie hält jeden für schuldig, keine Angst, Konstantin.«

»Ich verhandle nicht gern mit Dummköpfen«, erklärte der ältere, verärgerte Mann.

Sie gingen hinaus, und Avram widmete seine Aufmerksamkeit wieder dem Mann hinter dem Tisch.

»Sie werden hier abgeholt«, sagte der Mann und trug ihn ins Anmeldebuch ein. »Belinsky, David.«

»Avram«, korrigierte ihn der Rabbi.

»Ab-ra-ham«, buchstabierte der Wachmann falsch und tonlos; trotzdem ließ er keinen Zweifel daran, was er von dem jüdischen Namen hielt. »Sie möchten mit Inspektor Rostnikow sprechen. Erwartet er Sie?«

»Es wird ihn nicht überraschen, daß ich hier bin«, entgegnete Belinsky. Ihm war schwindlig, aber er ließ sich nichts anmerken.

Der Mann grunzte, warf dem Rabbi einen prüfenden Blick zu und beschäftigte sich wieder mit seinem Buch.

Arkadi Selatsch kam kurz darauf in die Halle, begrüßte Belinsky unbeholfen und fragte genauso unsicher, ob es dem Besucher etwas ausmachen würde, zu Fuß hinaufzugehen, da es ein Problem mit den Aufzügen gebe. Er fügte nicht hinzu, daß es immer Probleme mit den Aufzügen gab.

Obwohl es eine Tortur für ihn war, hielt Belinsky mit dem Polizisten Schritt, der es zum Glück nicht allzu eilig hatte. Sie kamen auf den Flur, und Selatsch holte einen Stuhl und fragte, ob Belinsky einen Kaffee haben wollte. Der Rabbi lehnte ab; Selatsch zögerte einen Moment, weil er nicht wußte, was er als nächstes tun sollte: auf den Besucher aufpassen oder an seinen Schreibtisch zurückgehen. Immerhin war er schlau genug, mit dem Rabbi nicht über das wenige, was er über die Morde wußte, zu reden. Geistliche bereiteten ihm Unbehagen. Sein Vater, der gestorben war, als Arkadi noch ein Junge war, hatte alle Religionen außer seiner eigenen verabscheut. Er war ein loyaler, unkritischer kommunistischer Polizist gewesen, der Stalin wie einen Gott verehrte. Den größten Haß brachte Selatschs Vater den Juden entgegen, und seine Mutter machte durch ihr Schweigen deutlich, daß sie mit ihrem Mann einer Meinung war. Sie hatte Angst vor seinem Jähzorn und gab sich die größte Mühe, ihm immer beizupflichten, wenn er seine häufigen, flammenden Vorträge hielt, die thematisch von der kollektiven Landwirtschaft bis zu den Juden reichten. Allmählich ging sie dazu über, sich die Vorurteile ihres Mannes, der klüger war als sie, zu eigen zu machen, obwohl sie vor ihrer Heirat keine gehabt hatte.

Noch vor dem Ende der Sowjetunion und bevor die überzeugten Kommunisten in Ungnade fielen, kehrte Selatschs Mutter in den Schoß der russisch-orthodoxen Kirche zurück und erklärte ihrem Sohn, daß sein Vater in vielem recht gehabt habe, aber, was Stalin betraf, sei er im Irrtum gewesen: Stalin war kein Gott, sondern ein Massenmörder. Jahre später begann Selatsch, der zugegebenermaßen etwas langsam war, sich mit den unterschiedlichen Auffassungen seines toten Vaters und seiner lebenden Mutter abzufinden – eine Hilfe dabei war ihm alles, was er von Rostnikow und seinen Kollegen im Dezernat für Sonderermittlungen über Toleranz gelernt hatte.

Selatsch zog sich in sein Büro zurück.

Während Belinsky wartete, wurde ihm bewußt, daß der Schlag gegen den Hals der schlimmste gewesen war. Sein Genick tat schon bei der geringsten Berührung weh, und der Schmerz hatte richtig pulsiert, als er dem Lieferwagenfahrer beim Ausladen geholfen hatte. Die Wunde an seiner Brust mußte bestimmt mit etlichen Stichen genäht werden. Er hatte auch noch einige kleinere Verletzungen, und es bestand die Möglichkeit, daß der kleine Finger seiner rechten Hand gebrochen war. Er hatte ihn mit Schnee gekühlt und verbunden und ein paar Codeintabletten geschluckt, die er in einer Schublade seines kleinen Zimmers aufbewahrte. Die Wunde an der Brust hatte er mit Wasser und Seife gereinigt und mit Wasserstoffsuperoxyd desinfiziert. Sie schien sauber zu sein. Er hatte sie ordentlich und gekonnt verbunden – wahrscheinlich besser, als man es in einem russischen Krankenhaus getan hätte. Er würde eine Narbe zurückbehalten, aber das störte ihn nicht. Er hatte im Laufe seines Lebens schon viele innerliche und äußerliche Narben davongetragen. Vielleicht hatte sich die Bandage ein wenig gelockert, während er die Rohre und Aluminiumplatten geschleppt hatte, aber sie würde halten, bis er sie wechselte. Sein Hals und sein Nacken machten ihm am meisten zu schaffen. Es tat höllisch weh, wenn er den Kopf drehte. Der Mann hatte hart zugeschlagen, aber nicht gewußt, was er tat. Wenn Avram einen solchen Schlag gelandet hätte, dann an der richtigen Stelle, und sein Gegner wäre auf der Stelle tot gewesen.

Das Ganze war eine seltsame Geschichte. So eigenartig, daß Avram beinahe die ganze Nacht wach gelegen und nachgedacht hatte.

Der Rabbi war auf die beiden jungen Männer zugegangen. Sie stellten sich nebeneinander und blockierten den Weg. Der Rechte sagte: »Jude, wenn du diese Nacht überlebst, wirst du aus Moskau verschwinden und den Rest der dreckigen Juden mitnehmen. Du wirst deine Kirche an irgend jemanden verkaufen, der dumm genug ist, Geld dafür zu bezahlen. Wahrscheinlich lassen wir dich am Leben, damit du das, was wir verlangen, erledigen kannst, aber garantieren können wir für nichts.«

Belinsky blieb knappe zwei Meter vor ihnen stehen; er spürte, daß der dritte langsam hinter ihm aufschloß. Der junge Mann vor ihm redete laut und schnell, um von dem

Mann im Hinterhalt abzulenken, der leise durch den Schnee schlich.

Belinsky hörte den jungen Männern zu und lauschte gleichzeitig auf die leisen Geräusche hinter ihm. Er beobachtete die Augen des einen, der nichts sagte. Es war dunkel, aber doch hell genug, um die Augen zu sehen. Beide Männer hatten Schals wie Masken um ihre Gesichter gewickelt. Das deutete er als Zeichen dafür, daß sie tatsächlich vorhatten, ihn am Leben zu lassen, und nicht wiedererkannt werden wollten. Als er herumwirbelte und sich duckte, fragte er sich, warum er nicht längst tot war. Warum sie ihn nicht erschossen hatten wie die anderen.

Der Mann hinter Belinsky war groß, größer als die beiden anderen und älter. Belinsky stieß seine rechte Faust in den Bauch des Mannes, aber der ging nicht zu Boden. Der Angreifer holte ebenfalls zum Schlag aus und traf Avram am Hals. Der Schmerz kam wie ein Blitz. Der Rabbi glaubte, das Bewußtsein zu verlieren, aber sein Leben hing davon ab, daß er wach blieb. Er holte noch einmal aus, und sein Handballen landete auf der Nase des großen Mannes. Das Nasenbein knirschte und brach. Belinsky war geschwächt durch den Hieb an den Hals und hatte nicht stark genug zugeschlagen, um die Knochensplitter ins Gehirn des Angreifers zu treiben, aber er hatte es immerhin geschafft, daß der Kerl ächzend auf die Knie sank.

Das alles war passiert, bevor die anderen beiden reagieren konnten. Sie hatten nicht damit gerechnet, daß der Rabbi Widerstand leisten würde, wenn Georgi über ihn herfiel. Georgi war groß, stark und furchtlos. Jetzt lag er im Schnee und preßte die Hand aufs Gesicht, um den Blutstrom aufzuhalten. Der Anblick machte die beiden vorsichtiger und ließ Belinsky einen Augenblick Zeit, sich zu den anderen umzudrehen. Jewgenij Tutsolow, der Mann, der den Rabbi angesprochen hatte, griff mit einem Messer an. Die Klinge riß Belinskys Mantel und sein Hemd auf und schnitt quer über seine Brust.

Belinsky spürte eine plötzliche Kälte an der frischen Wunde. Er trat Jewgenij mit voller Wucht gegen die Kniescheibe. Die Kniescheibe brach nicht, aber der Mann taumelte mit einem Schmerzensschrei zurück. Der einzige Unverletzte stand zitternd vor Angst da; er hatte eine Pistole in der Hand. In seinen Augen stand die Absicht, schießen zu wollen, aber er machte einen Fehler. Er stand nur etwa einen halben Meter weit weg; Avram wich behende zur Seite aus und schlug mit der Rechten auf Leonid Scharwotzs Handgelenk. Leonid schnappte erschrocken nach Luft und ließ die Waffe in eine knietiefe Schneewehe fallen. Im Parterre des nächststehenden Gebäudes flammte Licht auf. Ein Frauengesicht erschien hinter dem Fenster. Die Frau wischte ein Loch in die Eisschicht auf der Scheibe, um besser sehen zu können, was da draußen vor sich ging. Die drei Männer flohen in verschiedene Richtungen. Der eine, den Avram am Knie getroffen hatte, hüpfte eher, als daß er rannte. Belinsky hätte ihn einholen können, aber er wußte nicht, wie schlimm die Wunde an seiner Brust war und wieviel Blut er verloren hatte. Der mit der gebrochenen Nase war schon ziemlich weit weg, und Avram sah die Blutspur in dem Licht, das aus dem Fenster drang. Er kreuzte kurz den Blick der Frau, und sie wich rasch zurück und löschte das Licht.

Avram ging zu der Schneewehe, in der die Pistole lag, nahm eine Handvoll Schnee und drückte ihn auf den Riß in seinen Kleidern und auf die blutende Wunde. Dann tastete er nach der Waffe – eine Glock 9-mm, Modell 17. Avram kannte den Typ. Es gab überhaupt nur wenige Waffen, die er nicht kannte. Er steckte die Glock ein und ging nach Hause. Allerdings ließ er sich Zeit und nahm immer wieder frischen

Schnee, um seine Wunde zu kühlen. Zu rasche Bewegungen hätten seinen Herzschlag beschleunigt und die Blutung noch verstärkt. Er biß die Zähne zusammen, betete im stillen und schaffte es unbehelligt bis nach Hause.

Seine Kleider waren ruiniert. Sogar seine Hose war blutbefleckt. Er wusch sich und versorgte die Verletzungen – zum Glück war die Schnittwunde nicht allzu tief –, schluckte das Codein und ließ eine kleine Lampe brennen, als er sich ins Bett legte.

Warum hatten sie ihn nicht einfach umgebracht wie die anderen Juden?

Diese Frage und die Schmerzen hielten ihn fast die ganze Nacht wach, und er fand erst Erleichterung bei seinen Morgengebeten.

Und jetzt saß er hier und wartete darauf, der Polizei seine Geschichte erzählen zu können; die Glock hatte er mit Klebeband unter seinen kleinen Schrank geklebt. Er hatte seine Kontaktperson aus Israel von einer Telefonzelle aus angerufen, um ihr zu erzählen, was am Abend zuvor passiert war, und die Angreifer zu beschreiben. Die Frau schien noch mehr darüber zu staunen, daß Avram Belinsky noch am Leben war, als er selbst. Sie versprach, den Bericht weiterzuleiten und sich neue Anweisungen geben zu lassen, und bat ihn, am späten Nachmittag noch einmal anzurufen. Er willigte ein.

Jetzt mußte er warten, bis Rostnikow sein Telefonat beendet hatte.

Ein paar Stunden früher: Oleg Selski beendete sein Frühstück, das aus einem Teller Fleischbrühe, Brot und einer Tasse starkem, heißem Tee bestand. Oleg war mittelgroß, mittelschwer und fünfundvierzig Jahre alt. Er hatte eine dichte Haarmähne, die immer einen Schnitt nötig zu haben schien, eine Frau und eine zehn Jahre alte Tochter.

Oleg war Redakteur bei der *Iswestija*, die sich mit der Öffnung Rußlands verändert und an Ansehen gewonnen hatte. Sein Job war längst nicht mehr so langweilig wie zu den Zeiten, in denen er nur die vom Chefredakteur, der Parteimitglied gewesen war, abgesegneten Artikel auf Rechtschreibfehler überprüft hatte. Die Arbeitsweise hatte sich geändert. Obwohl die *Iswestija* Millionen Leser an die neuen, fortschrittlicheren Zeitungen verloren hatte, war sie liberaler geworden, und Oleg hatte miterlebt, wie Mißstände und Korruption aufgedeckt wurden. Sein Gehalt war gestiegen – nicht genug, um seine Familie in finanzieller Hinsicht ganz und gar abzusichern, aber es reichte, um in bescheidenem Wohlstand zu leben. Alles in allem meinte es das Leben gut mit Oleg Selski.

Er aß gerade den letzten Bissen Brot, als Katrina, seine Tochter, mit einem Brief ins Zimmer kam. Selski bekam hin und wieder Briefe von seinem Bruder aus Wolgograd oder von Menschen, die die Post nicht an sein neues Büro adressieren wollten.

Dieser Brief war ein bißchen größer und dicker als üblich.

»Darf ich ihn aufmachen?« fragte Katrina.

Oleg kaute das Brot und spülte es mit dem letzten Schluck Tee hinunter. Er lächelte seine Tochter an. Sie hatte Zöpfe, trug ein blau-weißes Kleid, und ihr kleines Gesicht strahlte.

Plötzlich schoß ihm ein Gedanke durch den Kopf. Er wollte etwas sagen, verschluckte sich und spuckte den Rest des Brotes aus. Er konnte sich irren – es mußte ein Irrtum sein. Seine Instinkte leiteten ihn oft fehl, aber er war ein vorsichtiger Mann, den der Überlebenskampf geprägt hatte.

Katrina riß bereits lächelnd den Umschlag auf, als er endlich einen Schrei ausstoßen konnte. Er erschreckte das Kind, das den halboffenen Brief fallen ließ. Der Brief explodierte auf dem Boden.

6

Der Anruf, den Rostnikow entgegennahm, kam von dem Bombenattentäter. Emil Karpo hörte von seinem eigenen Telefon aus mit. Josef stand neben Karpo in dessen Arbeitsraum, trank Kaffee und wartete. Der Winterwind rüttelte am Fenster im Nachbarzimmer, das seinem Vater gehört hatte, bevor er in das Büro auf der anderen Seite des Flurs gezogen war.

»Ist es passiert?« fragte der Bombenattentäter.

»Es ist passiert«, bestätigte Rostnikow. Er saß ganz ruhig hinter seinem Schreibtisch und kritzelte etwas auf seinen Block.

»Wollen Sie wissen, warum er den Brief geöffnet hat?«

»Ja«, sagte Rostnikow und malte dabei einen Würfel über einen anderen. Er wußte, daß er einen kleinen Vogel in diesen Würfel zeichnen würde, aber er hatte keine Ahnung, warum.

»Er steht nicht auf Ihrer Liste«, erklärte der Bombenattentäter selbstgefällig.

Eine schrille Autohupe war am anderen Ende der Leitung zu hören.

»Ich rufe von einem Münztelefon aus an«, fuhr der Mann fort. »Ich fasse mich kurz und bin längst verschwunden, wenn Ihre Leute hier anrücken, falls die Polizei überhaupt die Technologie besitzt, einen Anruf aus einer Zelle zurückzuverfolgen.«

»Aus welchem Grund haben Sie Oleg Selski ausgewählt?« erkundigte sich Rostnikow gelassen.

»Seine Zeitung verbreitet jetzt zwar keine kommunistischen Lügen mehr, dafür aber die der Kapitalisten«, sagte der Bombenattentäter. »Er hat Artikel über die Notwendigkeit von nuklearen Anlagen veröffentlicht. Tschernobyl ist wieder am Netz – eine Bombe, die weit gewaltiger und vernichtender ist als jede, die ich verschickt habe, könnte wieder hochgehen, und er hat das gutgeheißen.«

»Deshalb haben Sie ihm eine Bombe geschickt?«

»Ja.«

»Ich nehme an, das bedeutet, daß jeder Moskauer, der an den Nutzen von Atomenergie glaubt, eine Bombe bekommen könnte«, sagte Rostnikow.

»Tschernobyl ist noch immer in Betrieb«, erwiderte der Bombenattentäter ärgerlich. »Und ja, Sie haben recht. Selbst Sie, der ihnen hilft, mich zu fassen, statt mich zu unterstützen, könnten eines Tages einen Brief von mir bekommen. Das Päckchen, das ich Ihnen geschickt habe, hätte gut eine Bombe enthalten können. Jeder Polizist könnte eine erhalten. Sie können nicht die ganze Stadt schützen. Haben Sie meine Erklärung gelesen?«

»Ja«, erwiderte Rostnikow. »Ich habe sie bereits zusammen mit Ihrer Forderung an meinen Vorgesetzten weitergeleitet.«

»Was halten Sie davon?«

»Gut formuliert, aber banal«, gab Rostnikow zurück. »Falls sich überhaupt ein Sender bereit erklärt, sie zu veröffentlichen, würden sich die Zuschauer schon nach dem ersten Absatz langweilen. Es gibt kaum einen Bürger in der Stadt, dem die Schlichtheit der Propaganda nicht zum Hals heraushängt.«

»Ich weiß«, entgegnete der Attentäter. »Aber ich bin das meinem Vater schuldig. Ich bin es den Opfern schuldig. Ich bin es meiner Mutter schuldig. Ich bin der letzte meiner Familie. Der Name stirbt mit mir aus.«

»Haben Sie vor, schon bald zu sterben?« erkundigte sich Rostnikow.

»Langsam, allmählich wie mein Vater. Es sei denn, Sie kriegen mich vorher zu fassen – in diesem Fall werde ich mich umbringen.«

»Die Briefbombe, die Sie heute verschickt haben«, begann Rostnikow, während er sein neues Bein in eine bequemere Position brachte, »wurde nicht von Selski selbst geöffnet. Seine zehnjährige Tochter hat den Umschlag aufgerissen. Möchten Sie wissen, was ihr passiert ist?«

Schweigen.

»Sie begann den Brief zu öffnen«, fuhr Rostnikow ungerührt fort. »Ihr Vater mutmaßte etwas, und er schrie sie an, den Brief sofort fallen zu lassen. Sie liegt im Krankenhaus. Ihr Zustand ist kritisch, aber man glaubt, daß sie überlebt. Sie hat ihre Zehen und einen Teil des rechten Fußes verloren. Ihr Vater ist unverletzt. Übrigens, was ist Ihre Lieblingsfarbe?«

»Meine Lieb …? Ich habe keine. Das Mädchen bleibt am Leben?«

»Das hat man mir zumindest gesagt.«

»Das ist kein Trick?«

»Nein«, sagte Rostnikow.

»Ich glaube Ihnen«, flüsterte der Mann so leise, daß ihn der Inspektor kaum verstehen konnte.

»Ihre Erklärung wird nicht im Fernsehen verlesen«, sagte Rostnikow.

Der Bombenattentäter schwieg. Dann legte er auf.

»Kommen Sie zu mir, Emil«, sagte Rostnikow ins Telefon und schaute auf die Uhr. Es war noch früh, und die Schule würde erst in Stunden aus sein. Er hatte mit Sarah ausgemacht, daß er heute die Mädchen nach der Schule abholen würde.

Die Tür ging auf, und Karpo und Josef kamen herein. Josef machte die Tür wieder zu und sagte: »Im Flur sitzt ein Mann; er will zu dir.«

»Ich weiß«, sagte Rostnikow. Er überflog die Notizen auf

seinem Block und die Zeichnung von dem großen Raum in Belinskys Synagoge. Während des Gesprächs zeichnete er mit Bleistift, so daß er die Striche wieder ausradieren konnte, eine mögliche Rohrkonstruktion ein.

»Hat das Tonbandgerät funktioniert?«

»Perfekt.« Karpo hielt die Kassette hoch.

Karpo blieb steif und aufrecht stehen. Josef, der beinahe so groß war wie sein bleicher Kollege, sah sich in dem Büro um, dann richtete er den Blick auf seinen Vater. Zorn – oder mehr als das – zeichnete sich auf seinem Gesicht ab.

»Also, was wissen wir?« fragte Rostnikow. »Josef?«

»Wir haben es mit einem gebildeten Psychopathen zu tun«, antwortete Josef. »Er glaubt, daß die Atomenergie uns alle umbringt, und er steht ironischerweise auf dem Standpunkt, daß er alle, die Atomenergie produzieren oder die Nutzung unterstützen, umbringen muß, um auf die vermeintliche Selbstvernichtung aufmerksam zu machen. Die Ironie ist, daß er letztendlich fast die ganze russische Bevölkerung ermorden müßte, wenn er selbst lange genug lebt und nicht gefaßt wird. Das müßte zumindest sein eigentliches Ziel sein. Ich sage, wir sollten ihn so schnell wie möglich finden und auf der Stelle töten.«

»So denkt ein Soldat«, stellte Rostnikow fest.

»Ich war Soldat, und ich habe selbst mit angesehen, was Terroristen und Wahnsinnige anrichten können«, erwiderte Josef.

»Emil?« Rostnikow wandte sich an den reglosen schwarzgekleideten Mann.

»Der Bombenattentäter steht auf unserer Liste. Er hat selbst etwas mit Atomenergie zu tun. Er wußte, daß Oleg Selski seiner Tochter niemals erlaubt hätte, den Brief zu öffnen, wenn er auf der Liste gestanden hätte. Der Vater des Bombenattentäters war in irgendeiner Weise an der Produktion von

Atomenergie beteiligt. Möglicherweise war er Wissenschaftler oder Techniker, jedenfalls ein Mann mit höherer Bildung, wie man aus der Sprechweise des Sohnes und aus der Wortwahl in der Erklärung schließen kann. Der Vater starb nach einem nuklearen Unfall oder durch Verseuchung – zumindest ist der Sohn überzeugt, daß das die Todesursache war. Vielleicht hat er recht. Nichtsdestotrotz ist der Bombenattentäter ebenfalls in der Atomforschung, bei der Produktion oder in der Technik beschäftigt, oder er hat früher da mitgearbeitet. Wahrscheinlich hat er sich für dieses Gebiet entschieden, weil sein Vater sich dafür interessierte. Der Bombenattentäter ist strahlenverseucht oder glaubt, es zu sein, und er möchte seinen Standpunkt deutlich machen, bevor er stirbt. Er lebt mit seiner Mutter zusammen und dürfte Mitte Vierzig sein.«

»Meint ihr, daß er jetzt, da er fast ein Kind getötet hat, aufhört?« Rostnikow sah seinen Sohn an.

»Nein«, sagte Josef. »Im Gegenteil, jetzt wird er erst recht weitermachen, weil er allen beweisen will, daß die Verletzungen des Mädchens nicht sinnlos waren, besonders nachdem es abgelehnt wurde, seine Erklärung im Fernsehen zu bringen.«

Rostnikow schüttelte den Kopf. »Erst ein Soldat, dann ein Stückeschreiber und Schauspieler und jetzt ein Polizist. Eine interessante Kombination von Talenten. Karpo, wie wollen Sie vorgehen?«

»Ich überprüfe die Patientenkarteien von Krankenhäusern und Arztpraxen und suche nach Leuten, die wegen Strahlenverseuchung behandelt wurden«, erwiderte Karpo. »Mal sehen, ob ich Namen finde, die auch auf unserer Liste stehen. Dann gehe ich die Personalakten von Moskauer Firmen und Behörden durch, die etwas mit atomaren Materialien zu tun haben. Und ich überprüfe noch einmal alle Personen, die wir aufgelistet haben.«

»Wie viele sind das?« fragte Rostnikow.

»Siebenhundertsiebenundzwanzig«, sagte Karpo. »Wir können sofort anfangen.«

»Ich frage mich, welche Lieblingsfarbe der Bombenattentäter hat«, sinnierte Rostnikow und starrte auf den kleinen Vogel, den er in den Würfel gezeichnet hatte. »Wenn er wieder anruft, frage ich ihn noch einmal danach, aber ich glaube, ich kenne die Antwort schon.«

»Und die wäre?« wollte Josef wissen.

»Er hält sich für einen toten Mann. Nur sein Kreuzzug und sein Selbstmitleid verschaffen ihm noch Befriedigung. Ich glaube, wir haben es mit einem grauen Mann zu tun. Mit einem sehr grauen Mann.«

Rostnikow hatte sich nicht die Mühe gemacht, Karpo ausdrücklich um eine Kopie des Tonbands zu bitten. Er wußte, daß eine auf seinem Schreibtisch landen würde, sobald der Besucher, der draußen wartete, gegangen war. Genauso unnötig war es, Karpo zu sagen, daß er Paulinin das Band vorspielen sollte. Sein Mitarbeiter würde das unverzüglich arrangieren. Sobald Rostnikow wieder allein wäre, würde er Jakowlew Bericht erstatten und einigen Spuren in den Mordfällen an den Juden nachgehen, nachdem er sich angehört hatte, was Elena und Sascha über den scheuen Vergewaltiger in Erfahrung gebracht hatten. Es war ein prallvoller Tag, und trotzdem mußte er auch das einhalten, was er versprochen hatte.

Porfirij Petrowitsch Rostnikow nahm den Hörer ab, tippte zwei Ziffern ein und bat Selatsch, mit dem wartenden Rabbi zu ihm zu kommen.

Augenblicke später traten Selatsch und Belinsky ein, und Selatsch schloß die Tür.

»Was ist passiert?« fragte Rostnikow und deutete auf die Stühle vor dem Schreibtisch.

Belinsky setzte sich. Selatsch zögerte, ließ sich dann aber ebenfalls nieder.

»Ich wurde gestern abend von drei Männern angegriffen«, sagte der Rabbi. »Ich kann Ihnen eine Personenbeschreibung von allen dreien geben – von zweien eine weniger gute, vom dritten eine ziemlich präzise. Der dritte Mann hat eine gebrochene, wenn nicht zertrümmerte Nase. Ein anderer wird einige Zeit hinken, und der dritte hat mindestens eine Woche ein steifes Handgelenk.«

»Sie können die Personenbeschreibung bei Inspektor Selatsch zu Protokoll geben, wenn wir fertig sind. Sind Sie schwer verletzt?« fragte Rostnikow.

»Ich werde noch eine Narbe mehr haben«, sagte Belinsky und faßte sich an die Brust. »Jede einzelne hat ihre eigene Geschichte, die mich daran erinnert, daß wir, ich und mein Volk, immer und ewig auf der Hut sein müssen.«

Rostnikow nickte verständnisvoll. Auch er hatte solche Narben, genau wie Selatsch.

»Hatten sie Waffen bei sich?« setzte Rostnikow seine Befragung fort.

»Ja.« Belinsky erwähnte die Glock, die er in seinem Schrank versteckt hatte, mit keinem Wort.

»Dann stellen wir beide uns, wie ich annehme, dieselbe Frage.«

Es war offensichtlich, daß Selatsch keine Ahnung hatte, wovon hier die Rede war.

»Warum sie mich nicht einfach umgebracht haben wie die anderen?« fragte Belinsky.

Rostnikow nickte erneut. »Antisemiten, die keinen Augenblick gezögert haben, sechs Juden kaltblütig zu ermorden, verschonen ausgerechnet Sie, einen Rabbi. Was haben sie gesagt?«

»Daß wir verschwinden sollen.«

»Wurden Namen genannt?«

»Nein, aber dazu war auch keine Zeit«, sagte der Rabbi. Sein Genick und sein Hals taten weh. Bevor er von zu Hause weggegangen war, hatte er im Spiegel gesehen, daß die Stelle bereits violett war. Er hatte sie mit einem Schal verdeckt, den er noch immer über seinem zweitbesten Mantel trug. Sein bester und dickerer Mantel war durch den Schnitt nutzlos geworden. Der Pullover und dieser kurze braune Mantel waren bei dem kalten Wetter nicht warm genug.

»Sie sagten ...«, begann Rostnikow.

»Nur einer hat gesprochen«, warf Belinsky ein.

»*Er sagte*«, verbesserte sich Rostnikow, »haut ab. Von wo? Aus Rußland? Aus Moskau? Können Sie sich vorstellen, was sie meinten? Redete er von allen Juden?«

Belinsky wollte den Kopf schütteln, aber der Schmerz hielt ihn davon ab. »Nein«, sagte er, korrigierte sich aber gleich: »Vielleicht.«

»Vielleicht?« wiederholte Rostnikow.

»Ich glaube, sie wollten uns aus dem Weg haben. Ja, wir stehen ihnen im Weg.« Belinsky versuchte sich genauer zu erinnern.

Er saß aufrecht und achtete nicht darauf, daß das Blut langsam durch den Verband und die Pflaster sickerte. Ihm war klar, daß er eigentlich ruhig liegen und warten sollte, bis sich die Wunde schloß und zu heilen begann, aber es gab viel zu tun. Er würde das Gespräch mit dem Oberinspektor zu Ende führen, dann nach Hause gehen, den Verband wechseln und sich hinlegen.

Rostnikow sah Selatsch an, der kaum begriff, worum es überhaupt ging. Rostnikow wußte, daß Selatschs Mutter ihren Sohn liebte, sich um ihn kümmerte und Rostnikow dankbar war, weil er Vertrauen in ihn setzte, aber sie wußte auch, daß Arkadi die Intelligenz nicht mit Löffeln gefressen hatte. Selatschs Mutter war ziemlich bigott. Das hatte Porfirij Petrowitsch aus verschiedenen Bemerkungen herausgehört. Arkadi Selatsch nahm die Vorurteile seiner Mutter unwidersprochen hin, obwohl in seinem Leben wenig geschah, was das Mißtrauen erhärtete, das seine Mutter zum Ausdruck brachte. Jeder Tag bestätigte seine Erfahrung, daß Kriminalität, Gewalt und Böses in allen Schichten, in allen Gruppierungen, bei allen Menschen vorkamen, genau wie Freundlichkeit, Familiensinn und Respekt vor dem Gesetz, wie verwirrend dies auch sein mochte. Rostnikow zog es vor, nicht über das Dilemma nachzudenken.

»Irgendwelche Vorschläge oder Ideen, Arkadi?« fragte Rostnikow.

Der Rabbi schaute zu dem in sich zusammengesunkenen, verlegenen Mann an seiner Seite. Belinskys Augen drückten nichts als Interesse an dem aus, was Selatsch vorbringen könnte.

Plötzlich hatte Selatsch eine Idee.

»Mesanowitsch«, plapperte er los, ohne erst nachzudenken. »Der eine, der an der Uferböschung starb und kein Jude war.«

Rostnikow lächelte. Avram Belinsky zuckte mit den Schultern. Den Schmerz, der ihn dabei durchfuhr, verbarg er, indem er sich auf die Unterlippe biß, als würde er nachdenken.

»Brauchen Sie einen Arzt?« fragte Rostnikow.

»Ich weiß, wo ich einen von meinen Leuten finden kann, wenn es nötig wird«, erwiderte Belinsky. »Gestern abend habe ich einen Fehler gemacht. Das wird mir nicht noch mal passieren.«

»Einen Fehler?« sprudelte Selatsch hervor, ehe er die Worte zurückhalten konnte.

»Der Rabbi meint, er hätte die drei Männer töten sollen«, erklärte Rostnikow. »Hab' ich recht?«

»Ja«, bestätigte Belinsky, als er aufstand. Er hatte während des Kampfes in Erwägung gezogen, die Waffe zu benutzen, die er in der Tasche gehabt hatte, aber er war überzeugt gewesen, sich mit den Fäusten verteidigen und den Angreifern ordentlich Angst einjagen zu können, ohne sie zu töten. »Wie gesagt, diesen Fehler mache ich bei der nächsten Gelegenheit nicht noch einmal.«

Rostnikow und der Rabbi tauschten einen Blick, und beide wußten, daß es unmöglich war, den anderen umzustimmen. Belinsky bewegte sich auf die Tür zu und zwang sich, gemäßigten Schrittes zu gehen. Er blieb noch einmal stehen, drehte sich um und sagte: »Das Material für die Heizung ist geliefert worden.«

»Acht Uhr heute abend?« schlug Rostnikow vor.

»Gut«, sagte Belinsky. »Sie werden Hilfe brauchen. Ich kann einige Männer aus der Gemeinde rufen, und ich werde auch dasein.«

»Sie sind nicht in der Verfassung, bei der Arbeit mitzuhelfen, aber kommen Sie hin«, sagte Rostnikow. »Ich brauche nur zwei Männer, je kräftiger, desto besser. Ich werde andere anheuern.«

»Gut«, erwiderte Belinsky.

Der Rabbi ging hinaus und machte die Tür hinter sich zu. Rostnikow rückte sein künstliches Bein zurecht.

»Was haben Sie heute abend vor?« wollte er von Selatsch wissen.

»Heute abend?« wiederholte Selatsch. »Abendessen. Fernsehen.«

»Wie würde es Ihnen gefallen, etwas über Heizungsinstallationen zu lernen? Das wäre etwas, worauf Sie in Notzeiten zurückgreifen können.«

Selatsch war durcheinander, versicherte jedoch, daß er gern etwas lernen würde, wenn Oberinspektor Rostnikow das für eine gute Idee hielte.

»Also dann um acht Uhr«, sagte Rostnikow, »in der Synagoge.«

Selatsch nickte verwirrt.

»Mesanowitsch – das war ein guter Hinweis«, lobte Rostnikow. »Gehen wir.«

Selatsch bemühte sich, nicht über das ganze Gesicht zu strahlen. Er konnte sich nicht erinnern, wann er jemals von irgend jemandem außer seiner Mutter für etwas gelobt worden war. Seine Mutter. Was würde sie davon halten, daß er für Juden arbeitete und noch dazu umsonst? Wenn sich die Gelegenheit dafür ergab, wollte er sie anrufen und ihr sagen, daß der Dienst mit Porfirij Petrowitsch heute länger dauerte. Dann würde sie nur fragen, ob es gefährlich für ihn werden könnte, und ihm sagen, daß sie etwas zu essen für ihn hatte, wenn er nach Hause kam.

Arkadi Selatsch war in bester Stimmung.

Laufarbeit. Die Vorgänge waren im großen und ganzen dieselben, wie sie Polizisten auf der ganzen Welt erlebten. Besuche bei Leuten, die möglicherweise keine nützlichen Informationen hatten. Gespräche mit ehemaligen Opfern, die wahrscheinlich alles, was sie wußten, bereits haarklein erzählt hatten. Erneute Überprüfung aller vorhandenen Hinweise.

»Zeitverschwendung«, sagte Sascha zu Elena, als sie in dem kleinen Vorzimmerbüro einer internationalen arabischen Exportfirma standen. Die Frau, sehr gepflegt und definitiv keine Araberin, kam aus einem anderen Büro und erkundigte sich, ob sie ihnen helfen könnte.

Elena fragte, ob es möglich sei, mit Walerija Petrosjan zu sprechen. Beide Polizisten zeigten ihre Ausweise, die Frau sah sie sich genau an und legte die Handflächen zusammen.

»Worum geht es?« wollte sie wissen.

»Wir glauben, daß sie vor ein paar Wochen Zeugin bei einem Autounfall war«, sagte Sascha. »Fahrerflucht. Wir wollen von ihr wissen, ob der Mann, den wir festgenommen haben, tatsächlich der Unfallverursacher ist. Natürlich wissen wir nicht, ob sie ihn richtig sehen konnte. Das Gespräch dauert nur ein paar Minuten. Wir zeigen ihr ein Foto und stellen ein paar Fragen.«

»Ich müßte Mr. Mogabi fragen«, sagte die Frau, »aber er ist in einer Besprechung.«

Sascha und Elena wußten natürlich, daß sie schlicht verlangen könnten, Walerija Petrosjan zu sprechen, aber dann müßte sie ihren Arbeitgebern vermutlich peinliche Fragen beantworten.

»Also schön«, sagte die Frau. »Ich schicke sie her.«

Der Raum, in dem sie warteten, war klein, aber makellos. An den Wänden hingen Reproduktionen französischer Impressionisten – ein Monet an einer und zwei Monets und ein Renoir an einer anderen Wand. Der Boden war mit einem grauen, sauberen Teppich ausgelegt. Die vier Chromstühle hatten eine dazu passende graue Sitzfläche.

Sie hatten bereits mit vier Vergewaltigungsopfern gesprochen. Da alle Verbrechen ungefähr in derselben Gegend verübt worden waren, mußten sie keine weiten Wege zurücklegen, um die Frauen aufzusuchen. Einige der Opfer hatten kein Telefon oder zogen es vor, sich nicht zu melden. Die beiden Polizisten waren von einer Wohnung zur anderen gestapft, und da einige Opfer inzwischen im Ruhestand waren, hatten sie sie zu Hause angetroffen. Die ersten beiden hatten die Fragen beantwortet, aber das hatte zu keinen neuen Erkenntnissen geführt und nur bestätigt, daß der Vergewaltiger immer dieselbe Methode anwendete und ziemlich kräftig war. Sie hatten ihn nicht gesehen, nur eine krächzende Stimme gehört, die wahrscheinlich verstellt gewesen war, und sie waren heftig geschlagen worden. Eine der beiden hatte einen schweren Hörschaden davongetragen, und Sascha fühlte sich während des Gesprächs mit der fast tauben, kleinen Frau an seine Mutter erinnert. Die dritte Frau hatte sich geweigert, mit ihnen zu reden. Sie war jünger als die ersten beiden, vielleicht Ende Fünfzig. Der Vergewaltiger hatte so fest zugeschlagen, daß sie mit einer Schädelfraktur ins Krankenhaus eingeliefert worden war, und seither litt sie unter so starken Kopfschmerzen, daß sie oft stundenlang in ihrem abgedunkelten kleinen Schlafzimmer auf dem harten Fußboden liegen mußte. Aber davon erzählte sie den Polizisten nichts. Sie sagte nur, daß sie nicht über den Vorfall reden wollte.

Die vierte Frau hatte sich bemüht, ihnen weiterzuhelfen. Sie war die jüngste, in den Zwanzigern, hübsch, mit dunklem Haar. Sie arbeitete im Hotel Russia, und dort hatten sie sie auch gefunden. Sie war noch ein Teenager gewesen, als sie überfallen wurde. Sascha hatte ihrem Arbeitgeber eine ähnliche Geschichte aufgetischt wie jetzt der Angestellten der arabischen Exportfirma. Das Mädchen hieß Alexandra und war Zimmermädchen. Das Auffallendste an ihr war die dicke Brille, die sie abnahm, während sie sich mit ihnen unterhielt. Der Vergewaltiger hatte sie an der Stirn getroffen, und eine Woche danach hatte ihre Sehkraft nachgelassen. Die Ärzte hatten befürchtet, daß es immer schlimmer werden würde, bis sie völlig erblindet war, aber dann kam der Prozeß plötzlich zum Stillstand. Das Mädchen hoffte, daß sich der Zustand nicht weiter verschlechterte. Auch sie konnte lediglich bestätigen, was die anderen schon ausgesagt hatten. Sie erklärte, sie habe jahrelang versucht, sich entweder an mehr Einzelheiten zu erinnern oder das Ereignis ganz aus ihrem Gedächtnis zu löschen. In beidem war sie nicht erfolgreich gewesen.

»Ich wette, dieses Büro ist nur Fassade«, sagte Sascha und sah sich um.

»Fassade?«

»Für Waffen- oder Drogenhandel oder so was.«

»Dann ist dieses Zimmer ganz bestimmt verwanzt, und sie hören mit, was Sie gerade sagen«, erwiderte Elena sarkastisch.

»Wahrscheinlich«, sagte Sascha, als die Tür zum anderen Büro aufging, und eine Frau Ende Vierzig erschien. Sie war groß und trug ein dunkles Kostüm mit weißer Bluse. Ihr dunkles Haar hatte sie im Nacken zu einer modischen Frisur nach oben gekämmt. Sie war dezent geschminkt und sehr hübsch.

»Dunkles Haar«, flüsterte Elena Sascha zu. »Sie alle haben graues oder dunkles Haar. Ich frage mich, ob die grauhaarigen auch dunkel gewesen waren, als er sie überfallen hat, und ob sie alle so schlank waren wie diese Frau und die im Hotel.«

Sie wußten, daß sie noch einmal von vorn anfangen mußten, um das zu überprüfen.

»Walerija Petrosjan«, stellte sich die Frau in argwöhnischem Ton vor.

»Können wir auf den Flur gehen, um Ihnen etwas zu zeigen und kurz mit Ihnen zu sprechen?« fragte Elena und versuchte ihr zu vermitteln, daß dies eine vertrauliche Unterhaltung werden sollte.

»Wenn Sie es wünschen«, entgegnete Walerija.

Sie gingen auf den breiten Korridor des siebenstöckigen Gebäudes, in dem früher Büros der kommunistischen Partei untergebracht waren und das man kurz nach Jelzins Amtseinführung umgebaut hatte.

»Sie sind nicht hier, um mit mir über einen Verkehrsunfall zu sprechen«, stellte Walerija fest und sah von Elena zu Sascha. »Ich habe keinen Unfall beobachtet.«

»Sie wurden vor etwa vier Jahren in der Nähe der Kropotkinskaja-Metrostation überfallen und vergewaltigt«, sagte Elena.

»Ich dachte mir, daß es darum geht.« Die Frau seufzte. »Ich habe der Polizei alles erzählt, was ich weiß, und geschildert, was passiert ist. Ich habe wegen dieser Sache einen Ehemann verloren. Das war das einzige Gute, was dabei herausgekommen ist. Der Rest… Bitte, machen Sie's kurz. Meine Arbeitgeber stehen vor einem heiklen Geschäftsabschluß, und…«

Sascha warf Elena einen triumphierenden Blick zu und wandte sich an Walerija.

»Bitte, erzählen Sie uns noch einmal, woran Sie sich erinnern«, bat Elena.

»Wissen Sie, ich möchte mich gar nicht mehr daran erinnern«, erwiderte die Frau. Ihre Stimme war tief und beherrscht. »Aber es gibt Dinge, die man nicht vergessen kann. Wie ich der Polizei bereits erzählte, war ich auf dem Heimweg von der Arbeit – es war ziemlich spät. Mein Mann sollte mich von der Metrostation abholen, aber er war nicht da. Er trieb sich irgendwo rum und betrank sich in seinem Taxi. Ich ging zwei Blocks weiter. Es war nicht viel los auf der Straße. Ein paar Autos. Wenige Fußgänger. Es regnete leicht. Ich hörte den Kerl nicht kommen. Autos fuhren vorbei, als er mich von hinten in einen Hauseingang stieß – er hatte einen Arm um meinen Hals gelegt. Er drohte, mich zu töten, wenn ich auch nur einen Laut von mir gäbe. Er zeigte mir ein Messer, bevor er die Haustür aufmachte. Es war ein Regierungsgebäude. Die Glühbirne am Eingang war aus der Fassung gedreht worden, wie mir die Polizei später erzählte. Er warf mich mit dem Gesicht nach unten zu Boden, küßte meinen Hals und warnte mich immer wieder, mich still zu verhalten, während er meinen Rock hochhob und den Schlüpfer herunterzerrte. Es ging schnell und war sehr schmerzhaft. Ich wimmerte. Als er von mir abließ, befahl er mir, mich nicht umzudrehen und ihn nicht anzusehen, sonst würde er mich umbringen. Ich mußte laut sagen, daß ich verstanden hätte. Dann stand er auf und ging zur Tür. Ich drehte mich dennoch um und sah ihn. Er war größer als Sie.« Sie sah Sascha an. »Gut gebaut. Er trug eine blaue Jacke und eine blaue Hose mit einem Streifen. Ich glaube, sein Haar war dunkel.«

»Sie haben ihn gesehen?« vergewisserte sich Elena noch einmal.

Die große Frau nickte.

»Eine Uniform?« fragte Sascha.

»Ich habe den Polizisten damals schon gesagt, daß es meiner Meinung nach eine Polizeiuniform gewesen sein mußte, aber ganz sicher war ich mir dessen nicht«, sagte Walerija leise.

»Sein Gesicht haben Sie nicht gesehen?« fragte Elena.

»Ein bißchen vom Profil, aber es regnete, und ich war gerade vergewaltigt worden. Ich weinte, und alles verschwamm vor meinen Augen. Ich könnte ihn nicht identifizieren, und ich hatte nur den vagen Eindruck, daß er hier eine weiße Narbe hat.« Walerija deutete auf einen Punkt links neben ihrer Nase. »Das ist alles«, sagte sie. »Mehr weiß ich nicht mehr. Glauben Sie mir, ich hab' versucht, mich an Einzelheiten zu erinnern, ich möchte, daß er gefaßt wird. Ich würde ihn höchstpersönlich umbringen. Ich glaube, das könnte ich.«

»Das glaube ich auch«, sagte Sascha.

»Wenn das alles ist…«, begann Walerija, aber Elena schnitt ihr das Wort ab: »Und Sie haben damals der Polizei alles genauso erzählt wie uns jetzt?«

»Wahrscheinlich sogar mit denselben Worten«, bestätigte Walerija. »Ich würde jetzt gern wieder an meine Arbeit gehen, bevor mir mein Vorgesetzter Fragen stellt. Ich brauche diesen Job. Ich habe ein Kind.«

»Doch nicht…«, stammelte Sascha.

»Nein, nicht von dem Vergewaltiger«, sagte sie. »Mein Junge war ein Baby, als es passierte.«

»Danke«, sagte Elena, bevor Walerija sich zur Tür umdrehte und meinte: »Sagen Sie mir Bescheid, wenn Sie ihn geschnappt haben.«

»Ja«, versprach Elena.

Ein paar Minuten später standen Sascha und Elena auf der Straße. Alles war noch immer tief verschneit, aber den Gehsteig hatte man geräumt. Nur ein paar Flocken waren während der Nacht hinzugekommen, aber die Temperatur war drastisch gefallen. Sascha trat von einem Fuß auf den anderen, um sich warm zu halten.

»Sie hat es bei der Polizei ausgesagt«, überlegte Elena laut. »Warum steht dann nichts von dieser Uniform in dem Bericht?«

»Ich habe da so eine Ahnung«, sagte Sascha.

»Und die wäre?«

»Die alte Frau hatte recht. Der Vergewaltiger ist Polizist. Er hat Zugang zu den Akten und hat alle Hinweise, die auf ihn deuten könnten, aus den Akten gelöscht – wahrscheinlich Wochen oder Monate, nachdem die Berichte zu den Akten gelegt wurden.«

»Also suchen wir nach einem gutgebauten Polizisten mit einer Narbe neben der Nase?«

»Zuerst müssen wir mit den anderen Opfern reden und herausfinden, welche Aussagen noch aus den Akten entfernt wurden.«

Elena nickte.

»Tee?« fragte sie.

Sascha nickte begeistert.

Josef starrte auf die Liste, die vor ihm auf dem Schreibtisch lag, und wartete auf Geräusche, die Elenas Rückkehr ins

Büro ankündigen würden. Die Liste war lang, und es schien eine Weile zu dauern, bis die verschiedenen Behörden und Firmen seine Frage beantworten konnten.

Karpo saß nicht an seinem Platz. Er war in Paulinins Labor. Dieser hatte vor einer halben Stunde angerufen, um ihnen zu sagen, daß er neue Informationen hätte. Josef verspürte nicht die geringste Lust, sich noch einmal der mit ätzenden Gerüchen durchsetzten, abgestandenen Luft in dem Keller auszusetzen, und fragte Karpo, ob er an seinem Schreibtisch bleiben und schon mal mit den Anrufen beginnen sollte.

»Paulinin hat vielleicht Informationen, die uns bei den Anrufen helfen«, gab Karpo zu bedenken. Er stand wie ein bleiches, schwarzgewandetes Gespenst in der Tür.

»Wenn ja«, wandte Josef ein, »dann rufe ich die, die ich erreicht habe, noch mal an.«

Karpo nickte, und Josef wußte genau, was er dachte: Der Sohn von Porfirij Petrowitsch Rostnikow drückt sich vor einer neuerlichen Begegnung mit dem Mann, der in der Petrowka als verrückter Wissenschaftler gilt.

»Wie Sie wollen«, sagte Karpo und ging.

Josef tätigte gerade den elften Anruf.

»Hallo«, sagte er, nachdem sich eine Frauenstimme mit »Firma Karkow« gemeldet hatte.

»Guten Tag, ich bin Kriminalassistent vom Dezernat für Sonderermittlungen«, erklärte Josef. »Mein Name ist Josef Rostnikow. Ich möchte mit der Person sprechen, die am längsten für Ihre Firma arbeitet.«

»Geben Sie mir eine Nummer, damit ich zurückrufen und Ihre Angaben überprüfen kann«, sagte die Frau.

Josef gab ihr seine Nummer. Sie rief zurück.

»Sergej«, sagte sie. »Er war schon hier beschäftigt, als wir noch Teil der Energiebehörde waren. Sie sind wirklich Polizist?«

»Ja«, sagte Josef. »Wenn Sie noch einmal zurückrufen und sich das von einem anderen Beamten bestätigen lassen wollen?«

Er schaute auf die Uhr. Die Liste war lang.

»Nein«, erwiderte sie. »Aber wir haben neue Geschäftspartner in der Firma – Franzosen. Ich möchte meinen Job nicht verlieren.«

»Das verstehe ich. Ich werde Sergej deutlich sagen, daß ich darauf bestanden habe, mit ihm zu sprechen.«

Ohne ein weiteres Wort verband die Frau weiter. Josef hörte ein Klicken und Brummen. Nach etwa zehn Sekunden meldete sich eine hohe Männerstimme – sie klang schrill wie eine Klarinette.

»Sergej Iwanowitsch.«

»Kriminalassistent Rostnikow«, sagte Josef. »Ich muß Ihnen einige Fragen stellen.«

»Worüber?«

»Gibt es bei Ihnen einen Angestellten, der an einer von nuklearem Material verursachten Krankheit leidet?« fragte Josef.

»Warum?« entgegnete der Mann nervös.

»Die Information könnte uns in unseren Ermittlungen weiterhelfen«, erklärte Josef. Er ertappte sich dabei, wie er auf der Liste herumkritzelte. Er hörte auf, als ihm klar wurde, daß er genau das machte, was sein Vater immer tat. Nur zeichnete Josef nicht – er schrieb einen Namen. Er hatte viermal »Elena« mit unterschiedlichen Schnörkeln geschrieben, noch dazu mit einem Kugelschreiber, nicht mit einem Bleistift.

»Das ist allein seine Sache«, sagte Sergej mit seiner schrillen Stimme. »Wenn er es vorzieht, daß niemand etwas davon erfährt...«

»Wir stellen Nachforschungen in einem Mordfall an«, fiel

ihm Josef ins Wort. »Wir haben nicht vor, unschuldige Menschen zu belästigen.«

Sergej schwieg einen Moment, hustete und dachte offenbar nach.

»Zum Teufel«, sagte er schließlich. »Ich bin siebzig Jahre alt. Sie schicken mich sowieso in Rente – von der ich übrigens nicht leben kann –, sobald sie sicher sein können, daß sie das, was ich im Gedächtnis gespeichert habe, nicht mehr brauchen. Inzwischen sind die Computer mit fast allem gefüttert. Dann …«

»Die kranke Person«, warf Josef behutsam ein.

»Wir hatten zwei«, sagte Sergej. »Letztes Jahr. Oriana ist gestorben. Sie und Alexi wurden einer Strahlung ausgesetzt, weil ein Container aus dem Iran nicht ordnungsgemäß versiegelt war. Die Strahlendosis war sehr hoch. Oriana starb nach drei Monaten. Sie war jung, eine sehr gute Arbeiterin. Es steht alles in den Berichten und Formularen, die ich ausgefüllt und an das Komitee für Atomkraft weitergeleitet habe. Im Kreml wurden sie wahrscheinlich sofort zu den Akten gelegt, ohne daß sie jemals jemand gelesen hat.«

»Alexi?« fragte Josef und warf noch einmal einen skeptischen Blick auf die lange Liste.

»Er befand sich auf der anderen Seite der Halle, als der Unfall passierte, und hat eine geringere Dosis abbekommen. Aber sie war immer noch hoch genug. Seit dem Zwischenfall sieht er wirklich nicht mehr gut aus. Sein Verhalten hat sich geändert. Er war immer schon ein bißchen mürrisch. Hat nie viel geredet – wie sein Vater. Aber danach hat er so gut wie mit niemandem mehr gesprochen, und er fehlte ziemlich oft. Er rief jedesmal an und meldete sich krank. Er besucht einen eigenen Arzt, wenn er überhaupt zu einem geht.«

»Wie ist Alexis Nachname?«

»Er heißt Alexi Monochow«, lautete die prompte Antwort. »Heute ist er nicht hier. Hat sich wieder mal krank gemeldet. Er bekommt kein Geld, wenn er krank ist, aber das scheint ihm nichts auszumachen. Er lebt bei seiner Mutter und seiner Schwester. Ich denke, sie haben Geld. Sie wohnen in einer guten Gegend. Ich glaube nicht an Gott. Mein ganzes Leben habe ich nur den gottlosen Kommunismus gekannt; bin sogar Parteimitglied geworden. Aber es gibt eigenartige Zufälle, die einem zu denken geben, meinen Sie nicht auch?«

Josef war überzeugt, daß Sergej nicht gerade viel zu tun hatte und dankbar für jeden Anruf war.

»Doch«, sagte Josef.

»Es ist doch ein komischer Zufall, daß Alexis Vater an genau derselben Sache starb, die jetzt vermutlich auch seinen Sohn umbringt«, sagte der Mann mit der schrillen Stimme.

Josef hielt den Kugelschreiber ganz still, ohne Elenas Namen zu Ende zu schreiben.

»Sein Vater starb an Strahlenverseuchung?«

»Ja«, bestätigte Sergej. »Hat Prostatakrebs verursacht. Monochow war ein brillanter Kopf. Launisch. Er dachte, daß man seine Leistungen nicht genügend schätzte und seine Vorgesetzten die Lorbeeren für seine gute Arbeit einheimsten. Um die Wahrheit zu sagen, er hatte recht. Das alles ist schon lange her. Damals waren wir noch nicht so auf Sicherheit bedacht. Todesfälle waren nichts Ungewöhnliches. Dann fing sein Sohn bei uns an. Er ist fast so brillant wie sein Vater. Und wahrscheinlich stirbt er an derselben Krankheit. Gut, daß Monochow nicht verheiratet ist und keinen Sohn hat.«

»Seine Adresse?« fragte Josef.

Ohne Zögern nannte ihm Sergej Iwanowitsch die Adresse auf dem Tschechow-Prospekt.

»Es wäre uns lieb, wenn Sie Alexi Monochow vorerst nichts von dem Telefonat erzählen würden, falls er noch in die Firma kommt.«

»Ich habe in mehr als einem Jahr keine zehn Worte mit ihm gewechselt«, sagte der alte Mann. »Ich bezweifle, daß er Ihnen viel erzählen wird.«

Josef dachte nach und entschied sich, eine Frage zu stellen, die möglicherweise Schaden anrichten konnte, aber Sergej war eine Klatschbase, und das mußte er sich zunutze machen.

»Glauben Sie, Monochow könnte eine Bombe basteln?«

Sergej lachte. »Alles – von einer Wasserstoffbombe bis zur Schrapnellgranate in der Größe eines Kugelschreibers. Er ist ein Experte auf diesem Gebiet. Sein Vater war das auch.«

»*Spasiba*«, sagte Josef so ruhig wie möglich. »Danke. Und denken Sie dran ...«

»Ich werde niemandem sagen, daß Sie angerufen haben«, versicherte der alte Mann. »Ich hoffe, Alexi ist nicht in Schwierigkeiten. Ich kann zwar nicht behaupten, daß ich ihn mag, aber er macht schon genug durch.«

Josef legte auf und sah die Notizen durch, die er sich gerade gemacht hatte. Die Sache sah gut aus. Es könnte alles zusammenpassen. Er fand Alexi Monochows Namen auf der Liste derer, die im Falle einer Bombendrohung verständigt werden mußten.

Die Bürotür ging auf. Josef hörte Schritte, und Karpo tauchte auf.

»Ich denke, ich habe eine vielversprechende Spur gefunden«, sagte Josef und bemühte sich, so gelassen wie möglich zu wirken.

»Alexi Monochow«, sagte Karpo, ehe Josef den Namen aussprechen konnte.

Karpo hatte Paulinin zugehört, ohne selbst viel von sich zu geben. Paulinin hatte einiges zu berichten.

Karpo nahm auf Drängen des Wissenschaftlers auf einem Holzstuhl Platz, während Paulinin die Fragmente der Briefbomben auf einem Tisch ausbreitete, den er vorher leergeräumt hatte. Die verschiedenen Stücke – manche waren nicht größer als ein Fingernagel – steckten in durchsichtigen Plastiktüten. Es sah aus wie ein Puzzlespiel.

»Fragmente«, sagte Paulinin mit Genugtuung und deutete auf die Stücke. »Aber ein Teilchen hier, ein Teilchen da, einige vorsichtige Schlußfolgerungen... Wenn nur diese Dummköpfe, die die Sachen eingesammelt haben, vorsichtiger mit dem Material umgegangen wären, aber das wäre wohl zuviel verlangt...«

Paulinin schwieg, strich seine wirre Haarmähne zurück, sah Karpo an und wartete. Es war wie die Vorstellung eines Magiers. Paulinin hatte etwas zu sagen, aber er wollte es auf seine Art und zu dem Zeitpunkt von sich geben, den er selbst bestimmte. Ihm war klar, daß Karpo zu den wenigen Menschen gehörte, vielleicht sogar der einzige war, der seine Taten und Leistungen zu schätzen wußte.

»Schlußfolgerungen?« hakte Karpo nach.

»Fragmente«, wiederholte Paulinin. »Auf ein kleines Metallteil ist ein Stück eines Briefes eingeprägt. Auf den ersten Blick sehen die Zeichen aus wie Kritzeleien oder Kratzer. Die Zeichen sind nicht vollständig, aber sie sind mir aufgefallen, und ich habe sie analysiert. Es sind arabische Schriftzeichen.«

Paulinin deutete auf eins der Teile. Karpo betrachtete es genauer. Es war ein kleiner Papierfetzen und ein noch kleineres, dunkles gezacktes Metallstück. Karpo sah keine Kritzeleien oder Kratzer, aber er hatte im Laufe der Zeit gelernt, dem Wissenschaftler und seinem Urteil zu vertrauen.

»Außerdem«, fuhr Paulinin fort »haftet einigen der früheren Bomben, besonders der, die Sie mir heute gebracht haben, ein ähnlicher Geruch an – chemische Rückstände. Ich habe Spuren gefunden, so geringe Spuren, daß ich das elektronische Mikroskop brauchte. Ich hab' es benutzt, als die anderen nicht im Labor waren.«

Paulinin war nicht dazu ausersehen, die hochwertigen Geräte und Einrichtungen im forensischen Labor zu benutzen, das sich direkt über ihm befand. Normalerweise rühmte er sich, daß er seine Erkenntnisse aus kleinen Staubkörnchen und menschlichem Gewebe mit seiner eigenen Ausrüstung gewann. Paulinin hatte keine Freunde im forensischen Labor. Die Mitarbeiter dort ärgerten sich über seinen Erfolg und über seine Überlegenheit, und sein exzentrisches Benehmen, das sie als beginnenden Wahnsinn deuteten, bereitete ihnen mehr als nur ein bißchen Unbehagen. Paulinin ließ kein gutes Haar an ihnen, aber die größte Zielscheibe für seine Mißachtung waren die Pathologen. Paulinin holte sich oft Leichen, die bereits obduziert waren, und fand immer entscheidende Hinweise, die die von allen weit überschätzten Spezialisten übersehen hatten.

»Es zeigte sich, daß die Spuren von einem Plastiksprengstoff stammen, den das Militär und sogar die Terroristen schon seit langem nicht mehr benutzen«, sagte Paulinin. »Zu unberechenbar. Mehr Terroristen als Unschuldige mußten ihr Leben lassen, weil sie nicht mit dem heiklen Sprengstoff umgehen konnten. Die Iraner haben noch etwas davon in ihren Beständen. Die Hamas benutzt ihn manchmal in Israel. Ihnen ist es gleichgültig, ob es die Attentäter auch erwischt. Im Gegenteil – damit machen sie ihren Standpunkt deutlich.«

»Und hier? In Moskau?« fragte Karpo, der genau wußte, wann er sein Stichwort erhielt.

»Drei Labore haben in den fünfziger Jahren daran gearbeitet, den Sprengstoff zu stabilisieren. Ich habe ein paar Anrufe getätigt. Ein Mann, der auch mit diesem Problem beschäftigt war, benutzte eine ganz bestimmte Metallegierung aus dem Iran. Derselbe Mann war auch an der Entwicklung von

Atomwaffen beteiligt. Er starb vor knapp zwanzig Jahren – Strahlenverseuchung. Ich bin ihm ein paarmal auf Konferenzen begegnet. Er war kein ganz so großer Dummkopf wie die meisten anderen.«

Eine Zeitlang herrschte Schweigen. Paulinin lächelte selbstzufrieden; die Winkel seines schmalen Mundes zeigten nach oben, und er machte eher den Eindruck, als hätte er Verstopfung. Doch Karpo kannte den Mann inzwischen ziemlich gut.

»Dann ist er also nicht der, den wir suchen«, stellte Karpo fest.

»Er hatte einen Sohn«, eröffnete ihm Paulinin und genoß die Überraschung. »Sein Sohn ist Ingenieur – mehr Technologe als Wissenschaftler. Er arbeitet im selben Labor, in dem sein Vater gearbeitet hat. Er hat nicht die Fähigkeiten seines Vaters, aber …«

»Und der Name des Mannes und des Labors?« hakte Karpo nach.

»Alexi Monochow, die Firma heißt Karkow«, antwortete Paulinin. »Wenn er noch dort ist.«

Der Mann, der als Vampir bekannt war, trug seinen Mantel, der so schwarz war wie der Rest seiner Kleidung.

»Ja«, sagte Josef verwundert, nachdem Karpo den Namen genannt hatte, den er gerade selbst hatte aussprechen wollen. »Hat er sich gestellt?«

»Nein.«

Josef stand auf und folgte Karpo zur Tür und auf den Korridor. Im Gehen zog er seinen Mantel an.

Zwanzig Minuten später standen die beiden Polizisten in der äußeren Lobby eines modernen Apartmenthauses auf dem Tschechow-Prospekt. In vielen Gebäuden dieser Art waren Portiers angestellt, die früher Polizisten oder sogar

KGB-Agenten gewesen waren. Die Bezahlung für den Job, die Mieter vor Dieben zu schützen, war besser als bei der Regierung, aber hin und wieder lebten die Portiers gefährlich. Diese Männer waren immer bewaffnet. Vor kurzem hatte es ein Portier mit einer Kinderbande zu tun gehabt, die mitten in der Nacht ins Gebäude eingedrungen war. Eins der Kinder hatte eine Automatik dabeigehabt, die aussah wie ein Maschinengewehr aus alten amerikanischen Gangsterfilmen. Der Portier hatte auf den Zwölfjährigen, dessen Waffe versehentlich losgegangen war, geschossen, und die anderen drei Kinder flüchteten. Der Zwölfjährige war nicht lebensgefährlich verletzt; er weigerte sich, die Namen seiner Komplizen zu nennen, und prahlte damit, daß sie geplant hätten, eine Wohnung nach der anderen zu stürmen, die Telefonkabel aus den Wänden zu reißen, damit die Polizei nicht gerufen werden konnte, und mitzunehmen, was immer sie wollten. Dieser Einbruch und auch viele andere – erfolgreichere und fehlgeschlagene – hatten in der Nacht stattgefunden, obwohl in letzter Zeit auch am hellichten Tag häufig Wohnungen ausgeraubt wurden.

In diesem Haus tat allerdings kein Portier Dienst. Statt auf die Klingel von Monochows Wohnung zu drücken, zog Karpo einen schwarzen Lederbeutel aus der Tasche und fischte mit seinen langen Fingern zwei kleine Werkzeuge heraus. Eines davon war nicht mehr als ein gebogenes Metallstück; das andere hatte die Form eines kleinen Stiftes und eine scharfe Spitze. Mit diesen beiden Werkzeugen öffnete er die Haustür innerhalb einer Minute.

Josef beobachtete die Prozedur und hoffte, solche Tricks in nicht allzu ferner Zukunft ebenfalls zu beherrschen.

Sie kamen in eine kleine, geflieste Halle. Es war Vormittag, und Menschen, die einen Job hatten, waren um diese Zeit in der Arbeit. Die anderen saßen zu Hause oder waren beim

Einkaufen. Leute, die in solchen Gebäuden wohnen, haben das Geld, um einkaufen zu gehen, dachte Josef, als er Karpo zum offenstehenden Lift folgte.

Die Wohnung der Monochows befand sich im achten Stock. Die beiden Männer näherten sich der Tür gemäßigten Schrittes. Vor dem Zerfall der Sowjetunion hatte Karpo keine Waffe getragen, es sei denn, der Fall lag so, daß er mit bewaffnetem Widerstand rechnen mußte. Jetzt hatte er ein Holster unter seiner Jacke, und in dem Holster steckte eine SIG Sauer P 226, eine Schnellfeuerwaffe, mit der man sechs 9-mm-Kugeln mit großer Präzision abfeuern konnte. Zudem war es die sicherste Handfeuerwaffe, weil eine Sicherheitsvorkehrung verhinderte, daß sich versehentlich ein Schuß aus der geladenen Waffe löste. Karpo hatte die Waffe immer griffbereit – im Dienst und auch außerhalb. Heutzutage wurde sogar auf offener Straße bewaffneter Widerstand geleistet. Josef hatte ebenfalls eine Waffe, eine .32 Smith & Wesson, unter der Jacke. Karpo zog seine Waffe nicht, und Josef folgte seinem Beispiel. An der Tür befand sich ein versilberter, glänzendpolierter Türklopfer. Karpo benutzte ihn. In der Wohnung hörte man Geräusche und Schritte.

»Wer ist da?« fragte eine Frau.

»Polizei«, sagte Karpo laut. »Öffnen Sie unverzüglich die Tür.«

Sie öffnete die Tür nicht unverzüglich.

»Wie soll ich wissen, daß Sie wirklich von der Polizei sind?«

Selbst ein Neuling wie Josef kannte die Methode, die manchmal funktionierte, manchmal nicht. Er schob seinen Plastikausweis unter der Tür durch und klopfte unten dagegen, damit die Frau auf den Boden schaute.

Sie hörten, wie sie sich bewegte. Schweigen. Dann ging die Tür auf, und eine erschrockene, verängstigte Frau in den Siebzigern stand vor ihnen; sie trug ein langärmliges grünes

Kleid, und ihr weißes Haar war zu einem Knoten am Hinterkopf zusammengebunden. Sie hielt Josefs Ausweis in der Hand.

»Sind Sie wirklich von der Polizei?« fragte sie und sah erst Karpo und dann den lächelnden Josef unsicher an.

Den jüngeren der beiden fand sie sympathisch – er hatte bernsteinfarbenes Haar und ein nettes Lächeln, bei dem er ebenmäßige, weiße Zähne zeigte. Er nahm ihr den Ausweis aus der Hand und steckte ihn ein.

»Alexi Monochow«, sagte Karpo knapp und betrat zusammen mit Josef die Wohnung.

Karpo schloß die Tür.

»Alexi ist doch nicht in Schwierigkeiten?« erkundigte sich die alte Frau.

Eine leichte Röte überzog ihr Gesicht, und in den grauen Augen schimmerte Angst.

»Sind Sie seine Mutter?« erkundigte sich Karpo.

»Ja.«

»Wir würden gern mit ihm sprechen«, sagte Josef.

»Sprechen mit...«, begann die Frau – sie schien nicht zu begreifen, was vor sich ging.

»Wir haben ein paar Fragen«, erklärte Josef.

Die Frau wich langsam zurück, als müßte sie einen Angriff befürchten. Sie ging rückwärts in ein großes, im französischen Stil möbliertes Wohnzimmer – viel Holz und eine Menge Kissen. Auf dem Boden lag ein echter Perserteppich.

»Alexi ist nicht da«, erwiderte sie schließlich. »Er ist in der Firma.«

»Er hat sich krank gemeldet«, sagte Josef.

»Vielleicht ist er zum Arzt gegangen. Er klagte über Magenschmerzen. Er erzählt mir nicht immer alles. Ist er in Schwierigkeiten?«

»Wie heißt sein Arzt?« wollte Karpo wissen.

»Ich weiß es nicht. Das hat er mir nie gesagt. Er redet nicht viel mit mir oder mit seiner Schwester. Meine Tochter ist auch nicht hier. Sie arbeitet – sie hilft in einer Schule aus.«

»Wann hat Ihr Sohn heute morgen die Wohnung verlassen?« fragte Karpo. »Hat er etwas mitgenommen?«

»Seine Aktentasche«, sagte sie. »Ich weiß nicht, wozu er seine Aktentasche brauchen sollte, wenn er zum Arzt gegangen ist.«

»Hat er sich irgendwie ungewöhnlich verhalten?« fragte Karpo.

»Ja.« Sie senkte den Blick. »Er hat mich auf die Stirn geküßt. Das tut er sonst nie.«

»Wir würden gern einen Blick in sein Zimmer werfen«, erklärte Karpo.

»Welches? Sein Arbeitszimmer ist abgesperrt. Nur Alexi hat einen Schlüssel für die Tür, aber sein Schlafzimmer ist offen.«

»Zeigen Sie uns das Arbeitszimmer«, forderte Josef.

»Ich sagte bereits, daß es abgeschlossen ist.«

»Bitte«, beharrte Josef. »Zeigen Sie uns, wo es ist.«

Sie seufzte tief und sah sich um, bevor sie sagte: »Das wäre Alexi nicht recht.«

»Wir werden mit ihm reden«, sagte Josef.

Die Frau drehte sich um und führte sie in einen Flur mit poliertem Holzboden. Vier Türen zweigten von diesem Flur ab. Sie blieb vor der letzten stehen. Karpo sah sich das Schloß an, nahm sein Werkzeug aus der Tasche und machte sich ans Werk.

»Das wird Alexi ganz und gar nicht gefallen«, sagte sie. »Niemand darf sein Arbeitszimmer betreten. Keine Menschenseele.«

Das Schloß war gut. Karpo brauchte fast zwanzig Minuten, um es zu öffnen. Josef und Alexis Mutter sahen ihm bei der Arbeit zu. Schließlich bedeutete ihnen Karpo, beiseite zu treten. Sie gehorchten, und auch er ging ein Stück nach links. Er streckte die Hand aus und drehte am Knauf; die Tür schwang auf. Das Öffnen der Tür zündete keine Bombe, obwohl der Mechanismus auch mit Verzögerung reagieren konnte. Sie rührten sich eine volle Minute nicht von der Stelle, dann betrat Karpo das Zimmer. Josef und die Frau hielten sich dicht hinter ihm.

»Ich war noch nie zuvor hier drin«, sagte Alexis Mutter.

»Rühren Sie nichts an«, befahl Karpo. Er sah sich aufmerksam in dem kleinen, fensterlosen Zimmer um. In den hohen Wandregalen waren unterschiedliche Materialien ordentlich verstaut. An der Wand gegenüber stand ein Schrank mit geschlossenen Türen, davor ein Tisch, auf dem Werkzeug, leere Postkartons, große braune Umschläge und eine Schachtel mit Latexhandschuhen lagen. Die beiden Polizisten hatten keinen Zweifel, daß sie die Werkstatt des Bombenattentäters gefunden hatten.

An der Wand hinter dem Arbeitstisch hing eine gerahmte Fotografie von einem melancholischen Mann im Profil.

»Das ist mein Mann«, sagte Alexis Mutter. Ihr Blick wanderte zu dem Bild daneben. Es sah aus, als wäre es aus einer Zeitung ausgeschnitten, und zeigte eine riesige, pilzförmige Wolke.

Auf dem Tisch lag ein handgeschriebenes liniiertes Blatt Papier unter einer kleinen Zange.

Karpo und Josef gingen näher heran und lasen die Nachricht, ohne das Papier anzufassen, Sie war an die Polizei gerichtet und begann folgendermaßen: »Kopien dieser Erklärung gehen an eine Zeitung und an einen Fernsehsender in Moskau sowie an die Redaktionen je einer Zeitung in Amerika und Großbritannien. Da ich zusammen mit vielen anderen den Tod gefunden haben werde, wenn Sie dies lesen ...«

Josef schirmte den Zettel vor den Blicken der Frau ab, aber sie versuchte sich an ihm vorbeizudrängen.

»Was ist das? Dies ist meine Wohnung. Alexi ist mein Sohn. Wo ist er?«

7

Galina Panischkoja umarmte ihre Enkeltöchter: Die zwölfjährige fing an zu weinen, die siebenjährige blieb erst eine Weile reglos stehen, ehe sie sich in die Arme der Großmutter stürzte. Die drei drängten sich weinend zusammen.

Rostnikow setzte sich in das kleine Zimmer auf einen der vier gleichen, alten und verkratzten Holzstühle. Sonst stand hier nur noch ein Tisch, der keineswegs zu den Stühlen paßte. Es gab ein einziges Fenster mit Gitter, von dem aus man einen rechteckigen Hof und ein Dutzend ähnlicher Fenster mit Gittern in dem roten Gebäude sehen konnte, das den Hof umgab. In diesem Hof durften die Gefangenen zweimal täglich einen Spaziergang und Turnübungen machen.

Das Frauengefängnis befand sich im Norden der Stadt, und um hierherzufahren, mußte man die Metro bis zur Äußeren Ringstraße nehmen und dort in einen Bus umsteigen. Rostnikow hatte der Frau nicht gesagt, daß er die Mädchen mitbringen würde. Zu viele bürokratische Hindernisse standen einem solchen Unternehmen im Weg – Verzögerungen ohne jede Erklärung, Ausflüchte ohne Substanz. Aber Rostnikow kannte ein paar Leute in der Verwaltung der Strafanstalt und pflegte freundschaftlichen Umgang mit den Wärtern.

Galina Panischkoja war sechsundsechzig Jahre alt. Sie sah aus, als sollte sie einen warmen Mantel tragen und nicht das weite Kleid, das hier die Gefängniskluft darstellte. Als Rostnikow sie vor beinahe zwei Jahren in dem staatlichen Kaufhaus 31 überredet hatte, ihm den Revolver, den sie in der Hand hatte, zu geben, hatte sie auf einem Stuhl gesessen, einen verängstigten jungen Angestellten mit dem Revolver bedroht und von Zeit zu Zeit einen Blick auf den Geschäftsführer geworfen, den sie kurz zuvor erschossen hatte. Für Galina war das alles wie in einem nebelhaften Traum geschehen. Es hatte einen Tumult wegen des Käseangebots gegeben. Die Leute versuchten, den Käse an sich zu reißen, und Galina machte nach anfänglichem Zögern mit. Der Geschäftsführer zog einen Revolver, einen 7.65 mm Hege, Wlam-Modell – den mit dem Pegasus in einem Kreis am Griff. Rostnikow wußte, daß das eine unzuverlässige, gefährliche Waffe war.

Damals erklärte Rostnikow der Frau, die in einer Blutlache mit dem Revolver in der Hand auf dem Stuhl saß, wer der mythische Pegasus war. Der tote Geschäftsführer Herman Koruk lag auf dem Boden, und ein schluchzendes junges Mädchen mit blutbespritztem weißem Kleid kauerte an der Wand. Galina erinnerte sich nicht einmal, wie sie dem Geschäftsführer die Waffe weggenommen hatte. Vielleicht, dachte sie, hatte er vorgehabt, sie oder jemand anderen umzubringen. In dem Moment wußte sie nur eines: Sie hatte zwei hungrige Enkel zu Hause, die sie versorgen mußte. Die Mutter der Mädchen war vor langer Zeit gestorben, genau wie der Vater.

Jetzt saß Galina wegen Mordes im Gefängnis. Der Prozeß hatte nicht lange gedauert und stattgefunden, gerade als die Sowjetunion auseinandergebrochen war. Der Richter hatte Angst gehabt, seine Stellung zu verlieren, und ein drastisches Urteil gefällt, aber immerhin hatte er Galina die Todesstrafe erspart. Galina mußte den Rest ihres Lebens im Gefängnis verbringen. Rostnikow und seine Frau versuchten zu erreichen, daß ihr Fall neu verhandelt oder eine Strafaussetzung erwirkt wurde. Einer von Josefs alten Freunden aus der Armee war Anwalt, der sich mit der neuen Rechtslage auskannte. Er arbeitete an dem Fall. Die Sache sah vielversprechend aus, aber er konnte der Frau nichts garantieren.

Als Rostnikow Galina im Kaufhaus 31 gegenübergetreten war, hatte sie ihn als erstes gefragt, warum er sein eines Bein nachzog. Jetzt saß sie vor ihm, hatte ihre Enkeltöchter im Arm und sagte: »Danke.« Sie konnte die Tränen nicht zurückhalten.

Rostnikow nickte.

»Sie gehen jetzt viel besser«, stellte sie fest.

»Er hat ein neues Plastikbein«, erklärte das jüngere Mädchen. Rostnikow rollte das Hosenbein hoch, um das Wunderwerk zu enthüllen.

»Zeig ihr, wie du es abnimmst«, forderte die Kleine.

Die ältere Schwester tippte der jüngeren an die Stirn.

»Das ist nicht nötig«, schaltete sich Galina lächelnd ein. »Ich habe schon früher Männer mit einem Bein gesehen.«

»Wie geht es Ihnen, Galina Panischkoja?« erkundigte sich Rostnikow.

Die Frau zuckte mit den Achseln und zog ihre Enkel noch fester an sich.

»Der Alltag ist ein Kampf für mich, aber ich arbeite und esse. Ich nähe Kleider – immer dieselben. Alle sehen aus wie dieses hier. Wenigstens muß ich nicht stehen. Ich habe früher in der Panjuschkin-Kleiderfabrik gearbeitet, doch das ist schon lange her.«

Rostnikow wußte das, aber er nickte, als wäre es neu für ihn.

»Das Licht hier ist nicht immer gut«, sagte sie. »Aber sie lassen uns lesen. Sie haben mir eine Lesebrille gegeben. Ich kann die Buchstaben jetzt besser erkennen.«

Rostnikow verlagerte sein Gewicht und zog ein zerfleddertes Taschenbuch aus der Tasche. Er legte es vor Galina auf den Tisch. Es war ein Roman von Ed McBain mit dem Titel *Unheil*. Porfirij Petrowitsch hatte ihn schon dreimal gelesen.

»Danke.« Galina schaute auf das Buch.

»Galina Panischkoja, erinnern Sie sich immer noch nicht, was an dem Tag im Kaufhaus an der Arbat-Straße geschehen ist?«

»Nein.« Galina konnte die beiden Mädchen nicht fester an sich drücken, aber sie versuchte es trotzdem. »Nicht deutlich.«

Das war die richtige Antwort. Sie hatte immer beteuert, daß sie einfach nicht mehr wüßte, wie sie an die Waffe gekommen war oder den Schuß abgegeben hatte. Es bestand kein Zweifel daran, daß sie es getan hatte, aber Josefs Freund, der Anwalt, meinte, es gebe in solchen Fällen in Amerika und anderen Staaten das Argument der »vorübergehenden Unzurechnungsfähigkeit«. Galina Panischkoja hatte guten Grund gehabt, an diesem Tag durchzudrehen. Und sie war nach der Rechtsprechung im post-sowjetischen Chaos verurteilt worden, aber damals hatte kein Mensch ahnen können, welche Gesetze später gelten würden. Jetzt bemühte sich der Anwalt, eine Anhörung bei einem mitfühlenden Richter des Bezirksgerichts zu erwirken – bei einem der neuen Richter, die bereit sein könnten, dem kommunistischen System die Schuld an der vorübergehenden Geistesverwirrung der Frau zu geben. Der Richter, der Galina verurteilt hatte, war in Ungnade aus dem Amt entlassen worden. Die Gerichtsverhandlung war der übliche Hohn gewesen – die alte Frau mußte mitten in dem schäbigen kleinen Saal in einem Käfig sitzen, und ihr eigener Anwalt hatte von ihr nur als »der Kriminellen, der hier der Prozeß gemacht wird« gesprochen. Ein zur rechten Zeit – beispielsweise vor einer Wahl – eingereichter Antrag auf ein neues Verfahren, könnte erfolgversprechend sein. Mit den entsprechenden inoffiziellen Zahlungen, auch an den Richter, müßte es gelingen, den Fall noch einmal vor Gericht zu bringen. Es bestand sogar die Möglichkeit, daß ein hochgestellter Richter Galina Panischkoja freisprechen würde mit der Begründung, es sei nicht erwiesen, daß sie selbst geschossen habe – schließlich war sie nur mit der Waffe in der Hand angetroffen worden, und die könnte sie auch in totaler Verwirrung an sich genommen haben, nachdem ein anderer den Mord begangen hatte. Allerdings machte der Anwalt allen Beteiligten wenig Hoffnung auf diese Lösung. Zudem würden die Bestechungsgelder, die bei einem solchen Verfahren gezahlt werden mußten, die Mittel von Rostnikow und seiner Frau bei weitem übersteigen. Trotzdem bestand diese Möglichkeit.

»Porfirij Petrowitsch«, sagte die Frau unterwürfig, »bitte danken Sie Ihrer Frau dafür, daß sie meine Enkeltöchter zu sich genommen hat.«

»Es ist uns eine große Freude«, erwiderte Rostnikow. »Es ist gut, Kinder in der Wohnung zu haben.«

»Er hebt Gewichte«, erzählte das ältere Mädchen stolz.

»Und er repariert Toiletten«, fügte die jüngere hinzu. »Und heute abend baut er eine Heizung bei irgendwelchen Juden.«

»Juden?« fragte Galina. »Sie arbeiten für Juden?«

»Frau Rostnikow ist auch Jüdin«, erklärte das ältere Mädchen.

»Sie ist Jüdin?« wiederholte Galina und sah den Oberinspektor an.

Er nickte.

»In meinem Alter muß ich mich noch an viele neue Dinge gewöhnen«, sagte die Frau und schüttelte den Kopf, als ein Wärter hereinkam, um darauf hinzuweisen, daß die Besuchszeit vorüber war.

Die Frau und der Inspektor standen langsam und schwerfällig auf – beide aus verschiedenen Gründen. Die Mädchen umarmten die Großmutter noch einmal und gaben ihr einen Kuß, ehe der Wärter sie auf ein Zeichen von Rostnikow hinausbrachte. Rostnikow stand der alten Frau gegenüber – er registrierte, daß sie jetzt ein vollständiges Gebiß hatte. Als sie ins Gefängnis gekommen war, hatte sie nur die braunen, kleinen Stummel gehabt, die typisch für betagte sowjetische Bürger gewesen waren. Rostnikow war es geglückt, ihr mit Hilfe einer Wohltätigkeitsorganisation einen Zahnarzt zu verschaffen, der die kaputten Zähne entfernt und ihr ein künstliches Gebiß angepaßt hatte.

»Werden Sie mir die Kinder wieder herbringen?« fragte sie und legte die Hände aneinander, als wollte sie beten.

»Ja«, versprach er.

»Ist es möglich, daß Ihre Fau auch einmal mit Ihnen herkommt, damit ich ihr persönlich danken kann?«

»Ich werde es versuchen«, sagte er. »Sie geben doch die Hoffnung nicht auf, Galina?«

«Nein«, erwiderte sie mit einem kleinen Lächeln. »Mir fehlen meine Mädchen. Ich möchte hier raus, aber ich habe meinen Frieden gemacht, und die anderen Frauen betrachten mich als Großmutter. Ich bin hier sicher. Ich denke nicht über Hoffnungen nach. Ich nähe Kleider. Ich lese. Ich bekomme zu essen. Ich erinnere mich an die guten Dinge draußen, so wenige es auch geben mag.«

»Sie haben gelernt, sich besser zu artikulieren«, stellte Rostnikow fest und lächelte auch.

»Ich weiß, was ›artikulieren‹ bedeutet«, sagte sie mit fast demselben Stolz, mit dem ihre Enkelin Porfirij Petrowitschs künstliches Bein hergezeigt hatte. »Ich danke Ihnen.«

Rostnikow sagte nichts mehr. Als er an ihr vorbei zur Tür ging, berührte er ihren Arm.

Der Polizist trug noch die Uniform, als er nach Hause kam. Seine Tochter lief ihm im Nachthemd entgegen, und er fing sie in seinen Armen auf, als seine Frau mit einem resignierten Lächeln in die Mitte des Zimmers trat.

Der Polizist zog seine Jacke nicht aus. Er hob das kichernde Kind hoch und warf es in die Luft. Nicht so hoch, daß es Angst bekam, aber hoch genug, um es noch mehr zum Lachen und die blonden Locken zum Wippen zu bringen. Das Mädchen war eine kleine blonde Schönheit.

»Sie hat dich offenbar an der Tür gehört«, sagte seine Frau. »Sie ist aus dem Bett gesprungen und an mir vorbeigeflitzt. Mir ist schleierhaft, wie sie dich gehört haben kann. Vielleicht hat sie deine Anwesenheit einfach gespürt.«

Der Polizist liebkoste seine Tochter und fragte sie, was sie den ganzen Tag über getan hatte. Das war ein Fehler. Das Mädchen war fast acht Jahre alt und redete ohne Punkt und Komma, wenn es die Gelegenheit dazu bekam. Manchmal machte das, was sie sagte, sogar Sinn.

»Sie sollte längst schlafen«, sagte seine Frau.

Er nickte, ohne das plappernde Kind loszulassen. Er grinste liebevoll, küßte seine Nase und trug es ins angrenzende Zimmer. Seine Frau lächelte ebenfalls, aber es war ein ernstes, nachdenkliches Lächeln. Sie hoffte, daß er ihr nichts anmerkte.

»Hungrig?« rief sie ihm nach.

»Wie ein Wolf«, sagte er.

»Es gibt Hühnchen.«

»Wunderbar«, sagte er, als er seine Tochter in das kleine Bett in der Ecke legte. Das war immer ihr Bett gewesen. Als sie noch ein Baby war, hatten sie das Bett gegen die Wand geschoben und drei hochlehnige Stühle davorgestellt, damit die Kleine nicht herausfallen konnte. Das Kind, dessen Mundwerk immer noch nicht stillstand, nahm die Puppe, den Clown Petja, in den Arm.

Der Polizist legte sanft den Finger auf ihre Lippen, um ihr klarzumachen, daß sie aufhören sollte. Sie gähnte, als er sich vorbeugte, um ihr einen Kuß zu geben.

»Bist du noch da, wenn ich morgen aufwache?« fragte sie müde.

»Eine kleine Weile«, sagte er. »Aber versuch bloß nicht, früher wach zu werden. Ich gehe nicht weg, ohne dir auf Wiedersehen zu sagen.«

»Versprochen?«

»Versprochen«, sagte er.

Er mußte um das Ehebett herumgehen, um aus dem Zimmer zu kommen. Er zog vorsichtig die Tür zu. Durch das Fenster drang das Licht von der Straßenlaterne herein, so daß das Zimmer niemals ganz dunkel war.

Während seine Frau mit der Zubereitung des Abendessens beschäftigt war, ging der Polizist zur Garderobe und zog seine Uniformjacke aus.

»Tut mir leid, daß ich so spät nach Hause komme«, rief er gerade so laut, daß sie ihn in der Kochnische verstehen konnte.

Es roch nach gebratenem Hühnchen, und er hatte wirklich Hunger.

Seine Frau schwieg. Erst als er die Jacke aufhängte, fiel ihm der Blutfleck am linken Ärmel auf. Wie konnte er das übersehen haben? Er hatte sich eingehend im Rückspiegel seines Autos angesehen und in der Polizeistation gründlich gewaschen. Wurde er etwa nachlässig? Was hätte seine Frau wohl gedacht, wenn sie das Blut gesehen hätte? Hatte sie es gesehen? Sie würde denken, daß ich Polizist bin und daß es nichts Ungewöhnliches ist, wenn ein Polizist hin und wieder mit Blut in Berührung kommt, beantwortete er seine Frage selbst.

Swetlana, seine Frau, gehörte nicht zu denen, die viele Fragen stellten. Sie war niemals eine Schönheit gewesen. Zu dünn. Fast gar keine Brüste. Aber ihre Haut war weich und rein, und sie hatte himmelblaue Augen. Ihr Haar war kurz geschnitten, es war blond – dunkelblond, aber trotzdem...

Der Polizist spuckte auf seine Finger und rieb an dem Fleck. Danach sah man den Fleck nicht mehr so deutlich, dafür waren nun seine Finger rötlich. Er durchquerte den Raum und wusch sich an der Spüle in der Küche die Hände. Seine Frau hatte ihm den Rücken zugekehrt.

Swetlana war eine gute Frau, eine stille Frau. Früher hatte sie ihn manchmal gefragt, wie sein Tag verlaufen war, aber er hatte ihr nie viel erzählt, und im Laufe der Jahre wurden die Fragen immer seltener, und er erzählte ihr noch weniger. Stattdessen redeten sie meistens über ihren Tagesablauf. Sie sorgte für ihre Tochter und redigierte Manuskripte über technische Themen am Küchentisch. Swetlana war gebildet, weit mehr als ihr Mann, aber sie achtete darauf, ihm das nicht zu zeigen. Ihre Redaktionsarbeit brachte ihnen dringend benötigtes zusätzliches Geld ein. Aber sie sprach nicht viel von ihrer Arbeit. Sie unterhielten sich über ihre Tochter, über Besucher, die tagsüber dagewesen waren, und über Swetlanas Schwester. Sie erzählte, wie sie Lebensmittel organisiert hatte. Heute abend redete sie viel, allerdings hielt sie den Kopf leicht gesenkt und vermied es, ihm in die Augen zu sehen. Er bemerkte das, sagte aber nichts.

Normalerweise sahen sie nach dem Abendessen, wenn es nicht zu spät war, noch fern. Sie liebten sich nicht oft, aber wenn sie es taten, dann war es ein zärtlicher, trauriger Akt, und er ging so vorsichtig mit ihr um, als hätte er Angst, er könnte sie verletzen oder zerbrechen. Leidenschaft gab es kaum noch zwischen ihnen. Eigentlich hatte es die nie gegeben, aber am Anfang war es ein bißchen besser gewesen. Jetzt fehlte ihr das Verlangen.

Heute abend war es zu spät fürs Fernsehen, und er war müde. Als sie leise ins Schlafzimmer schlichen, hörten sie die regelmäßigen Atemzüge ihrer Tochter. In dem Zimmer war es wie in der ganzen Wohnung ein bißchen zu kalt. Er war groß und kräftig, ihm machte die Kälte nicht viel aus, doch sie war dünn und mußte einen Pullover anziehen, wenn sie ins Bett ging.

Er flüsterte ihr ins Ohr, daß das Hühnchen köstlich geschmeckt habe, und küßte sie auf die Wange. Das Licht von der Straßenlaterne warf lange Schatten. Einer von beiden hätte die Vorhänge zuziehen können, aber sie taten es nicht – sie wollten es nicht. Sie lagen mit geschlossenen Augen im Bett und gaben vor, kurz vor dem Einschlafen zu sein.

Heute abend hatte er die zwölfte Frau vergewaltigt. Sie war groß gewesen, und er hatte sie von vorn gesehen, als er mit dem Auto an ihr vorbeigefahren war. Sie sah hübsch aus in dem Licht der Straßenlaterne und seiner Scheinwerfer. Zuviel Make-up, aber hübsch und nicht älter als vierzig. Ihr Mantel war dick und schwer, und sie trug rote Stiefel. Der Mantel hatte eine Kapuze, die ihr dunkles Haar halb verdeckte.

Er folgte ihr von der Poletschajawskaja-Metrostation und hätte sie einmal beinahe aus den Augen verloren. Er hoffte, daß sie unter dem Mantel nicht allzu dürr war und große oder wenigstens runde Brüste hatte. Als sich der Verkehr auf der Straße lichtete, schaltete er die Scheinwerfer aus und fuhr ihr langsam nach. Sie schien gar nicht zu bemerken, daß ein Auto hinter ihr war, und bog in eine kleine Straße ein. Er fuhr den Wagen an den Randstein. Die Straße war dunkel und menschenleer. Hätte sie sich umgedreht, hätte er sich, wie schon zuvor bei anderen Frauen, schlicht und einfach als Polizist ausgewiesen und ihr vorgeschlagen, sie nach Hause zu begleiten, weil es so spät und dunkel war. Und genau das hätte er dann auch getan, wenn sie sein Angebot nicht ausgeschlagen hätte. In diesem Fall wäre sie in jeder Hinsicht sicher gewesen.

Aber er stieg leise aus, ohne die Tür zuzumachen, und lief der Frau, die keinen Blick zurückwarf, rasch nach. Er griff sie von hinten an wie alle außer der ersten, der alten Frau, die sein Gesicht gesehen und die er nicht vergewaltigt hatte.

Diesmal machte er eine ganz neue Erfahrung. Er packte sie, preßte die Hand auf ihren Mund und hielt ihr das Messer an die Kehle. Sie wehrte sich nicht, als er sie in einen Hauseingang schubste und ihr befahl, die Hände gegen die Wand zu stützen und sich vorzubeugen. Er flüsterte ihr zu, daß sie sterben würde, falls sie sich umdrehte und ihn ansah. Wenn sie hingegen tat, was er von ihr verlangte, würde sie am Leben bleiben.

Die Frau weinte nicht und wehrte sich nicht. Er faßte unter ihren Mantel, zerrte den Rock herunter und zerriß das Höschen. Sie rührte sich nicht. Er hatte eine Erektion – hatte sie schon gehabt, bevor er die Frau entdeckt hatte. Jetzt streifte er ein Kondom über und versuchte, in sie einzudringen. Sie war eng und trocken. Er befahl ihr, sich zu entspannen. Sie tat es nicht, vielleicht konnte sie es nicht, aber sie verteidigte sich auch nicht. Sie fügte sich einfach, ohne zu flehen oder zu betteln. Sie hatte nicht ausgesehen wie eine Prostituierte, aber vielleicht war sie eine Edelnutte. Ihre offensichtliche Gleichgültigkeit brachte ihn in Rage, und es kostete ihn große Anstrengung, in sie einzudringen. Er kam nicht weit.

Nach seinem Mißerfolg war er noch wütender; er trat einen Schritt zurück und schlug mit der Faust gegen ihre Schläfe. Sie sank zu Boden, blieb in fötaler Haltung liegen und hielt sich die Hände über den Kopf. Ihr Schlüpfer lag im Schnee. Immer noch gab sie kein Wimmern oder Flehen von sich. Er wurde fuchsteufelswild, bearbeitete sie mit beiden Fäusten und trat sie, als er seine Hose zuknöpfte. Er war derjenige, der Lärm machte.

Er hörte ein Auto. Es war noch etwa einen Block entfernt, aber es schien näher zu kommen. Er ließ sie liegen, nachdem er sie gewarnt hatte, sich nicht von der Stelle zu bewegen. Sie zuckte tatsächlich mit keinem Muskel, und in diesem Augenblick dachte er, daß er sie vielleicht umgebracht hatte. Das letzte, was er von ihr sah, waren ihre roten Stiefel.

Jetzt lag er im Bett neben Swetlana und hielt es für durchaus möglich, daß er die Frau ermordet hatte. Sie hatte es geschafft, daß er für ungefähr eine Minute in eine Art Wahnsinn verfallen war. Sie war nicht mehr gewesen als ein Stück Holz. Seine Frustration war zur Weißglut geworden. Vielleicht lag sie jetzt tot in dem Hauseingang.

Echte Angst hatte er nicht. Er war überzeugt, daß er die Situation auch weiterhin im Griff hatte, besonders wenn die Frau noch am Leben war. Er hätte sich Zeit lassen und nachsehen sollen, aber das Auto war näher gekommen, und er hatte sich, noch während er an den Hosenknöpfen herumfummelte, in sein eigenes Fahrzeug geflüchtet.

Schon vor langer Zeit hatte er es aufgegeben, verstehen zu wollen, was er tat oder warum er es tat. Es kam einfach von Zeit zu Zeit über ihn. Dann mußte er eine Frau suchen, die allein unterwegs war, sie überfallen und erniedrigen. Er fühlte Macht, während er in sie eindrang – und auch noch Stunden danach, wenn er sich an ihr Flehen, ihr Weinen und ihre Angst erinnerte. Aber heute abend war es anders gewesen. Der heutige Abend war schlecht und unbefriedigend verlaufen.

Er hatte sein Holster und die Pistole auf dem Regal neben der Wohnungstür deponiert. Seine Uhr lag auf dem Nachttisch neben dem Bett. Die Ziffern und Zeiger leuchteten im Dunkeln. Er lag auf der Seite und beobachtete den Sekundenzeiger und versuchte so, sich in den Schlaf zu hypnotisieren.

Es dauerte zehn Minuten, bis er leise schnarchte.

Als seine Frau hörte, daß er schlief, rollte sie sich auf den Rücken und sah zu dem Licht hinter dem Fenster. Sie hatte eine lebhafte Vorstellungskraft, aber das behielt sie für sich, und sie war eine gute Beobachterin. Sie hatte gesehen, wie ihr Mann etwas verstohlen von seiner Jacke gewischt und sich gleich anschließend die Hände gewaschen hatte, während er irgend etwas davon gefaselt hatte, daß sie an seinem nächsten freien Tag ihre Mutter besuchen würden.

Sie stand leise und vorsichtig auf und schlich auf Zehenspitzen zur Tür. Sie horchte – das leise Schnarchen war echt. Normalerweise lullte sie das Duett, das sich aus dem Schnarchen ihres Mannes und den leisen Atemzügen ihrer Tochter zusammensetzte, ein, aber seit Monaten fiel es ihr schwer, sich diese Musik der Nacht anzuhören. Eines der Instrumente produzierte Mißtöne.

Sie öffnete die Tür, betrat das Wohnzimmer und zog gleichzeitig die Tür behutsam hinter sich zu. Die Laterne vor dem Wohnzimmerfenster war nicht so hell wie die vor dem Schlafzimmerfenster. Sie huschte zum Lichtschalter und machte die kleine Deckenlampe an, die nur selten benutzt wurde, dann ging sie zur Garderobe und hielt den Jackenärmel ins Licht. Ein schwacher Fleck war noch an der Stelle zu sehen, die er zu säubern versucht hatte. Er war nicht sehr gründlich gewesen. Sie sah den Fleck, wußte aber nicht so recht, was das alles zu bedeuten hatte. Er war Polizist und hatte keinen Grund, ihr einen Blutfleck zu verheimlichen. Es war nicht das erste Mal, daß man ihm ansah, in welchem Beruf er sein Geld verdiente. Einmal hatte er eine gebrochene Hand gehabt, ein anderes Mal war er mit einer tiefen Wunde an der Stirn nach Hause gekommen. Sie schauderte, löschte das Licht und ging wieder ins Bett.

In dieser Nacht schlief sie wenig.

Jewgenij Tutsolow saß in dem Einzimmerapartment, das er mit Leonid Scharwotz teilte, und ging in Gedanken alle Fehler durch, die er gemacht hatte. Er war allein, in Unterwäsche und drückte eine Kompresse auf das Knie, das der Rabbi mit seinem Tritt verletzt hatte.

Es war ein Desaster gewesen, eine Farce.

Das Handtuch war abgekühlt. Er nahm es von seinem Bein, hinkte zu dem kleinen Ofen in der Ecke, auf dem er Wasser erhitzte. Er tauchte das Handtuch ins heiße Wasser und wrang es wieder aus. Seine Hände brannten, aber das würde rasch vergehen. Er humpelte zurück zu seinem Stuhl und legte das heiße Handtuch auf den schwarzblauen Bluterguß an seinem Knie.

Der Fernseher lief. Der Empfang war schrecklich und die Sendung langweilig, aber Jewgenij wollte menschliche Stimmen hören, wenn er allein war. Er hegte keine große Liebe für die Menschheit im allgemeinen oder für seine angeblichen Freunde im besonderen, aber er war nicht gern allein mit seinen Gedanken.

Er hatte sechs Menschen umgebracht. Fünf von ihnen waren Juden gewesen. Er empfand keine Reue, nicht einmal wegen Igor Mesanowitsch. Igor war ein Idiot gewesen – nicht weil er aussteigen wollte, sondern weil er verlangt hatte, daß das Töten von Juden aufhören sollte. Er wollte eine andere Methode finden, um zum Ziel zu kommen. Jewgenij war der klügste in der Gruppe und ihr Anführer. Er hatte schon früh entschieden, daß sie keine andere Möglichkeit hatten. Es gab verschiedene Strategien, das war ihm klar, aber ihm fiel keine ein, die sinnvoll gewesen wäre, und nachdem er die ersten beiden Juden ermordet hatte, blieb ihnen wirklich keine andere Wahl mehr.

Georgi lebte auf der gegenüberliegenden Straßenseite in einem Gebäude, das genauso aussah wie das, in dem Jewgenij und Leonid wohnten. Die Häuser befanden sich außerhalb von Moskau und gehörten zu der »neuen« Wohngegend in der Nähe des Flughafens. Schon in den fünfziger Jahren, als die Häuser gerade fertiggestellt wurden, waren sie nicht mehr neu und begannen zu verfallen. Alles war schäbig – die Installationen, die Heizung, die Isolierung, und die elektrischen Kabel waren die reinste Katastrophe.

Jewgenij war fast dreißig Jahre alt, Georgi knapp fünfzig. Georgi hätte eigentlich ihr Anführer sein sollen, aber er war dumm – tüchtig, aber dumm. Jewgenij kam allmählich zu dem Schluß, daß er selbst, wenn schon nicht richtig dumm, so doch fahrlässig war. Was hätte es geschadet, wenn er das Geld, das die toten Juden bei sich gehabt hatten, genommen hätte? Er brauchte Geld. Sein Job in der Hotelwäscherei brachte ihm kaum genug zum Leben ein, selbst wenn er mit Leonid zusammenlegte. Leonid war Parfüm-Verkäufer in dem riesigen Kaufhaus GUM. Das GUM hatte seit dem Einzug des Kapitalismus einen wunderbaren neuen Aufschwung erlebt, und die Parfümabteilung verkaufte viel an Touristen und die neuen Reichen, die meistens mit illegalen Geschäften ihr Geld verdienten. Leonid war ein guter Verkäufer. Er wirkte jungenhaft, war hübsch und sah aus wie der Aristokrat, der er im Grunde auch war.

Jewgenij hatte das Geld von den toten Juden und Igor nicht an sich genommen, weil er und die anderen entschieden hatten, daß die Morde wie antisemitische Attacken auf eine wachsende jüdische Gemeinde aussehen sollten. Leonid und Georgi mochten die Juden nicht besonders, aber keiner von beiden empfand eine so starke Abneigung, daß sie sie töten oder auch nur angreifen wollten. Sie machten sich mehr Sorgen um das eigene Überleben. Igor war, nachdem er sich in die Gemeinde eingeschmuggelt hatte, sogar so weit gekommen, ein paar der Juden richtig zu mögen.

Das größte Problem war jedoch, daß sie nicht mit der Fähigkeit des Rabbis gerechnet hatten, sich zu verteidigen und selbst loszuschlagen, wenn es nötig wurde. Georgis Nase war mehrfach gebrochen, und eine Krankenschwester, mit der sich Jewgenij des öfteren traf, hatte die Verletzung notdürftig versorgt. Die Krankenschwester bildete sich ein, daß sie und Jewgenij irgendwann zusammen wohnen, vielleicht sogar heiraten würden. Jewgenij hatte ihr gesagt, daß er so etwas für die nähere Zukunft, sobald seine laufenden Geschäfte abgeschlossen waren, ins Auge fassen würde. In Wahrheit hatte er nicht die Absicht, die gutgebaute Frau zu heiraten; sie lieh ihm hin und wieder Geld und war zehn Jahre älter als er.

Nachdem sie die gebrochene Nase behandelt hatte, meinte die Krankenschwester, daß Georgi beinahe draufgegangen wäre. Der Schlag hätte nur ein bißchen kräftiger sein müssen, um die Knochensplitter in Georgis Gehirn zu treiben. Jewgenij behauptete, er und sein Freund seien in eine Prügelei mit Straßenrowdys geraten, die sie angegriffen hätten. Die Krankenschwester gab sich mit der Erklärung zufrieden. Jewgenij war gutaussehend und selbstbewußt, und er bereitete ihr die seltenen Male, die sie zusammen waren, großes Vergnügen im Bett.

Fehler, Probleme … Jetzt waren die Juden sicher noch entschlossener, zu bleiben. Aber sie mußten verscheucht werden. Vielleicht hätten Jewgenij und seine Freunde den Rabbi einfach umbringen sollen, aber diese Leute waren stur – sie hätten einen anderen Rabbi aus Israel hergeschickt, und der nächste hätte sich wahrscheinlich besser geschützt.

Die Wunde an der Schulter, die er selbst behandelt hatte, machte Jewgenij keine großen Schwierigkeiten, obwohl sein Arm am Morgen ein bißchen steif gewesen war. Die Frau an der Uferböschung war eine schlechte Schützin gewesen und hatte Glück gehabt, daß der Schuß seine Schulter überhaupt getroffen hatte. Andererseits hätte sie auch noch mehr Glück haben und ihn töten können.

Er war überzeugt, daß er sie mit einem einzigen Schuß kaltgemacht hätte, aber um die Wahrheit zu sagen, er war auch kein besonders guter Schütze. Das alles war neu für ihn. Er war ein schlechter Wäscher und ein mittelmäßiger Mörder. Seine Vorfahren hätten das besser hingekriegt, hatte er zu Leonid gesagt. Sein Ururgroßvater und die Ururgroßväter von Leonid, Georgi und Igor waren geübte Kämpfer gewesen, die ihrer Exekution wortlos und mutig entgegengesehen hatten, aber das war vor über einem Jahrhundert geschehen. Mit der Revolution hatten Familien wie ihre das aristokratische Erbe begraben und sich dem Kommunismus zugewandt. Einige glaubten sogar wirklich daran.

Er mußte in einer Stunde zur Arbeit. Er würde sein Bestes tun, um das Hinken zu kaschieren. Seiner Chefin konnte er eine ähnliche Geschichte auftischen wie der Krankenschwester. Die Chefin der Wäscherei war groß, ein bißchen älter als er und hatte kurzes, gerades, blond gefärbtes Haar. Sie war immer gepflegt und gutaussehend, wenn nicht sogar auf traditionelle Weise hübsch. Jewgenij haßte sie nicht gerade, aber sie und ihr Verhalten brachten ihn auf die Palme.

Sobald er die Probleme endlich überwunden hatte – und er war entschlossen, sie zu überwinden, egal wie viele Juden er noch töten mußte –, würde er den Job in der Hotelwäscherei nicht mehr brauchen. Er würde Rußland nicht mehr brauchen.

Der Einfall kam ihm, als ein stechender Schmerz durch sein Bein schoß. Eine Bombe. Wenn die Morde diese eigensinnigen Juden schon nicht vertreiben konnten, würde die Zerstörung oder die teilweise Zerstörung der Synagoge sie zwingen, zumindest vorübergehend woanders unterzukommen. Und wenn bei dem Anschlag noch ein paar Juden draufgingen, würde das das Vorhaben von Jewgenij und seinen Freunden nicht behindern.

Jewgenij kannte sich mit Bomben nicht aus, aber Leonid hatte Maschinenbau studiert. Er wußte über solche Dinge Bescheid. Sie mußten heute abend darüber reden. Georgi könnte bei der Beschaffung des Materials helfen, das Leonid brauchte – falls Leonid eine Ahnung hatte, wie man eine Bombe bastelte.

Die Juden mochten stur sein, aber das war Jewgenij auch. Die Juden mußten ihre Synagoge verteidigen, aber für Jewgenij ging es um einen höheren Einsatz.

Er nahm das abgekühlte Handtuch vom Knie und testete sein Bein. Es tat weh – es tat teuflisch weh. Mit was für einem Rabbi hatten sie es da zu tun?

Jewgenij quälte sich in dieselben Kleider, die er gestern schon angehabt hatte. Nach fünf Minuten – die Schmerzen behinderten ihn – war er fertig angezogen und gekämmt, hatte sich die Zähne geputzt und die sauber gewienerten Schuhe an den Füßen. Er wußte, daß es bei seinen Verletzungen schwierig sein würde, die alten Galoschen überzuziehen, aber er hatte nur dieses eine Paar vernünftiger Schuhe und wollte sie im Schnee und Matsch nicht ruinieren, deshalb nahm er die Mühe und die Schmerzen auf sich. Danach stand er eine Weile keuchend da und biß sich auf die Unterlippe, ehe er seinen Mantel und die Mütze nahm und den Fernseher abschaltete.

Er hatte gemordet und herausgefunden, daß er nichts bereute oder bedauerte, nicht einmal den Tod von Igor. Jewgenij wußte, daß er wieder töten konnte, und jetzt wünschte er es sich sogar – nicht nur wegen ihres Vorhabens, sondern auch, weil er diesen Rabbi tot sehen wollte. Er wollte dem überheblichen Juden gegenüberstehen und ihn wissen lassen, daß er dem Tod ins Auge sah; dann wollte er auf den Abzug drücken und den Mann fallen sehen.

Er machte sich auf den Weg zur Arbeit.

Alexi Monochow stand auf der gegenüberliegenden Straßenseite unter der Markise des Rossia-Kinos, als die beiden Männer aus der Metrostation am Puschkin-Platz kamen. Er hatte auf sie gewartet. Es konnte kein Zweifel daran bestehen, daß sie Polizisten waren. Sie strahlten das Selbstbewußtsein und die Entschlossenheit aus, die solche Menschen hatten, selbst wenn beides ungerechtfertigt war. Er konnte sie nicht deutlich sehen, und selbst mit seiner Brille war er nicht in der Lage, mehr zu erkennen, als daß der eine groß, dünn und schwarz gekleidet war und der andere jünger und stämmiger – nicht untersetzt wie er selbst, aber stämmig. Alexi stand relativ weit weg, und die Brillengläser waren vereist, deshalb bildete er sich vielleicht einiges nur ein – aber er bildete sich ganz bestimmt nicht ein, daß Rostnikow zuviel wußte und er zu Hause nicht mehr sicher war. Aus diesem Grund hatte er eine Nachricht für die Polizei verfaßt und auf seinen Schreibtisch gelegt und anschließend seine Aktentasche sorgfältig gepackt, die er jetzt, als er den Puschkin-Platz überquerte, um einen genaueren Blick auf die beiden Männer werfen zu können, fest in der behandschuhten Hand hielt.

Alexi war erst vor einer Viertelstunde aus dem Haus gegangen. Er hatte sie nicht so früh erwartet, aber glücklicherweise war er kein Risiko eingegangen.

Alexi rückte seine Brille zurecht, steckte dann die eine Hand in die Tasche und umklammerte mit der anderen weiterhin den Griff der Aktentasche. Er sah zu den Fenstern seiner Wohnung hinauf und versuchte einzuschätzen, wann seine Mutter die Tür öffnete, wann die Polizisten seine Werkstatt entdeckten, wann sie die Nachricht fanden. Würden sie aus dem Gebäude rennen? Würden sie ein, zwei Telefonate tätigen und dann mit der sinnlosen Suche beginnen? Er stellte keine Spekulationen an. Er wartete.

In den letzten Tagen waren die Schmerzen in seinen Hoden schlimmer geworden – es war kein brennender, stechender Schmerz, aber es tat weh. Man hatte ihm vorausgesagt, daß der Schmerz immer stärker werden würde. Er wußte, was man tun konnte, um den Prozeß zu verlangsamen, aber eine Therapie oder ein Hinauszögern kam für ihn nicht in Frage. Alexi starb an derselben Krankheit, an der sein Vater gestorben war, aber sein Abgang würde nicht in aller Stille und unbemerkt vonstatten gehen.

Die Polizisten waren keine Viertelstunde im Haus. Als sie herauskamen, trug der jüngere eine Plastiktüte in der Hand. Sie hatten es nicht besonders eilig. Der große, ausgemergelte Mann bestimmte das gesetzte, aber zügige Tempo. Alexi ging ihnen auf der anderen Straßenseite entgegen. Er stieß gegen eine alte Frau, die den Kopf wegen des Windes gesenkt hielt. Er machte sich nicht die Mühe, sich bei ihr zu entschuldigen. Auch er hatte den Kopf gesenkt, aber er beobachtete dabei die zwei Männer, und für einen Moment konnte er ihre Gesichter sehen.

Das des größeren Mannes war weiß wie der Schnee, und seine Kleidung war pechschwarz. Der stämmige junge Mann hielt die durchsichtige Plastiktüte fest in der Hand, während sie auf die Straßenecke zustrebten.

Die beiden Männer gingen in die Metrostation, und Alexi schlenderte davon. Er hätte in das kleine Hotelzimmer gehen können, das er vor zwei Tagen gemietet hatte, aber er zog die kalte Luft vor, die seinen Körper betäubte und ihn zwang nachzudenken, statt zu fühlen.

Probleme könnten entstehen. Das Material in seiner Aktentasche war empfindlich, wirkungsvoll und von leidlich akzeptabler Qualität. Doch Alexi hatte eine ausgeklügelte Vorrichtung gebaut.

Er hatte noch reichlich Zeit, seinen Anruf zu machen. Er ging in eine Telefonzelle und erfuhr, daß Rostnikow außer Haus sei, daß er jedoch mit einem anderen Mitarbeiter des Dezernats für Sonderermittlungen verbunden werden könnte. Die Frau, die sich als nächstes meldete, stellte sich als Inspektor Timofejewa vor und sagte, Rostnikow würde heute möglicherweise gar nicht mehr in sein Büro kommen, aber morgen sei er bestimmt da. Alexi fragte, ob es möglich sei, einen Termin mit Rostnikow zu vereinbaren, und die Frau erkundigte sich, ob nicht auch sie ihm weiterhelfen könnte.

Alexi lehnte es ab, ihr von seinem Anliegen zu erzählen, aber er deutete an, daß er Informationen über den Bombenattentäter habe und Agent der Staatssicherheit sei. »Mein Vorgesetzter ist der Ansicht, daß Inspektor Rostnikow und ich die Informationen über den Attentäter austauschen sollten. Vielleicht können wir dann verhindern, daß noch mehr Menschen verletzt werden.«

»Ihren Namen, bitte«, sagte Elena. »Vielleicht kann ich Ihre Informationen entgegennehmen.«

»Mein Name ist Leo Horv«, erwiderte Alexi besonnen. »Ich muß mit Inspektor Rostnikow persönlich sprechen, und zwar bald. Je weniger Leute Bescheid wissen, um so besser. Es besteht die Möglichkeit, daß der Bombenattentäter direkten Kontakt zur Staatssicherheit hat. Genauso vorstellbar ist, daß wir es hier nicht mit einem einzelnen Täter, sondern mit einer Gruppe von Verschwörern zu tun haben. Wenn Sie oder Inspektor Rostnikow es wünschen, kann ich meinen Vorgesetzten bitten, ihn anzurufen und ihm zu bestätigen, daß wir zur Zusammenarbeit bereit sind.«

»Ich schlage vor, Sie melden sich morgen früh wieder«,

sagte Elena und unterdrückte ein Gähnen. »Ich hinterlasse ihm eine Nachricht, daß Sie angerufen haben.«

»Danke«, sagte Alexi und legte auf.

Es war leichter gewesen, als er gedacht hatte. Die Frau hatte kaum Fragen gestellt – sie schien den Kopf mit anderen Dingen voll gehabt zu haben. Die Frage war nur, ob ihm Rostnikow seine Geschichte abnahm und sich durch die angeblichen Hinweise der Staatssicherheit und die Möglichkeit einer konspirativen Vereinigung auf eine falsche Fährte lokken ließ.

Tausende, vielleicht Zehntausende, Alexi Monochow eingeschlossen, starben, wurden achtlos umgebracht, und die Polizei war, wenn sich die Gelegenheit ergab, mehr daran interessiert, den Mörder eines wertlosen Geschäftsmannes zu schnappen.

Die Aktentasche war leicht, viel leichter, als man hätte meinen können, wenn man bedachte, daß der Inhalt ein Regierungsgebäude oder eine ganze Reihe kleinerer Häuser in die Luft sprengen konnte. Außer der Bombe befanden sich ein Rasierapparat, Socken, Unterwäsche zum Wechseln und ein Notizbuch in der Tasche. Er wollte seinen Plan in der Nacht noch einmal ganz genau durchgehen und sicherstellen, daß er alle Eventualitäten mit einkalkuliert hatte.

Alexi glaubte nicht, daß er heute noch etwas zu essen brauchte. Schon vor Monaten hatte sein Appetit nachgelassen, und jetzt verspürte er so gut wie gar kein Bedürfnis mehr, Nahrung zu sich zu nehmen. Er hatte Gewicht verloren, aber bei weitem nicht so viel, wie er vermutet hatte. Sein Vater jedenfalls hatte kurz vor seinem Tod rapide abgenommen.

Alexi stapfte durch den Schnee und die Kälte und versuchte sich nur auf sein Vorhaben zu konzentrieren; den Gedanken an seine Mutter und seine Schwester verdrängte er, so gut es ging.

Er empfand kein Bedauern, wenn er an das dachte, was er sich vorgenommen hatte. Viele würden später sagen, daß er unschuldige Menschen in einen sinnlosen Tod geschickt hätte, aber Alexi wußte, daß es dort, wo er morgen hingehen wollte, keine unschuldigen Menschen gab. Es würde nur die treffen, die sich weigerten, die schreckliche Realität zu erkennen.

Alexi machte sich keine Illusionen, das hatte er Rostnikow schon gesagt. Seine Taten würden nichts an der Entschlossenheit der Menschen, sich selbst zu vernichten, ändern. Doch er konnte die Menschheit zumindest wachrütteln, und zwar mit einem ungeheuerlichen Ereignis, das niemand mehr ignorieren konnte. Es würde Diskussionen geben und vielleicht, aber nur vielleicht, dachten dann einige darüber nach, was sie taten.

Im schlimmsten Fall würde seine Aktion als Ausdruck von grenzenlosem Zorn gewertet werden. In der ganzen Welt würde man tagelang über kaum etwas anderes sprechen. Im besten Fall würde sie andere dazu inspirieren, selbst tätig zu werden.

Jedenfalls hatte die Welt keine Möglichkeit, die totale Zerstörung der Petrowka, des Hauptquartiers der Moskauer Polizei, zu ignorieren.

8

Maria Inspenskaja betrachtete erst die Karte in ihrer Hand und dann den Mann, dessen Fotografie auf der Karte war. Sie überprüfte noch einmal die Daten, obwohl sie wußte, daß sie keinen Fehler gemacht hatte, und steckte die Karte in die Beschichtungsmaschine, die in einer Ecke der kleinen Garage stand.

Es war kalt in der Garage, aber Alexi machte das nichts aus. Maria, die einen dicken Wollpullover trug, war von dem Fotoapparat, mit dem sie ihn aufgenommen hatte, zum Drucker und Computer und schließlich zur Beschichtungsmaschine gegangen.

Die ganze Prozedur dauerte etwa eine Stunde. Das war Alexi genauso gleichgültig wie die Kälte. Maria Inspenskaja hatte ihm Tee angeboten, aber er hatte abgelehnt. Sie selbst trank aus einem Becher mit blauer, englischer Schrift. Alexis Englisch war dürftig, aber er wußte, daß auf dem Becher THE GRATEFUL DEAD stand.

Marie summte bei der Arbeit. Sie war klein und wahrscheinlich über fünfzig. Ihr glänzendes Haar hatte sie straff zurückgekämmt und am Hinterkopf mit einem Gummiband zusammengefaßt. Ihre Brille war die dickste, die Alexi je gesehen hatte.

Maria war bei Kriminellen und Geschäftsleuten, die brillant gefälschte Ausweise brauchten, bestens bekannt. Sie selbst machte keine Werbung für ihre Dienste, und sie bewahrte auch keine Muster in ihrer Garage auf. Wenn die Polizei ihre Werkstatt eines Tages aufstöbern sollte, konnte sie immer noch behaupten, daß sie lediglich Tierfotos machte, die für die Ausweise von Haustieren nötig waren. An der Wand hingen Fotografien von Hunden, Katzen und Vögeln. In Wirklichkeit verabscheute Maria alle Tiere, und das nicht nur wegen ihrer Allergien. Tiere bekamen die Nahrung, die den Menschen fehlte. Sie verunreinigten die Straßen und wurden von ihren Besitzern verhätschelt. Maria war in ihrem ganzen Leben nie verhätschelt oder mit Zärtlichkeiten bedacht worden.

Alexi hatte durch Zufall von ihr erfahren, als er eine Unterhaltung auf der Gorki-Straße belauscht hatte. Ein Mann hatte einem anderen erzählt, daß er einen ausgezeichneten

Personalausweis von einer Frau namens Maria bekommen könne. Er hatte Marias Telefonnummer genannt, und Alexi hatte sie sich gemerkt und später aufgeschrieben. Das war mehr als ein Jahr her; damals hatte Alexi noch keine Pläne geschmiedet, sondern die Information, wie so viele andere, lediglich aufgehoben.

Zuerst war die Frau argwöhnisch gewesen; sie befürchtete eine Falle der Polizei, als er anrief, aber schließlich erklärte sie sich doch bereit, sich mit Alexi in einem Stehimbiß in der Nähe ihrer Garage zu treffen.

Er sah nicht aus wie ein Polizist. Alexi war klein, fast kahlköpfig, ernst und willens, mehr als den ohnehin schon hohen Preis in amerikanischen Dollars zu bezahlen. Seine Bereitwilligkeit, so viel Geld auszugeben, beunruhigte Maria ein wenig, genau wie das, was er von ihr wollte; dennoch war sie überzeugt, daß sie es mit einem bedrückten, aber entschlossenen Mann zu tun hatte, der bestimmt kein Informant oder Polizist war.

Alexi war gut gekleidet, redegewandt und höflich. Er gab ihr im voraus fünf Hundertdollarscheine.

Als sie in die Garage kamen, schaltete Maria die Lichter ein und ging zu ihrem Schreibtisch, um eine Schublade zu öffnen. In dieser lag eine Tasche, die durch ein Loch im Holzfußboden im Abwasserkanal versenkt werden konnte, falls Gefahr drohte. Sie hatte die Tasche am Tag zuvor hier vergessen – diesen Fehler würde sie nicht noch einmal machen, das schwor sie sich. In Gedanken war sie bei der Eröffnung mit dem Springer gewesen, die sie kurz zuvor beobachtet hatte.

»Ich weiß, daß ich mindestens drei davon habe«, sagte sie, als sie in der Tasche kramte und Alexi wartend mit der Aktentasche in der Hand neben ihr stand.

Schließlich fand sie, was sie suchte. Sie bereitete alles vor, um ein Foto von Alexi zu machen, und richtete ein grelles

Licht auf sein Gesicht, als er sich setzte. Sie bat ihn, nicht zu lächeln.

Jetzt, nachdem alles andere getan war, legte sie letzte Hand an die Karte und schnitt die überstehende Beschichtungsfolie ab.

Maria reichte die Karte Alexi; der inspizierte sie eingehend und gab Maria noch einmal zweihundert Dollar. Sie mußte mehrere Pulloverschichten hochheben, um das Geld in ihre Hosentasche stopfen zu können.

Sie hatte keine Ahnung, welche Bestrafung sie erwarten würde, wenn man sie bei ihren Geschäften erwischte, besonders wenn die Polizei wüßte, daß sie auch solche Ausweise wie diesen fälschte. Die Chancen stünden gut, daß sie sich mit Hilfe ehemaliger Kunden von einem Schuldspruch und einer Verurteilung freikaufen könnte, aber man wußte ja nie... Trotz der Gefahr hatte sie dem amerikanischen Geld nie widerstehen können.

Maria war daran gewöhnt, Geschäfte mit eigenartigen, nervösen, eiskalten oder angeberischen Männern zu machen. Sie kannte fast alle Typen. Frauen kamen selten zu ihr und wenn doch, verhielten sie sich meistens still, wirkten entschlossen oder schuldbewußt.

Der Mann, der ihr gerade siebenhundert Dollar für nicht einmal eine Stunde Arbeit bezahlt hatte, war einer der seltsamsten, denen sie je begegnet war. Ihr Handwerk hatte sie in einer Werkstatt gelernt, in der Ausweise für die Mitarbeiter der Eisenbahn hergestellt wurden. Als sie wegen ihrer Magengeschwüre der Arbeit immer häufiger fernbleiben mußte, wurde sie entlassen. Es sollte sich herausstellen, daß dies der größte Glücksfall ihres ansonsten so trüben Lebens gewesen war. Nicht sie, sondern ein ehemaliger Eisenbahner, mit dem sie eine Art von Freundschaft geschlossen hatte, war auf die Idee gekommen, daß sie Ausweise fälschen könnte. Er brauchte einen Personalausweis für seinen Bruder, der einen Job bei einem amerikanischen Unternehmen haben wollte, das eine Zweigstelle in Moskau eröffnete. Ihr Erstlingswerk war ausgezeichnet, obwohl sie keine ordentliche Ausrüstung besaß, aber jetzt hatte sie Bargeld in einem Versteck und eine bestens bestückte Werkstatt in der Garage. Sie konnte sich einen guten Privatarzt leisten, der ihre Magengeschwüre behandelte, sie hatte ein warmes Zimmer und genug Geld, um ihrer Leidenschaft, dem Schach, zu frönen. Sie spielte täglich in einem Club in der Nachbarschaft, manchmal stundenlang, und schlürfte dabei wie die anderen auch heißen Tee und überlegte sich die nächsten Züge.

Marias wertvollster Besitz war eine Trophäe für einen Turniersieg, den sie 1987 in Tiflis mit einem Team errungen hatte.

Während sie den Identifikationsausweis für den beinahe kahlköpfigen Mann herstellte, hatte sie das ungute Gefühl, daß ihr Besucher geisteskrank war. Sie hatte schon mit Leuten zu tun gehabt, die ihr geistesgestört erschienen waren, aber dieser hier war anders. Ihr schoß durch den Kopf, daß er vielleicht vorhaben könnte, sie umzubringen, sobald er hatte, was er wollte. Aber siebenhundert amerikanische Dollar hatten ihre Ängste beschwichtigt – das und die kleine Pistole in ihrer Tasche. Während sie ihm die Karte gab und das Geld entgegennahm, hatte sie die Hand in der Tasche und hielt die Waffe fest.

Aber der Mann tat nichts. Er sagte nichts. Er steckte die Karte ein, nahm die Aktentasche in die andere Hand und verließ die Garage.

Als sie sicher sein konnte, daß er weg war, schaltete sie die Maschinen aus, drehte das Licht ab, hastete hinaus und verschloß die Tür. Wenn sie sich beeilte, konnte sie wenigstens noch die Endphase der Partie zwischen Iwan Iwanowitsch Presoka und dem Partner, der heute das Privileg hatte, gegen ihn zu spielen, verfolgen. Der greise Presoka spielte nur am Vormittag. Sein Gesundheitszustand ließ nicht mehr zu. Aber er war immer noch brillant. Seine Hände zitterten ein bißchen, doch sein Verstand war hellwach wie damals, als er mit zwölf Jahren als Wunderkind angesehen worden war.

Maria verschwendete keinen Gedanken mehr an den Mann, den sie gerade zum Agenten der Staatssicherheit gemacht hatte.

Den Stapel dunkelgrüner Akten konnten sie bewältigen – insgesamt waren es fünfzehn Schnellhefter, in denen alle Informationen über die Frauen zu finden waren, die von dem Serienvergewaltiger überfallen worden waren. Außerdem befanden sich in dem Stapel Akten über Fälle, die nicht mit den Vergewaltigungen in Zusammenhang standen, aber laut Computer so viele Ähnlichkeiten mit den Vorkommnissen aufwiesen, daß sie überprüft werden mußten. Sie saßen sich in Saschas Arbeitsbereich an einem kleinen Schreibtisch gegenüber, und jeder nahm sich ein paar Akten vor. Beide waren müde, aber aus ganz verschiedenen Gründen. Am Abend zuvor waren sie in Belinskys Synagoge gewesen und hatten zusammen mit Josef, Selatsch, dem Rabbi und ein paar Mitgliedern der jüdischen Gemeinde unter Porfirij Petrowitschs Anleitung in fünf Stunden ein Heizungssystem installiert. Rostnikow, der ein Buch über dieses Thema gelesen hatte, sprang immer dann ein, wenn etwas Schweres zu heben war.

Die Arbeit war reibungslos verlaufen, und der Schlüssel zum Erfolg war Josefs und Belinskys Geschick mit den Werkzeugen gewesen, die Rostnikow mitgebracht hatte. Als sie fertig waren, erklärte Porfirij Petrowitsch, daß Belinsky mit Problemen rechnen solle, aber die seien rasch zu beheben. Er schlug dem Rabbi vor, einen Platz zu suchen, an dem er die übriggebliebenen Aluminiumplatten, Rohre, Metallteile und Schrauben aufbewahren konnte, für den Fall, daß die Sachen noch gebraucht wurden.

Es war spät geworden, und trotz der schweren Arbeit froren alle, als nichts mehr zu tun war. Die Heizung lief jetzt, und die Konstruktion sah gar nicht so schlecht aus, aber Belinsky machte sich bereits daran, die Rohre zu verbergen oder zu dekorieren.

Josef fragte Elena, ob er sie begleiten dürfe, damit sie auf dem Weg miteinander reden konnten. Sie war einverstanden, und sie verabschiedeten sich als erste. Sie gingen in Josefs kleine Wohnung, die er mit einem Schauspieler teilte, der gerade mit einem neuen Stück auf Tournee war. Elena rief ihre offenbar noch wache Tante an, um ihr zu sagen, daß sie nicht voraussehen könne, wann sie nach Hause kommen würde. Elena wußte, daß Anna Timofejewa ihren Tonfall richtig deutete. Nach dem Telefonat tranken sie Tee und redeten. Dann kamen Küsse und schließlich das kühle Laken von Josefs schmalem Bett.

Die Tatsache, daß er Kondome in der Schublade des kleinen Nachttischs hatte, konnte vieles bedeuten. Elena war Polizistin, und sie konnte nicht anders – sie überlegte, ob schon viele junge Frauen in diesem Bett gelegen hatten, ob er zuversichtlich gewesen war, daß Elena herkommen würde, und sich vorbereitet hatte oder ob Josef generell alle Eventualitäten in Betracht zog und vorsichtig war.

Sie blieb über Nacht, und er redete von Heirat, während er in dem gedämpften Licht über ihre Brüste strich. Elena war unschlüssig. Sie liebten sich zweimal. Einmal am Abend, das zweite Mal, als sie früh am Morgen aufwachten. Es war wundervoll für Elena, aber sie konnte nicht ergründen, was es ihr bedeutete, auch dann nicht, als er seinen Antrag wiederholte.

Sie wollte darüber nachdenken. Sie kannten sich noch

nicht sehr lang und hatten selten Gespräche wie dieses geführt. Josef hatte schon nach der ersten Begegnung seiner Mutter gesagt, daß er beabsichtigte, Elena zu heiraten, das wußte sie.

Sie schlief wenig und hatte keine Zeit mehr, nach Hause zu gehen und sich umzuziehen, ehe sie sich mit Sascha in der Petrowka traf.

Sascha hatte genausowenig geschlafen wie seine Kollegin, aber aus anderen Gründen. Nach der Arbeit in der Synagoge war er noch geblieben, weil er mit jemandem reden und noch nicht nach Hause wollte, aber alle anderen schienen es eilig zu haben. Sie waren müde, und es war schon spät.

Als er heimkam, empfing ihn Maja mit einem weinenden Baby im Arm. Er sah sich nach seiner Mutter um. Sie war nicht da. Pulcharia schlief vermutlich im anderen Zimmer, und Maja hatte alle Hände voll zu tun, den kleinen Ilja zu beruhigen. Sie wirkte erschöpft; dunkle Ringe zeichneten sich unter ihren schönen Augen ab, und ihr Haar war zerzaust.

»Er hat Fieber«, sagte sie. »Er ist ganz heiß.«

Sascha, noch im Mantel, streckte die Hand aus und berührte die Stirn des Babys. Sehr heiß.

»Er hustet«, setzte Maja hinzu. »Ich konnte Pulcharia nicht wecken und ihn zum Arzt bringen. Ich wußte nicht, wie ich dich erreichen kann, und konnte deine Mutter nicht gut bitten herzukommen, obwohl ich sie gerufen hätte, wenn du noch länger weggeblieben wärst.«

Neben der Sorge um das Kind schwang ein Vorwurf in ihrem Tonfall mit, und Sascha wußte, er würde sich, sobald das Baby ärztlich versorgt war, ihrem Unmut darüber stellen müssen, daß er sich mit Rostnikow in irgendwelchen Kirchen herumtrieb und Heizungen installierte, statt sich um seine Familie zu kümmern.

Ohne seinen Mantel auszuziehen, lief Sascha zum Tisch,

auf dem das Telefon stand, und nahm das Adreßbuch. Es war schon sehr spät, aber der kleine Ilja war wirklich sehr krank. Er wählte eine Nummer. Der Arzt war zu Hause und klang nicht einmal verschlafen.

Sarah Rostnikows Cousin Leon war zwar kein Kinderarzt, aber Porfirij Petrowitschs Leute wandten sich oft an ihn, wenn sie ärztliche Hilfe brauchten, und er tat, was er konnte, um sie vor der katastrophalen medizinischen Versorgung in den Moskauer Krankenhäusern zu bewahren.

Das Gespräch war kurz. Sie sollten in eine nahe gelegene Klinik kommen, in der Sarahs Cousin tätig war. Der Arzt konnte in einer halben Stunde dort sein.

Einer von ihnen mußte bei Pulcharia bleiben, und der andere würde mit dem Baby losfahren. Sie wußten beide, wer das war. Maja versuchte unablässig, Ilja zu beschwichtigen, während sie ihn warm einpackte und Sascha auf die Straße lief, um irgendwo ein Taxi aufzutreiben. Es kostete ihn zehn Minuten, und er mußte seinen Polizeiausweis durch die geschlossene Scheibe zeigen, als der Wagen neben ihm anhielt.

Der Taxifahrer kurbelte das Fenster herunter, und Sascha erklärte ihm die Situation. Max war als Ingenieur aus Litauen nach Moskau gekommen und als Taxichauffeur geblieben. Rechnete man die Trinkgelder von den Touristen mit ein, die auf der Suche nach einem Restaurant, einer Bar, Glücksspielen oder Gesellschaft waren, verdiente man in dieser Branche besser. Selbst wenn er die Schutzgelder an die Mafia bezahlte, blieb ihm mehr, als er in seinem eigentlichen Beruf hätte verdienen können. Zudem suchten in diesen Zeiten zu viele Ingenieure einen Job, und niemand stellte sie ein. Max war auf dem Weg zum Hotel Russia gewesen, als Sascha ihn angehalten hatte. Die Frau und das Kind zum Krankenhaus zu fahren und dort auf sie zu warten, würde ihm eine schöne Summe einbringen.

Es würde mehr kosten, als sich Sascha leisten konnte, aber darüber dachte er jetzt nicht nach. Er stieg in das Taxi ein, dirigierte Max zu seiner Wohnung und bat ihn, dort auf Maja und das Baby zu warten.

Maja war aufbruchbereit. Ilja weinte noch immer und hustete.

»Das Taxi steht unten«, sagte Sascha. »Er wird vor dem Krankenhaus auf dich warten. Bitte, ruf mich an, wenn irgend etwas ...«

Er lief ins Schlafzimmer und tastete sich im Dunkeln zum Schrank, um das Geld zu holen, das er beiseite gelegt hatte. Er brachte es Maja, die ihm Ilja kurz überließ, um es in die Tasche zu stecken. Dann küßte er das Baby und seine Frau, die ihm nur die Wange hinhielt und sich sofort auf den Weg machte.

Sascha saß zehn Minuten da, ehe er den Mantel auszog und ihn an die Garderobe hängte. Um diese Zeit gab es nichts mehr im Fernsehen, die Zeitung hatte er schon gelesen, und auf ein Buch konnte er sich nicht konzentrieren. Es war noch ein bißchen kalter Kaffee übrig. Er machte ihn heiß und trank ihn, während er müde am Tisch saß, sich Sorgen machte und sich selbst bemitleidete.

Maja rief nicht an. Nach drei Stunden stand sie mit dem schlafenden Baby im Arm wieder in der Wohnung. Sascha hatte den Kopf auf die Arme gelegt und war am Tisch in einen unruhigen Schlaf gefallen.

Er schaute auf und sah seine Frau fragend an, aber er wartete, bis sie das Kind vorsichtig in die Wiege gelegt hatte.

»Ein Virus«, sagte sie, »keine Diphterie.«

In Rußland gab es zahlreiche Fälle von Diphterie, und das war nicht die einzige Krankheit, die zur Zeit ihr Unwesen trieb. Allein in Moskau waren im letzten Jahr mehr als ein Dutzend Menschen an der Ruhr – einer Krankheit, die leicht geheilt werden könnte – gestorben. Fälle von Masern traten überall auf.

»Ich habe Medizin für ihn. Sie haben ihm eine Spritze gegeben. Wir sollen ihn kühl halten und ihm die Medizin geben. Der Doktor möchte ihn sich morgen noch mal anschauen. Falls sich sein Zustand verschlechtert, müssen wir ihn in eine Privatklinik bringen.«

Das Geld für eine Privatklinik konnten sie unmöglich aufbringen.

Sascha stand auf und nahm Maja in die Arme. Sie wehrte ihn nicht ab, aber sie erwiderte die Zärtlichkeit auch nicht. Er rechnete damit, daß sie in Tränen ausbrechen würde, doch sie blieb ruhig.

»Ich habe auf dich gewartet«, sagte sie tonlos. »Stundenlang.«

»Du wußtest, daß ich später heimkomme«, flüsterte er und drückte einen Kuß in ihr Haar. »Porfirij Petrowitsch hat Freiwillige gebeten, eine Heizung in eine Kirche einzubauen.«

Daß die »Kirche« eine jüdische Synagoge war, verschwieg er vorerst. Vielleicht würde er ihr das später erzählen.

»Telefon«, sagte sie. »Du hättest anrufen und nachfragen müssen, ob mit deiner Familie alles in Ordnung ist. Ich sollte immer genau wissen, wo du bist. Wir haben dich hier gebraucht, und du hattest keine Lust, nach Hause zu kommen.«

Da sie absolut recht hatte, protestierte Sascha heftig. Dann bat er um Verzeihung, erklärte ihr alles, nahm die Schuld und die Verantwortung auf sich und versicherte, daß ihm dieses Ereignis eine Lehre sein würde.

»Deine Mutter hat angerufen«, fuhr Maja fort. »Ich hab' ihr gesagt, daß alles in Ordnung ist. Ich wäre heute nicht mit ihr und den Kindern fertig geworden.«

»Das verstehe ich«, erwiderte Sascha aufrichtig.

Sie machte das Bett im Wohnzimmer und ließ eine kleine

Lampe brennen, als sie sich hinlegten und den mühsamen Atemzügen des Babys lauschten.

Sie verbrachten noch zwei Stunden im Halbschlaf, bis Pulcharia sie in aller Herrgottsfrühe weckte und nach einem Frühstück verlangte. Matt und völlig zerschlagen standen sie auf. Das Baby schlief noch, und Maja fühlte besorgt seine Stirn.

»Kühler«, stellte sie fest, »viel kühler.«

Sascha lächelte, und Maja erwiderte das Lächeln.

Maja hatte am Vormittag einen Termin bei Sarahs Cousin Leon, und sie wollte nicht nur das Baby, sondern auch Pulcharia mitnehmen. Sie rief in ihrem Büro an, sobald sie sicher sein konnte, daß jemand dort war, und erklärte ihre Situation. Die Sekretärin zeigte Verständnis und bat Maja, später noch einmal anzurufen und sie wissen zu lassen, wie es dem kleinen Ilja ging. Unglücklicherweise war der neue Chef weit weniger mitfühlend. Er war über sechzig Jahre alt, Witwer und kinderlos. Aber seine lüsternen Blicke und gierigen Hände hatten Maja schon öfter als einmal in Schwierigkeiten gebracht. Wenn er die Gelegenheit hatte, berührte er sie, stellte sich dicht hinter ihren Stuhl und flüsterte ihr Komplimente zu, deren Absicht mehr als deutlich war. Bis jetzt war es Maja gelungen, allzu dreisten Annäherungsversuchen aus dem Weg zu gehen. Sascha wußte nichts davon. Ab heute würde ihr Chef eine kleine Waffe haben, die er gegen sie einsetzen konnte. Maja beschloß, sich später Gedanken darüber zu machen. Sie wußte, daß in den Vereinigten Staaten ein Gesetz gegen sexuelle Belästigung am Arbeitsplatz wirksam war, aber in Rußland gab es so etwas nicht. Es wurde als Teil des Geschäftsgebarens betrachtet, und das war schon seit Jahrhunderten so. Heutzutage kam es sogar vor, daß sich junge Frauen, die sich für einen Bürojob bewarben, schminkten, offenherzige Kleider anzogen und eine regelrechte Vorstellung gaben, lächelten, sangen und tanzten für Männer, die sie nur als Empfangsdame oder Computertechnikerin einstellen wollten.

Jetzt, in der Petrowka, blinzelte Sascha müde und trank seinen Kaffee, um wach zu bleiben, während er und Elena die Akten durchforsteten.

Elena hatte zwei der grünen Schnellhefter durchgelesen und Sascha einen, als Pankow anrief und sie davon in Kenntnis setzte, daß es in der letzten Nacht im Distrikt 37 einen weiteren Überfall auf eine Frau gegeben hatte. Er gab Elena, die den Anruf entgegengenommen hatte, die Nummer des Opfers und berichtete ihr, daß er Oberinspektor Rostnikow bereits informiert habe. Dezernatsleiter Jakowlew war, laut Pankow, in Sorge, daß die Geschichte den Medien bekannt würde.

»Und«, setzte Pankow nervös hinzu, »er würde es zu schätzen wissen, wenn Sie so viel Zeit und Anstrengungen wie nötig aufwenden könnten, um den Fall so rasch wie möglich zu einem zufriedenstellenden Abschluß zu bringen.«

Pankow nannte Elena den Namen des letzten Opfers. Magda Stern – der Name kam Elena vage bekannt vor.

»Magda Stern ist Nachrichtenreporterin bei einem Moskauer Fernsehsender«, fügte Pankow hinzu und legte auf.

Elena gab die Informationen an Sascha weiter, der mißgelaunt mit einer Hand nach der nächsten Akte griff und in der anderen die Tasse mit dem scheußlichen lauwarmen Kaffee festhielt.

»Sie oder ich?« fragte er.

Sie erfaßte die Situation und wählte die Nummer, die ihr Pankow durchgegeben hatte. Magda Stern meldete sich nicht. Elena legte auf und suchte die Nummer des Fernsehsenders im Telefonbuch. Sie rief an, nannte ihren Namen und verlangte, Magda Stern zu sprechen. Sie wurde beinahe sofort durchgestellt.

»Ich rufe wegen des Zwischenfalls in der letzten Nacht an«, begann Elena vorsichtig, während Sascha seine Arbeit beiseitelegte und zuhörte. Sie stellte sich als Inspektorin des Dezernats für Sonderermittlungen vor.

»Die versuchte Vergewaltigung«, sagte Magda Stern.

»Ja. Wir wissen, daß Sie den Vorfall bei der Polizei gemeldet haben und befragt wurden. In ein paar Minuten wird uns der Bericht überstellt. Wir nehmen die Sache sehr ernst und würden gern mit Ihnen reden. Können wir heute noch zu Ihnen in die Redaktion kommen?«

»Nein«, wehrte Magda Stern entschieden ab. »Ich komme zu Ihnen. Wenn es möglich ist, möchte ich es vermeiden, daß die Leute hier etwas von der Geschichte erfahren.«

Elena erklärte sich mit dem Vorschlag einverstanden, und die Reporterin meinte, sie könne sich in einer halben Stunde im Büro freimachen und in die Petrowka kommen.

Elena informierte die Außenwachen und den uniformierten Wachmann am Empfang in der Halle und bat sie, Magda Stern ins Haus zu lassen und ihr oder Sascha Tkach Bescheid zu geben, sobald sie da war.

Dann widmeten sie sich wieder ihren Aktenstapeln.

Als sie den ersten Durchgang beendet hatten und die Stapel tauschten, um sie noch einmal durchzugehen, klingelte erneut das Telefon, und man informierte sie von Magda Sterns Ankunft. Elena erkundigte sich, ob ein Besprechungszimmer der Staatspolizei frei war. Der Mann am Empfang wußte es nicht; das Verzeichnis für die Raumreservierungen lag nicht an seinem Platz. Also würden sie die Vernehmung in ihrem eigenen Büro durchführen. Zum Glück waren Karpo, Josef und Selatsch unterwegs; das sicherte ihnen bis zu einem gewissen Grad Privatsphäre.

Sie sammelten ihre Schnellhefter ein und legten sie in die oberste Schublade von Saschas Schreibtisch. Dann gingen sie hinunter. Es war viel los in der Eingangshalle. Menschen, zwei Drittel von ihnen in Uniform, gingen in Gruppen an den drei bewaffneten Wachmännern hinter dem Pult vorbei und unterhielten sich leise.

Magda Stern war nicht zu übersehen. Sie war größer als die meisten Männer, und sie sah umwerfend aus. Wenn sie ein bißchen jünger wäre, dachte Elena, könnte sie Karriere als Model in Westeuropa oder in den Vereinigten Staaten machen. Aber der entschlossene Gesichtsausdruck verriet Elena, daß sie wahrscheinlich nicht aus demselben Holz geschnitzt war wie die üblichen Models. Es konnte nicht nur das schreckliche Erlebnis der letzten Nacht sein – dieser Ausdruck begleitete die Frau schon länger, dessen war sich Elena sicher. Ihr selbst haftete ebenfalls ein wenig von diesem Charakterzug an, und ihre Tante war vor ihrer Krankheit auch so gewesen.

Die beiden Inspektoren begrüßten die Frau, die ein grünes Kostüm unter braunem Ledermantel trug. Ihre Haare waren kurz, dunkel und saßen perfekt. Und sie hatte eine dunkel getönte Brille auf. Sie drückte Elena und Sascha fest die Hand und folgte ihnen die Treppe hinauf.

»Die Aufzüge sind nicht besonders vertrauenswürdig«, erklärte Sascha.

Magda Stern gab keine Antwort. Elena registrierte die modischen roten Stiefel, die wahrscheinlich aus Tschechien oder aus dem Westen stammten.

Als sie Saschas Arbeitsbereich betraten, bot er der Besucherin Tee oder Kaffee an. Sie lehnte mit einer Geste ab. Danach nahmen alle drei in dem beengten, abgeteilten Raum Platz. Sascha rollte seinen Stuhl neben den von Elena und vermied es, den Eindruck zu erwecken, daß er die Ermittlungen leitete. In manchen Situationen konnte es hilfreich sein, wenn einer von ihnen den Strengen spielte. In diesem Fall waren sich Sascha und Elena ohne Worte einig geworden, daß Elena die Führung übernehmen sollte.

Die Frau zog ihren Mantel nicht aus.

»Sie würden nicht mit mir reden wollen, und ich wäre nicht hier, wenn das ein Einzelfall wäre«, sagte Magda Stern. »Wir sprechen hier über einen Mann, der noch andere Frauen überfallen und vergewaltigt hat.«

»Ja«, bestätigte Elena. Jetzt sah sie, daß eine dicke Make-up-Schicht die blauen Flecken und Schwellungen im Gesicht der Frau verdeckte, und die getönten Brillengläser verbargen wahrscheinlich noch mehr. Nur eine rote Beule an der Stirn ließ sich nicht kaschieren. »Waren Sie bei einem Arzt?«

»Haben Sie den Bericht über den Überfall auf mich?«

»Noch nicht«, sagte Sascha.

»Dort sind meine Verletzungen aufgeführt, aber die wichtigste Information enthält er nicht.« Magda Stern saß kerzengerade da, ohne die langen Beine übereinanderzuschlagen.

»Die wichtigste Information?« wiederholte Elena.

»Meine Verletzungen sind genau dokumentiert. Leichte Gehirnerschütterung, blaue Flecken, eine angebrochene Rippe. Man hat mir einen festen Verband angelegt. Ich fühle seit dem Angriff eine manchmal leichte, manchmal schwerere Benommenheit und werde deshalb noch heute einen Arzt aufsuchen, zu dem ich Vertrauen habe.«

Sascha war erstaunt, aber das zeigte er nicht. Die Frau sah bis auf die leichten Schwellungen gesund und munter aus.

»Ich habe nicht die Absicht, meinen Angreifer, falls er mich sehen sollte, wissen zu lassen, wie schwer er mich verletzt hat. Genausowenig will ich, daß meine Kollegen erfahren, was passiert ist. Beide Vorsichtsmaßnahmen würde ich jedoch außer acht lassen, wenn ich ihnen helfen könnte, den *Bastard* zu erwischen.«

Sie benutzte das Fremdwort, obwohl es in der russischen

Sprache genügend Beleidigungen gab, und viele von ihnen wären weit drastischer gewesen, aber es war modern, Schimpfwörter aus dem Amerikanischen oder Französischen zu benutzen. Das legte nahe, daß der Betreffende es nicht einmal wert war, auf russisch beleidigt zu werden.

»Sie haben wichtige Informationen zurückgehalten, als Sie letzte Nacht die Anzeige bei der Polizei machten?« fragte Elena.

»Ja«, erwiderte Magda ungerührt.

»Warum?«

»Weil der Kerl, der mich angegriffen hat, Polizist war«, sagte sie. »Und ich habe den beiden uniformierten Männern nicht getraut, die mich in der Notaufnahme des Krankenhauses vernommen haben. Keiner von beiden war der Vergewaltiger, aber er könnte den Bericht zu sehen bekommen, und dann wäre ich ernsthaft in Gefahr.«

»Aber uns vertrauen Sie?« wollte Elena wissen.

»Jemand muß über die Tatsachen Bescheid wissen, und Sie gehören nicht zur regulären Staats- oder zur Distriktpolizei. Ich bin sehr genau informiert über den Ruf und die Erfolgsquote dieser Abteilung. Ihr Vorgesetzter, Oberst Snitkonoi …«

»Er ist inzwischen General«, fiel ihr Sascha ins Wort, »und für die Sicherheit in der Eremitage in St. Petersburg zuständig.«

Elena warf ihm einen tadelnden Blick zu. Wäre er nicht so erschöpft gewesen, hätte er niemals etwas so Dummes von sich gegeben. Aber jetzt war es zu spät, und vielleicht gab das der Nachrichtenfrau das Gefühl, daß sie offen mit ihr umgingen.

»Und wer ist sein Nachfolger hier?« fragte Magda.

»Um das zu erfahren, müßten Sie das Büro direkt anrufen«, sagte Elena.

Magda nickte.

Sascha wollte die Sache vorantreiben. Er war müde und merkte, daß er allmählich reizbar wurde. Sein üblicher Charme würde, wie er sehr wohl wußte, bei Magda Stern nicht viel ausrichten.

»Der Mann, der Sie gestern überfallen hat, war also Polizist?« griff Elena das eigentliche Thema wieder auf.

»Ich habe es an der Uniform und den Schuhen erkannt«, sagte Magda Stern. »Und als er mich schlug, rollte ich ein Stück weiter aus dem Hauseingang auf einen kleinen Schneehügel und konnte einen kurzen Blick auf sein Gesicht werfen. Er hat ganz bestimmt nicht gemerkt, daß ich ihn gesehen habe. Wenn er mich dabei erwischt hätte, wäre ich wahrscheinlich nicht mehr am Leben. Ich habe mir so wenig wie möglich anmerken lassen und versucht, ihm meine Angst nicht zu zeigen. Er wollte mich vergewaltigen, aber ich habe mich ganz steif und eng gemacht. Verstehen Sie?«

Elena nickte. Sie verstand.

»Er wurde wütend und schlug noch fester zu, aber er ist nicht richtig in mich eingedrungen«, sagte Magda. »Ein Auto, das auf der Straße näher kam, hat ihn verscheucht. Ich hielt mein Gesicht nach unten, aber ich drehte es so, daß ich beobachten konnte, wie er in einen Polizeiwagen einstieg und wegfuhr.«

Elena und Sascha tauschten einen Blick.

»Sonst noch was?«

»Er hat sein Kondom fallen gelassen. Ich habe es später der Polizei gezeigt. Ich habe sie von meiner Wohnung aus angerufen. Sie kamen ziemlich schnell und brachten mich ins Krankenhaus.«

»Können Sie den Vergewaltiger beschreiben?« fragte Elena weiter.

»Ja, das kann ich, und ich würde ihn sofort wiedererkennen.«

Es war klar, welchen Schritt sie als nächstes unternehmen mußten, darüber brauchten die beiden Inspektoren kein Wort zu verlieren. Sie würden Rostnikow Bericht erstatten und ihn bitten, eine Versammlung von allen uniformierten Polizisten in der Trotzki-Station zu veranlassen, die für den Distrikt, in dem Magda wohnte, verantwortlich war. Falls das keinen Erfolg brachte, würden sie sich jedes einzelne der über hundert Reviere und alle Uniformierten in der Petrowka selbst vorknöpfen.

Sie besprachen den Plan mit Magda Stern, die sich sofort bereit erklärte, sich die Polizisten anzusehen. Sie bat nur darum, daß man sowenig ihrer Zeit wie möglich beanspruchen solle. Dennoch würde sie alles tun, damit der Täter dingfest gemacht werden konnte.

Elena und Sascha wollten außerdem Ludmilla Henschakajowa, die alte Frau, die den Vergewaltiger vor fast zehn Jahren abgewehrt hatte, überreden, einer Gegenüberstellung zuzustimmen. Wenn Magda den Täter identifizierte, bestand die Chance, daß Ludmilla Henschakajowa ihre Aussage bestätigen konnte und den Mann nach der langen Zeit auch wiedererkannte.

Der Anruf kam innerhalb einer Stunde – nicht von Rostnikow, sondern von Jakowlew persönlich. Rostnikow hatte vorgeschlagen, daß die Anordnung von höchster Stelle kommen sollte. Auch wenn Jakowlew nur ungern etwas unternahm, was politische Auswirkungen haben könnte, ging er auf Rostnikows Vorschlag ein und rief im Revier 37, der Trotzki-Station, an.

Leutnant Valentin Spaskow, mit dem sich Elena und Sascha am Tag zuvor getroffen hatten, nahm den Anruf von Jakowlew entgegen und versicherte ihm, dafür zu sorgen, daß sich alle ihm unterstellten uniformierten Beamten am Nachmittag im Revier einfanden. Er würde das Ersuchen an Major Lenonow, seinen unmittelbaren Vorgesetzten, weiterleiten. Dienstfreie Polizisten sollten informiert und herbeigeschafft werden.

Igor Jakowlew bedankte sich bei dem Leutnant und legte auf.

Der Leiter des Dezernats für Sonderermittlungen hatte den Grund für die Versammlung nicht genannt, aber Spaskow konnte nur einen einzigen Schluß aus dem Ansinnen ziehen. Die Frau, die er in der Nacht zuvor überfallen hatte, hatte ihn gesehen und war bereit, den Täter zu identifizieren. Leutnant Valentin Spaskow war fest entschlossen, die Gegenüberstellung zu ermöglichen. Er würde die Versammlung einberufen, aber selbst nicht anwesend sein – genausowenig wie der Major. Valentin, der zweithöchste Beamte in diesem Revier nach zwanzig Dienstjahren, würde einen Termin im Innenministerium wahrnehmen müssen. Er und der Major standen sicher jenseits jeden Verdachts.

Als er den Hörer auflegte, befahl Spaskow seinen Händen, nicht zu zittern, und seiner Stirn und den Achselhöhlen, nicht zu schwitzen. Sie verweigerten den Gehorsam. Er blieb in seinem kleinen Büro sitzen, wartete, daß das Zittern aufhörte, und dachte nach.

Er konnte identifiziert werden. Es war durchaus möglich, daß die beiden jungen Inspektoren vom Dezernat für Sonderermittlungen genügend Beweise gegen ihn zusammenbrachten, wenn sie die Akten durchgingen und herausfanden, daß jemand einige Aussagen verändert hatte. Sie würden vermutlich rasch darauf kommen, daß dieser Jemand in der Trotzki-Station saß. Er war sehr vorsichtig vorgegangen, aber er, der Major und drei andere Polizisten, die die meiste Papierarbeit erledigten, wären dann die Hauptverdächtigen.

Valentin wußte, daß er mit den Überfällen aufhören mußte,

wenn er diesmal unerkannt davonkam. Irgendwann würde er den nächsten Fehler begehen. Er mußte aufhören. Er dachte an seine Frau und seine Tochter und machte sich noch einmal klar, daß er in Zukunft unbedingt die Finger von alldem lassen mußte.

Aber eine wortlose Stimme, die mit ihm nur über Impulse und vage Gefühle kommunizierte, sagte ihm, daß er, wenn er diesmal ungeschoren davonkäme, eine Woche, vielleicht einen Monat warten und ihn der Zwang dann doch wieder überwältigen würde. Der Druck in seinem Inneren würde immer größer werden und ihn in den Wahnsinn treiben, aber das bemerkten nur seine Opfer. Er mußte wieder und wieder Frauen vergewaltigen. Aber jetzt wußte er, daß er jedes zukünftige Opfer töten mußte, und er würde die Frau, die er gestern überfallen hatte, finden und umbringen müssen, bevor sie ihn identifizieren konnte.

Es dürfte keine Schwierigkeit darstellen, von den beiden Inspektoren Sascha Tkach und Elena Timofejewa den Namen der Frau zu erfahren und sie ausfindig zu machen. Es hätte keinen Sinn, den Mord wie einen Unfall aussehen zu lassen. Man würde sofort einen Zusammenhang zwischen ihrer kürzlichen Aussage, daß sie den Täter gesehen hatte und wiedererkennen konnte, und ihrem Tod herstellen.

Er mußte sich und seine Familie schützen.

Valentin hatte früher schon getötet. Nicht eines seiner Vergewaltigungsopfer – er hatte nie gewollt, daß sie starben. Er hatte nicht einmal gewollt, daß sie litten, aber der Drang war schon so lange ein Teil von ihm und mit den Jahren immer stärker geworden.

Vor Jahren hatte er mindestens zwei Mitglieder einer Jugendbande und einen Zwanzigjährigen getötet. Die Bande war praktisch der Erpressung und des Mordes überführt worden. Der Major hatte eine Truppe mit kugelsicheren Westen und Automatikwaffen losgeschickt, mit dem Befehl, sie zu verhaften und zum Verhör aufs Revier zu bringen. Gleichzeitig hatte er Valentin im Vertrauen zu verstehen gegeben, daß er mit Widerstand bei der Festnahme rechnete. Valentin war sofort im Bilde gewesen und hatte den sechs Männern, aus denen die Truppe bestand, klargemacht, daß die Bande höchstwahrscheinlich Widerstand leisten würde und daß sie, sobald er den ersten Schuß abgab, das Feuer auf die Jugendlichen eröffnen sollten.

Als der erste Jugendliche, ein mageres Kerlchen mit verrücktem Äußeren und orangefarbenem Irokesen-Haarschnitt, durch die Tür kam, faßte er nach seiner Waffe. Neun Mitglieder der Bande kamen im Kugelhagel der Polizeitruppe ums Leben. Das jüngste war vierzehn, das älteste, der Anführer, dreiundzwanzig. Vier der Jungs waren nicht bei der Schießerei dabeigewesen und verschwanden von der Bildfläche, nachdem sie gehört hatten, was ihren Freunden passiert war – sie wußten, daß die Polizei für sie nichts anderes als den Tod bereithielt.

Vorher hatte er nur ein einziges Mal getötet – vor zwölf Jahren, als er auf Streife gewesen war. Er und sein Partner beobachteten, wie ein Mann verprügelt wurde. Sie hielten den Wagen an und befahlen dem Kerl, sofort aufzuhören. Der achtete gar nicht auf sie. Das Opfer war alt, der Mann, der auf den Alten eindrosch, nicht älter als vierzig und riesengroß.

Die Polizisten wiederholten ihren Befehl. Aber der Riese hieb weiter auf den Greis ein, und Valentin und sein Partner waren überzeugt, daß er ihn umbringen würde. Valentin schlug dem Rohling mit seiner Pistole auf den Schädel. Der Mann drehte sich wütend und mit schmerzverzerrtem Gesicht um, und seine Faust landete in Valentins Gesicht. Valentin duckte sich und schoß. Er feuerte alle Kugeln aus seinem Magazin ab, und der große Mann sank tot gegen sein wimmerndes Opfer. Der Greis war, wie sich herausstellte, der Vater des Toten.

Valentin hatte von dem Faustschlag noch immer eine Narbe auf der Oberlippe. Kurz nach diesem Vorfall war er zum erstenmal über eine Frau hergefallen. Sein Opfer war eine alte Frau gewesen, die sein Gesicht gesehen hatte und sich bestimmt an die Narbe erinnern würde. Er hatte sich einen Schnauzbart wachsen lassen, um die Narbe zu verdecken, und es gelang ihm fast vier Jahre, dem Drang, Frauen zu vergewaltigen, zu widerstehen. Als er wieder damit anfing, sorgte er dafür, daß ihn die Frauen nicht sehen konnten.

Jetzt blieb ihm nichts anderes übrig, als sie zu töten, und er würde mit der Frau von gestern nacht anfangen, deren Name Magda Stern war, wie er bald herausfand. Noch ehe er alles in die Wege leitete, um die Versammlung am Nachmittag möglich zu machen, wußte er, wo sie arbeitete und wo sie wohnte.

Er rief Wachtmeister Koffejanowitsch zu sich, erzählte ihm von dem bevorstehenden Besuch einiger Leute und trug ihm auf, alle Uniformierten, ob sie krank waren, Dienst hatten oder nicht, in den Versammlungsraum zu rufen. Diejenigen, die aus irgendwelchen Gründen nicht erscheinen konnten, sollten mit Namen und Adresse den Inspektoren gemeldet werden, die bald hier auftauchen würden. Zudem sollte der Wachtmeister Leutnant Spaskow bei den Besuchern entschuldigen und ihnen sagen, daß er und Major Lenonow zu einer dringenden Besprechung ins Innenministerium gerufen worden waren.

Der Wachtmeister, der kurz vor seiner Pensionierung stand, verließ mit einem schlichten »Ja« das Büro. Spaskow rief einen Freund im Innenministerium an und bat ihn, ihm ein paar Minuten seiner Zeit zur Verfügung zu stellen und ihn in einer Sache zu beraten. Der geschmeichelte Freund lud ihn prompt in sein Büro ein. Es gab genügend Fälle in diesem

Bezirk, bei denen Spaskow seinen Freund um Rat fragen konnte.

Als er den Mantel anzog, überlegte er, wie und wo er die Frau umbringen sollte. Er entschied sich, es auf der Straße mit einem Messer so schnell wie möglich hinter sich zu bringen. Er würde während der Tat Handschuhe tragen, ihre Handtasche an sich reißen, Geld und Wertsachen herausnehmen und sie einen Block vom Ort des Geschehens entfernt auf die Straße werfen.

Vielleicht sah man den Mord als Zufall an, aber das war eher unwahrscheinlich.

Eine Reihe von Journalisten, die im vergangenen Jahr in ihren Berichten die Mafia angegriffen und Korruption bei den Behörden und konservativen Politikern aufgedeckt hatten, waren bedroht und in ihren Wohnungen terrorisiert worden. Ein beliebter Fernsehjournalist wurde sogar niedergeschossen.

Vielleicht würde der ermittelnde Polizist, der, wenn es nach Spaskow ginge, er selbst wäre, das Tötungsdelikt als simplen Raubüberfall oder politisch begründeten Mord ansehen.

An diesem Punkt hatte Spaskow keine Wahl mehr.

Der Mann und die Frau, beide Ende Fünfzig, saßen aufrecht nebeneinander, als würden sie für ein Foto posieren. Der Mann war groß, schlank und glatt rasiert und hatte dichtes, graumeliertes Haar. Er trug eine makellos saubere, dunkle Hose, ein blaues Hemd und einen dunklen Pullover. Die Frau an seiner Seite hatte kurzgeschnittenes, fast weißes Haar. Sie war nicht so schlank wie ihr Mann und wirkte selbstbewußt und überheblich.

Rostnikow und Selatsch saßen den beiden gegenüber und tranken Tee. Die Wohnung sah aus wie etwas, was man aus dem letzten Jahrhundert aufbewahrt hatte – angefangen bei den glänzendpolierten, alten Kommoden und dem funkelnden Teeservice bis hin zu den Sesseln, die gut in den Salon eines Adligen gepaßt hätten. Rostnikow hatte solche Dinge in Geschichtsbüchern gesehen, in denen die Dekadenz einer früheren Epoche dargestellt wurde. Und die Wände. An einer Wand hing eine Flagge mit doppelköpfigem Adler aus der Zeit des Zaren. Daneben befand sich ein Porträt von einem Mann in Uniform; sein dunkles Haar war in der Mitte gescheitelt, sein Oberlippenbart ordentlich gebürstet und gepflegt. Er trug eine weiße Schärpe und drei Orden auf der Brust. Er hatte einen ähnlich entschlossenen Gesichtsausdruck wie der Mann, der vor den beiden Polizisten saß.

Selatsch tat sein Bestes, um sich von diesem stolzen Paar, das ihn mit kritischen Blicken betrachtete, nicht einschüchtern zu lassen. Es glückte ihm fast, einen selbstbewußten Eindruck zu machen.

Rostnikow andererseits entging nicht, daß die Hose des Mannes abgewetzt war, daß die Kissen auf dem Sofa mehrfach geflickt waren und der Teetisch seltsam schief stand, als wäre eines seiner Beine zu oft repariert worden. »Bemerkenswert«, sagte er und rutschte unbeholfen in seinem Sessel herum – sein künstliches Bein zeigte sich nur zum Teil kooperativ. »Wer ist der Mann auf dem Gemälde?«

Sie befanden sich in der Wohnung von Anja und Iwan Mesanowitsch. Ihr Sohn war zusammen mit den drei Juden an der Uferböschung erschossen worden.

»Das ist mein Urgroßvater«, antwortete Iwan stolz. »Pawel Pestel.«

»Kapitän Pawel Pestel«, korrigierte ihn seine Frau. »Ein Kavallerieoffizier; für kurze Zeit gehörte er auch der Garde der Zarin an.«

»Ihr Name ist nicht Pestel«, stellte Rostnikow im Konversationston fest, als er sich von dem Bild abwandte und die beiden ansah.

»Es gab da ein Vorkommnis«, begann der Mann. »Mein Urgroßvater wurde durch gewisse Umstände gezwungen, seinen Namen zu ändern und nach Moskau zu übersiedeln.«

Rostnikow ließ das Thema fallen und kam auf den eigentlichen Grund seines Besuches zu sprechen, auf den Tod von Igor Mesanowitsch. Am Rande bekam er mit, daß Selatsch seinen Tee ausgetrunken hatte und die leere Tasse linkisch auf seinem breiten Knie balancierte.

»Wann hat Ihr Sohn zum erstenmal davon gesprochen, daß er zum jüdischen Glauben übertreten wollte?« erkundigte sich Rostnikow. Er wußte, daß diese Frage eine emotionale Reaktion bewirken würde.

»Er wollte nicht zum jüdischen Glauben übertreten«, widersprach die Frau energisch. »Seit zwei Generationen hat die Familie meines Mannes ebenso wie meine eigene, trotz der kommunistischen Doktrin und des Atheismus, weder unseren Glauben noch unsere Religion verleugnet oder die Hoffnung aufgegeben, daß eines Tages die Monarchie wiedererstehen würde. Wir wollen in einem Land leben, das von denen regiert wird, die dazu erzogen wurden, und nicht von ein paar Flegeln, die behaupten, dem Volk zu dienen, in Wirklichkeit aber nur verrückt nach Macht sind.«

»Wir sind keine Dummköpfe, Inspektor«, sagte der Mann. »Mein Vater war Maschinenbauer für Präzisionsgeräte und Mitglied in der kommunistischen Partei. Ich war Maschinist und Parteimitglied. Mein Sohn war der beste Maschinenbauer von uns allen, und unsere Träume faszinierten ihn.«

»Hypnotisierten ihn«, verbesserte Anja.

»Die Vergangenheit«, mutmaßte Rostnikow.

»Unser Erbe«, sagte Iwan. »Wir haben unser Erbe. Für mich und meine Frau ist es ein Symbol unserer ...«

»Überlegenheit?« fragte Rostnikow.

»Ja.« Der Mann sah Rostnikow fest in die Augen.

»Dann können Sie mir also nicht sagen, wieso er soviel Zeit mit Juden verbracht und sogar an ihren Gottesdiensten teilgenommen hat?«

»Nein«, sagte Iwan.

Anja nickte zur Bestätigung.

»Da ich nie die Gelegenheit hatte, Ihren Sohn kennenzulernen«, fuhr Rostnikow fort, »müssen Sie mir auf die Sprünge helfen: Ist es denkbar, daß er sich den Juden angeschlossen hat, um Informationen für eine Organisation, zu der er gehörte, zu sammeln?«

»Igor gehörte keiner Organisation an«, antwortete die Frau. »Er hatte ein paar Freunde, neue Freunde, aber er hielt nicht viel von Organisationen.«

»Hat er über die Juden gesprochen?« bohrte Rostnikow weiter und trank dann seinen Tee aus und reichte der Frau seine Tasse und Untertasse. Er ermunterte Selatsch mit einem Nicken dazu, es ihm gleichzutun.

»Wir wußten nicht, was er tat«, sagte der Mann.

»Einmal sagte er«, erinnerte sich die Frau, »daß die Juden, die Gott angeblich zum auserwählten Volk erklärt hat, seiner Meinung nach von allen Völkern der Erde die längste Leidensgeschichte hatten. Soweit ich weiß, machte er diese Bemerkung, als mein Mann etwas über einen Nachrichtenbericht aus Israel sagte. Ich entgegnete mit Nachdruck, daß das russische Volk ebensoviel Leid erfahren habe wie die Juden.«

»Hat diese Unterhaltung vor kurzem stattgefunden?«

»Wenige Tage, bevor er ermordet wurde«, erwiderte Iwan. »Wir möchten, daß der Mörder gefaßt wird. Wenn der Staat ihn nicht hinrichtet, sobald er festgenommen wurde, werde ich es tun. Falls ihn die Polizei nicht findet, suche ich ihn.«

Rostnikow glaubte ihm; zumindest war er überzeugt, daß

der Mann sich darum bemühen würde, jemanden für das Leben seines Sohnes bezahlen zu lassen.

»Igor war unser einziges Kind«, sagte die Frau, während sie nach dem Arm ihres Mannes faßte.

»Können Sie uns mehr über seine Freunde erzählen? Namen? Adressen?« Rostnikow zog sein Notizbuch aus der Tasche. »Vielleicht können seine Bekannten uns weiterhelfen.«

Die Frau nannte zwei Namen: Jewgenij Tutsolow und Leonid Scharwotz. Sie wußte nicht, wo sie wohnten, aber sie glaubte, daß sie sich eine Wohnung teilten. »Außerdem hat Igor mir einmal erzählt, daß die Familien der beiden wie unsere auch ursprünglich aus St. Petersburg stammten.«

»Wir haben sie nie kennengelernt«, sagte der Mann. »Meine Frau und ich haben ihm vorgeschlagen, sie einmal hierher einzuladen. Er hat sie nie mitgebracht. Ich bin überrascht, daß sich meine Frau ihre Namen gemerkt hat. Mein Namens- und Zahlengedächtnis ist ziemlich schlecht. Aber Gesichter kann ich mir gut einprägen.«

Sein Blick wanderte zu dem Porträt, dann zu Porfirij Petrowitsch.

»Dürfen wir uns das Zimmer Ihres Sohnes ansehen?« fragte Rostnikow.

Es war eine höfliche Frage, gerichtet an trauernde Eltern, aber im Grunde brauchte Rostnikow ihre Erlaubnis nicht – er konnte die ganze Wohnung durchsuchen, wenn er es für nötig hielt.

»Ja«, entgegnete Iwan Mesanowitsch und deutete über seine rechte Schulter auf eine Tür.

»Bitte«, warf die Frau ein, »verändern Sie nichts. Wir wollen für eine Weile alles so lassen, wie es ist.«

Rostnikow nickte. Er ahnte, daß es sehr lange dauern würde, bis es die Frau über sich brachte, etwas in dem Zimmer zu verändern.

Diese Familie verehrte den Schrein der verlorenen Aristokratie. Und sie würde das Andenken des toten Sohnes ehren und sein Zimmer ordentlich und sauber halten. So etwas hatte Porfirij Petrowitsch schon oft erlebt.

Selatsch folgte Rostnikow in das kleine, aufgeräumte Zimmer des Verstorbenen. Es war mit einer Kommode, einem schmalen Schrank und einem Bett mit zwei Kissen eingerichtet. Die Bezüge der Kissen waren glatt und ohne Knitter. Über dem Bett hing eine gerahmte Fotografie. Rostnikow erkannte das Gebäude, das sie zeigte. Selatsch kam es nur vage bekannt vor.

»Die Eremitage«, sagte Anja Mesanowitsch, die auf der Schwelle stehengeblieben war.

»Hängt das Foto schon lange da?« fragte Rostnikow.

»Nicht ganz ein Jahr. Vorher hatte er dort ein Poster von einer Frau im Badeanzug. Er sagte, ihr Name sei Demi Moore. Sie ist eine amerikanische Schauspielerin. Er wußte, daß uns das Poster nicht gefiel, aber wir haben nie versucht, ihn dazu zu bewegen, es abzunehmen. Und eines Tages war es weg, und die Fotografie von der Eremitage hing statt dessen an der Wand.«

Stolz schwang in ihrer Stimme mit.

»Wir werden uns rasch und behutsam umschauen«, versprach Rostnikow. »Sie können uns gern dabei zusehen.«

Genau das tat sie auch. Selatsch fühlte sich nicht wohl in seiner Haut, aber er tat seinen Job und durchsuchte die Kommodenschubladen, während sich Rostnikow den Schrank vornahm, weil er hoffte, sich nicht bücken zu müssen. Er fand nicht viel. Der Verstorbene hatte nur wenige Kleidungsstücke besessen. Das, was er hatte, war sauber und relativ wenig abgetragen. Selatsch kam zu demselben Schluß. In der untersten Schublade fand er ein Buch. Er zeigte es Rostnikow, und der nahm es an sich. Es war ein schmaler Band in gutem

Zustand, ziemlich alt und in Französisch geschrieben. Der Titel lautete, wenn Rostnikow ihn richtig übersetzte: *Die verlorenen Schätze der Zaren*.

»Dürfen wir uns das ausleihen?« fragte Rostnikow, obwohl ihm auch diesmal bewußt war, daß er in Wahrheit die Erlaubnis nicht brauchte.

»Bekommen wir es zurück?« wollte die Frau wissen.

»In zwei oder drei Tagen«, versprach Rostnikow. »Ich gebe Ihnen mein Wort.«

»Und was ist Ihr Wort wert?« schaltete sich Iwan ein, der plötzlich hinter seiner Frau auftauchte. Man sah ihm den Ärger darüber an, daß Fremde das Zimmer seines Sohnes durchwühlten.

»Bei meiner Arbeit«, entgegnete Rostnikow und gab Selatsch das Buch zurück, »ist es alles, was ich habe.«

Als sie wieder in die Petrowka kamen, ließ sich Rostnikow hinter seinem Schreibtisch nieder; Selatsch setzte sich ihm gegenüber. Porfirij Petrowitsch blätterte in dem Buch und sah sich die Bilder an; vom Text verstand er nur einige Bruchstücke.

»Und?« fragte Rostnikow.

Selatsch wußte nicht, was er sagen sollte.

»Was denken Sie?« drängte ihn Rostnikow.

»Ich weiß nicht«, gab Selatsch zurück.

»Was sollten wir Ihrer Meinung nach jetzt tun?« beharrte Porfirij Petrowitsch und blätterte eine Seite weiter.

»Die Freunde des Ermordeten befragen?« schlug Selatsch unsicher vor.

»Ganz genau«, sagte Rostnikow. »Was haben wir in der Mesanowitsch-Wohnung gesehen?«

»Alte Sachen.« Selatsch wußte, daß Rostnikow auf etwas ganz Bestimmtes hinauswollte, das ihm hätte auffallen müssen, aber er hatte keine Ahnung, was das sein könnte. »Eine alte Fahne, ein altes Porträt, alte Möbel, das Buch, die Fotografie über dem Bett.«

»Ausgezeichnet«, lobte Rostnikow und faßte nach dem Telefonhörer.

Es dauerte nur zehn Minuten, bis er eine Verbindung mit St. Petersburg hatte, weitere fünf Minuten, um zum Sicherheitsbüro durchgestellt zu werden, und noch einmal sieben Minuten, bis sich General Snitkonoi mit tiefer, selbstbewußter Stimme meldete.

»Inspektor Rostnikow«, sagte der Graue Wolf.

»General«, erwiderte Rostnikow. »Meinen Glückwunsch zu Ihrer Beförderung und der Verantwortung, die Ihnen der Staat übertragen hat.«

»Danke«, sagte der Wolf. »Sie verfolgen einen bestimmten Zweck mit Ihrem Anruf; bestimmt wollen Sie nicht nur höfliche Konversation betreiben, oder?«

»Ich wollte fragen, ob Sie so freundlich wären, mir in einem Fall weiterzuhelfen«, bekannte Rostnikow. Er betrachtete Selatschs verdutztes Gesicht und zog sein künstliches Bein unter dem Schreibtisch in eine angenehmere Position.

»Natürlich«, antwortete der General.

»Pawel Pestel.« Porfirij Petrowitsch buchstabierte den Namen. »Vermutlich ein Mitglied der Garde der Zarin, ein Armeeoffizier in den fünfziger und sechziger Jahren des letzten Jahrhunderts... Ich würde gern alles über ihn erfahren, was herauszufinden ist.«

»Ich werde sofort einen guten Mann mit der Sache betrauen«, versicherte Snitkonoi. »Was hat er mit der Eremitage zu tun?«

»Ich weiß es nicht. Vielleicht nichts.«

»Ich werde veranlassen, daß Sie zurückgerufen werden«, sagte der Graue Wolf.

»Vielen Dank, General.« Rostnikow legte den Hörer auf.

Obwohl Selatsch kein Wort verlauten ließ, merkte man ihm an, daß er die Zusammenhänge nicht verstand.

»Sehen Sie, ob Sie Tkach auftreiben können«, bat Porfirij Petrowitsch und widmete sich wieder dem Buch. »Er kann Französisch.«

Selatsch stand auf.

»Nach dem Rückruf von General Snitkonois Leuten statten wir den Freunden des Ermordeten einen Besuch ab, wie Sie es vorgeschlagen haben«, sagte Rostnikow.

Selatschs Ausdruck der Verwirrung verwandelte sich in Genugtuung, als er das Büro verließ.

Sascha Tkach und Elena Timofejewa kamen gerade von der Trotzki-Station zurück. Magda Stern hatte keinen der Polizisten als ihren Angreifer erkannt. Keiner der Männer, die mißmutig und träge an ihr vorbeigegangen waren, hatte auch nur eine entfernte Ähnlichkeit mit dem Täter gehabt.

Sie würden sich morgen ein oder zwei weitere Reviere vornehmen. Elena leitete alles in die Wege. Sie würden mit dem anfangen, das dem Distrikt 37 am nächsten lag, und sich langsam weiter vorarbeiten. Auf dem Rückweg von der Station hatte sich Elena einen Plan überlegt. Es war ein guter Plan, aber um ihn zu verwirklichen, müßte Sascha vielleicht einige Nächte von zu Hause fernbleiben. Er erzählte ihr von seiner mißlichen Lage, und sie schlug vor, daß sie mit Porfirij Petrowitsch über das Vorhaben sprechen sollten.

Als Sascha in sein Büro kam, schaute Rostnikow auf und stellte fest: »Kein Glück gehabt.«

»Nein«, bestätigte Tkach und erläuterte Elenas Plan.

»Klingt gut«, sagte Rostnikow.

»Das Baby ist krank«, sagte Tkach. »Ich sollte abends zu Hause sein. Maja ist ohnehin schon … sehr aufgeregt.«

Rostnikow nickte verständnisvoll und sagte, er würde einen anderen bitten, die Nachtarbeit mit Elena zu übernehmen. Dann gab er Sascha das Buch.

»Lesen Sie es, bitte.«

»Jetzt?«

»Setzen Sie sich. Lesen Sie. Fassen Sie die einzelnen Abschnitte für mich zusammen. Es steht nicht viel drin, das meiste sind Bilder.«

Als Sascha anfing zu lesen, klingelte das Telefon, und Rostnikow nahm den Hörer ab.

»Inspektor Rostnikow?«

»Ja.«

»Hier ist Leo Horv, Staatssicherheit. Ich würde mich gern heute nachmittag ein paar Minuten mit Ihnen unterhalten. Es geht um eine äußerst dringende Angelegenheit. Ich glaube, ich habe ein paar Informationen über den Bombenattentäter.«

»Inspektor Timofejewa hat mir bereits Meldung über Ihr Angebot gemacht. Wäre Ihnen zwei Uhr recht?« fragte Rostnikow.

»Zwei Uhr«, wiederholte der Mann und legte auf.

Rostnikow starrte eine Weile auf das Telefon, dann nahm er sich seinen Block und begann zu zeichnen – einen Käfig, in dem sich ein gesichtsloser Mann befand –, während Sascha las und den Inhalt in Kurzform auf russisch wiedergab.

Sascha war fast fertig, als das Telefon erneut klingelte. Er legte das aufgeschlagene Buch auf seinen Schoß und rieb sich müde die Stirn. Der Anrufer war ein Zivilist, der sich als Historiker der Eremitage vorstellte.

Rostnikow machte sich Notizen, während der Mann sprach, und gab kein Wort von sich, als der Mann ihm weit mehr Informationen durchgab, als er wahrscheinlich brauchte. Die Unterhaltung, die ziemlich einseitig verlief, dauerte etwas länger als zwanzig Minuten. Als sie beendet war, sah Rostnikow von seinen Notizen auf. Sascha war eingeschlafen.

»Sascha«, sagte Porfirij Petrowitsch.

Tkach war augenblicklich hellwach, wischte sich die Haarsträhne aus den Augen und machte sich daran, weiterzulesen.

»Blättern Sie zu der Stelle zurück, an der von dem goldenen Wolf die Rede war«, forderte Rostnikow und zog seine Notizen zu Rate. »Übersetzen Sie Wort für Wort. Danach gehen Sie nach Hause, schlafen sich aus und leisten Ihrer Familie Gesellschaft.«

Sascha erhob keine Einwände. Er fand den Absatz, den Rostnikow suchte, und übersetzte ihn, so gut er konnte.

Nachdem Rostnikow am Nachmittag zuvor die Mädchen von dem Besuch bei der Großmutter nach Hause gebracht hatte, hörte Sarah Rostnikow ihnen zu, als sie alle zusammen am Tisch saßen. Die Mädchen waren aufgekratzter denn je; sie erzählten von ihrem Besuch und davon, daß Porfirij Petrowitsch ihnen gesagt habe, er würde alles tun, um ihre Großmutter aus dem Gefängnis zu holen. Beide betonten, daß er nichts versprochen, sondern nur zugesichert habe, es zu versuchen.

Sarah lächelte. Die Mädchen rührten den Tee, den sie ihnen gegeben hatte, nicht an, dafür aßen sie alle Plätzchen auf, die auf dem Tisch standen.

Der Schmerz war wieder da – vor ungefähr zehn Minuten hatte er sich zurückgemeldet. Sarah ließ sich äußerlich nichts anmerken, sondern hörte weiterhin lächelnd zu. Die Attacken kamen jetzt häufiger. Sie hatten erst vor kurzem angefangen, lange nachdem sich ihr Cousin Leon positiv geäußert und gemeint hatte, die heikle Operation sei erfolgreich gewesen. Aber vor etwa zwei Wochen waren die Beschwerden wiedergekommen. Es waren keine richtigen Migräneanfälle, aber sie hatte Schmerzen. Zuerst waren es nur Sekunden, aber jetzt dauerten die Attacken schon länger. Am Anfang hatte sie sich eingeredet, daß die Schmerzen nichts mit der überstandenen Operation zu tun und eine ganz andere Ursache hatten. Aber bei den letzten drei Anfällen hatten ihre Hände gezittert. Dann versteckte sie die Hände in den Taschen oder, wie jetzt, unter dem Tisch. Die Mädchen plapperten munter weiter.

Mit einemmal war der Schmerz wie weggeblasen, und etwa eine Sekunde später hörte auch das Zittern auf. Es fühlte sich an, als hätte jemand ohne Vorwarnung eine elektrische Sonde in ihren Kopf gesteckt und plötzlich wieder herausgezogen.

Sie mußte etwas unternehmen, dessen war sie sich bewußt, und sie hatte sich am Tag zuvor schon geschworen, daß sie nach der nächsten Attacke Leon anrufen würde. Falls es etwas Ernstes war, mußte sie sich überlegen, wie sie es Porfirij Petrowitsch beibringen sollte, und ihn bitten, alles menschenmögliche zu tun, um die Großmutter der beiden Mädchen freizubekommen. Es war nicht so, daß Sarah die Kinder nicht liebgewonnen hätte. Sie hatte sie gern, aber Sarah Rostnikow fürchtete, daß sie sich eines Tages nicht mehr ausreichend um sie kümmern konnte.

Gewöhnlich war Sarah kein zaghafter Mensch. Sie hielt die Versprechen, die sie anderen und sich selbst gemacht hatte. Das war einer der Charakterzüge, die Rostnikow an seiner Frau so sehr bewunderte. Seit er sie als junges Mädchen kennengelernt hatte, war sie resolut und beherzt gewesen. Obwohl sie die Tatsache, daß sie Jüdin war, leicht hätte verbergen können, bekannte sie sich sofort zu ihrer Abstammung, sobald das Wort *Jude* fiel. Sie tolerierte in der Arbeit keinerlei Ungerechtigkeiten, obwohl sie sich mit ein wenig mehr Nachsicht bei zwei Gelegenheiten den Job erhalten hätte. In beiden Fällen hatte die Ungerechtigkeit nicht sie selbst, sondern Mitarbeiter getroffen. Sarah empfand starke Sympathie für die Großmutter der Mädchen.

Sie entschied sich, nicht länger zu warten. Sobald die Kinder morgen früh auf dem Weg zur Schule waren – Rostnikow ging eine gute Stunde früher ins Büro –, würde sie sich telefonisch krank melden und dann Leon anrufen. Bei beiden Telefonaten fiel es ihr nicht leicht, mit ruhiger Stimme zu sprechen. Noch schwieriger war es, den Hörer mit den zitternden Händen festzuhalten und nicht fallen zu lassen.

9

Der Anruf, der Porfirij Petrowitschs Besucher ankündigte, kam um Punkt zwei. Der Agent der Staatssicherheit, Leo Horv, zeigte den Wachen der Petrowka seinen Ausweis. Ein junger uniformierter Mann mit kalten, geröteten Wangen begutachtete die Karte und rief seinen Kollegen in der Eingangshalle an. Wachtmeister Sismikow antwortete gelangweilt, um den Wachmann wissen zu lassen, daß es im Haus warm genug war, um träge zu werden. Sismikow sah in seinem Terminbuch nach und befahl dem Wachmann, Agent Horv hereinzulassen.

Da der Agent der Staatssicherheit nichts bei sich trug, gab es nichts zu durchsuchen. Trotzdem bat Sismikow den Besucher, durch die Schleuse des Metalldetektors zu gehen.

Horv lächelte und kam der Aufforderung bereitwillig nach. Das Gerät war äußerst empfindlich. Trotzdem gab es keinen Laut von sich.

Horv ging die Treppe hinauf, fand Rostnikows Büro und trat ein.

Auf den Anblick, der sich ihm bot, war er nicht vorbereitet.

Ein kastenförmiger Mann erhob sich unbeholfen von dem Stuhl hinter dem Schreibtisch, lächelte und hielt ihm die Hand zur Begrüßung hin. Horv drückte die Hand und spähte zu den anderen beiden Männern; ein ungekämmter in blauem Kittel saß zu seiner Rechten und musterte ihn wie eine seltene Spezies. Er wurde ihm als Techniker und Wissenschaftler namens Paulinin vorgestellt. Der hagere Kerl in Schwarz war Inspektor Karpo. Der Gast erkannte ihn als einen der beiden Polizisten, die gestern in seiner Wohnung gewesen waren. Er hatte sorgsam alle Fotos von sich entfernt... Hob seine Mutter vielleicht doch noch irgendwo eines auf? Erkannte ihn dieser ausdruckslose, stocksteife Polizist?

Zwischen Paulinin und Karpo war ein Stuhl leer. Rostnikow, der sich schwerfällig hinsetzte, streckte die Hand mit der Handfläche nach oben aus, um dem Agenten der Staatssicherheit den freien Platz anzubieten.

Horv ließ sich nieder und sagte: »Ich nehme an, Sie möchten sofort zur Sache kommen. Gut. Ich werde Ihnen sagen, warum ich hergekommen bin.«

»Ich denke, zuerst möchte Bürger Paulinin die Bombe sehen«, erwiderte Rostnikow im Plauderton und faltete die Hände auf dem Schreibtisch. »Möchten Sie vielleicht eine Tasse Tee, Alexi Monochow?«

Alexi sank zurück und bemühte sich, seine Verwirrung zu verbergen.

»Ich habe Ihre Stimme erkannt – schließlich haben wir einige Male miteinander telefoniert«, erklärte Rostnikow, »aber Inspektor Karpo, der in Ihrer Wohnung war, hat einen noch überzeugenderen Hinweis. Er hat ein Foto von Ihnen gesehen, ein altes Foto, aber es zeigt Sie. Ihre Mutter hat es ihm mitgegeben. Also?«

»Ich bin hier, um ...«, begann Alexi.

»Nein, entschuldigen Sie. Ich hatte Sie gefragt, ob Sie einen Tee möchten«, unterbrach ihn Rostnikow.

»Keinen Tee«, sagte Alexi und beäugte die Männer argwöhnisch.

Die beiden links und rechts neben ihm sahen aus wie Variationen des Wahnsinns. Karpo thronte stocksteif auf dem Stuhl und fixierte den Besucher. Paulinin vermittelte den Eindruck, als würde er an einer Krankheit leiden, die ihm das Stillsitzen unmöglich machte.

»Dürften wir dann die Bombe sehen?« fragte Rostnikow. »Ich habe nicht viel Ahnung von Bomben, aber ich weiß, daß es eine ziemliche Leistung ist, eine Bombe und einen Zünder zu basteln, die beide so gut wie kein Metall enthalten.«

Alexi war vollkommen durcheinander und bemühte sich, die Zielstrebigkeit, mit der er hergekommen war, zurückzugewinnen. Er öffnete seinen Mantel und zeigte den Nylongürtel mit der Tasche, den er sich um den Bauch geschnallt hatte. Nur ein Draht führte davon weg. Jetzt hob Alexi seine Hände. Der Draht war mit einer kleinen Vorrichtung aus glattem Holz verbunden, die er in einer Hand hielt.

Paulinin setzte seine Brille auf und kratzte sich am Kinn. Er fragte Alexi, welche Art Sprengstoff er verwendet hatte.

Alexi verriet es ihm – mit dieser Information konnten sie nicht viel anfangen.

Paulinin nickte voller Bewunderung.

»Gute Wahl«, sagte der Wissenschaftler. »Der Draht. Warum hat der Detektor in der Eingangshalle nicht darauf reagiert?«

»Er enthält kein Metall«, erwiderte Alexi. »Keine Fragen mehr.«

»Tut mir leid, aber ich habe noch eine«, schaltete sich Rostnikow wieder ein. »Verzeihen Sie, aber es ist mein Job, Fragen zu stellen. Woher sollen wir wissen, daß das eine echte Bombe ist?«

»Das werden Sie noch früh genug herausfinden«, antwortete Alexi. Er wagte es nicht, Paulinin anzusehen, der sich alles durch seine dicken Brillengläser anschaute. Die Sache lief ganz und gar nicht so, wie er es sich vorgestellt hatte. Wieso hatte Rostnikow es zugelassen, daß ein Mann in sein Büro kam, der höchstwahrscheinlich eine Bombe bei sich hatte?

»Ah«, machte Rostnikow. »Sie haben vor, sie ...«

»Ja.« Alexi strengte sich an, entschlossen zu wirken.

»Aber vorher haben Sie noch etwas zu sagen«, stellte Rostnikow fest.

»Damit haben Sie gerechnet.«

»Natürlich«, bestätigte Rostnikow. »Wenn Sie lediglich eine Bombe zünden wollten, die einen Teil ...«

»Alles«, verbesserte Alexi.

»Schön, das ganze Gebäude zerstört«, fuhr Rostnikow fort, »dann hätten Sie das tun können, ohne sich eine falsche Identität zu verschaffen und das Risiko einzugehen, vorher festgenommen zu werden.«

»Sobald wir dieses Gespräch beendet haben«, sagte Alexi und hielt den Daumen über den Knopf des Zünders, »werden wir alle sterben.«

»Ja, es ist anzunehmen, daß das eines der Ergebnisse wäre, wenn Sie die Bombe zünden«, stimmte Rostnikow zu. »Aber bevor Sie das tun, möchte ich Ihnen etwas erzählen.«

Paulinin hatte sich vorgebeugt, und Alexi drehte sich zu ihm, um einen Blick auf die Augen hinter den Brillengläsern zu werfen. Er entdeckte keinerlei Angst. Er wandte sich an Karpo, dessen Züge nicht die geringste Emotion verrieten. Fürchtete sich denn niemand in diesem Raum vor dem Tod? Alexi fühlte, daß ihm schwindlig wurde. Er hätte gern ein

Glas Wasser getrunken, auch lauwarmes Wasser, aber er konnte unmöglich darum bitten. Vielleicht hätte er den Tee doch annehmen sollen, doch er hätte mit Drogen oder sogar mit Gift versetzt sein können. Sein Mund war trocken, staubtrocken, und nichts verlief nach Plan.

»Habe ich Sie bei unseren Telefonaten jemals nach Ihrer Lieblingsfarbe gefragt?« wollte Rostnikow wissen. Er schob einen Schnellhefter über den Schreibtisch und bedeutete Alexi mit einem Nicken, sich den Inhalt anzuschauen.

Alexi zog vorsichtig die freie Hand aus der Tasche und beugte sich über den aufgeschlagenen Hefter.

»Fotografien von Menschen, die Ihre Bombenanschläge überlebt haben«, erläuterte Rostnikow.

»Grau«, sagte Alexi und betrachtete die Fotos von einem verkrüppelten Mann und einem Blinden. »Meine Lieblingsfarbe ist Grau.«

»Es gibt Vorher-Nachher-Aufnahmen, soweit wir sie bekommen konnten. Sie sind weiter hinten. Meine Mitarbeiter haben ein paar Daten durch den Computer gejagt. Sie wissen sicher, wie so etwas funktioniert. Ich bin nicht bewandert in technischen oder wissenschaftlichen Dingen. Wenn Sie die Bombe zünden und sie tatsächlich so viel Sprengkraft hat, wie Paulinin meint, werden Sie zwischen hundert und zweihundert Menschen, die sich um diese Tageszeit in diesem Gebäude aufhalten, töten. Mehr als die Hälfte von ihnen hinterlassen Frauen und Kinder. Etwa hundertzehn Kinder unter sechzehn werden dann keinen Vater mehr haben. Alexi Monochow, der Tod Ihres eigenen Vaters und die Annahme, daß Sie selbst auch sterben müssen, sind keine ausreichenden Gründe für ein solches Vorhaben.«

»Hunderttausende sind bereits gestorben«, wandte Alexi leidenschaftlich ein, bevor er seine freie Hand wieder in die Tasche steckte und die andere mit der verdrahteten Zündvorrichtung hochhielt. »Die Welt muß auf das Grauen der Atomkraft aufmerksam gemacht werden. Sie wird Rußland vernichten. Sie wird die ganze Welt vernichten. Dazu ist nicht einmal eine Bombe nötig. Wissen Sie, wie das nukleare Material und die Waffen in Rußland gelagert und gesichert werden?«

»Ja«, sagte Paulinin.

Alexi drehte sich erstaunt über die hohe Stimme des Wissenschaftlers zu ihm um.

»Die Lager werden von jungen Soldaten in baufälligen Schuppen bewacht; an den Türen sind Vorhängeschlösser, die jeder in einer halben Minute knacken oder mit einem Metallschneider öffnen kann. Selbstverständlich gibt es auch ein paar besser geschützte Einrichtungen, aber auch zu ihnen kann sich ein Dieb Zugang verschaffen – durch einen Überfall oder, was wahrscheinlicher ist, durch Bestechung der Wachen.«

»Ja«, stimmte Alexi ihm zu.

»Und Sie wollen diese Mißstände aus der Welt schaffen, indem Sie Menschen mit Bomben in die Luft jagen?« hakte Rostnikow nach.

»Ja«, entgegnete Alexi im Brustton der Überzeugung. »An jedem, der die nuklearen Wissenschaften – den Atomtod – fördert, bei der Entwicklung mithilft oder Atomenergie billigend in Kauf nimmt, sollte ein Exempel statuiert werden; man müßte sie alle vernichten.«

Rostnikow beugte sich über den Schreibtisch, senkte die Stimme und musterte den Bombenattentäter aus schmalen Augen. »Dann verdient es also beinahe jeder, mit Ihnen in den Tod zu gehen.«

»Ja, beinahe jeder.« Alexi nickte.

»Aber Sie haben nicht die Zeit, dieses Vorhaben durchzuführen, weil Sie sterben«, fügte Rostnikow hinzu.

»Ganz recht. Ich möchte reden.«

Rostnikow nickte und widmete dem Attentäter seine ganze Aufmerksamkeit.

»Ich habe erneut Nachrichten an die Medien geschickt, auch an ausländische. Die Welt wird erfahren, was heute hier geschehen ist. Außerdem habe ich mein größtes Werk an jemanden, dessen Tod noch mehr Aufsehen erregen wird, bereits verschickt.«

»Und Sie denken, das wird die Welt aufrütteln und einen Prozeß in Gang setzen, der die Herstellung und Nutzung nuklearer Energie und Waffen vermindert ...«

»Die Herstellung von atomarer Energie ist gefährlich. Verstehen Sie das denn nicht?«

Alexi versuchte die Tränen zurückzuhalten, die sich in seinen Augenwinkeln sammelten. Was hatte es für einen Sinn, Männer wie diese zu töten? Sie schienen nicht die geringste Angst vor dem, was er vorhatte, zu haben, während er selbst trauerte und den Tod, der ihn in wenigen Minuten ereilen würde, fürchtete.

»Nein«, erwiderte Rostnikow. »Ich kann mir beim besten Willen nicht vorstellen, daß die Chinesen in irgendeiner Weise von Ihrem Vorhaben beeindruckt wären. Ich glaube, die Amerikaner würden Ihre Tat zu Propagandazwecken nutzen und unsere Regierung strengstens ermahnen, die Lager besser zu kontrollieren. Auf die Amerikaner würde Ihre Tat nicht die geringste Wirkung haben. Selbstverständlich ist das nur meine Ansicht.«

»Es ist einen Versuch wert«, behauptete Alexi. »Es wird die größte Geste dieser Art sein. Vielleicht setzt er eine internationale Bewegung in Gang, die mit der Zeit so mächtig wird, daß die Regierungen sie nicht mehr ignorieren können.«

»Das bezweifle ich«, wandte Rostnikow ein. »Aber da keiner von uns mehr hier sein wird, werden wir es wohl nie erfahren. Ich habe mit einer Psychologin über Sie gesprochen, einer Amerikanerin – wir haben telefoniert. Ich habe ihr ein Persönlichkeitsprofil von Ihnen gegeben. Sie wertet solche Sachen für das FBI aus. Wollen Sie wissen, was sie gesagt hat?«

»Nein.« Alexi hielt ihm drohend den Zünder entgegen.

»Da mein Körper in Stücke zerfetzt wird – alles bis auf mein linkes Bein, das habe ich nämlich bereits nicht mehr –, finde ich es nicht richtig, daß Sie es mir verwehren, das zu sagen, was ich will. Sie haben Ihren Standpunkt klargemacht und können, unter den gegebenen Umständen, wieder das Wort ergreifen.«

»Dann reden Sie ... aber schnell«, sagte Alexi.

»Also, die Psychologin meint, daß Sie Angst vor dem Sterben haben und Macht zeigen wollen, indem Sie andere, die Sie überleben könnten, zu einem Dasein als körperliche oder seelische Krüppel oder sogar zum Tod verdammen. Die Atomenergie ist lediglich ein Vorwand.«

»Sie hat meinen Vater umgebracht, und sie bringt mich um«, beharrte Alexi. Er machte Anstalten, aufzustehen.

»Sie sterben nicht, Alexi Monochow«, sagte Rostnikow. »Sehen Sie auf der letzten Seite der Akte nach, die vor Ihnen liegt. Wir haben Ihren Terminkalender gefunden und Erkundigungen in dem Krankenhaus eingezogen, an das Sie sich gewandt haben und in dem die Diagnose gestellt wurde. Man händigte uns die Röntgenbilder und die Ergebnisse der Tests aus, und wir schickten sie den Amerikanern, die sie überprüft haben. Die Ärzte, die Sie konsultiert haben, sind inkompetent, genau wie die Klinik an sich.«

»Genau wie die meisten in Rußland«, ergänzte Paulinin.

»Sie haben eine Infektion, Alexi«, fuhr Rostnikow fort. »Eine Infektion in der Prostata. Sie kann geheilt werden, wenn Sie täglich Medikamente einnehmen. Es ist kein Krebs.

Nichts bedroht Ihr Leben, abgesehen von der Bombe, die Sie sich um den Bauch gebunden haben.«

»Sie lügen«, erwiderte Alexi und musterte dann eingehend die Gesichter der drei Männer. Er entdeckte nichts, was auf eine List oder eine Lüge hindeutete, aber sie waren dazu ausgebildet, andere zu täuschen. Sein Blick wanderte über den Schreibtisch, als könnte er dort eine Antwort finden, aber da war nichts außer dem Hefter mit den Fotos seiner Opfer. Er blätterte weiter bis zu den medizinischen Befunden.

»Hätten die Ärzte dieses Krankenhauses Sie weiter behandelt, hätten sie Sie vermutlich umgebracht, aber das spielt jetzt keine große Rolle mehr. Wenn Sie die Bombe zünden, wird die amerikanische Psychologin zusammen mit dem Direktor des Moskauer Psychiatrischen Instituts eine Erklärung veröffentlichen. Wahrscheinlich wird man sich noch kurze Zeit an Sie als den Geistesgestörten erinnern, der sich einbildete, sterben zu müssen, und aus Rache unschuldigen Menschen den Tod brachte.«

»Aber Sie alle hier werden ebenfalls sterben«, sagte Alexi. »Sie haben mir Zugang zu diesem Gebäude gewährt, obwohl Sie wußten, daß Sie Ihr Leben riskieren.«

»Sie und Ihre Familie leben im Wohlstand«, stellte Rostnikow fest, ohne auf Alexis Einwand zu achten.

»Was?« fragte Alexi verwirrt.

»Ihr Vater hatte nicht viel Geld. Sie verdienen nicht so viel. Und das Gehalt Ihrer Schwester ist noch jämmerlicher als das eines Polizisten. Ihre Mutter stammt aus einer armen Familie.«

»Was hat das …«, stammelte Alexi.

»Ihr Vater hat sich Geld verschafft, indem er hochgestellte Beamte der Energiebehörde, die in Korruptionsfälle verwickelt waren, erpreßte«, ertönte eine Stimme zu Alexis Rechten.

Alexi blickte Paulinin an; der Wissenschaftler sah noch verrückter aus, als sich Alexi vorkam.

»Gerüchte, ein Wort hier, ein Hinweis da«, erklärte Paulinin. »Klatsch in den Konferenzräumen, in denen sich Wissenschaftler zusammensetzen. Ich nehme selten an derartigen Zusammenkünften teil. Die aufgeblasenen Angeber gehen mir auf die Nerven.«

»Nennen Sie uns die Namen und sagen Sie uns, wo wir die Beweise finden, die Ihr Vater gegen diese Leute hatte«, sagte Rostnikow. »Das würde weit mehr bewirken als Ihr Plan.«

»Wenn ich das tue, werden meine Mutter und meine Schwester in Armut leben«, sagte Alexi.

Rostnikow lehnte sich zurück und seufzte. »Dann sind Sie also ein Heuchler.«

»Sie sind nicht in der Position, mich zu beschimpfen«, zischte Alexi. »Sie verdrehen die Tatsachen.«

»Ich biete Ihnen die Möglichkeit, weiterzuleben und eine wahrhaft bedeutungsvolle Tat zu vollbringen, die den Mißbrauch unterbindet, gegen den Sie so vehement ankämpfen, daß Sie sogar vor Morden nicht zurückschrecken. Ich gebe Ihnen die Gelegenheit, bei einem öffentlichen Gerichtsverfahren zu sprechen, bei dem die Männer, denen Ihr Vater ein Verbrechen nachweisen konnte, verurteilt werden«, sagte Rostnikow. »Möchten Sie mein künstliches Bein sehen?«

»Was?« fragte Alexi perplex.

»Ich muß unter den Tisch fassen, um es hochzuheben«, fügte Rostnikow hinzu. »Keine Panik. Ich greife nicht nach einer Waffe. Wenn es so einfach wäre und wir Sie nur erschießen müßten, um die Sache zu einem Ende zu bringen, wäre Inspektor Karpo längst aktiv geworden. Ah, hier.«

Rostnikow legte seine Beinprothese auf den Schreibtisch.

»Ein Wunder der Technik.« Rostnikow bestaunte das Bein. »Prothesen. Sie werden ständig verbessert.«

»Sie wurden von Leuten entworfen, die keine Ahnung von der Anatomie des Menschen haben«, bemerkte Paulinin verächtlich.

Alexi starrte in völliger Verwirrung auf das Bein. Niemand hier schien auch nur im mindesten Angst zu haben – niemand außer Alexi selbst, der sich allmählich dazu durchrang, Rostnikow zu glauben; vielleicht litt er tatsächlich nicht an einer tödlichen Krankheit.

»Ich will mir Ihr Holzbein nicht anschauen«, sagte er, ohne den Blick von der Prothese zu wenden.

»Es ist nicht nur aus Holz«, stellte Rostnikow klar. »Eigentlich besteht es so gut wie gar nicht aus Holz – das meiste ist Plastik und Metall. Das Plastik ist, wie sie selbst sehen können, fleischfarben, damit es einem echten Bein möglichst ähnlich sieht. Jetzt frage ich Sie, wozu soll das gut sein? Jeder, der es sich anschaut, weiß sofort, daß es ein künstliches Bein ist. Ich glaube fest daran, daß man sich der Wahrheit stellen muß, Alexi Monochow.«

Während der Bombenattentäter weiter fasziniert auf das Gebilde auf dem Schreibtisch starrte, gab Paulinin Karpo ein Zeichen. Er tat so, als würde er die Hand in die Tasche stecken. Karpos Nicken war so unauffällig, daß es nur der Wissenschaftler sehen konnte. Rostnikow betrachtete den künstlichen Teil seines Körpers.

Alexi war wie hypnotisiert von dem Plastikbein und der Möglichkeit, daß er vielleicht doch nicht dem Tod geweiht war. Alles lief falsch.

»Nein«, sagte er. »Jetzt ist Schluß mit dem Gerede.«

»Das Foto«, warf Paulinin ein.

»Ach ja, das Foto«, sagte Rostnikow. »Ich glaube, das wird Sie interessieren.«

Porfirij Petrowitsch nahm ein Foto in Postkartengröße aus der Schublade und reichte es über die Prothese, um es mit der

Aufnahme nach unten vor den entgeisterten Attentäter zu legen.

»Sie sind alle verrückt«, murmelte Alexi.

»Sich selbst schließen Sie dabei aus?« erkundigte sich Rostnikow.

»Ich... ich... das tut nichts zur Sache.«

Alexi nahm die Hand aus der Tasche und griff nach dem Foto. Im nächsten Moment erlebte er einen Schock. Etwas faßte nach seiner linken Hand. Dann zuckte ein stechender Schmerz durch seinen rechten Arm, als er nach hinten gerissen wurde.

Karpo achtete nicht auf den Zünder, den Alexi die ganze Zeit festgehalten hatte, und legte ihm hinter dem Rücken Handschellen an, während Paulinin eine kleine Plastikbox mit Zündknopf aus der linken Tasche des Bombenattentäters nahm. Der Wissenschaftler lächelte triumphierend und löste den Gürtel mit dem Sprengstoff von Alexi Monochows Körper. Alexi wehrte sich nicht; trotzdem drückte Karpo ihn fest auf den Stuhl, solange Paulinin ihn gründlich durchsuchte, bis er schließlich aufsah und sagte: »Nichts.«

Rostnikow nickte.

»Ich gehe davon aus, daß ich das alles für weitere Untersuchungen behalten darf«, meinte Paulinin und warf einen bewundernden Blick auf die Sprengvorrichtung, die er in den Händen hielt.

»Selbstverständlich«, sagte Rostnikow.

»Woher wußten Sie es?« Alexi Monochow schaute den Oberinspektor fragend an.

»Ich hatte keine Ahnung. Der wissenschaftliche Mitarbeiter Paulinin kam auf den Gedanken. Ich selbst setzte alles daran, Sie von der Wahrheit zu überzeugen, Alexi. Sie sterben nicht, Sie sind nicht einmal ernsthaft krank. Ich wollte die Namen und Hinweise erfahren, die Ihr Vater gesammelt hat.

Darauf habe ich gebaut... und auf Ihre Angst vor dem gewaltsamen Tod, denn ich sehe, daß Sie inzwischen auch nicht mehr an eine tödliche Erkrankung glauben. Ich hatte gehofft, daß Sie sich die Gelegenheit nicht entgehen lassen, vor Gericht eine politische Erklärung oder Ihre Forderung nach mehr Umweltschutz zu formulieren. Meiner Meinung nach hätten Sie nie auf den Knopf gedrückt. Dennoch habe ich Paulinin hinzugezogen, damit er sicherstellt, daß Sie es nicht tun.«

Rostnikow wandte sich an den Wissenschaftler, der den Sprengstoffgürtel auf seinem Schoß sanft tätschelte.

»Erstens«, begann Paulinin selbstzufrieden, »war da der angebliche Draht, den Sie an der Zündvorrichtung in Ihrer rechten Hand befestigt hatten. Die Metalldetektoren in der Eingangshalle haben nichts angezeigt, dabei sind das hochempfindliche Geräte. Die Polizei ist ausgesprochen paranoid, müssen Sie wissen. Aber es bestand die Möglichkeit, daß Sie den Sprengstoff auf eine andere Art zünden können, obwohl ich mich fragte, warum ein Mann mit Ihren Fähigkeiten – und solche Komplimente kommen mir nicht leicht über die Lippen, fragen Sie Karpo... warum sich ein Mann mit Ihren Fähigkeiten mit einem so primitiven, verdrahteten Zündmechanismus abgeben sollte. Vielleicht ging es Ihnen nur um den dramatischen Effekt? Ich dachte an komprimierte Luft, aber um eine Bombe zu zünden, hätten Sie mehr Druck erzeugen müssen, als ein kleines Holzkästchen und ein simpler Draht gewährleisten können. Zweitens: Sie sind Linkshänder. Sie tragen die Uhr am rechten Handgelenk. Sie hatten die linke Hand die meiste Zeit in der Tasche. Unter diesen Umständen ist das ein eigenartiges Verhalten, es sei denn, in dieser Tasche befindet sich etwas. Schlußfolgerung: Sie hielten die echte Zündvorrichtung, eine Fernbedienung, in der Linken, um auf den Zündknopf drücken zu können, falls Sie jemand überrumpeln und Ihre rechte Hand ergreifen und Ihnen die Attrappe entwinden sollte.«

»Sie hätten sich irren können«, sagte Alexi. Er hatte den Kopf gesenkt und weinte. »Ich hatte alles präzise geplant.«

»Ihr falscher Zünder hat eine Schraube – eine Plastikschraube. Ich kenne keine Zündvorrichtung, bei der der Impuls durch eine schlichte Plastikschraube weitergeleitet wurde, obwohl ...«

»Paulinin«, unterbrach Rostnikow und nahm sein künstliches Bein vom Tisch. »Sie sind besser als Sherlock Holmes.«

»Wer ist das?« erkundigte sich der Wissenschaftler skeptisch.

»Ist nicht weiter wichtig«, erwiderte Rostnikow. »Ich habe Ihnen das größte Kompliment gemacht. Wenn Sie möchten, können Sie sich gleich mit Ihrer Beute in Ihr Labor zurückziehen.«

Paulinin stellte irgend etwas mit seinen Gesichtszügen an, was an eine Art Lächeln erinnerte, und verließ unverzüglich das Büro. Als sich die Tür hinter ihm schloß, herrschte Stille, die nur von Alexis Schluchzern unterbrochen wurde. Karpo stand hinter ihm, sah Rostnikow an und wartete auf weitere Instruktionen.

Rostnikow bedeutete ihm mit einer Geste, Alexi Monochow loszulassen. Karpo kam der Aufforderung nach, blieb aber auf seinem Posten.

»Geben Sie uns die Namen der Leute, die Ihr Vater erpreßt hat«, drängte Rostnikow. »Liefern Sie uns die Beweise gegen sie. Sagen Sie, an wen Sie die letzte Bombe, Ihr Meisterwerk, geschickt haben. Stellen Sie Ihre Würde wieder her. Die Weltpresse bekommt Ihre Briefe und gleichzeitig wird allgemein bekannt, daß die Petrowka keineswegs zerstört wurde. Ihre Briefe werden in den Papierkorb wandern wie all die anderen Schreiben von Exzentrikern und Verrückten. Sie haben nur einen Menschen getötet. Falls Sie sterben müssen, brauchen Sie jetzt keine anderen Menschenleben mehr zu vernichten und könnten mit einem gewissen Stolz von dieser Welt abtreten, weil Sie Kriminelle der Gerechtigkeit überantwortet haben.«

»Sie sind reich«, wandte Alexi ein. Er wischte sich mit dem Ärmel über die Augen. »Diese Männer haben Macht. Sie werden die maßgeblichen Leute bestechen und ungeschoren davonkommen.«

Rostnikow zuckte mit den Schultern. Alexi hatte den Nagel auf den Kopf getroffen.

»Vielleicht, aber dies ist ein neues Rußland. Kein Mensch kann vorausahnen, wie die Justiz vorgeht, besonders nicht in einem derart brisanten Fall. Korruption könnte in diesen Zeiten einem Richter oder einem Beamten der Regierung das Genick brechen.«

»Werden Sie für meine Mutter und meine Schwester sorgen?«

Alexi spürte, wie die Handschellen in sein Fleisch schnitten.

»Nein«, entgegnete Rostnikow. »In diesem Punkt kann ich nichts tun. Wir haben kein Budget für solche Fälle. Sie werden mit dem zurechtkommen müssen, was ihnen bleibt.«

»Ich hätte gedacht, daß Sie lügen und mir falsche Versprechungen machen.«

Wieder zuckte Rostnikow mit den Schultern.

»Ich werde Ihnen alles sagen.« Alexi seufzte. »Aber es ist vielleicht zu spät, um die Bombe aufzuhalten. Ich habe sie persönlich abgegeben, ehe ich hierherkam.«

Es folgte ein langes Schweigen, in dem nur die Schritte draußen auf dem Flur zu hören waren.

»Und wo befindet sich diese Bombe?« drängte Rostnikow schließlich.

»Wahrscheinlich in den Händen des FBI-Chefs in der amerikanischen Botschaft«, sagte Alexi. »Die Sprengkapsel ist hochempfindlich. Eine starke Vibration wird die Bombe zünden. Das Päckchen ist sehr klein und hat etwa die Größe eines Etuis für Kugelschreiber und Füllhalter.«

»Man wird das Päckchen ausfindig machen«, meinte Rostnikow. »Sie werden Verdacht schöpfen.«

»Ich selbst habe es abgegeben – ein Mann in Uniform. Ich erklärte dem Mann, der es in Empfang nahm, daß Sie mich schicken. Danach wechselte ich die Kleidung und kam sofort hierher.«

Rostnikow nahm den Telefonhörer ab und schlug sein Adreßbuch auf. Zahlen, besonders Telefonnummern, konnte er sich einfach nicht merken. Manchmal fiel ihm nicht einmal seine eigene Privatnummer ein. Als er die Nummer der amerikanischen Botschaft eingetippt hatte, nannte er seinen Namen und verlangte, Craig Hamilton in einer äußerst dringenden Angelegenheit zu sprechen. Dabei beobachtete er, wie Alexi Monochow das Foto anstarrte, das ihm zum Verhängnis geworden war.

Rostnikow drehte es um. Der Mann, den die Aufnahme zeigte, war massig, lächelte freundlich und trug einen Trainingsanzug. Jemand hatte etwas auf das Foto geschrieben.

»Alexiew«, erklärte Rostnikow, während er noch darauf wartete, mit Craig Hamilton verbunden zu werden. »Der größte aller olympischen Gewichtheber.«

Monochow sah ihn verständnislos an.

»Alexiew«, wiederholte Rostnikow kopfschüttelnd. Erst wußte Paulinin nicht, wer Sherlock Holmes war, und jetzt erkannte der Bombenattentäter den Mann nicht, der für Rostnikow und viele andere Russen über dreißig ein Sportheld gewesen war.

»Dem habe ich keine Bombe geschickt«, sagte Alexi.

Rostnikow schüttelte erneut den Kopf, dann ertönte am anderen Ende der Leitung Craig Hamiltons ruhige Stimme. Die beiden Männer sprachen englisch miteinander.

»Etwa vor einer halben Stunde kam ein Päckchen in Ihrem Büro an«, sagte Rostnikow. »Offenbar haben Sie es noch nicht geöffnet, sonst könnten Sie nicht mehr telefonieren. Der Bombenattentäter hat es vor etwa einer halben Stunde in meinem Namen abgegeben. Es ist klein, ungefähr so groß wie ein Kugelschreiberetui.«

»Unser nächster Bombenexperte sitzt in Frankfurt«, sagte Hamilton. »Er könnte frühestens in zehn Stunden hier sein. Ich bezweifle, daß wir noch so lange Zeit haben. Ich lasse das Gebäude sofort evakuieren. Falls Sie jemanden haben, der die Bombe entschärfen kann, schicken Sie ihn zu uns rüber. Ich bleibe in der Nähe und lasse ihn ins Büro.«

Hamilton legte auf, und Rostnikow tat es ihm gleich.

»Und jetzt«, sagte er mit einem Kopfnicken zu Karpo, der sich setzte und sein schwarzes, ledergebundenes Notizbuch aus der Tasche nahm, »unterhalten wir uns über Korruption und Beweise, und diejenigen unter uns, die an einen Gott glauben, sollten beten, daß die Bombe unschädlich gemacht werden kann, ohne daß jemand zu Tode kommt. Die Amerikaner haben keinen Bombenexperten vor Ort.«

»Ich könnte ihnen sagen, wie man sie entschärft«, sagte Alexi mit brüchiger Stimme.

»Das glaube ich gern«, erwiderte Rostnikow, »aber ich bin nicht bereit, Ihnen zu vertrauen, Alexi Monochow.«

Rostnikow hätte das Sprengstoffkommando vom Militär anfordern können – vielleicht würden die Männer die Operation erfolgreich hinter sich bringen, vielleicht auch nicht. Ihre praktische Erfahrung war äußerst begrenzt.

»Paulinin und ich gehen hin«, sagte Karpo. »Paulinin wird diese Herausforderung sehr zu schätzen wissen.«

»Sie werden dabei ums Leben kommen«, warf Alexi Monochow ein.

»Wir werden sehen«, sagte Karpo. »Oberinspektor Rostnikow, gestatten Sie, daß ich Paulinin um seine Mitarbeit in dieser Angelegenheit bitte?«

Rostnikow sah die beiden Männer an. Paulinin war brillant, aber sehr emotional und ganz bestimmt mehr als nur ein bißchen wahnsinnig – andererseits hatte er Alexi Monochow entwaffnet. Wenn es so etwas wie Genies überhaupt gab, dann gehörte Paulinin sicherlich dazu. Außerdem hatte Karpo einige Erfahrung mit Bomben. Eine Terroristenbombe auf dem Roten Platz hätte ihn vor vier Jahren beinahe das Leben gekostet. Sein linker Arm war dabei schwer in Mitleidenschaft gezogen worden, mußte anschließend zweimal operiert werden und brauchte zwei Jahre, bis er wieder voll funktionsfähig war. Der Vorfall hatte Karpo dazu getrieben, alles nur Mögliche über Bomben und Sprengstoff zu lernen.

»Ja, gehen Sie mit Paulinin hin … Emil?«

»Ja?«

»Ich möchte Sie lebend wiedersehen«, sagte Rostnikow.

Karpo nickte, stand auf und sah auf Alexi hinunter, der noch immer weinte.

»Alexi können Sie mir überlassen«, meinte Rostnikow.

Karpo nickte wieder und ging.

»Sie werden umkommen«, murmelte Alexi. Sobald Karpo nicht mehr in seiner Nähe war, wurde er ein wenig ruhiger.

»Wir wollen beide hoffen, daß Sie sich irren«, sagte Rostnikow.

Der Plan war fehlgeschlagen. Nicht alle Polizeireviere hatten die Zeit oder den Platz, alle Beamten auf einmal zu versammeln. Elena und Sascha hätten die Polizisten jeder Schicht zusammentrommeln können, aber Magda Stern hätte dann jedesmal dabeisein müssen. Sie würden Tage, vielleicht Wochen brauchen. Und was, wenn der Vergewaltiger aus einem weiter entfernten Bezirk kam? Vielleicht war er nicht einmal Polizist.

Magda Stern hatte ausgesagt, daß er eine Uniform getragen hatte und nach dem Überfall auf sie in einen Streifenwagen gestiegen war. Hatte er ein normales Auto so lackiert, daß es von weitem wie ein Polizeiwagen aussah? Möglich wäre es.

Die Fotos in den Personalakten brachten sie auch nicht weiter – in manchen Revieren befand sich in jeder Akte ein Foto, in anderen nur in einigen, und manche der Aufnahmen waren so alt, daß man darauf niemanden wiedererkennen konnte. Elena schlug vor, daß sie methodisch vorgehen und jeden Polizisten vom höchsten bis zum niedrigsten Rang fotografieren sollten, und sie wollte mit denen der Trotzki-Station anfangen. Falls einer der Polizisten krank war, würden sie eben zu ihm nach Hause gehen.

»Das würde Monate dauern«, wandte Sascha ein und preßte die Hand an die Stirn. »Ich brauche Aspirin.«

Sie saßen sich an Elenas Schreibtisch gegenüber.

»Haben Sie eine andere Idee?« fragte sie.

»Wir haben bereits versucht, meine Idee zu verwirklichen«, sagte er, während Elena in einer Schublade kramte und einen kleinen weißen Plastikbehälter mit rotem Deckel zutage förderte. Sie reichte ihn Sascha, der den Deckel abschraubte und drei weiße Tabletten schluckte – ohne Wasser. Er hustete, schluckte wieder und brachte sie tatsächlich hinunter. Er gab Elena das Fläschchen zurück – es waren nur noch zwei Tabletten drin.

»Fällt Ihnen noch etwas anderes ein?« fragte sie.

»Haben Sie einen Fotoapparat?«

»Ja.«

»Filme?«

»Wir werden mit Porfirij Petrowitsch sprechen und fragen, ob Filme angeschafft und die Entwicklungskosten übernommen werden können.« Der neue Plan nahm allmählich Formen an.

»Bis er die Genehmigung für solche Ausgaben bekommt – falls er mit dieser Vorgehensweise überhaupt einverstanden ist –, vergewaltigt der Täter wahrscheinlich sechs weitere Frauen und schlägt sie, vielleicht bringt er sie sogar um.«

»Ich würde sagen, wir versuchen es wenigstens«, sagte Elena.

»Das meine ich auch«, ertönte eine Stimme. Josef Rostnikow trug eine Freizeithose, ein weißes Hemd und einen Pullover, den Mantel hatte er über den Arm gehängt. Er lächelte Elena an. Sascha, dessen Kopfschmerzen ein wenig nachgelassen hatten, beobachtete Elena und verbiß sich ein Grinsen.

Nach allem, was ich durchgemacht habe, bleibt mir noch nicht mal dieses rührselige Paarungsritual erspart, dachte Sascha.

»Ich werde die Filme beisteuern – japanische Schwarzweißfilme. 800 ISO«, sagte Josef. »Da braucht man nicht einmal ein Blitzlicht.«

»Nur so aus Neugier«, sagte Sascha. »Woher bekommen Sie genügend Filme für so viele Aufnahmen?«

»Sie waren eine Spende, als ich noch am Theater war – bevor ich in den Polizeidienst eingetreten bin«, sagte Josef und gesellte sich zu ihnen in die enge Arbeitsnische. »Ein Kerl, der sich Geschäftsmann nannte, hat sie mir geschenkt. Fremdländischer Akzent. Sehr elegante Kleidung. Er kam nach der Vorstellung zu mir und schüttelte mir die Hand. Er behauptete, meine Arbeit würde ihm gefallen. Am nächsten Tag wurde ein Päckchen mit Filmen und einer japanischen Kamera, einer Nikon, im Theater für mich abgegeben. Ich glaube, der Mann war ein Gangster. Die Kamera und die Filme sind in meinem Schrank.«

»Reine Zeitverschwendung«, meinte Sascha.

»Eine Sackgasse.« Elena bedachte Josef mit einem verstohlenen Lächeln.

»Eine falsche Fährte«, gab Josef zurück.

»Von vornherein zum Scheitern verurteilt«, setzte Elena noch eins drauf.

»Ein absurdes Vorhaben«, pflichtete ihr Josef bei.

»Ohne jede Chance auf Erfolg«, sagte Elena.

»Ein vollkommenes ...«, begann Josef, aber Sascha fiel ihm ins Wort.

»Also schön!« brüllte er fast. »Wir benutzen Josefs Filme. Aber wir verfolgen auch meinen Plan weiter.«

»In diesem Punkt bleibt uns ohnehin keine Wahl«, sagte Elena.

»Und ich werde auch noch meinen Fotoapparat zur Verfügung stellen, damit ihr beide gleichzeitig losziehen könnt«, sagte Josef.

Sascha zuckte mit den Achseln, legte den Kopf in den Nacken und schloß die Augen. Elena beäugte Josef wachsamer als noch einen Moment zuvor.

Elena Timofejewa war erschöpft und müde zur Arbeit gekommen und hatte drei Aspirin eingenommen, noch ehe sie von zu Hause aufgebrochen war. Josef redete immer wieder von Heirat; zwar ging er behutsam vor, aber er bedrängte sie trotzdem.

In der letzten Nacht hatten sie in seinem Bett gelegen und geredet. Elena verließ Josef um vier Uhr morgens und hoffte, in ihr ausklappbares Bett im Wohnzimmer kriechen zu können, bevor ihre Tante aufstand. Wenn sie sich beeilte, konnte sie noch zweieinhalb Stunden schlafen.

Aber als sie in die Wohnung kam, die sie mit Anna Timofejewa, der jetzt invaliden, ehemaligen stellvertretenden Staatsanwältin von Moskau, teilte, war das Wohnzimmer besetzt. Das erste Tageslicht dämmerte gerade herauf, und Elena sehnte sich nach Schlaf, doch Lydia Tkach, Saschas taube, schrille Mutter, war da und saß mit Anna am Tisch. Anna trank ihren Tee und hörte zu. Lydia rührte den Tee nicht an und redete.

Anna war eine füllige Frau und demzufolge festgelegt auf graue Kleider. Sie hatte keine Kinder, war nie verheiratet gewesen und hatte lediglich drei Affären in ihrem Leben gehabt – alle waren sehr kurz gewesen und hatten vor vielen Jahren, als sie jünger gewesen war als ihre Nichte jetzt, stattgefunden. Anna achtete sehr auf sich, und ihr ergrauendes Haar war immer ordentlich geschnitten und gekämmt. Elena sah in ihrer Tante, die zwei Herzanfälle, von denen einer wirklich schwer gewesen war, hinter sich hatte, immer ihre eigene Zukunft vor sich. Das deprimierte sie. Josef zu heiraten und sich in eine Zweitausgabe ihrer Tante oder gar ihrer Mutter, die in Odessa lebte, zu verwandeln, das war etwas, worüber sie lieber nicht nachdenken wollte. Elena wußte, daß sie ein hübsches Gesicht und einen makellosen Teint hatte und daß sie klug, intuitiv und besser in ihrem Job als Sascha war, der schon beinahe zehn Jahre als Ermittler arbeitete. Aber Josef... Er war intelligent und kreativ. Seine Mutter war immer noch eine Schönheit. Sein Vater, Porfirij Petrowitsch, war zwar keine Schönheit, dafür besaß er aber Selbstvertrauen, innere Stärke und grenzenlose Loyalität den Menschen gegenüber, die mit ihm arbeiteten.

Bakunin, Anna Timofejewas roter Kater, sprang von Annas Schoß und lief Elena entgegen. Sie bückte sich und streichelte ihn, als sie ihre Tante begrüßte und ein paar wenige Worte mit der Besucherin wechselte.

Anna sah ihre Nichte an – ihr Blick sagte deutlich: »Ich sitze in der Falle. Was soll ich machen?«

»Ich weiß, ich habe versprochen, mich nicht zu beklagen«, sagte Lydia laut und hob die Hände. Sie wirkte neben der stämmigen Anna geradezu zerbrechlich, obwohl Lydia von beiden die weitaus gesündere war. »Und dies ist eigentlich auch gar keine Beschwerde. Ich überlasse es Elena zu beurteilen, ob ich mich beschwere. Wer sollte besser wissen als Elena, was mein Sohn tagtäglich durchmacht? Er ist mein einziges Kind!«

»Elena hat die ganze Nacht gearbeitet«, sagte Anna. »Ich denke, sie braucht ein bißchen Ruhe. Elya, geh ins Schlafzimmer und leg dich in mein Bett. Lydia und ich, wir werden uns Mühe geben, möglichst leise zu sein.«

Elena nickte dankbar. Später, wenn sie endgültig aufstand, würde sie sich etwas zu essen machen. Es war ohnehin nicht viel im Haus: Tee, Brot, Käse, ein blutrotes Würstchen, nach dessen Herkunft man besser nicht fragte, und die Hälfte von einem traurigen, kleinen Kohl.

»Elena!« rief Lydia und berührte mit der Faust ihre Hühnerbrust in der Gegend, in der man gemeinhin das Herz vermutete. »Sagen Sie mir nur eines, bevor Sie sich schlafen legen. Ehrlich. Mein Enkel Ilja ist krank. Meine Schwiegertochter hat mir kein Wort davon gesagt, sie hat mich nicht angerufen. Mein eigener Sohn hat mich nicht angerufen.«

»Er hat sehr viel zu tun«, sagte Elena. »Wir suchen einen Serienvergewaltiger.«

»Vergewaltiger!« kreischte Lydia. »Mörder! Vergewaltiger! Sascha wurde schon öfter verwundet und von Autodieben oder Geistesgestörten verprügelt. Schön, er will keinen anderen Job, und ich kann ihn nicht davon abhalten. Aber ich sollte wenigstens meine Enkelkinder sehen können, wann ich will. Ich habe ja sonst nichts mehr zu tun. Ich kann mich um sie kümmern. Sie brauchen keine Tagesmutter. Tagesmütter kosten Geld. Und der Kleine ist krank. Meine Schwiegertochter mag mich nicht.«

Ich frage mich bloß, warum, dachte Elena resigniert, als sie doch jetzt schon in die Kochnische ging, um sich ein Sandwich aus zwei krümligen Brotschnitten zu machen. Sie warf einen Blick auf ihre Tante – es war ihr deutlich anzusehen, daß sie für heute genug von Lydia hatte. Die Gesellschaft von Lydia Tkach war tatsächlich ein zweifelhaftes Vergnügen. Wenn sie nicht gerade über die Kränkungen, die ihr Sohn ihr zumutete, ihre Schwiegertochter, ihre niedrige Rente und die Kälte in ihrer Wohnung jammerte oder wehmütig betonte, wie behütet sie alle unter dem Kommunismus gelebt hätten, war sie überraschenderweise ganz erträglich. Sie war klug, belesen, konnte einen Computer ohne Probleme bedienen, spielte ebensogut Schach wie Anna und war bereit, Erledigungen für Anna zu machen oder mit ihr am Fenster zu sitzen und die Mütter mit Kindern im verschneiten Hof zu beobachten.

Aber Lydia befolgte nicht die Regeln, die Anna aufgestellt hatte, als Sascha sie um die Wohnungsvermittlung gebeten hatte. Es war vorauszusehen, daß es zum Streit zwischen Anna und Saschas Mutter kommen würde, und Elena hoffte nur, daß ihre Tante die Ruhe bewahren konnte, wenn sie unbeugsam und hart blieb.

Elena trank einen Schluck Tee und hörte Lydias Geplapper von der Wiederherstellung der Sowjetunion zu.

»Erst Weißrußland«, sagte sie, »dann die Ukraine. Meine Schwiegertochter stammt aus der Ukraine. Danach dann die südlichen Nationen. Die Sowjetunion wird wiedergeboren. Eine Weltmacht. Gefährliche, kriminelle Banden mit Maschinengewehren werden exekutiert. Der Rubel wird kaufkräftiger. Und unsere Renten werden wieder so viel wert sein, daß Sie und ich davon leben könnten, Anna Timofejewa.«

»Nichts dergleichen wird geschehen«, widersprach Anna. »Der Kommunismus ist tot. Alle Parteien, besonders die kommunistischen und extremistischen, fürchten sich vor den Gedanken, die Sie gerade geäußert haben. Die neue kommunistische Partei und die Nationalisten wecken nur falsche Hoffnungen – dahinter steckt gar nichts mehr.«

»Sie waren selbst Kommunistin«, betonte Lydia.

»Das bin ich noch«, erwiderte Anna. »Ich glaube an das, was wir getan haben. Was ich getan habe. Der Kommunismus ist nicht gescheitert, weil der Grundgedanke schlecht oder verwerflich war, sondern wegen der Korruption in Rußland, der Schwäche und der Gier der Menschen, die auch nur ein bißchen Macht in den Händen hatten. Ich habe mit ihnen gearbeitet. Ich habe sie vor Gericht angeklagt. Die neuen Kommunisten sind wie Geier, die sich auf tote Hoffnungen und Erinnerungen stürzen.«

»Emil Karpo sagt dasselbe«, mischte sich Elena ein, als sie sich ein wenig Kohl abschnitt, der zwar nicht mehr gut, aber auch noch nicht so schlecht schmeckte, daß man ihn wegwerfen könnte. Elena hatte einen Bärenhunger. Eigentlich war sie auf Diät, wie die Amerikanerinnen, aber der Erfolg war höchstens mäßig. Ihr Problem war nicht zu üppiges Essen. Sie aß nicht zuviel. Ihr Problem war genetisch bedingt.

»Emil Karpo ist ein Irrer«, meinte Lydia, verschränkte die Arme vor der schmalen Brust und sah die beiden anderen Frauen herausfordernd an.

Keine von beiden widersprach ihr, obwohl Anna nach allem, was ihr Elena erzählt hatte, überzeugt war, daß das Ende der Sowjetunion und der gewaltsame Tod von Mathilde Verson im Kugelhagel Karpo zu einem potentiellen Selbstmordkandidaten gemacht hatten. Sie hatte viele Desillusionierte und Verwirrte wie ihn gesehen. Karpo war tief verletzt. Er würde einen Selbstmord nie wirklich in Betracht ziehen, aber er ließ sich, ohne auch nur mit der Wimper zu zucken, auf Situationen ein, die äußerst gefährlich waren. Dabei war

Karpo im Grunde kein unüberlegter, waghalsiger Mensch und schon gar kein Dummkopf.

Elena machte sich Sorgen, wann immer sie mit dem Vampir zusammenarbeitete. Er redete nicht viel, jetzt noch weniger als vor Mathildes Tod. Er war stets wachsam und wußte, was er tat. Ihr war klar, daß sie viel von ihm lernen konnte, aber wenn er sein Leben unnötig aufs Spiel setzte, war sie lieber nicht in seiner Nähe. Sie wollte auch nicht, daß Josef mit ihm arbeitet, aber Josef schien die Partnerschaft mit Karpo gutzuheißen. Sie bildeten ein seltsames Paar – der stocksteife, hagere Mann in Schwarz mit streng aus der Stirn gekämmten schwarzen Haaren und der muskulöse, gutaussehende, meist strahlende Exsoldat, Stückeschreiber und Schauspieler, der bunte Farben liebte und sich wenig um sein braunes, widerspenstiges Haar kümmerte, das einen rötlichen Stich hatte.

Was immer wahre Liebe auch sein mochte... Elena traute sich nicht zu, dieses Gefühl zu definieren, aber sie glaubte, Josef Rostnikow zu lieben. Sie hatten miteinander geschlafen, und es war schön gewesen. Er hatte ihr mehrere Anträge gemacht, und sie hatte ihm von ihren Erfahrungen mit Männern und sogar von ihrer letzten Affäre mit dem kubanischen Polizisten erzählt, der ihr vermutlich nur Informationen hatte entlocken wollen. Sie hatte nie einen lockeren Lebenswandel gepflegt und war keineswegs promiskuitiv. Vor ein paar Jahren war da der Student in den Vereinigten Staaten gewesen, dann der kanadische Polizist, den sie in Boston kennengelernt hatte. Josef seinerseits hatte vage von seinen Erlebnissen in Afghanistan gesprochen, die er in seinen Theaterstücken ohne Erfolg zu verarbeiten versucht hatte.

Sie hatten sich nicht belogen, als sie nackt nebeneinander in seinem Bett gelegen und im trüben Schein der kleinen Lampe die Decke angestarrt hatten.

»Ich war ein Mörder. Ich habe im Krieg Unschuldige getötet«, sagte er. »Ich muß zugeben, daß ich die Afghanen nicht mochte. Sie sind ein Nomadenvolk und haben keine Bedenken, sich gegenseitig umzubringen, wenn sie in Streit darüber, ob Allah will, daß sie sich die Zehennägel schneiden, oder andere dämliche Themen geraten. Wir waren in *ihrem* Land, das stimmt... Aber sie haben meine Kameraden, meine Freunde getötet. Einige unserer Männer haßten mich, weil sie mich als Juden ansahen. Ich hatte heftige Auseinandersetzungen mit ihnen. Aber getötet habe ich unsere Feinde, die Afghanen – sogar Frauen und Kinder. Damit werde ich leben müssen. Ich werde bis ans Ende meiner Tage davon träumen und nachts in Schweiß gebadet und weinend aus dem Schlaf schrecken.«

»Aber du machst einen so fröhlichen Eindruck«, meinte Elena.

»Das ist die Ironie des Lebens«, sagte Josef. »Das habe ich von meinem Vater geerbt. Ich finde das Leben interessant, ein großes Abenteuer. Die Schuld, die ich auf mich geladen habe, bewahre ich für meine Träume auf.«

»Und das gelingt dir?«

»Meistens. Nicht immer. Du siehst, daß deine Beichte, auch wenn ich sie respektiere, im Vergleich zu meiner harmlos war. Ich fordere keine Vergebung. Ich verdiene sie nicht«, hatte Josef geendet.

»Stimmen Sie mir da nicht zu, Elena?« unterbrach Lydia Tkach lautstark ihre Gedanken.

»Zustimmen?« wiederholte Elena, benommen von ihren Erinnerungen an die Nacht mit Josef.

»Daß es Sascha zusteht, im Büro zu arbeiten!« brüllte Lydia. »Er hat eine alte Mutter, eine Frau und zwei kleine Kinder, und er ist immer so niedergeschlagen und deprimiert.«

Elena stimmte ihr in diesem Punkt tatsächlich zu, aber sie

hatte nicht die Absicht, Lydia Munition zu liefern, die sie im nächsten Gespräch mit Rostnikow abfeuern konnte. Lydia machte Rostnikow ohnehin für die Gefahren verantwortlich, denen ihr Sohn ausgesetzt war.

»Ich werde Rostnikow noch einmal aufsuchen«, erklärte Lydia entschieden und faltete die Hände auf dem Tisch. Elena zuckte mit den Achseln und biß von ihrem Sandwich ab. »Porfirij Petrowitsch ist befördert worden und kann jetzt solche Entscheidungen fällen.«

»Will Sascha überhaupt einen Schreibtischjob haben?« erkundigte sich Anna.

Lydia schwieg einen Moment, dann antwortete sie: »Natürlich. Er hat schließlich Verantwortungsgefühl. Wieso sollte überhaupt irgend jemand bei der steigenden Kriminalität Polizist sein wollen?«

»Lydia, Elena ist auch Polizistin«, rief Anna der Besucherin ins Gedächtnis.

»Das weiß ich«, erwiderte Lydia ungehalten. »Sie ist allein. Für niemanden verantwortlich. Und sie hat keine Depressionen.«

Anna nahm die Bemerkung mit einem Nicken zur Kenntnis, ohne Lydia beizupflichten oder zu widersprechen.

Als Elena ihr Brot aufgegessen und den Teller und das Besteck abgewaschen hatte, machte Anna deutlich, daß sie müde war. Der Hinweis zeigte keinerlei Wirkung – Lydia starrte in eine Zimmerecke und sann auf eine neue Klage über die Ungerechtigkeit der Welt im allgemeinen und im Leben spezieller Menschen im besonderen.

»Meine Mutter wurde vergewaltigt und umgebracht«, sagte Lydia, ohne den Blick von der Ecke zu wenden. Ihre Stimme war mit einemmal so leise, daß Anna die Worte nur mit Mühe verstehen konnte. »Ich war noch ein kleines Mädchen. Während der Hungersnot. Fünf betrunkene Soldaten kamen zu unserem Haus im Dorf. Es waren unsere Soldaten. Sie vergewaltigten und töteten sie. Mich beachteten sie nicht – ich war ihnen zu jung und zu dürr. Ich erinnere mich noch ganz genau. Einer der Vergewaltiger stieg von seinem Pferd und stieß uns beide ins Haus. Mein Vater war in derselben Armee wie die Männer, die sich auf meine Mutter stürzten. Er war längst gefallen, als es passierte, aber wir, mein Bruder und ich, haben erst sehr viel später von seinem Tod erfahren. Ich habe keine Ahnung, wie alt die Mörder meiner Mutter waren. Ich erinnere mich nicht einmal an ihre Gesichter. Danach sorgte ich für meinen Bruder. Ein Cousin meines Vaters gab uns gerade genug zu essen, daß wir nicht verhungerten.«

Lydia hielt inne und sah sich um, als würde sie gerade aus einem Traum erwachen.

»Ich weiß gar nicht, warum ich Ihnen das erzähle«, sagte sie.

Anna und Elena wußten es sehr wohl.

»Ich habe noch nie mit jemandem darüber gesprochen«, fuhr Lydia wie im Selbstgespräch fort. »Nicht einmal mit meinem Bruder und schon gar nicht mit meinem Sohn.«

»Wie wär's mit Schach?« fragte Anne, als Bakunin auf ihren Schoß sprang. »Ein bißchen Mozart und eine gute Partie Schach.«

»Ja«, sagte Lydia.

»Ich lege mich noch ein wenig hin«, sagte Elena.

Anna war keine große Musikliebhaberin. Sie hatte ihr Leben der Arbeit gewidmet und sich so gut wie nie Theaterstücke, Filme im Kino, Ballettaufführungen oder Opern angesehen. Solche Dinge langweilten sie. Schon allein der Gedanke daran langweilte sie, doch in letzter Zeit schien sie zumindest eine gewisse Nachsicht mit Elenas CD-Sammlung entwickelt zu haben, und sie tolerierte Mozart, Bach und Vivaldi.

Sie begannen ihr Spiel. Elena wußte, daß ihre Tante den Kampf auf dem Schachbrett genießen würde. Unglücklicherweise nahm sich Lydia immer extrem lange Zeit, um über ihren nächsten Zug nachzudenken. Sie konnte nicht unter Zeitdruck spielen.

Elena ging ins Schlafzimmer ihrer Tante, zog sich aus, ließ sich ins Bett fallen und sank in eine Art Bewußtlosigkeit, die nur hin und wieder von Lydias Triumphgeschrei oder Wehklagen durchbrochen wurde.

Und jetzt saß Elena vollkommen zerschlagen an ihrem Schreibtisch und sah zu Josef auf, der wie Alain Delon, der französische Schauspieler mit dem tödlichen Lächeln, vor ihr stand. Sascha erhob sich. Seiner Meinung nach gab es nichts mehr zu reden, dafür aber genügend Arbeit. Seine Kopfschmerzen waren nicht besser geworden.

»Ich fange mit den Anrufen bei den Polizeistationen an«, verkündete er.

»Gehen Sie taktvoll vor«, empfahl Elena. »Wir verlangen ziemlich viel von ihnen.«

»Selbstverständlich gehe ich taktvoll vor«, meinte Sascha. »Und falls sie widerspenstig werden, lasse ich durchklingen, daß Jakowlew äußerst ungehalten wird, wenn man uns die Mitarbeit verweigert. Wer weiß? Vielleicht können wir noch Kapital aus der Aktion schlagen und die Fotos billig an die Polizisten verkaufen, wenn wir sie nicht mehr brauchen. Den Profit teilen wir dann durch drei und gehen ins *Metropole* zum Essen.«

»Das glaube ich kaum«, erwiderte Elena.

»Warum nur überrascht mich diese Haltung nicht?« fragte Sascha. Josef, an dem er sich vorbeidrängte, tätschelte ihm die Schulter.

Am liebsten hätte Elena Sascha aufgefordert, seine Mutter anzurufen, aber sie wollte sich nicht in Familienangelegenheiten einmischen. Sie sah ihm nach, als er sich in seinen Arbeitsbereich zurückzog.

Elena und Josef hörten, wie er telefonierte. Josef setzte sich Elena gegenüber und sagte leise: »Wenn du mich nicht heiratest, werde ich genauso wahnsinnig wie Vater Karamasow.«

»Ich habe nicht die Absicht, meinen Dienst als Inspektorin des Dezernats für Sonderermittlungen zu quittieren«, sagte Elena.

»Ah.« Josef beugte sich vor. »Ein Hoffnungsschimmer am Horizont. Eine Bedingung – das öffnet die Tür zu weiteren Verhandlungen. Ich sage: ›Prima, heirate mich und behalte deinen Job.‹«

»Ich weiß nicht«, sagte sie, strich ihr Haar zurück und starrte ratlos auf ihren Schreibtisch.

»Das ist besser als ein Nein.«

»Aber es ist auch kein Ja.«

Sie hörten, daß Sascha nebenan den Namen Jakowlew ins Spiel brachte; seine Stimme klang matt und ungeduldig. Dabei hatte er noch gar nicht richtig angefangen.

»Komm heute zu mir zum Abendessen«, schlug Josef vor. »Bei meinem Gehalt kann ich es mir nicht leisten, dich sehr oft in ein Restaurant einzuladen.«

»Wir könnten uns die Rechnung teilen«, sagte Elena, »und etwas Preiswertes essen. Ich kenne einige Lokale.«

»Du kannst es dir auch nicht leisten«, entgegnete Josef grinsend.

»Ich mach' dir einen anderen Vorschlag: Komm morgen abend zum Essen in die Wohnung meiner Tante«, sagte sie. »Heute abend muß ich arbeiten.«

»Anna Timofejewas Wohnung. Ich kenne deine Tante, seit ich ein kleiner Junge war.« Josef seufzte. »Ich erinnere mich an ein riesiges, fast kahles Büro. Hinter dem Schreibtisch saß eine kräftige, strenge Frau, die mich wie einen Erwachsenen begrüßte und mich musterte, als würde sie nach Hinweisen für ein Verbrechen suchen. Sie hat mir angst gemacht.«

»Und jetzt?«

»Jetzt lasse ich mich nicht mehr so leicht ins Bockshorn jagen. Um wieviel Uhr?«

»Um acht«, sagte Elena. »Ich warne dich. Meine Tante ist keine gute Köchin. Ich bin ein bißchen besser, aber ich mache keine Versprechungen ... in keiner Hinsicht.«

Josef nickte.

»Noch eins«, fügte Elena hinzu. »Saschas Mutter wohnt im selben Haus. Sie neigt dazu, ohne Einladung bei uns hereinzuschneien.«

»Lydia Tkach«, sagte Josef und seufzte so übertrieben wie ein Schauspieler, der dem Publikum klarmachen will, daß seine Verzweiflung nur Show war. »Klingt, als würde das ein denkwürdiger Abend.«

10

Leonid Scharwotz spürte den Schlag auf den Kopf und einen weiteren in die Nierengegend. Er krümmte sich vor Schmerz und sank verwirrt an die Wand von Georgi Radzos kleinem Zimmer. Er schlug mit dem Gesicht gegen die Mauer.

Leonid war sicher, daß seine Nase blutete. Seine Vermutung bestätigte sich, als er aufschaute und die Blutschmierer an der schmutzigweißen Wand entdeckte.

Er duckte sich und machte sich auf weitere Schläge gefaßt. Eine kräftige Hand packte seine Schulter, zerrte ihn auf die Füße und drehte ihn um. Benommen starrte Leonid Scharwotz in Georgis Gesicht – es war wutverzerrt und wirkte entschlossen. Seine Nase war dick verpflastert.

Das einzig Positive an all dem war, daß der Blutgeschmack in Leonids Mund stärker war als der beißende Gestank nach Schweiß, fauligem Abfall und der dreckigen Bettwäsche, die seit Monaten nicht mehr gewechselt worden war.

»Was soll das? Ich verstehe nicht«, ächzte Leonid und preßte den Handrücken an die Nase, um das Blut zu stoppen.

»Leg den Kopf zurück. Ich halte ihn. Drück die Nase mit den Fingern an dieser Stelle zu und atme durch den Mund«, sagte Georgi. »Das Nasenbein ist nicht gebrochen; wenn du eine richtig zertrümmerte Nase sehen willst, nehme ich meine Pflaster ab und zeige dir eine.«

Georgis Stimme klang eigenartig, als wäre er am anderen Ende einer Telefonleitung. Zum Teil waren die Tampons, die in seinen Nasenlöchern steckten, daran schuld – zusammen mit den Pflastern sollten die Tampons die kaputten Knochen während des Heilungsprozesses einigermaßen in Form halten. Zudem bedeckten Georgis Hände Leonids Ohren, während er ihm mit den Daumen sanft den Nacken massierte.

»Drück die Nase zu«, wiederholte Georgi.

Leonid gehorchte und spürte das feuchte Blut an seinen Fingern.

»Es hört auf«, sagte Georgi. »Es war nicht schlimm.«

Leonid hob den Kopf. Die Blutung hatte tatsächlich aufgehört. Er schmeckte die Tropfen, die ihm in den Mund geflossen waren, und ihm wurde übel.

»Warum?« wollte Leonid wissen. »Wieso hast du mich geschlagen?«

Georgi drehte Leonid so, daß er ihn ansehen konnte.

»Ich bin nicht so schlau wie Jewgenij oder du«, sagte der große Mann, »aber ich bin auch kein Idiot. Wenn einer ein Idiot ist, dann du.«

»Was … ?«

»Jewgenij hätte Igor nicht umbringen müssen«, sagte Georgi. »Er hatte keinen Grund dazu. Igor wollte uns nicht verraten. Er war schwach, aber er hätte uns nie verraten oder betrogen, weil er Angst vor mir und Jewgenij hatte. Ich irre mich nicht, Leonid Scharwotz.«

»Warum wollte er Igor dann umbringen?« fragte Leonid. Er wollte, er mußte sich hinsetzen.

Er stolperte zu einem Stuhl. Bei jedem Schritt fühlte er einen stechenden Schmerz in der Nierengegend. Georgi hielt ihn nicht zurück und redete weiter.

»Er hat vor, mich und auch dich zu töten. Vielleicht plant er, Igors Familie zu ermorden. Er hat den Brief. Er wird ihn vernichten, und dann ist er der einzige, der je erfahren wird, wo der Wolf versteckt ist. Möglicherweise benutzt er uns nur und bringt uns erst um, wenn wir ihm geholfen haben, den Wolf zu finden.«

»Nein«, widersprach Leonid. Er hatte den Kopf nach hinten gelegt, damit die Nase nicht wieder anfing zu bluten. »Ich kenne Jewgenij seit meiner Kindheit.«

»Jewgenij will ihn für sich allein haben. Er liebt es zu töten. Er mag ein bißchen verrückt sein, aber er ist gerissener als du und ich zusammen.«

»Ich glaube das nicht«, sagte Leonid und hielt sich wieder die Nase zu. »Wir kennen uns, seit wir Kinder waren.«

»Das sagtest du bereits.« Georgi hatte sich nicht von der Stelle bewegt. »Dann versuch dich zu erinnern, wann er in der Vergangenheit gewalttätig war.«

Leonid fiel nur eine Begebenheit ein, aber er hatte das Gefühl, daß er nur gründlicher nachdenken müßte, um zu demselben Schluß zu kommen wie Georgi. Plötzlich bekam Leonid Angst.

»Einmal hat er ein Mädchen die Treppe hinuntergestoßen«, sagte Leonid. »In der Schule. Das Mädchen war ungefähr neun Jahre alt. Jewgenij hat sie beschimpft und sich über ihre Sommersprossen lustig gemacht. Sie hat sich gegen seine Beleidigungen gewehrt und sich gerächt, indem sie im Beisein von etwa fünfzehn anderen Schülern sagte, jeder wüßte ja, daß er eine jüdische Nase hätte. Dann ließ sie ihn stehen und ging. Er folgte ihr und stieß sie die Treppe hinunter. Ich weiß noch, daß er lächelte, als er sie fallen sah. Das Mädchen hat sich bei dem Sturz das Bein und einen Finger gebrochen. Jewgenij behauptete, sie sei von selbst gefallen, und ich bestätigte seine Geschichte. Ich erinnere mich nicht mehr an den Namen des Mädchens.«

»Aber du erinnerst dich an Jewgenijs Lächeln«, warf Georgi ein.

Leonid nickte mit nach hinten geneigtem Kopf.

»Ich schlage vor, wir töten Jewgenij, bevor er uns töten kann«, sagte Georgi.

Leonid richtete sich abrupt auf, ohne seine Nase loszulassen. Ein Blick auf Georgi sagte ihm, daß er es ernst meinte.

»Ich übernehme das«, versicherte Georgi. »Du mußt nicht dabeisein. Du brauchst nicht einmal in der Nähe zu sein.«

»Nein.«

»Du weißt, daß ich recht habe.«

Das stimmte.

»Und woher soll ich wissen, daß du mich nicht auch umbringen willst?« fragte Leonid.

»Weil du noch am Leben bist«, erwiderte Georgi. Er verzog den Mund zu einer Art Lächeln. »Ich hätte dich leicht aus dem Fenster schmeißen können. Kein Mensch weiß, daß du mich besuchen wolltest. Du hättest aus jedem Fenster in diesem Haus fallen können.«

»Jewgenij hätte Bescheid gewußt«, wandte Leonid ein.

»Und er wäre froh gewesen, einen Partner weniger zu haben.«

»Er hätte gewußt, daß du mich ermordet hast.«

»Möglich«, räumte Georgi ein. »In diesem Fall hätte ich ihn schnell finden und ebenfalls töten müssen, bevor er erfährt, was mit dir passiert ist. Aber ich wollte dich nicht umbringen. Es wird genug Geld dasein, damit wir beide sehr reich werden. Du hast dich mir gegenüber nie herablassend benommen. Ich mag dich, und ich brauche einen Partner mit Köpfchen, der alles so organisiert, daß wir den Wolf aus Rußland herausschaffen und einen Käufer auftreiben können.«

»Plötzlich scheinst du selbst schlau genug zu sein, um allein durchzukommen.« Leonid betrachtete die roten Flekken auf seinem Hemd. Er besaß nur vier ordentliche Hemden, und dies war eines davon.

Georgi schüttelte den Kopf.

»Bis jetzt habe ich die Sache noch nicht weiter durchdacht. Als ich in der Schule nicht vorankam, behauptete meine Mutter, ich wäre gerissen und würde auch ohne Bildung gut durchs Leben kommen. Ich habe mich mächtig angestrengt, um den Plan, von dem ich dir gerade erzählt habe, zu schmieden. Wir müssen Jewgenij loswerden, bevor er uns kaltmacht. Weiter weiß ich nichts.«

»Und du hast mich geschlagen, um mir das zu erzählen?« fragte Leonid.

»Ich denke schon«, meinte Georgi. »Ich mußte etwas tun, damit du mir zuhörst. Tut mir leid. Mir ist nichts Besseres eingefallen. Ich habe nicht viel mehr als meine Kraft. Ich irre mich oft, aber mit Jewgenij irre ich mich ganz bestimmt nicht.«

»Ja, das glaube ich auch«, gab ihm Leonid recht, ohne ihn anzusehen.

»Ich habe das Gefühl, daß du gewöhnlich die Wahrheit sagst, wenn wir miteinander reden«, fuhr Georgi fort. »Aber ich spüre, daß Jewgenij nicht ehrlich ist. Verstehst du?«

Leonid verstand. Er selbst empfand seit Jahren dasselbe, hatte den Gedanken aber immer verdrängt. Leonid war vielleicht nicht auf den Kopf gefallen, aber er war ein Mitläufer und zufrieden, wenn ihm jemand genau sagte, was zu tun war – früher hatte ihm sein Vater Befehle erteilt, jetzt war es Jewgenij. Mit einemmal hatte er Angst vor seinem Jugendfreund, höllische Angst.

»Wann wollen wir es tun?« fragte er.

»Ich weiß nicht. Bald. Ich wollte noch warten, aber vielleicht sollten wir es gleich heute, bevor er dich sieht, erledigen. Er würde sofort merken, daß etwas nicht stimmt. Du bist kein guter Lügner, Leonid. Das Blut wäre nicht so schlimm. Du könntest dich waschen, das Hemd wegwerfen und eins von meinen anziehen, auch wenn es ein bißchen zu groß wäre. Das kannst du auch wegschmeißen, sobald du in deiner Wohnung bist. Bald werden wir uns in Prag, Paris oder sogar in London und New York seidene Hemden und Krawatten kaufen.«

Der Gedanke, eins von Georgis Hemden zu tragen, verursachte Leonid Übelkeit.

»Aber«, fügte Georgi hinzu, »ich bin nicht sicher, ob du ganz aufrecht gehen kannst. Er wird dich fragen, was mit dir los ist. Wie ich schon sagte, du bist ein schlechter Lügner. Deshalb vertraue ich dir ja. Jewgenij merkt ganz bestimmt, wenn du lügst, und du bist nicht stark genug, um dich gegen ihn zu behaupten. Nein, ich muß es heute tun – mit meinen Händen oder mit einem Messer. Wie soll ich es machen, Leonid?«

Leonid saß still da und dachte ernsthaft nach, wo und wie Georgi seinen besten Freund ermorden sollte. Leonid empfand eine gewisse Genugtuung, als sich ein Plan in seinem Kopf formte. So etwas hatte er noch nie gemacht. Er überlegte lange, dann erklärte er Georgi, was er sich ausgedacht hatte.

Mit der Genugtuung ging die Erkenntnis einher, daß es später nötig werden würde, auch Georgi auszuschalten, nicht weil er fürchtete, daß Georgi ihn im Stich lassen könnte, sondern weil Georgi zu dumm war. Er trank. Es war eine Sache, mit den Arbeitskollegen einen zu heben, auf die Juden zu schimpfen und ihnen die Schuld an Rußlands Problemen zu geben, aber eines Tages, wenn er reich war, würde sich Georgi zu sehr betrinken und etwas sagen, was sie in Gefahr brachte. Dann könnten sie angeklagt werden, ihr Geld verlieren und möglicherweise sogar zum Tode verurteilt werden. Und was sollte Georgi davon abhalten, Leonid umzubringen, sobald sie Rußland den Rücken gekehrt hatten? Leonid hatte noch nie jemanden ermordet – bis jetzt hatte Jewgenij die Juden erledigt. Aber irgendwie und irgendwann würde er Georgi töten müssen.

Leutnant Valentin Spaskow von der Trotzki-Station hatte mehrere Möglichkeiten, mit seinem Problem fertig zu werden. Alle waren schlecht, manche schlechter als andere.

Er und der Major hatten Befehl direkt vom Innenministerium bekommen, sich in einer Stunde zur Verfügung zu halten, damit Inspektoren vom Dezernat für Sonderermittlungen Fotos von ihnen machen konnten, die sie für die Untersuchung eines Falles brauchten. Wie es schien, hatte ihr letzter Besuch, bei dem sich beinahe jeder Polizist aus diesem Bezirk zu einer Gegenüberstellung eingefunden hatte, zu keinem befriedigenden Ergebnis geführt. Die Polizei hatte genug zu tun, auch ohne solchen Unsinn. Jetzt wollten die beiden Ermittler noch einmal kommen und alle fotografieren, die bei der Gegenüberstellung nicht anwesend waren. Der Major war keineswegs glücklich über den Befehl vom Yak. Aber Jakowlew hatte gute Verbindungen und Freunde, und er war ausgesprochen gerissen. Sie alle würden sich seinen Wünschen fügen müssen.

Spaskow zog in Erwägung, einen Freund, der nicht bei der Polizei war und behaupten sollte, er sei Spaskow, für das Foto posieren zu lassen. Das könnte klappen, weil der Major angekündigt hatte, daß die Fotos in Spaskows Büro aufgenommen werden sollten. Aber es blieb ihm nicht genug Zeit, jemanden aufzutreiben, und zudem fiel Spaskow niemand ein, den er mit Lügen zur Mithilfe überreden könnte. Außerdem sollten die Aufnahmen später zurückgegeben werden, und der Major oder Wachtmeister Koffejanowitsch könnten sie sich ansehen und merken, daß der Mann auf dem Foto nicht Spaskow war.

Valentin dachte an Verkleidung oder äußerliche Veränderungen, eine Brille, die er sich aus der Schublade mit den Fundsachen holen könnte. Aber auch das wäre ungünstig, falls ein anderer die Fotografie zu Gesicht bekäme.

Sollte er den Kopf gesenkt halten, das Gesicht zu einer Grimasse verziehen? Seinen Schnurrbart schnell noch abrasieren? Bestimmt würden alle fragen, warum er sich so plötzlich zu diesem Schritt entschlossen hatte.

Sollte er zuversichtlich lächeln? Oder ernst und selbstsicher wirken?

Verdammt. Er selbst war bei der Gegenüberstellung nicht dabeigewesen, aber er hatte erfahren, daß die beiden Inspektoren in Begleitung einer großen, ernsten hübschen Frau gewesen waren. Einige seiner Kollegen behaupteten, sie hätten diese Frau schon in den Nachrichten eines Moskauer Fernsehsenders gesehen, andere meinten, das sei nur Einbildung. Aber Spaskow wußte genau, daß diejenigen, die sie vom Fernsehen zu kennen glaubten, besonders zuverlässige Zeugen waren. Diese Frau war das letzte seiner Opfer. Sie war die, die ihn mit ihrer Gleichgültigkeit und Sturheit in Rage gebracht hatte.

Die Uniform. Er könnte sie gegen Zivilkleidung eintauschen. Doch diese Frau hatte offenbar eine genaue Beobachtungsgabe und war überzeugt, ihren Angreifer wiederzuerkennen, wenn sie ihn sah.

Er hatte nur eine echte Möglichkeit und eine Hoffnung. Die Hoffnung war, daß sie ihn auf dem Foto schlichtweg nicht erkannte. Es war dunkel und sein Überfall blitzschnell gewesen; sie hatte bestenfalls einen flüchtigen Blick auf ihn werfen können. Und seine Möglichkeit war, einfach zu behaupten, daß sie sich irrte, falls sie ihn identifizieren sollte. Sie verwechselte ihn mit jemandem. Er konnte auf gar keinen Fall ein solches Verbrechen begangen haben. Valentin Spaskow war ohne Vetternwirtschaft, Bestechung oder Parteiverbindungen – nur durch die seltenen Tugenden Ehrlichkeit und Tapferkeit – die Leiter der Hierarchie von ganz unten bis zu seiner jetzigen Position hinaufgeklettert. Er war intelligent, hatte eine Frau und eine Tochter, und beide waren niemals von ihm mißhandelt worden. Zudem konnte ihm kein Mensch nachsagen, er habe sich jemals mit einer der halbseidenen Frauen vergnügt, denen ein Polizist bei seiner Arbeit so oft begegnete. So mancher seiner Kollegen prahlte damit, daß er den Frauen die Wahl ließ zwischen einer schnellen Nummer auf dem Rücksitz oder einer Verhaftung. Fast alle entschieden sich für den Rücksitz, und oft ließen sie auch gleich noch den Kollegen ran.

Bei Leutnant Valentin Spaskow kam so etwas nicht vor. Seine Weste war blütenweiß. Und wenn er dieser Hölle entrann, würde er weiterhin Recht und Gesetz hochhalten und sich sogar mit seinem eigenen Leben dafür einsetzen – mit einer einzigen Ausnahme, und es stand zu befürchten, daß ihn seine Besessenheit zwang, es immer und immer wieder zu tun. Er würde die Frau heute nacht umbringen – er mußte es.

Es würde nicht leicht werden. Bis jetzt war er zu den Überfällen getrieben worden, und er hatte nie die Kontrolle darüber gehabt. Der Drang war immer stärker geworden, bis er eine Frau vergewaltigen mußte, um nicht dem Wahnsinn zu verfallen. Indem er der Raserei freien Lauf ließ, besänftigte er die Bestie in sich. Nach jeder Vergewaltigung gab die Bestie eine Weile Ruhe, ehe sie mit einem Knurren zu neuem Leben erwachte.

Valentin Spaskow erinnerte sich genau daran, wie es jedesmal begann – er wußte noch, wie er den Frauen gefolgt war, den richtigen Ort gefunden und manchmal von einem potentiellen Opfer abgelassen hatte, wenn die Umstände ungünstig waren. Sobald er es hinter sich hatte, war seine Erinnerung an den eigentlichen Akt und den sexuellen Teil nur noch vage. Von den Schlägen blieb ihm gar nichts im Gedächtnis.

Lange Zeit – jahrelang – hatte er sich gefragt, warum er so etwas tat. Er hatte Berichte und Aussagen über andere Vergewaltigungen und sogar Bücher, die dieses Thema behandelten, gelesen und glaubte nicht, daß er dem Bild des üblichen Vergewaltigers entsprach. Tief in seinem Unterbewußtsein mußte ein Trauma vergraben sein, die Erinnerung an ein Ereignis, an eine Serie von Zwischenfällen, an eine Person, die diese Frauen vermutlich repräsentierten. Vielleicht stellten sie auch nur eine Idee oder ein Symbol für etwas dar. Möglicherweise hatte er während der Erfüllung seiner Pflichten im Dienst einen Gehirnschaden davongetragen, der sein Verhalten verändert hatte. Er dachte sogar daran, daß etwas in seiner DNS fehlerhaft war oder ganz fehlte, daß er mit dieser animalischen Begierde geboren wurde und er sie bis ins Erwachsenenalter erfolgreich hatte kontrollieren können. Aber Begierde war nur ein Teil davon, das wußte er. Falls ihn die Lust überkam, hatte er seine Frau, auch wenn das Interesse mit den Jahren nachgelassen hatte. Sie war die seltenen Male, die er sich ihr näherte, immer bereit, und er war zärtlich, umsichtig und konnte sie befriedigen.

Es war Jahre her, seit sich Valentin Spaskow zum erstenmal bemüht hatte, seine Taten zu verstehen. Er hatte immer gehofft, daß ihn dieser Trieb einmal verlassen würde, so wie er über ihn gekommen war. Aber jetzt fürchtete er eher, daß dieser Trieb immer stärker werden und er für den Rest seines Lebens ein sadistischer Vergewaltiger bleiben würde.

Das Klopfen an der Tür klang energisch. Valentin sah auf. Sein Büro war schäbig – schmutzige weiße Wände, alte Stühle, ein zerkratzter Schreibtisch, ein verbeulter grauer Aktenschrank aus Metall, kein Fenster, sein Abschlußzeugnis von der Polizeischule als einziger Wandschmuck. Seine Frau war so stolz gewesen, als er befördert worden war und dieses Büro bekommen hatte. Und er hatte als erstes ein Foto von seiner Familie rahmen lassen und auf den Schreibtisch gestellt, wo er es sich jeden Tag ansehen konnte. Anfangs hatte er es oft und mit Genugtuung betrachtet. Aber in den letzten Jahren weckte der Anblick sein Schuldbewußtsein. Er hatte in seinem Beruf mehr erreicht als irgend jemand in seiner oder in der Familie seiner Frau.

Valentin nahm eine Akte, schlug sie auf und rief: »Herein!«, während er den Blick auf die Papiere richtete.

Die Tür ging auf. Leutnant Valentin Spaskow sah nicht auf. Sascha Tkach – in dicker Jacke, Mütze in der Tasche und Kamera in der Hand – trat ein. Er kannte den Mann hinter dem Schreibtisch noch von seinem letzten Besuch. Leutnant Spaskow war älter als er. Seine Uniform war sauber und ordentlich, sein gutaussehendes Gesicht wirkte charakterstark.

»Sie brauchen mir nichts zu erklären«, sagte Spaskow. »Der Major hat mir Ihren Besuch angekündigt.«

»Ich halte Sie nicht lange auf«, versprach Tkach. »Es ist alles vorbereitet. Ich stelle mich nur vor Sie, mache klick, der Blitz flammt auf, der Film spult sich weiter, und alles ist erledigt. Und ich nehme mir das nächste griesgrämige Gesicht vor.«

»Wären Sie in einem solchen Fall nicht auch griesgrämig?« fragte Spaskow.

»Ganz bestimmt«, versicherte Sascha und richtete das Objektiv der Kamera auf Spaskow, der ihm ernst entgegensah. Sascha knipste. Es war vorbei.

»Was für einen Film benutzen Sie?« erkundigte sich Spaskow.

Sascha betrachtete den Fotoapparat, als würde der ihm die Antwort geben können.

»Keine Ahnung.«

»Eine Kamera ist eine sehr schöne Sache, wenn man Familie hat.«

»Ich habe eine Familie«, sagte Sascha.

»Haben Sie auch eine Aufnahme von Ihrer Familie?«

Sascha zog seine Brieftasche hervor und zeigte Spaskow das Foto, das Porfirij Petrowitsch kurz nach Iljas Geburt aufgenommen hatte. Maja saß mit dem Baby auf dem Schoß auf ihrem zerschlissenen Sofa. Pulcharia thronte auf dem Schoß ihres Vaters, und Lydia drängte sich neben ihren Sohn. Sie sah ihn an, obwohl Rostnikow sie mehrfach aufgefordert hatte, in die Kamera zu schauen.

Spaskow revanchierte sich mit der Fotografie von seiner Familie: er, seine Frau und das Kind im Park. Es war eine alte Aufnahme. Damals war seine blondgelockte Tochter höchstens zwei Jahre alt gewesen.

Es gab nichts weiter zu sagen, als Sascha seine Brieftasche wegsteckte. Ein Vater und Ehemann würde den ganzen Tag von Büro zu Büro ziehen und fotografieren, der andere achtete auf Recht und Gesetz, während er einen Mord plante.

Karpo und Paulinin wurden von Craig Hamilton, dem schwarzen FBI-Spezialisten für organisierte Verbrechen, in der amerikanischen Botschaft empfangen. Karpo hatte schon vorher mit dem Mann zusammengearbeitet, beide waren Profis und respektierten einander. Hamilton hatte weit mehr als seine Pflicht getan, als er Karpo geholfen hatte, Mathilde Versons Mörder aufzuspüren.

Sie bildeten einen seltsamen Kontrast, der große, kreidebleiche Mann in Schwarz und der gepflegte, gutaussehende Schwarze im grauen Anzug mit blauer Krawatte. Das war zwar nicht gerade die FBI-Uniform, aber dennoch sehr eindrucksvoll.

Die Russen betraten das Botschaftsgebäude, nachdem sie sich bei den diensthabenden amerikanischen Marines ausgewiesen hatten. Karpo und Hamilton, der am Eingang wartete, begrüßten sich mit einem Händedruck.

Hamilton lächelte und führte sie wortlos die Treppe hinauf. Er war Paulinin schon einmal begegnet und hatte seine Persönlichkeit durchschaut – seiner Ansicht nach war der Wissenschaftler sowohl ein Genie als auch ein aufgeblasener, einsamer, latent psychotischer Mann. Paulinin – ohne Kopfbedeckung, ungeduldig und mit einer alten Aktentasche in der Hand – bereitete Hamilton im Moment allerdings weniger Kopfzerbrechen als die hagere Gestalt an seiner Seite. Man hatte Karpo seine Religion, den Kommunismus, und die Frau, die hinter seiner kalten, starren Fassade Menschlichkeit hervorholen konnte, genommen. Nach diesen für ihn traumatischen Ereignissen entsprach er dem Profil eines potentiellen Selbstmörders. Er hatte nichts mehr zu verlieren. Hamilton schätzte Karpos Fähigkeiten und wußte, daß er niemals in Panik geraten würde, aber er fragte sich, warum Rostnikow, der den Mann sicherlich genauso beurteilte wie er, ausgerechnet ihn dazu bestimmt hatte, bei dem äußerst gefährlichen Spiel des Bombenattentäters mitzumachen. Ihre Schritte hallten von den Wänden des evakuierten Gebäudes wider, als sie die Treppe hinaufgingen.

Sie blieben vor einer massiven Eichentür stehen.

»Das Päckchen liegt auf dem Schreibtisch«, sagte Hamilton in perfektem Russisch. »Es hat ungefähr die Größe eines Kugelschreiber-Etuis, wie Rostnikow bereits sagte. Mit dem richtigen Sprengstoff kann auch eine so kleine Bombe beträchtlichen Schaden anrichten.«

»Dessen sind wir uns durchaus bewußt«, meinte Paulinin und umklammerte seine verbeulte Aktentasche noch fester.

»Und Sie wissen auch, daß keiner unserer Männer genügend Erfahrung hat, um diese Bombe – falls es tatsächlich eine ist – unschädlich zu machen«, sagte Hamilton.

»Es ist eine Bombe«, behauptete Karpo. »Ich habe den Mann gehört, der sie hergebracht hat. Inspektor Rostnikow glaubt, daß er die Wahrheit sagt.«

»Und Sie?« fragte Hamilton.

»Das tut nichts zur Sache«, erwiderte Karpo. »Wir werden das Päckchen wie eine Bombe behandeln.«

»Gut«, sagte Hamilton. »Wir haben auch die Sprengstoffexperten der russischen Staatspolizei informiert. Der neue Leiter Ihres Dezernats, Jakowlew, hat jedoch darauf bestanden, daß Sie sich der Sache annehmen, da es Ihr Fall ist.«

»Die Sprengstoffexperten sind Nichtskönner«, erklärte Paulinin verächtlich. »Können wir anfangen?«

Hamilton öffnete behutsam die Tür, und die beiden Russen betraten das Büro.

»Ich habe die Anweisung, das Gebäude zu verlassen, sobald ich Sie hergeführt habe«, sagte Hamilton.

»Dann gehen Sie«, empfahl Paulinin mit Blick auf den Schreibtisch und das Päckchen.

»Ich glaube, ich bleibe hier«, erklärte Hamilton.

Hamilton war mit einem Sender ausgestattet. Das Mikrophon in der Größe eines Hemdknopfs war an seiner Krawatte befestigt. Was immer in diesem Raum gesprochen wurde, wurde von einem Aufzeichnungsgerät, das sich in einem 1996er Buick Regal einen halben Block entfernt befand, aufgenommen. Die Amerikaner hätten einfach ein Mikrophon in dem Büro installieren können, aber wenn niemand Fragen stellte, war es denkbar, daß die beiden Russen arbeiteten, ohne ein einziges Wort von sich zu geben.

Paulinin zuckte mit den Schultern. »Lassen Sie die Tür offen«, sagte er, als er zum Schreibtisch ging. »Wenn das Ding in einem geschlossenen Raum explodiert, könnte es noch größeren Schaden anrichten. Sie sollten die Fenster öffnen, aber ganz, ganz langsam. Falls sie klemmen, lassen Sie es lieber ganz. Vielleicht wäre es besser, wenn Emil Karpo das übernehmen würde. Von jetzt an werden wir uns alle bewegen wie gutgenährte Schlangen. Falls es nötig wird, rasch zu handeln, sage ich Ihnen Bescheid.«

Hamilton nickte, als Karpo zu den Fenstern schlich und Paulinin seine Aktentasche auf den Boden stellte und sie öffnete. Paulinin rückte seine Brille zurecht, ließ sich auf die Knie nieder und begutachtete den Inhalt seiner Tasche. Hamilton spähte ihm über die Schulter; er sah eine eigenartige Ansammlung von Gegenständen und Werkzeugen – angefangen von normalen Zangen über verschiedenfarbige Drähte, ein durchsichtiges Klebeband, eine Schachtel, in der sich laut Etikett Hafermehl befand, einige verschließbare Plastikbeutel bis zu gespitzten Bleistiften, die von einem Gummiband zusammengehalten wurden, Büroklammern, einem weißen Gegenstand, der aussah wie ein Affen- oder Menschenknochen, und einem großen Schreibblock. Die anderen Dinge konnte Hamilton nicht genau erkennen.

Paulinin tastete vorsichtig in der Tasche und vergewisserte sich, daß alles an seinem Platz lag. Dann erhob er sich und schob erneut seine Brille in die richtige Position. Er drehte sich um und warf einen Blick auf den Lüftungsschacht in der

Wand. Seine schmalen Lippen teilten sich zu einer Art Grinsen. Er hatte das Glitzern von Glas hinter dem Gitter entdeckt. Er hatte nichts dagegen, von einer Videokamera aufgenommen zu werden, und er erhob auch keine Einwände gegen das Mikrophon, das ihm sofort an Hamiltons Krawatte aufgefallen war.

Paulinin war stolz auf seine Fähigkeiten, die außer ihm selbst nur eine Handvoll Menschen – unter ihnen Karpo und Rostnikow – richtig zu schätzen wußten. Er hätte es vorgezogen, den Amerikanern eine ordentliche Obduktion zu zeigen, aber nach allem, was er von der Arbeit des Bombenattentäters gesehen hatte, würde er sich die Bewunderung aller Experten der Welt verdienen, wenn er sich als schlauer als er erwies – allerdings durfte dann diese Bombe nicht explodieren.

Er hoffte, daß sie keinen Zeitzünder hatte …

Paulinin stellte sich kurz für seine Zuschauer in Positur, zog dann seinen Mantel aus und legte ihn in der Nähe der Tür auf den Boden. Während er zum Schreibtisch zurückging, krempelte er die ausgebleichten grauen Hemdsärmel hoch. Er beugte sich über das Päckchen und hielt seine Brille dabei mit einer Hand fest. Er schüttelte vielsagend den Kopf, ehe er sich wieder seiner Aktentasche zuwandte.

Karpo hatte inzwischen die Fenster geöffnet und drehte sich um, um Paulinin zuzusehen. Er wußte, daß Paulinin eine große Show aus der Sache machte, und das konnte ihn dazu veranlassen, dem Päckchen weniger Aufmerksamkeit als nötig zu schenken. Das war die zweite echte Gefahr bei diesem Unternehmen. Die erste war eine Explosion, die kein Mensch verhindern konnte.

Paulinin nahm ein dickes Gummiband aus der Tasche, das an jedem Ende zu einer Schlinge geknotet war. Er nahm die Brille ab, steckte die Bügel in die Schlingen und zog sie fest;

dann setzte er die Brille wieder auf. Jetzt konnte sie nicht mehr verrutschen.

Er beugte sich noch einige Male über seine Tasche, um Sachen herauszunehmen oder wieder hineinzulegen. Als erstes stocherte er behutsam mit einem Metallhaken, wie ihn Zahnärzte benutzen, in den Umschlag und riß an der Ecke ein kleines Stück auf. Dann beugte er sich vor und schnupperte an dem Päckchen.

»Normaler Klebstoff. Beste Qualität, so daß man ein bißchen fester reißen muß, um das Päckchen zu öffnen. Möglicherweise ist eine solche Erschütterung nötig, um den Zündmechanismus zu aktivieren, aber wir müssen ganz sichergehen.«

Er löste mit dem Haken langsam die Lasche des Umschlags, nachdem er die Klebestelle mit einem Wattebausch abgetupft hatte, der mit einer durchsichtigen Flüssigkeit aus einem Fläschchen getränkt war. Nach einer Minute war der Umschlag offen.

Der Wissenschaftler richtete sich auf und betrachtete ratlos die Schnur, mit der das kompakte Päckchen trotz des Klebstoffs zugebunden war.

»Warum die Schnur?« Paulinin rieb sich das Kinn, wie der Schauspieler in dem Stück, das er als Kind gesehen hatte. Diese Geste hatte ihm schon immer gut gefallen – sie drückte Nachdenklichkeit und äußerste Konzentration aus. »Auch ein möglicher Auslöser. Wenn man die Schnur beseitigt oder aufschneidet, könnte der Deckel der in dem Umschlag befindlichen Holzschachtel mit Hilfe einer Sprungfeder hochschnellen und ... *wumm!*«

Hamilton dachte an seine Familie, Karpo dachte an gar nichts. Beide rührten sich nicht, als sie hörten, wie Paulinin plötzlich leise und brummend das amerikanische Lied »Ain't She Sweet« zu singen begann. Sein Englisch war kaum zu verstehen, aber Hamilton kannte den Text natürlich. Er konnte sich gut vorstellen, daß sein Boß und die anderen an dieser Stelle grinsten, wenn sie sich das Video ansahen, und hoffte nur, daß er überlebte, um sich zusammen mit ihnen zu amüsieren.

Paulinin zog langsam einen Teil des Umschlags zurück und schnitt Stück für Stück mit einer Chirurgenschere ab. Die Teile legte er nebeneinander auf die Tischplatte, bis er so etwas wie ein hellbraunes Puzzle vor sich hatte. Die Schnur befand sich noch an Ort und Stelle, als er fertig war.

Dann holte er zwei breite, blaue elastische Bänder aus seiner Tasche und hob die Schachtel an einer Stelle vorsichtig hoch, um das Band darunterzuschieben. Er wiederholte die Prozedur auf der anderen Seite, ehe er eine klebstoffartige Substanz, die er selbst entwickelt hatte, aus einer kleinen weißen Tube zwischen Schachtel und Bänder drückte.

»Tzee här walken don da striet«, sang er leise, während er wartete, daß der Klebstoff hart wurde.

Es dauerte nicht länger als zwanzig Sekunden. Schließlich schnitt Paulinin die Schnur auf und schob sie beiseite, ohne sie unter der Schachtel wegzuziehen.

»Wie Schach, was Emil?« fragte Paulinin – er genoß seinen Auftritt vor der Kamera und dem Mikrophon.

»Ich bin nicht gut im Vergleiche ziehen«, erwiderte Karpo nüchtern.

»Der Attentäter macht einen Zug, ich antworte mit einem Zug«, erklärte Paulinin, während er ein anderes Fläschchen aus der Tasche nahm, wieder einen Wattebausch mit dem Inhalt benetzte und den erhärteten Klebstoff betupfte.

Als nächstes hielt Paulinin eine hölzerne Wäscheklammer, deren Enden so zugeschliffen waren, daß sie kaum dicker waren als Zeitungspapier, für die Kamera hoch. Er hatte jetzt eine kleine Taschenlampe in der linken Hand und die

Wäscheklammer in der rechten. Er bückte sich vor, summte leise und schob die dünnen Enden der Wäscheklammer unter den Rand des Deckels. Dann drückte er sie oben vorsichtig zusammen, so daß sich die Schachtel öffnete. Die beiden elastischen Bänder, die er vorher angeklebt hatte, verhinderten, daß der Deckel aufsprang.

Paulinin leuchtete mit der Taschenlampe in den schmalen Schlitz, blinzelte und ließ den Blick hin und her schweifen. Nach einer Weile verbreiterte er den Schlitz mit Hilfe der Wäscheklammer um ein winziges Stück.

»Nau I esk yu wery confidental... hm, hm, hm«, brummte er, als er die Wäscheklammer herauszog und einen weißen Karton holte. Er nahm ein kleines gelbes Gerät, das entfernte Ähnlichkeit mit einem Sony-Walkman mit kleinen Kopfhörern hatte, aus dem Karton. An dem Gerät hing ein grüner, isolierter Draht, und ein kleiner Bildschirm flammte auf, als Paulinin auf einen Knopf drückte.

»Faseroptik«, erläuterte er. »Selbstkonstruiert. Falls ich jemals in den Westen übersiedeln sollte, kann ich es mir patentieren lassen und Millionen verdienen und leben wie Einstein.«

Paulinin setzte die Kopfhörer auf und steckte den grünen Draht in den Schlitz, den er mit Hilfe der Wäscheklammer wieder geöffnet hatte. Er hörte auf zu singen, lauschte und beobachtete den kleinen Bildschirm, während er den Draht in der Schachtel mit der Bombe hin und her bewegte. Seine Bewegungen waren so unauffällig, daß die Zuschauer am Monitor schon sehr genau aufpassen mußten, um etwas zu sehen.

»Komisch«, murmelte Paulinin. Sein verwirrter Gesichtsausdruck beunruhigte Hamilton, der einen Blick zu Karpo warf. Karpo schien nichts zu bemerken.

»Da ist eine Feder«, sagte Paulinin, »und ein Mechanismus, den ich nicht erkenne – ein rechteckiges Stück, lehmartiges

Material … das könnte der Sprengstoff sein. Ich habe nicht genug Informationen, um zu bestimmen, was für eine Substanz das ist. Leider habe ich keinen Zugang zu den hochempfindlichen Geräten, die ich dazu brauche, und schon gar nicht die finanziellen Mittel, um sie mir zuzulegen. Ich muß mit dem zurechtkommen, was ich selbst zusammenbasteln kann, während diese Idioten japanische, amerikanische, holländische und deutsche Präzisionsgeräte zur Verfügung haben und nicht wissen, was sie damit anfangen sollen. Man übergeht mich immer, aber letztendlich werde ich triumphieren. Jetzt bin ich am Zug.«

Er legte die Taschenlampe weg, ohne sie auszuschalten, und tastete, noch immer mit den Kopfhörern auf den Ohren und der Sonde in der Schachtel, in seiner Aktentasche herum, bis er ein Gebilde gefunden hatte, das aussah wie eine zierliche Zange mit gebogener Schere am Ende. Behutsam drückte er die Wäscheklammer noch ein bißchen stärker zusammen und schob die Zange durch den Schlitz, während er den kleinen Bildschirm im Auge behielt.

»Der Kontakt kann den Schaltkreis unterbrechen und einen kleinen Funken entstehen lassen«, sagte er mehr zu sich selbst als zu den beiden Anwesenden oder zu den Unbekannten, die ihn sonst noch beobachteten. »Wie clever ist dieser Kerl, gegen den ich spiele?«

Paulinin hielt kurz inne – in der linken Hand die Zange, in der rechten die Wäscheklammer. Dann zwickte er die Zange zu, und Hamilton und Karpo hörten, daß er einen dünnen Metalldraht durchschnitt.

Sie warteten auf die Explosion, aber sie kam nicht. Als nächstes ertönte wieder Paulinins Stimme: *»Ain' she nize …«*

Er entfernte die Zange und die Wäscheklammer und löste die elastischen Bänder, die er so hielt, daß sie nicht zurückschnellen konnten, von der Schachtel.

»Oh me, oh my«, sang er, während er den Deckel der Schachtel anhob.

Er verstummte, als er den Deckel, der auf einer Seite mit Scharnieren befestigt war, zurückklappte.

»Was ist das? Was soll das sein?« fragte er. »Das war sein Zug. Ein verwegener Springer, eine leichtsinnige Dame?«

Paulinin starrte stumm auf den Inhalt der Schachtel.

»Sie beide sollten jetzt den Raum verlassen«, sagte er nach einer Weile.

»Warum?« fragte Hamilton.

»Weil ich nicht weiß, welchen Zug ich als nächstes mache«, erwiderte Paulinin leise. »Die Feder des Zünders hat keinen Kontakt zu irgend etwas. Einen solchen Mechanismus habe ich noch nie gesehen. Die Bombe wäre nicht losgegangen, wenn man die Schachtel ganz normal geöffnet hätte. Die Frage ist nur, warum nicht? Jeder, der dumm genug gewesen wäre, die Schachtel aufzumachen, hätte das hier gesehen. Würde er darauf starren wie wir, während ein Zeitzünder zu ticken anfängt? Würde er andere herbeirufen, so daß der Attentäter mehr Opfer hätte? Ich schlage vor, Sie gehen jetzt.«

Weder Karpo noch Hamilton rührten sich von der Stelle, obwohl der Amerikaner versucht war, der Aufforderung nachzukommen. Er hätte keine Regel und kein Gesetz verletzt, wenn er gegangen wäre – im Gegenteil, er verstieß wahrscheinlich gegen die Richtlinien des FBI, wenn er sich wissentlich einer derartigen Gefahr aussetzte.

»Sie sind am Zug«, sagte Hamilton.

Paulinin grinste, nahm die Brille ab, setzte sie nach ein paar Sekunden wieder auf und sagte: »Unangenehme Lage.«

Dann beugte er sich ganz nah über den Inhalt der Schachtel, lauschte und schnupperte jeden Zentimeter ab. Besonders gründlich untersuchte er auf diese Weise das lehmartige Material. Zum Schluß berührte er es leicht mit einer Fingerspitze und leckte sie ab. Der verwirrte Ausdruck kehrte wieder zurück, und er stand einen Moment still da und dachte nach. Plötzlich kam ihm eine Idee. Er roch an der Schachtel, ehe er in seiner Tasche nach einem Skalpell suchte. Damit kratzte er vorsichtig ein Stück von der Schachtel ab und inspizierte die Krümel, die er auf dem Tisch plazierte, aufmerksam durch die dicken Brillengläser.

Zu guter Letzt packte er seine Werkzeuge weg, schloß die Aktentasche und stellte sie auf den Schreibtisch. Er faßte mit der rechten Hand in die offene Schachtel und zog das lehmartige Material weg.

»Lehm«, sagte er ärgerlich. »Simpler Lehm mit Kalium vermischt. Das ist kein Sprengstoff. Die Schachtel besteht auch nicht aus explosivem Material. Das ist keine Bombe. Es ist eine Attrappe. Eine letzte Geste. Wie in dem amerikanischen Film, den ich als Kind gesehen habe – *Das Phantom der Oper*. Als ihn die wütende Menge umzingelt hatte, hielt das Phantom die Hand hoch und tat so, als hätte es eine Granate. Die Leute wichen ängstlich zurück. Dann öffnete das Phantom die Hand und zeigte, daß sie leer war. Das Phantom lachte, als die Menschen wieder auf ihn zukamen, und der Film endete. Diese Szene habe ich nie vergessen. Der Bombenattentäter hat gewonnen.«

»Ich würde sagen, das ist ein Remis«, sagte Hamilton.

Paulinin nahm seine Tasche und schüttelte den Kopf. »Vielleicht«, sagte er. »Aber er sitzt jetzt in seiner Zelle und lacht mich aus.«

»Das bezweifle ich«, meinte Hamilton.

»Er lacht, feixt und freut sich diebisch«, beharrte Paulinin und ließ seine Tasche zuschnappen.

»Können wir die haben?« fragte Karpo und deutete auf die harmlose Schachtel.

»Ich weiß nicht«, sagte Hamilton. »Ich werde nachfragen und sie Ihnen gegebenenfalls zukommen lassen.«

Karpo nickte. Der verstimmte Paulinin steuerte bereits die Tür an – sein großer Augenblick war vertan. Alexi Monochow war ein teuflischer Gegner, der einen Narren aus ihm gemacht hatte. Paulinin faßte den Entschluß, sich nie wieder in eine so mißliche Lage zu bringen. Er hob seinen Mantel auf, zog ihn an und knöpfte ihn hastig zu.

Hamilton begleitete die beiden Männer, als sie hinuntergingen, und bedankte sich für ihre Hilfe. Karpo nickte zur Antwort. Paulinin konnte sich nicht einmal dazu entschließen. Er dachte an das Videoband. Die Leute vom FBI würden es sich ansehen und über den singenden Idioten lachen, der mit Akribie auf das Spiel des Bombenattentäters einging, um zu guter Letzt nur vor einem harmlosen Schachtelteufelchen zu stehen.

Statt sie zum Haupteingang der Botschaft zu führen, bog Hamilton auf der unteren Ebene ab und bedeutete den beiden Russen, ihm zu folgen. Paulinin zögerte, blieb dann aber doch an Karpos Seite. Hamilton öffnete eine Tür, die zu einem kleinen, mit Betonwänden gesicherten Raum mit etlichen Monitoren führte. Kassetten liefen. Videogeräte summten.

»Alles automatisch«, erklärte Hamilton. »Ständig ist eines der Geräte defekt, und die Aufnahmen sind unbrauchbar. Das Band, das gerade aufgenommen wurde, lief auch automatisch mit. Kein Mensch hat die Vorgänge am Monitor beobachtet. Ich habe mein Mikrophon ausgeschaltet.«

Hamilton ging zu einem der Recorder. Auf dem Bildschirm darüber war das Büro mit dem Schreibtisch und der Bombenattrappe zu sehen. Er drückte auf den Knopf, und der Bildschirm wurde schwarz. Eine Kassette sprang heraus. Er nahm sie, überreichte sie Paulinin und ersetzte sie durch eine leere, die er aus dem Schrank holte.

»Das Gerät ist kaputt«, sagte Hamilton ernst. »Es hat sich nicht eingeschaltet. Wir müssen es reparieren lassen.«

Paulinin steckte die Kassette in seine Aktentasche. Hamilton streckte den Kopf durch die Tür, spähte nach links und nach rechts, dann winkte er den beiden Männern.

Er führte sie zum Haupteingang und an den Marines vorbei.

»Ich habe das Mikrophon ausgeschaltet, während Sie die Schachtel öffneten«, raunte er, als sie draußen in der Kälte standen. Ein scharfer Wind fegte durch die Straßen. »Die Stromversorgung in diesem Land ist manchmal katastrophal. Manche Mitarbeiter denken, das ist eine Art Sabotage, die Ihre Regierung veranlaßt. Das Mikrophon und die Tonbandaufnahme waren nur als Sicherheit gedacht, falls die Bombe explodiert. So etwas wie eine Black Box in einem Flugzeug.«

»Sie wußten, daß es eine Attrappe ist, als ich die Schachtel öffnete?« fragte Paulinin ungläubig. »Sie wußten es, bevor ich es gemerkt habe?«

»Nein, ich wußte es nicht. Es war nur eine Vermutung. Ich kenne mich auf diesem Gebiet ein bißchen aus. Irgend etwas kam mir komisch, einfach falsch vor – viel zu kompliziert. Die meisten Bomben, sogar die, die von Verrückten verschickt werden, sind einfach. Je unkomplizierter, desto größer die Wirkung.«

Diese Erklärung war demütigend genug für Paulinin, aber schlimmer noch war die Vorstellung, daß die amerikanischen Agenten sich die Kassette, die jetzt in seiner Tasche steckte, hätten ansehen und dazu die Tonbandaufnahme abhören können, wenn Hamilton nicht so rücksichtsvoll gewesen wäre.

Der FBI-Mann streckte die Hand aus. Karpo drückte sie. Paulinin war unschlüssig, ergriff sie dann aber doch. Ihm war klar, daß er sich hätte bedanken müssen, aber er wußte nicht, was er sagen sollte.

»Wir würden es zu schätzen wissen, wenn Sie uns über den Fall des Bombenattentäters und die Gerichtsverhandlung – falls es dazu kommt – auf dem laufenden halten würden.« Hamilton lächelte. »Danke für Ihre Hilfe.«

Nach diesen Worten drehte er sich um und ging auf das Gebäude zu.

Karpo und Paulinin machten sich gemächlich auf den Weg.

»Erniedrigend«, murmelte Paulinin. »Von heute an werde ich in meinem Labor bleiben.«

»Ein bißchen peinlich«, korrigierte ihn Karpo. »Nicht erniedrigend. Sollen wir zu Fuß gehen?«

»Es ist weit.«

»Ja, und kalt.«

»Gehen wir zu Fuß«, entschied Paulinin.

»Gut«, sagte Emil Karpo. »Das gibt mir die Gelegenheit, Ihnen von der peinlichsten Situation in meiner Karriere zu erzählen – es war ein Erlebnis, das mir lange zu schaffen machte. Eine Frau hat mich überlistet und mich beinahe mit einer Bombe getötet.«

Sie kamen an einem geparkten Buick vorbei. Drei Männer saßen in dem Wagen und vermieden es, die merkwürdigen Russen anzusehen.

»Und, wenn uns die Zeit dazu bleibt, kann ich Ihnen von noch mehr Peinlichkeiten und Fehlern erzählen, die ich gemacht habe«, fuhr Karpo fort.

»Vielleicht können wir irgendwo einen Tee oder einen Kaffee trinken und etwas Süßes dazu essen«, schlug Paulinin vor. Er hielt seine Mütze in der Hand, und der kalte Wind zerrte an seiner wilden Haarmähne.

»Es spricht nichts dagegen«, erwiderte Karpo. Er ging viel langsamer als sonst, damit der kleinere Mann mit ihm Schritt halten konnte.

11

Sarah Rostnikow saß in dem dunkelbraunen Sessel in der Wohnung ihres Cousins. Leon, der Arzt, hatte ihr gegenüber Platz genommen. Er hatte, ohne sie vorher zu fragen, Kaffee aufgebrüht und ihr eine Tasse eingeschenkt. Er wußte, daß sie ihn mit wenig Zucker trank. Er selbst bevorzugte ihn schwarz.

Er war größer und schlanker als die meisten Mitglieder von Sarahs Familie und dazu prädestiniert, Anzug und Krawatte zu tragen, selbst wenn er nicht arbeitete. Er verabscheute das klinische Weiß, aber wenn er operierte oder einem anderen Chirurgen assistierte, zog er einen blauen Kittel, die Kappe und einen Mundschutz an.

Sarah kam von der Klinik, in der ihr Cousin seine Untersuchungen durchführte. Leon hielt sich und seine Patienten so weit wie möglich von den staatlichen Krankenhäusern fern. Anders als die anderen Ärzte in Rußland, und früher in der Sowjetunion, hatte es Leon zu bescheidenem Wohlstand gebracht. Er war jünger als Sarah – nicht älter als fünfundvierzig. Es war ihm trotz der Tatsache, daß er Jude war, gelungen, an einer sowjetischen Universität Medizin zu studieren, aber das hatte ihn enorme Bestechungssummen gekostet. Nach dem Studienabschluß hatte er das veraltete Wissen, das man ihm während seiner Ausbildung vermittelt hatte, stark verbessert, indem er mit kubanischen Ärzten arbeitete. Später eröffnete er eine eigene Praxis.

Leon wußte, daß er als jüdischer Arzt in der Herzen-Straße bekannt war. Leute mit Geld konsultierten ihn – Regierungsbeamte, Geschäftsleute, Kriminelle –, und wegen seiner Verwandtschaft mit Porfirij Petrowitsch kamen auch immer mehr Polizisten und Kriminalbeamte zu ihm in die Praxis. Leon behandelte sie alle und stellte nicht mehr in

Rechnung, als sie bezahlen konnten. Um die Verluste wettzumachen, die die Klinik, in die er Sarah geschickt hatte, durch seine Großzügigkeit erlitt, arbeitete er umsonst dort. Seine Patienten in der Klinik waren im Gegensatz zu seinen Privatpatienten meistens bettelarm.

»Hast du den Befund von der Klinik bekommen?« fragte Sarah, so ruhig sie konnte.

Seit seiner Kindheit bewunderte Leon seine Cousine – sie war eine außergewöhnlich schöne, würdevolle Frau. Am Anfang hatte sich Leon wie der Rest der Familie gewundert, daß sie ausgerechnet einen nichtjüdischen Polizisten heiraten wollte, der noch dazu hinkte und die Statur eines Aktenschranks hatte. Aber mit der Zeit nahm Porfirij Petrowitsch Leon und alle anderen für sich ein. Sie lernten Porfirij Petrowitsch und seine Qualitäten schätzen und mochten ihn.

»Sie haben vor etwa zehn Minuten hier angerufen«, sagte Leon. »Die Röntgenaufnahmen müßten jeden Augenblick hier abgegeben werden.«

»Er ist wieder da«, sagte Sarah.

»Der Tumor? Das denke ich nicht. Ich kann es natürlich nicht mit Gewißheit sagen, aber ich glaube es nicht. Das ist nicht mein Spezialgebiet, aber ich werde mir die Röntgenbilder anschauen und die Ärztin zu Rate ziehen, die dich operiert hat. Ich könnte mir vorstellen, daß bei dem Eingriff irgendein Bereich in Mitleidenschaft gezogen wurde – vielleicht wurde etwas angeschnitten oder sogar durchtrennt. Möglich wäre auch, daß der Tumor selbst einen geringfügigen Schaden angerichtet hat, bevor er entfernt wurde. So etwas kommt nicht selten vor.«

Sarah kannte ihren Cousin so gut wie einen Bruder. Sie waren zusammen aufgewachsen. Ihre Familien hatten im selben Mietshaus gewohnt. Sie wußte, daß er sie nicht belog. Das würde er nie tun.

»Und?«

»Wenn ich recht behalte, könnte eine medikamentöse Behandlung Erfolg haben. Tabletten, die anfallartige Beschwerden lindern oder ganz verhindern. Wenn wir die richtige Therapie finden, wirst du schlicht damit leben müssen, solange sich die Symptome nicht verschlimmern.«

»Und wenn du nicht recht behältst, Leon Moisejewitsch?«

»Wird vielleicht eine zweite Operation nötig. Dann sehen wir nach, ob wir das Problem finden und beseitigen können. Aber ich glaube, das wird nicht nötig sein.«

Es war warm und behaglich in seinem Wohnzimmer. Leon hatte seine Zweizimmerwohnung nicht mit teuren Möbeln oder Antiquitäten vollgestopft. Nichts deutete auf den ersten Blick darauf hin, daß er wohlhabend war. Aber der Teppich war ein echter Perser, und an den Wänden hingen Werke zeitgenössischer russischer Künstler. Die Bilder waren gegenständlich und ohne politische Aussage. Ein separater Eingang in derselben Etage führte zu Leons Praxis mit Büro und einem Behandlungszimmer.

»Trink deinen Kaffee aus, dann gehen wir hinüber, und ich untersuche dich noch einmal«, sagte er. »Wie gesagt, der Befund und die Röntgenbilder müßten jeden Moment hier sein.«

»Falls ich nicht mehr lange zu leben habe, darfst du es mir nicht verheimlichen, Leon«, sagte sie. »Ich müßte noch eine Menge Vorkehrungen treffen.«

»Du wirst nicht sterben. Nicht ehe du so alt bist wie Großmutter Rebecca. Neunzig Jahre. Das ist ein Versprechen. Ich lasse es nicht noch einmal zu, daß eine Frau, die ich liebe, vor ihrer Zeit abtreten muß.«

Leons Frau war vor sieben Jahren an Magenkrebs gestorben. Sie hatten einen Sohn, Izaak, den sie Iwan nannten. Iwan war jetzt neun Jahre alt. Mascha, die ungarische Frau, die sich um ihn kümmerte, holte ihn von der Schule ab und brachte ihn nach Hause. Der Junge war seiner Mutter wie aus dem Gesicht geschnitten, und sein Anblick erinnerte Leon ständig an den schmerzlichen Verlust. Sarah konnte nachvollziehen, daß Leon seinen Jungen besonders behütete und vor allem beschützen wollte, obwohl sie oft dachte, daß die übertriebene Fürsorge letzten Endes weder Leon noch dem Kind guttun würde.

»Sollen wir gehen?« fragte Leon lächelnd und stand auf.

Sarah stellte die Tasse ab und nahm die Hand, die er ihr hinhielt. Auf dem Weg zu seiner Praxis erkundigte sie sich nach Izaak, und Leon erzählte stolz von seinem klugen Sohn.

Sarah hatte niemanden, der auf die Mädchen aufpaßte, die wahrscheinlich schon auf sie warteten. Sie wollte das auch nicht – die beiden waren alt genug, um allein von der Schule heimzugehen und sich etwas zu essen zu machen. Sie hatte ihnen einen Zettel hingelegt, auf dem stand, daß sie ihre Hausaufgaben machen und später in den Büchern lesen sollten, die sie angefangen hatten. Nach einem frühen Abendessen würde sie ihnen erlauben, ein bißchen fernzusehen.

Während sie auf der Untersuchungsliege lag und mit Leon redete, betete sie, daß sie niemals im Beisein der Mädchen oder vor Josef und Porfirij Petrowitsch einen Anfall erleiden möge. Aber sie wußte, daß sie bald mit ihrem Mann über ihren Zustand sprechen mußte.

Rostnikow saß Jewgenij Tutsolow an einem Tisch gegenüber. Selatsch stand hinter dem jungen, erstaunlich gefaßten Mann. Bis jetzt hatte Rostnikow dem jungen Mann noch nicht verraten, weshalb sie ihn in dem Hotel, in dessen Wäscherei er arbeitete, aufgesucht hatten. Als sie angekommen waren, hatte er Bettwäsche aus einem riesigen Trockner genommen und mit Hilfe seiner Chefin zusammengelegt; er schien zwar überrascht über den unerwarteten Besuch zu sein, aber kein bißchen nervös.

Die Chefin, eine füllige Frau in weißer Arbeitskleidung, meinte, sie könnten sich in den Raum setzen, in dem die Angestellten der Wäscherei zu Mittag aßen. Sie fügte hinzu, Tutsolow sollte möglichst rasch wieder an die Arbeit gehen, es sei denn, die Polizisten planten, ihn wegen irgendeines Vergehens festzunehmen.

Rostnikow bedankte sich lächelnd bei ihr und behauptete, sie würde genauso aussehen, wie Tolstoi Anna Karenina beschrieben habe. Die finstere Miene der Frau hellte sich zu einem erfreuten Lächeln auf.

»Das hat man mir schon einmal gesagt«, flötete sie über das Brummen der Waschmaschinen und Trockner hinweg, »das war natürlich, bevor ich an Gewicht zugelegt habe.«

»Man sieht es noch«, sagte Rostnikow, als sie zu dem kleinen Speisesaal voranging. »Schönheit läßt sich nicht verleugnen.«

Sie machte die Tür zu, als sie ging, und die drei Männer saßen in dem fensterlosen Raum mit den Gerüchen von unzähligen früheren Mahlzeiten.

Rostnikow ließ sich auf der Bank nieder und winkte Tutsolow, ihm gegenüber Platz zu nehmen. Selatsch brauchte er nicht zu sagen, wo er sich postieren sollte – hinter dem Verdächtigen, nahe und einschüchternd.

»Sie hinken ein bißchen«, stellte Rostnikow fest.

»Das haben Sie bemerkt? Einer meiner Kollegen ist vor ungefähr einem Monat mit einem Wäschewagen in mich reingefahren. Es wird jeden Tag besser. Ich glaube nicht, daß mein Hinken jemandem aufgefallen ist – Sie sind der einzige, aber Sie hinken ja selbst.«

»Ich habe ein künstliches Bein«, sagte Rostnikow. »Haben Sie schon mal eines gesehen?«

»Nein.«

»Die guten sind echte Wunder der Technik«, fuhr Rostnikow fort. »Mein Sohn, der nach seiner Zeit in der Armee Gedichte und Theaterstücke geschrieben hat, hält es für möglich, daß man eines Tages alle inneren Organe und Gliedmaßen, die erkrankt oder verletzt sind, durch künstliche ersetzen kann, die dann besser funktionieren als die ursprünglichen. Alle Körperteile, bis auf das Gehirn.«

»Interessant«, meinte Tutsolow.

»Ja. Aber ich denke, das sind nur Phantasien eines Dichters. Möchten Sie wissen, warum wir hier sind?«

»Sehr gern«, antwortete der junge Mann. Er faltete die Hände auf dem Tisch und beugte sich neugierig vor – sein Gesicht verriet nichts als Unschuld.

»Sie kannten einen jungen Mann namens Igor Mesanowitsch«, begann Rostnikow.

»Ja. Er war mein Freund. Wir kannten uns seit unserer Kindheit«, sagte Jewgenij Tutsolow, und seine Augen wurden feucht. »Aber ich habe ihn in den letzten Monaten nicht gesehen.«

»Sie wissen, daß er tot ist.« Rostnikow versuchte eine günstigere Stellung für seine Prothese zu finden.

»Ja, ich habe es gehört«, sagte Tutsolow. »Jemand hat ihn vor ein paar Tagen nachts in der Nähe des Flusses mit einem Stein erschlagen.«

»Er wurde erschossen«, berichtigte Rostnikow, »nicht erschlagen. Er und drei andere. Juden.«

Tutsolow nickte. »Als wir das letzte Mal miteinander gesprochen haben – vor Monaten –, erzählte mir Igor, daß er sich sehr für das Judentum interessiert. Ich habe versucht, ihm das auszureden.«

»Sie mögen die Juden nicht?« fragte Rostnikow.

»Nicht besonders«, gab Tutsolow zu, »aber ich habe nicht

wirklich etwas gegen sie. Eigentlich denke ich selten oder eher gar nicht darüber nach.«

»Vielleicht hatten Sie recht, wenn Sie ihm den Gedanken ausreden wollten«, sagte Rostnikow verständig und seufzte. »Meine Frau ist Jüdin. Mein Sohn ist Halbjude, aber nach den Regeln der Juden gilt jeder als ganzer Jude, der eine jüdische Mutter hat. Bei uns ist ein Kind ein Jude, wenn ein Elternteil, egal ob Vater oder Mutter, jüdisch ist. Jude zu sein in diesem Land ist wirklich nicht leicht.«

»Ganz recht«, pflichtete ihm Tutsolow bei. »Deshalb habe ich Igor ins Gewissen geredet, aber er war fest entschlossen. Ich wünschte ihm alles Gute und machte ihm klar, daß er sich wie ein Dummkopf benahm.«

»Vor drei Tagen ... wo waren Sie da kurz vor Mitternacht?«

»Vor drei Tagen?« wiederholte der junge Mann kopfschüttelnd. »Ich weiß nicht... das war ein Mittwoch, nein, ein Dienstag. Aber das spielt sowieso keine Rolle. Ich gehe immer früh schlafen. Ich stehe morgens zeitig auf, weil ich um sechs Uhr hier sein muß. Ich war im Bett und habe geschlafen.«

»Allein?« hakte Rostnikow nach.

Der junge Mann lächelte. »Mein Zimmergenosse lag ebenfalls in seinem Bett. Er hat Probleme mit dem Einschlafen und liest gewöhnlich lange. Das Licht der kleinen Lampe stört mich nicht – es ist besser als sein Schnarchen, wenn Leonid irgendwann doch einschläft.«

»Leonid Scharwotz«, sagte Rostnikow.

»Ja.«

»Auch ein Freund von Igor Mesanowitsch?«

»Ja.«

»Wo finden wir Leonid?« fragte Rostnikow.

»Er müßte jetzt eigentlich in unserer Wohnung sein«, sagte Jewgenij Tutsolow. »Er arbeitet nachmittags und abends. Er ist Parfüm-Verkäufer in einem der neuen Läden vom GUM. Ich selbst war nie in dem Geschäft. Er hat mir den Namen einmal gesagt, aber ich habe ihn vergessen.«

»In der Wohnung war niemand«, sagte Rostnikow. »Wir kommen direkt von dort.«

Eine Weile herrschte Schweigen, während der Polizist mit der Statur eines Waschfasses mit den Fingern auf den Tisch trommelte. Er schaute Jewgenij in die Augen, bis sich der junge Mann abwandte.

»Wollen Sie mich nicht fragen, ob ich andere Freunde von Igor kenne? Ob ich mir vorstellen kann, wer seinen Tod gewünscht hat?« erkundigte sich Tutsolow.

»Schön«, fügte sich Rostnikow. »Kennen Sie jemanden, der uns weiterhelfen kann, oder jemanden, der den Tod Ihres alten Freundes wollte?«

»Nein«, sagte Jewgenij.

»Äußerst hilfreich«, meinte Rostnikow.

»Sie glauben doch nicht, daß Leonid oder ich etwas mit den Morden zu tun haben?«

»Nein«, entgegnete Rostnikow. »Selbstverständlich nicht. Wir sind nur verpflichtet, jede Spur zu verfolgen und mit Freunden und Bekannten der Opfer von Gewaltverbrechen zu sprechen. Herauszufinden, ob sie uns weitere Hinweise geben können.«

»Igor wurde zusammen mit drei Juden erschossen?« fragte Tutsolow ungläubig.

Rostnikow nickte.

»Ich habe bereits gesagt, daß er, soweit ich weiß, keine Feinde hatte«, sprach der junge Mann weiter. »Aber Sie sagen, er war mit drei Juden zusammen. Vielleicht wurde ihm das zum Verhängnis. Vielleicht... aber ich bin kein Polizist. Ich hoffe, Sie finden den, der das getan hat, und erschießen ihn, wie er Igor erschossen hat.«

»Meiner Erfahrung nach kommt es selten vor, daß die Polizei auf Verbrecher schießt«, sagte Rostnikow. »Ich bevorzuge eine Gerichtsverhandlung und eine rechtsgültige Verurteilung – das ist wesentlich schlimmer für den Betreffenden. Erst die Verhandlung, dann ein langer, qualvoller Aufenthalt in einer Zelle, das ist angemessener als eine schnelle, tödliche Kugel.«

Tutsolow nickte nachdenklich, als würde er die Weisheit des älteren Mannes anerkennen.

»Ja«, sagte er.

»Das ist für den Moment alles«, sagte Rostnikow. »Ich möchte, daß Sie mich anrufen, falls Ihnen noch etwas einfällt.«

Rostnikow kramte umständlich eine zerknitterte Karte aus seiner Brieftasche. Es war die Visitenkarte des zweiten Geschäftsführers eines Ladens, in dem man Material für Klempnerarbeiten bekam. Rostnikow hatte seinen Namen und die Nummer seines Büros auf die Rückseite gekritzelt. Der junge Mann nahm die Karte, las, was drauf stand, und steckte sie sorgsam in seine eigene Brieftasche.

»Sie können gehen«, sagte Rostnikow.

Jewgenij Tutsolow stand auf und nickte Rostnikow und Selatsch zu, der noch immer untätig hinter ihm stand.

»Eine letzte Frage!« rief Rostnikow, als der junge Mann die Tür erreicht hatte. »Was ist Ihre Lieblingsfarbe?«

»Meine Lieblings ...?«

Jewgenij Tutsolow sah erst den großen, gleichmütigen Mann und dann Rostnikow an.

»Ich ... als ich ein Junge war, hat mir Grün am besten gefallen«, sagte er. »Jetzt ... ich weiß nicht. Warum?«

Rostnikow gab ihm keine Antwort. Jewgenij ging und zog hastig die Tür hinter sich zu.

»Er lügt, Porfirij Petrowitsch«, meldete sich Selatsch zu Wort.

»Ich weiß«, sagte Rostnikow. »Und er ist kein besonders guter Lügner. Er hält sich für gut, aber er ist es nicht. Allerdings sind Lügen in Rußland kein Hinweis auf Schuld. Sonst würde die ganze Bevölkerung im Gefängnis sitzen. Was schlagen Sie als nächstes vor, Selatsch?«

»Ich?« Selatsch überlegte etwa zehn Sekunden. »Wir können den Rabbi, Belinsky, fragen, ob er Tutsolow als einen seiner Angreifer erkennt.«

»Das ist eine Möglichkeit«, räumte Rostnikow ein. »Wenn Belinsky den Jungen identifiziert, liegt die Vermutung sehr nahe, daß er auch etwas mit den Morden zu tun hat. Aber Belinsky hat die Gesichter von zwei Männern nicht deutlich gesehen. Der, den er mit Sicherheit identifizieren kann, hat eine gebrochene Nase. Also ...?«

»Wir sprechen mit Tutsolows Zimmergenossen?« fragte Selatsch.

»Ja. Leonid Scharwotz.«

Selatsch lächelte.

Tutsolow stopfte knittrige weiße Bettwäsche in eine Waschmaschine, als sich die beiden Polizisten ihren Weg durch die Wäscherei bahnten. Der starke, saubere Geruch nach Bleich- und Waschmitteln bildete einen starken Kontrast zu den schalen Essensdüften in dem kleinen Speisesaal. Tutsolow lächelte und winkte. Rostnikow nickte.

Rostnikow bedankte sich noch einmal bei der übergewichtigen Anna Karenina und flüchtete dann vor dem Lärm in der Wäscherei. Selatsch blieb ihm dicht auf den Fersen.

Sobald sie weg waren, ging Ludmilla, die Chefin, zu Jewgenij und fragte ihn, was das alles zu bedeuten habe. Sie war sich nicht sicher, was sie von dem jungen Mann halten sollte. Sie wußte bereits, daß er ein Lügner war. Er kam oft nicht zur Arbeit, und seine Ausreden waren so abwechslungsreich, daß es ihr schwerfiel, sie so ohne weiteres zu schlucken.

»Ein Freund von mir wurde ermordet«, erklärte Jewgenij mit Trauermiene, ohne bei der Arbeit innezuhalten. »Er war fast wie ein Bruder für mich. Sie haben mich gefragt, ob ich jemanden kenne, der ihn lieber tot sehen wollte. Kein Mensch hat Igor den Tod gewünscht. Er war abgesehen von meiner Mutter der freundlichste und liebenswürdigste Mensch, dem ich je begegnet bin.«

»Möchten Sie sich den Rest des Tages freinehmen?« hörte sich Ludmilla fragen.

»O ja, bitte«, sagte Jewgenij, während er sich mit dem Ärmel über die Augen wischte. »Ich bleibe morgen dafür länger.«

Ludmilla legte ihm wortlos die Hand auf die Schulter. Sie spürte, daß er zitterte. Vor Angst, vor Kummer?

Jewgenij Tutsolow zog sich unter den prüfenden Blicken seiner Kollegen den weißen Kittel aus und ging zur Garderobe neben der Tür, um Mantel und Stiefel zu holen.

Jetzt waren all seine Bedenken ausgeräumt. Leonid mußte sterben. Er hatte das von Anfang an im Sinn gehabt, aber gehofft, damit warten zu können, bis sie sicher außer Landes oder zumindest kurz vor der Abreise waren. Aber es stand zu befürchten, daß Leonid zusammenbrach, wenn dieser Polizist ihn fand. Bis jetzt war Georgi das größere Problem gewesen; er hatte bis vor ein paar Minuten auf Jewgenijs Todesliste an erster Stelle gestanden, aber die Lage veränderte sich rasch. Heute nacht mußten sie es tun – Risiko hin oder her. Sie mußten ihn heute nacht finden. Und Jewgenij würde seine beiden Partner gleich nach vollbrachter Tat ausschalten. Etwas anderes konnte er nicht in Betracht ziehen.

Er zog Mantel und Mütze an und ging durch den kahlen Korridor zum Eingang für die Angestellten. Er fragte sich, wo sich Leonid heute morgen herumtrieb, warum er nicht zu Hause gewesen war, als die Polizisten zu der Wohnung kamen. Aber was Leonid auch ferngehalten haben mochte, Jewgenij war froh, daß er nicht daheim herumgelungert hatte.

Zwei Stunden später kam Georgi zu dem Hotel, in dem Jewgenij arbeitete. Er versteckte sich in der Nähe des Lieferanteneingangs hinter einem Müllcontainer und wich jedesmal in den Schatten zurück, wenn jemand herauskam, um Abfall in den Container zu werfen oder das Haus zu verlassen. Sein Plan war einfach: Er wollte Jewgenij nachschleichen, wenn seine Schicht in der Wäscherei zu Ende war, und warten, bis sie allein waren. Er würde die Sache rasch erledigen, in einem Hauseingang, hinter einer Mauer, einem Baumstamm oder laublosen Büschen. Falls Jewgenij ihn entdecken sollte, würde er ihn eben unter weniger idealen Bedingungen töten müssen. Es hätte keinen Zweck, irgendwelche Lügen oder Ausflüchte zu erfinden. Jewgenij war zu schlau und würde alles durchschauen.

Georgi trat von einem Bein aufs andere und rieb die Hände aneinander, die trotz der Handschuhe eiskalt waren. Immer wieder zog er den Schal vors Gesicht, während er auf das Ende der Schicht wartete. Die Arbeiter strömten aus dem Gebäude. Es waren mehr, als Georgi erwartet hatte, aber er war sicher, daß er Jewgenij nicht übersehen würde.

Das Problem war nur, daß sich Jewgenij nicht blicken ließ. Georgi wartete noch fast zwanzig Minuten länger – keine Spur von Jewgenij. Hatte Leonid ihn gewarnt? War er noch in der Wäscherei? Georgi konnte nicht ahnen, daß sein Partner, den er umbringen wollte, das Gebäude längst vor seiner Ankunft verlassen hatte.

Jewgenij war vor zwei Stunden direkt zu Georgis Wohnung gegangen, nachdem er sich vergewissert hatte, daß ihm niemand folgte. Er vermutete, daß Georgi bei der Arbeit war, und wollte ihm nur einen Zettel mit der Nachricht »Heute nacht« unter der Tür durchschieben und dann nach Hause gehen, um nachzusehen, ob die Polizei seine Kalaschnikow gefunden hatte. Er bezweifelte es, denn in diesem Fall hätten sie ihn festgenommen oder ihm zumindest einige gezielte Fragen gestellt. Etwas seltsam Beunruhigendes ging von dem einbeinigen Polizisten aus, der sich nach Lieblingsfarben erkundigte und an ganz andere Dinge zu denken schien als an den Mann, der vor ihm saß.

Jewgenij machte sich gar nicht erst die Mühe, an Georgis Tür zu klopfen. Aber als er sich bückte, um den Zettel durch die Ritze zwischen Tür und Boden zu schieben, hörte er plötzlich Geräusche – sie klangen wie ein Schluchzen oder Wimmern. Georgi schluchzte oder wimmerte nicht. Jewgenij konnte das auf Anhieb, aber Georgi besaß weder das schauspielerische Talent noch die Intelligenz oder die Phantasie, um solche Tricks anzuwenden.

Wer war da in der Wohnung?

Jewgenij Tutsolow zögerte einen Moment, aber dann lieferte er seine Nachricht doch ab. Beinahe sofort hörte er, wie jemand in dem kleinen Apartment erschrocken nach Luft schnappte. Jewgenij verließ eilends das Gebäude und überquerte die Straße, so daß er von Georgis Fenster aus deutlich zu sehen war. Er ging einmal um den Block und schlenderte zusammen mit den anderen Fußgängern mit bunten oder einfarbigen Plastiktüten über die Gehsteige. Als er wieder zu seinem Ausgangspunkt kam, hielt er sich dicht an der Mauer von Georgis Wohnhaus, damit er demjenigen, der vermutlich am Fenster stand, nicht auffallen konnte. Er ging bis zur Kreuzung und in einem Pulk von anderen Passanten auf die andere Straßenseite. Dort suchte er sich einen düsteren Hauseingang, tat so, als würde er in seinen Taschen nach dem Schlüssel suchen, und drückte sich in den Schatten. Er spähte zu Georgis Fenster hinauf. Ihm war kalt, aber er harrte aus.

Nach fünf Minuten tauchte Leonid am Fenster auf und schaute sich nervös um. Er war nur einen kurzen Augenblick zu sehen. In den nächsten zwanzig Minuten erschien er noch fünfmal am Fenster. Er machte fast den Eindruck, als müßte er eine schwere Entscheidung fällen, während er am Fenster stand, sich hin und wieder in den Schatten zurückzog, um kurz darauf die Straße mit Blicken abzusuchen.

Zu guter Letzt näherte sich Georgi seinem Haus und ging hinein. Georgi? Um diese Zeit müßte er eigentlich arbeiten. Jewgenij blieb noch eine knappe halbe Stunde auf seinem Posten, und als sich Leonid nicht auf der Straße blicken ließ, schlenderte er langsam und mit gesenktem Kopf, damit man sein Gesicht nicht sehen konnte, nach Hause.

In seiner Wohnung zog er Mantel und Stiefel aus und legte sich auf sein Bett, nachdem er sich, so gut er konnte, vergewissert hatte, daß das Zimmer nicht durchsucht worden war. Später würde er nach der Kalaschnikow sehen. Er verschränkte die Hände hinter dem Kopf, dachte nach und versuchte, das Rätsel zu lösen.

Es war ein kompliziertes Rätsel. Und die wichtigste Frage war, was er unternehmen und wann er tätig werden sollte.

Er konnte den Besuch des einbeinigen Polizisten nicht vergessen, der ihn davon überzeugt hatte, daß er heute nacht den entscheidenden Schritt tun mußte. Irgendwie wurde er das Gefühl nicht los, daß der Einbeinige durchschaute, was er vorhatte. Aber Jewgenij kam, als er auf dem Bett lag, zu dem Schluß, daß er sich das nur einbildete. Der alte Polizist war wie alle, die er schon getäuscht hatte, und wahrscheinlich nicht einmal so schlau wie einige andere.

Jewgenij schloß die Augen und versuchte sich einzureden, daß er zuversichtlich sein konnte, daß ihm seine Intelligenz und seine Bereitschaft zu töten über alle Klippen hinweghelfen würden und daß er mit Leonid, Georgi und der Polizei fertig wurde. Er brauchte nur Glück – nicht viel, nur ein wenig –, damit er den Job heute nacht ordentlich erledigen konnte. Er würde Leonid und Georgi benutzen, um seinen Schatz zu finden, und sie dann an Ort und Stelle kaltmachen. Dann blieb ihm der Rest der Nacht und ein Teil des Vormittags, um sich auf den Weg nach Weißrußland zu machen, ein paar Schmiergelder zu bezahlen und weiter nach Polen und Deutschland zu reisen. Dort würde er so reich werden, daß er sich als Prinz ausgeben und wie einer leben konnte.

Alexi Monochow saß in seiner weiten, verwaschenen blauen Gefängniskleidung am Tisch in dem kleinen Raum. Ihm gegenüber hatten die drei Männer Platz genommen, die am Tag zuvor in der Petrowka seinen Plan vereitelt hatten. In der Mitte saß der Polizist mit dem künstlichen Bein; er spitzte die Lippen und tippte auf einen großen Umschlag. Der aufrechte, bleiche Mann zu seiner Rechten sah aus wie ein Vampir mit seiner schwarzen Kleidung und dem unbewegten Gesicht. Der dritte, der Nervöse mit dem großen Kopf und der dicken Brille, war derjenige, der herausgefunden hatte, daß seine erste Zündvorrichtung nur eine Falle gewesen war. Alexi nahm sich vor ihm besonders in acht, weil er seinen Gesichtausdruck nicht deuten konnte.

»Alexi Monochow«, sagte Rostnikow. »Sie sind ein gescheiter Mann, ein Witzbold, ein Mann mit echtem russischen Sinn für Ironie.«

Alexi Monochow gestattete sich ein zufriedenes Lächeln.

»Mit Ihrer Bombenattrappe in der amerikanischen Botschaft haben Sie uns alle an der Nase herumgeführt«, fuhr Rostnikow fort und erwiderte das Lächeln. »Sie haben Humor bewiesen und zudem erklärt, daß Sie sich um das Leben an sich sorgen, sich aber keinen Deut um das Leben einzelner scheren.«

Alexi überlegte, ob seine wenigen Haare richtig lagen, aber er unterließ es, sich über den fast kahlen Schädel zu streichen. Er mußte seine Würde bewahren.

»Um das Leben vieler zu retten, ist es manchmal nötig, einige wenige und diejenigen, die sich schuldig gemacht haben, zu opfern«, sagte er.

»Aber Ihrer eigenen Aussage nach sind eine ganze Menge Menschen schuldig«, wandte Rostnikow ein, »und viele verdienen den Tod.«

»Wenige, viele – das sind relative Begriffe«, erwiderte Alexi.

Rostnikow nickte, als wäre er mit dieser Erklärung einverstanden. »Ihr Ziel war es, auf die Gefahren der nuklearen Forschung, der Waffen und Atomkraftwerke hinzuweisen. Sie dachten, Sie könnten das Bewußtsein der Öffentlichkeit für die Risiken wecken.«

»Ja«, bestätigte Alexi. »Wie es der Unabomber in den Vereinigten Staaten gemacht hat. Diese Leute sind fahrlässig, dumm und habgierig. Sie können fast die ganze Menschheit ausrotten. Wir brauchen mehr Bombenattentäter und mehr Proteste.«

»Atomenergie hat den Tod Ihres Vaters verursacht«, sagte Rostnikow und sah Alexi mitfühlend an.

»Ja.«

»Aber vor seinem Tod erpreßte er einige sehr bedeutende Persönlichkeiten, die jetzt für den Lebensunterhalt Ihrer Mutter, Ihrer Schwester und für Ihren eigenen sorgen.«

»Darüber haben wir bereits gesprochen«, erwiderte Alexi.

»Und Sie haben nicht die Absicht, uns die Namen dieser Persönlichkeiten zu nennen und von ihren Verbrechen zu erzählen, weil Sie wollen, daß Ihre Mutter und Ihre Schwester weiterhin das schmutzige Geld derer bekommen, die Ihrer Meinung nach den Tod verdienen.«

»Ja.«

»Das ist ein Widerspruch«, schaltete sich der hagere Mann unerwartet ein. »Sie tun genau das, was Sie beenden wollen. Sie profitieren von den kriminellen Handlungen anderer, die gerade in den Unternehmungen ihre Profite machen, die Sie vernichten wollen. Sie sind ein Heuchler, Alexi Monochow.«

»Ich habe Vorkehrungen getroffen, daß der Polizei und der Presse eine Liste mit den sechzehn Namen übergeben wird, sobald meine Mutter gestorben ist«, sagte Alexi. »Sie ist eine alte Frau. Mit ihrer Hilfe haben wir für meine Schwester, die selbst eine Arbeit hat, genügend Geld auf die hohe Kante gelegt.«

»Und Sie?« fragte Karpo.

»Ich werde bald nicht mehr am Leben sein.« Alexi hob den Kopf und sah die drei Männer nacheinander an. »Wenn ich nicht an einer bösartigen Krankheit sterbe, dann bei der Hinrichtung.«

»Ihre Krankheit«, sagte Rostnikow. »Dieselbe, an der Ihr Vater gestorben ist. Ist es nicht eigenartig, daß Sie sich ausgerechnet für das Berufsgebiet entschieden haben, das Sie so sehr verabscheuen?«

»So konnte ich herausfinden, was vor sich geht und wo«, erklärte Alexi, »wer verantwortlich ist und was ich tun muß, um die verheerende Entwicklung aufzuhalten.«

»Kann sie aufgehalten werden, Alexi?«

Es entstand eine lange Pause; dann sagte der Häftling: »Nein, aber man kann für mehr Sicherheit sorgen. Die Öffentlichkeit kann das fordern, und die Politiker werden aufhorchen, wenn es genügend Proteste gibt.«

»Vielleicht«, sagte Rostnikow. »Ich kenne einige Politiker. Sie sind stur und unbeweglich, wenn Geld und Macht im Spiel sind.«

Der Wissenschaftler mit der dicken Brille gab einen Laut

von sich. Alexi wandte sich ihm zu, aber der Mann schwieg, beobachtete ihn und hörte zu.

»Ich habe mit Ihrem Arzt gesprochen und alle medizinischen Befunde und Testergebnisse erhalten«, berichtete Rostnikow und tippte wieder auf den großen Umschlag. »Unser wissenschaftlicher Mitarbeiter Paulinin, der ausgezeichnete medizinische Kenntnisse besitzt, hat alles eingehend studiert und sich mit anderen Medizinern beraten. Alle haben bestätigt, daß Sie nicht an einer tödlichen Krankheit leiden.«

Rostnikow schob Paulinin den Umschlag hin; der öffnete ihn und breitete den Inhalt auf dem Tisch aus – Röntgenaufnahmen, Berichte und Tabellen.

»Der Neurologe, den Sie konsultiert haben«, begann Paulinin, »ist ein inkompetenter Quacksalber. Sie haben keine bösartigen Geschwüre. Sie haben keinen Krebs. Das einzige, was Sie haben, ist ein kleines Butgerinnsel, das seit der Zeit, in der die falsche Diagnose gestellt wurde, ein bißchen größer geworden ist. Die Schmerzen treten häufiger auf und werden stärker, weil Ihre Infektion nicht ordentlich behandelt wurde. Die Therapie, der Sie sich unterzogen haben, war nutzlos. Eine kleine, harmlose Operation, bei der das Blutgerinnsel entfernt wird, hätte ohne weiteres nach der ersten Untersuchung durchgeführt werden können. Auch jetzt noch kann man operieren, aber dazu bedarf es eines erfahrenen Chirurgen. Ich kenne einen solchen Mann.«

Alexi betrachtete die Röntgenbilder und Tabellen. Er hatte ein paar medizinische Bücher gelesen und wußte einiges, aber er hielt sich keineswegs für einen Experten.

»Diese Unterlagen sind gefälscht«, sagte er schließlich. »Ich sterbe. Sie wollen mich nur dazu bringen, die Namen preiszugeben und ihnen die Beweise zu überlassen. Das sind alte Röntgenbilder und alte Befunde. Ich kann die codierten Daten in den Ecken entziffern.«

»Das sind die medizinischen Unterlagen Ihres Vaters, Alexi Monochow«, sagte Rostnikow, während er dem Bombenattentäter einen anderen Schnellhefter zuschob. »Ihr Vater ist nicht an atomarer Verseuchung gestorben, genausowenig wie Sie daran sterben werden. Schlagen Sie die Akte auf, Alexi. Ihr Vater hat Selbstmord begangen. Er hat einen Abschiedsbrief hinterlassen. Lesen Sie ihn.«

Monochow schlug die alte Akte auf. Ganz oben auf einem kleinen Stapel von Berichten und Unterlagen befand sich eine Notiz. Alexi erkannte die Handschrift seines Vaters.

Ich war einer hohen Dosierung radioaktiver Strahlung ausgesetzt. Der Schmerz ist unerträglich. Ich ziehe es vor, mir das Leben zu nehmen, und erspare so meiner Familie, mich lange leiden zu sehen und meinen qualvollen Tod mitzuerleben. Für Euch wird gut gesorgt, das verspreche ich Euch.

Alexi blätterte zur nächsten Seite, einem Protokoll mit der Unterschrift seiner Mutter.

»Sie wußte, daß er Selbstmord begangen hat?« fragte Alexi bestürzt. »Sie wußte es die ganze Zeit?«

»Es scheint so«, sagte Rostnikow.

»Und Sie wollen damit sagen, daß er nicht an der massiven Verstrahlung gestorben ist?«

»Lesen Sie die Unterlagen«, empfahl Rostnikow. »Weder Ihr Vater noch Sie litten oder leiden an einer Verseuchung von außen. Kurz gesagt, es ist Wahnsinn, Alexi.«

Alexi konnte sich nicht damit abfinden. Das Ganze war ein Trick – wie die Bombe, die er in der amerikanischen Botschaft abgegeben hatte. Sie wollten die Namen. Sie bildeten sich ein, ihm auf diese Weise die Namen der Leute entlocken zu können, die sein Vater erpreßt hatte.

»Das ist ein Trick«, sagte Alexi. »Eine Lüge.«

»Nein«, widersprach Rostnikow.

»Ich glaube Ihnen nicht.«

»O doch, Sie glauben mir«, behauptete Rostnikow und sah dem Mann ihm gegenüber fest in die Augen.

»Ich werde sowieso sterben ... für das, was ich getan habe«, erklärte Alexi in dem Bemühen, seine Würde zurückzugewinnen.

»Vielleicht, vielleicht auch nicht. Der Leiter des Dezernats für Sonderermittlungen, für das ich arbeite, ist ein einflußreicher Mann. Ich habe ihn gefragt, ob ich Ihnen ein Leben im Gefängnis oder in einem Hospital für geistig Erkrankte zusichern kann, wenn Sie mir im Gegenzug die Namen überlassen. Ich weiß, daß unsere Kliniken für Geisteskranke viel zu wünschen übriglassen, aber Ihrer Mutter und Ihrer Schwester wäre es sicher lieber, wenn Sie dort untergebracht und nicht zum Tode verurteilt würden.«

»Ich weiß nicht. Ich muß nachdenken. Meine Mutter wußte es? Die ganze Zeit? Sie wußte, daß er sich umgebracht hat?«

»Sie werden noch heute die Gelegenheit haben, sie das persönlich zu fragen«, sagte Rostnikow. »Wir sagen Ihnen die Wahrheit, Alexi Monochow. Sie haben sich selbst belogen. Sie haben natürlich recht, nukleare Energie birgt Gefahren, aber Sie und Ihre Familie sind nicht die einzigen, die diesen Gefahren ausgesetzt sind.«

Monochow musterte einen Mann nach dem anderen. Das Gesicht des hageren Polizisten verriet nichts, aber er erkannte so etwas wie Stolz und Genugtuung in den Zügen von Paulinin.

»Ich werde darüber nachdenken«, sagte Alexi.

Die drei Männer, mit denen es der ehemalige Bombenattentäter zu tun hatte, wußten, daß diese Erklärung so gut wie eine Zusage war. Alexi Monochow würde ihnen die Namen nennen und den Rest seines vermutlich noch langen Lebens in einem russischen Gefängnis oder einer Irrenanstalt verbringen, was, wie viele meinten, schlimmer war als ein rascher Tod.

Rostnikow war sich im klaren, daß Monochow Zeit gewinnen wollte, um auf andere Möglichkeiten zu sinnen. Porfirij Petrowitsch fiel nur eine ein – Alexi Monochow müßte Verbindung zu einigen der einflußreichen Persönlichkeiten aufnehmen, von deren Geld seine Familie lebte, und drohen, Namen und Beweise an die Polizei zu liefern, wenn sie ihn nicht vor einem Todesurteil oder dem Gefängnis bewahrten. Mit Bestechung konnte man fast alles erreichen, aber in diesem Fall waren die Beweise Rostnikows Ansicht nach zu erdrückend. Der Täter hatte ein Geständnis abgelegt, und die Presse würde über die Sache ausführlich berichten. Die Journalisten würden versuchen, die Leute ausfindig zu machen, die Verbrechen vertuschen und einen Bombenattentäter freibekommen wollten, und das Dezernat für Sonderermittlungen würde einige entscheidende Informationen durchsickern lassen. Alexi Monochow entschloß sich möglicherweise für eine solche Vorgehensweise, aber sie war von vornherein zum Scheitern verurteilt.

Der Wissenschaftler sammelte die Unterlagen von Alexis Akte ein und steckte sie in den Umschlag, während Rostnikow und der Mann, der einen Narren aus Paulinin gemacht hatte, ihr Gespräch fortsetzten.

Wer muß jetzt eine Entscheidung treffen? dachte Paulinin. Welchen Knopf drückst du? Welchen Draht schneidest du durch? Wem glaubst du? Ein kleiner Irrtum könnte deinen Tod bedeuten, Alexi Monochow. Jetzt weißt du, wie man sich dabei fühlt. Jetzt sind wir quitt, mehr als quitt. Du hast dich selbst ausgetrickst.

Paulinin glaubte, daß sich der Bombenattentäter, obwohl

er nichts dergleichen äußerte, für keine der logischen Optionen entscheiden würde, die man ihm eröffnet hatte. Paulinin war viel eher überzeugt, daß er in den nächsten Tagen versuchen würde, sich das Leben zu nehmen, bevor er vor einem Richter erscheinen mußte. Er würde Selbstmord begehen wie sein Vater, falls er überhaupt so viel Mut aufbringen konnte. In diesem Fall wollte Paulinin die Autopsie unbedingt selbst durchführen. Normalerweise würde er sich gedulden, bis ein unfähiger Pathologe die Leiche zerstückelt hatte, ohne etwas zu finden. Gewöhnlich bekam er nur auf die ausdrückliche Anfrage eines Ermittlers eine bereits obduzierte Leiche auf seinen Labortisch, aber diesmal wollte Paulinin der erste sein und das Gehirn des Bombenattentäters bis ins kleinste untersuchen. Das war Rostnikow ihm schuldig.

Rostnikow erhob sich schwerfällig und stützte sich dabei mit beiden Händen auf dem Tisch ab. Die beiden anderen standen ebenfalls auf, und schließlich folgte Alexi ihrem Beispiel. Der große, hagere Kerl, der Alexi am Tag zuvor entwaffnet hatte, ging hinaus, um die Wache zu rufen, die auf dem Korridor gewartet hatte.

Der Wachmann kam herein und führte Alexi ab.

»Er wird uns die Namen nennen«, sagte Rostnikow. »Er wird seine Alternativen abwägen und sich für das Leben entscheiden.«

»Woher wissen Sie das?« fragte Paulinin.

»In seinen Augen schimmerte Hoffnung, als ich ihm gestern eröffnete, daß er nicht dem Tod geweiht ist. Heute war die Hoffnung wieder da. Und jetzt will er sich von dem Wahnsinn seines Vaters distanzieren. Die Wut wird ihn packen, er wird Vater und Mutter verfluchen, aber er will auf jeden Fall vermeiden, daß wir ihn für verrückt halten. Er möchte leben, auch wenn er sein Dasein in einem Irrenhaus oder im Gefängnis fristen muß.«

Paulinin nickte, aber insgeheim war er immer noch davon überzeugt, daß sich Alexi Monochow umbringen würde, noch ehe die Woche vorüber war.

Leonid kam etwa eine Stunde nach Jewgenij in die Wohnung; dieser lag auf dem Bett, hatte die Hände hinter dem Kopf verschränkt und plante die Morde an Georgi und seinem Zimmergenossen.

Jewgenij schaute ihn an.

»Was ist mit dir passiert?« fragte er.

Leonid berührte seine Nase, wandte sich ab und hängte seinen Mantel auf.

»Ich wurde ausgeraubt und niedergeschlagen«, erklärte Leonid mit gespielter Wut. »Eine Bande Jugendlicher. Sie hatten Messer, Ziegelsteine und sogar einen Revolver. Ich habe versucht, mich zu wehren, aber sie schlugen mich nieder und sind mit meiner Brieftasche und dem Geld, meiner Uhr und meinem Ring abgehauen.«

Leonid zeigte Jewgenij, daß die Uhr an seinem Handgelenk fehlte.

»Das tut mir leid, Leonid. Wir müssen deine Verletzungen behandeln.«

»Nicht nötig, mir geht's gut«, sagte Leonid und setzte sich auf sein Bett.

Georgi hatte sich diese Geschichte einfallen lassen, und Leonid, der seine Brieftasche, den Ring und die Uhr bei Georgi gelassen hatte, brauchte sie nur noch ein wenig auszuschmücken. Sobald Jewgenij tot war, würde Georgi ihm die Sachen zurückgeben.

»Du bist nicht zur Polizei gegangen?« erkundigte sich Jewgenij ruhig.

»Nein.« Leonid ließ die Schultern hängen. »Was hätte das für einen Sinn gehabt? Sie würden die gestohlenen Sachen nie finden. Sie würden nicht einmal danach suchen. Und ich denke, wir sollten besser nicht in die Nähe der Polizei kommen. Nicht jetzt.«

»Hast du dir irgendwas gebrochen?«

»Ich glaube nicht.«

»Gut«, sagte Jewgenij. »Wir machen es heute nacht.«

»Heute nacht?« wiederholte Leonid. »Das war nicht geplant. Ich bin nicht in der Verfassung ...«

Jewgenij wußte sehr genau, daß sein Zimmergenosse die Nachricht an Georgi gelesen hatte und längst im Bilde war, daß der Coup heute noch stattfinden sollte.

»Unser Plan hat sich geändert. Ich habe meine Gründe dafür. Die Polizei war im Hotel und hat mich wegen Igor befragt. Sie wollen dich ebenfalls vernehmen. Der Polizist, der mir die Fragen gestellt hat, ist mißtrauisch. Ich möchte die Sache hinter mich bringen und Moskau verlassen, bevor er dich ausfindig macht. Sie könnten dir eine Falle stellen. Verstehst du?«

»Ich verstehe«, sagte Leonid. »Heute nacht.«

»Georgi weiß Bescheid. Ich habe ihm eine Nachricht zukommen lassen.«

»Heute nacht«, sagte Leonid noch einmal und legte sich aufs Bett. Wenn er sich bewegte, hatte er Schmerzen im Bauch – dort, wo Georgi ihn getroffen hatte, Na, wenigstens brauchte er heute abend nicht zur Arbeit zu gehen.

Jewgenij sah seinen Freund an und erwog, ihn gleich jetzt zu töten. Es wäre ein Kinderspiel. Er müßte nur ein Kissen auf sein Gesicht drücken und die Arme festhalten. Aber Leonid konnte ihm bei dem nächtlichen Vorhaben noch von Nutzen sein, und es wäre schwierig, die Leiche loszuwerden.

Jewgenij schaute auf die Uhr und grübelte weiter. Noch acht Stunden – dann war er mit ein bißchen Glück ein steinreicher Mann.

Elena und Josef erledigten schnell die Telefonate mit den Polizeistationen und widmeten sich dann dem Papierkram, der sich auf ihren Schreibtischen angesammelt hatte. Formulare, Berichte, Langeweile. Sascha hatte sich freiwillig gemeldet, loszuziehen und die Fotos zu machen. Josef glaubte, daß Sascha ihnen ein bißchen Zweisamkeit gönnen wollte – entweder aus Gutmütigkeit oder weil ihm das Geturtel auf die Nerven ging. Elena, die Sascha besser kannte, meinte eher, daß ihn seine persönlichen Probleme dazu gebracht hatten. Von Revier zu Revier zu rennen und Fotos von mürrischen, unkooperativen Polizisten zu machen, würde ihn auf Trab halten und seinem Selbstmitleid neue Nahrung geben. Jedenfalls war er weg, egal aus welchem Grund.

»Hast du dich entschieden?« rief Josef zu Elena hinüber.

»Die Antwort ist nein. Ich werde dich nicht heiraten«, sagte sie.

»Ist das ein vorläufiges Nein, weil du mehr Zeit brauchst, oder ein endgültiges Nein, weil du mich nicht liebst und mich niemals heiraten willst?«

»Ein vorläufiges Nein«, sagte Elena und versuchte sich auf ein neues Formular zu konzentrieren.

»Dann bleibt es also bei dem Abendessen in der Wohnung deiner Tante?«

»Ja.« Elena fragte sich, wann sie einkaufen und alles vorbereiten sollte. Sie mußte etwas kochen, was schnell ging und unkompliziert war.

Sie zwang sich, die Fragen auf dem Formular zu lesen. Die vierte lautete: »Erkennt der Verdächtige den Unterschied zwischen Recht und Unrecht?«

Elena wußte es nicht. Selbst wenn sie den Täter verhaften und verhören könnte, würde sie diesen Punkt nicht beantworten können. Sie konnte einen Verdächtigen fragen, ob er dieses oder jenes für recht oder unrecht hielt, aber sie hatte die Erfahrung gemacht, daß man sich auf die Antworten selten verlassen konnte. Man bildete sich eine Meinung über den Verdächtigen, wenn man ihm gegenübersaß und er einem ein ganz bestimmtes Gefühl vermittelte.

Sie konnte die vierte Frage weder jetzt noch später beantworten. Sie ließ sie aus und ging zur nächsten über. Mehr als die Hälfte der siebenundzwanzig Fragen blieb unbeantwortet. Diesen Fragebogen hatte jemand ausgearbeitet, der noch nie in seinem Leben in Kriminalfällen ermittelt hatte, davon war Elena überzeugt. Das Formular verlangte Antworten, die es nicht gab, Sicherheit, wo gewöhnlich Unsicherheit vorherrschte, selbst wenn der Ermittler zu einer eigenen Ansicht gelangt war. Sie legte den Fragebogen weg und nahm sich die anderen Papiere vor.

Möglicherweise konnte sie Würstchen auf dem Markt bekommen. Die waren vielleicht nicht allzu teuer ... aber Elena wußte, daß sie teuer waren. Sie würde gegen ihre Prinzipien verstoßen und ihren Polizeiausweis zeigen, um sich nicht hinten in die Schlange stellen zu müssen. Die Leute würden schimpfen und ihr sagen, daß sie sich schämen sollte, wenn sie sich nach vorn drängte. Sie hatte so etwas noch nie gemacht, und die Leute wären mit Recht empört. Sie wußte, daß sich viele Polizisten auf diese Weise Vorteile verschafften, obwohl sie nicht mehr mit der Gleichgültigkeit und der Resignation rechnen konnten, die in der Bevölkerung während der Zeit der Sowjetunion vorgeherrscht hatte.

Bin ich in der Lage, in einem solchen Fall zwischen Recht und Unrecht zu unterscheiden? fragte sie sich. Ja, das war sie. Und das, was sie vorhatte, würde, auch wenn es die anderen verärgerte, keinen großen Schaden anrichten. Es war falsch, aber angebracht und notwendig, wenn sie ein Abendessen auf den Tisch bringen wollte. Und sie würde das Kochen nicht ihrer Tante überlassen, wenn sie einen Gast erwarteten. Im nächsten Augenblick wurde ihr bewußt, daß sie sich keine Vorteile erschleichen würde. Sie würde in der Schlange warten, ein Buch lesen, bis sie drankam, mehr bezahlen, als sie sich leisten konnte, und sich nicht beschweren.

Es ist nicht entscheidend, ob ein Mensch Recht von Unrecht unterscheiden kann, sondern ob er an das glaubt, was er getan hat, egal wie schrecklich es auch sein mag, und ob er es getan hat, weil er es für angebracht und notwendig hielt. Richtig und falsch, Recht oder Unrecht – das waren veraltete Begriffe, die Elenas Meinung nach im neuen Rußland ihre Bedeutung verloren hatten.

Sascha hatte den letzten Film in der Kamera und betrat die letzte Polizeistation. Er machte drei Gruppenaufnahmen und zwei von Einzelpersonen. Ein paar Polizisten protestierten halbherzig, die meisten wirkten gelangweilt.

Er rief von einem der Büros aus zu Hause an. Maja meldete sich. Dem Baby ging es gut. Aber das Beben in ihrer Stimme verriet ihm, daß etwas anderes vorgefallen war: Dem Baby ging es gut, Maja aber nicht.

»Lydia ist hier«, sagte Maja. »Sie hat mir eine Menge Ratschläge gegeben, wie ich das Baby behandeln soll. Möchtest du mit ihr sprechen?«

Sascha wollte auf gar keinen Fall mit seiner Mutter sprechen, aber Maja ließ ihm keine Wahl.

»Ja«, sagte er matt. Er spielte mit einer belichteten Filmrolle, auf die er mit schwarzem Filzstift die Nummer des Polizeireviers geschrieben hatte.

Sekunden später kreischte seine Mutter ins Telefon. Ein Polizist, der an einem anderen Schreibtisch saß und ebenfalls telefonierte, sah erstaunt auf, als er das schrille Geräusch hörte.

»Mutter«, sagte Sascha so ruhig wie möglich. »Dem Baby geht es wieder gut. Du kannst nach Hause gehen.«

»Mein Enkel braucht mich. Deine Frau braucht mich. Wo bist du in Krisenfällen?«

»Ich arbeite, Mutter, und das ist kein Krisenfall.«

»Ich kann besser beurteilen als du, ob eine Situation kritisch ist oder nicht«, erwiderte sie mit nur unwesentlich gesenkter Stimme.

»Der Arzt hat uns versichert, daß das Baby bald wieder ganz gesund ist«, sagte Sascha.

»Nein, das hat er nicht«, behauptete Lydia.

»Frag' Maja.«

»Das habe ich getan. Sie sagt dasselbe wie du, aber ich glaube es nicht.«

»Du denkst, daß wir, Maja und ich, lügen?«

»Das hab' ich nicht gesagt«, konterte seine Mutter. »Ihr glaubt, daß der Arzt so etwas gesagt hat, und ich glaube es nicht. Wir respektieren unseren jeweiligen Glauben.«

Sascha war vorübergehend regelrecht verwirrt. »Ich soll respektieren, daß du mich und meine Frau für Lügner hältst?«

»Ihr glaubt, was ihr glauben wollt. Ich glaube, was ich will. Wir leben jetzt in einer Demokratie. Ich kann glauben, was ich will.«

Sascha holte tief Luft und sagte gefaßt: »Mutter, du mußt jetzt gehen. Maja braucht Ruhe, und die hat sie nicht, solange du da bist.«

»Im Gegenteil – sie hat mehr Ruhe«, behauptete Lydia. »Ich kümmere mich um die Kinder, und sie kann sich ausruhen.«

»Das denke ich nicht«, widersprach Sascha und überraschte sich selbst. »Ich glaube, sie hat mehr Ruhe, wenn du weg bist. Du glaubst, sie hat mehr Ruhe, wenn du bleibst. Wir leben in einer Demokratie. Du glaubst, was du glauben willst, und ich glaube, was ich glauben will. Geh jetzt heim.«

»Aber Maja will auch, daß ich bleibe. Frag sie!« brüllte Lydia.

Sascha wußte, daß es Maja nie fertigbringen würde, ihrer Schwiegermutter zu sagen, daß sie gehen sollte. Die Kluft zwischen den beiden Frauen wurde größer und größer.

»Nein«, wehrte Sascha ab. »Ich rufe dich später an. Wir erwarten dich in ein oder zwei Tagen zum Abendessen.«

»Wenn du so denkst, dann kann ich es nicht ändern«, sagte sie niedergeschlagen und mit unüberhörbarem Selbstmitleid. »Ich gehe.«

»Und, Mutter«, setzte er hinzu, da er sich nun einmal ein Herz gefaßt hatte, »ich finde, du solltest anrufen, bevor du in unsere Wohnung kommst, und nicht einfach hereinschneien. Es kann leicht sein, daß ein unangemeldeter Besuch stört.«

»Willst du mich loswerden?« kreischte sie wütend.

»Nein.«

Der Polizist am anderen Schreibtisch musterte Sascha neugierig.

»Ich will dich nicht loswerden«, setzte Sascha hinzu. »Du bist meine Mutter. Ich liebe dich. Ich brauche deine Warmherzigkeit, deine Weisheit und deine Fürsorge.«

Lydia hatte genügend Gründe, ihm das *nicht* zu glauben, aber diesmal entschied sie sich, es zu tun.

»Ich gehe jetzt in meine kleine Wohnung«, sagte sie. »Ich werde mich mit der Gesellschaft von Anna Timofejewa trösten, bei der ich immer willkommen bin. Ich rufe dich an, wenn du dich beruhigt hast und wir vernünftig über alles reden können.«

»Gut«, sagte Sascha und steckte die Filmrolle in seine Tasche.

»Du kannst zu mir kommen, und wir reden in Ruhe. Morgen.«

»Morgen paßt es mir nicht. Ich rufe dich an, dann machen wir etwas aus.«

»Wir werden sehen«, erwiderte Lydia skeptisch.

Bevor Sascha noch etwas sagen konnte, legte sie auf.

»Heute wird es wieder spät«, sagte Valentin Spaskow in den Telefonhörer.

»Sehr spät?« fragte seine Frau.

»Ich glaube nicht.«

Spaskows Frau hatte allmählich den Verdacht, daß es eine andere Frau in seinem Leben gab. Einmal hatte sie in der Polizeistation angerufen, als er angeblich Dienst hatte, und erfahren, daß er an diesem Abend nicht arbeitete. Immer öfter kam er spät nach Hause und war meistens zu deprimiert, um mit seiner Tochter zu spielen, wenn sie noch wach war. An solchen Abenden klammerte er sich regelrecht an seine Frau, wenn sie im Bett lagen.

Hatte er ein schlechtes Gewissen? Wollte er ihr etwas gestehen? Was hatte der Blutfleck zu bedeuten, den er vor ihr versteckt hatte? Sie ertrug es schweigend und hoffte, daß das alles bald ein Ende finden würde.

»Ich werde dir etwas zu essen bereitstellen«, sagte sie wie immer.

»Gut. Wahrscheinlich werde ich großen Hunger haben«, meinte Spaskow. »Bis dann.«

»Bis dann«, sagte sie und legte auf.

Spaskow tat es ihr gleich, legte dann die Hände flach auf den Schreibtisch und starrte das Telefon an.

Wenn alles wie geplant verlief, würde er heute abend sicher keinen Appetit haben.

12

Porfirij Petrowitsch ächzte laut, sein Haar und die Stirn waren naß. Das violettweiße Sweatshirt mit dem winzigen Loch im Ärmel war fast grau von seinem Schweiß. Wenn er es noch zweimal schaffte, die Gewichte hochzudrücken, nur noch zweimal, dann hatte er einen neuen persönlichen Rekord aufgestellt.

Er befand sich in einem Winkel seines Wohnzimmers in der Karasikow-Straße und zwang seine Arme, sich zu der Stimme von Dinah Washington, die »Down with Love« sang, zu bewegen. Abgesehen von seiner Entschlossenheit verhalfen ihm noch zwei andere Faktoren zu diesem neuen Rekord. Der eine war ein extra starkes, grünes Plastikgestell, das er selbst entworfen und gebaut hatte und auf das er die Hantel plazieren konnte, ehe er sich auf die schmale Bank legte. Es war leichter, das Gewicht vom Gestell zu nehmen, als es erst umständlich vom Boden aufheben zu müssen. Er hatte niemanden, der ihm die große Hantel abnehmen konnte, wenn etwas Unvorhergesehenes geschah oder er vor der nächsten Übungsserie eine Pause machte; deshalb war es wichtig, daß er sie sicher ablegen konnte. Er hätte schon vor Jahren auf die Idee kommen müssen, ein solches Gestell zu konstruieren. Er hatte so etwas oft gesehen und in vielen Trainingsräumen benutzt, sogar in der kleinen Wetterstation der Marine in Sibirien, aber es war ihm erst kürzlich eingefallen, sich selbst so etwas zu bauen. Der zweite Faktor, der ihm die Übungen erleichterte, war sein neues Bein. Früher hatten ihn die Schmerzen dazu veranlaßt, sich ganz auf sein rechtes, gesundes Bein zu stützen, während er das Gewicht stemmte. Es hatte ihn große Anstrengungen gekostet und das rechte Bein schwer belastet, das Gewicht über die Brust zu heben und wieder zu senken. Das neue Bein diente ihm als Stütze – wie ein stabiles Tischbein.

Die beiden Mädchen sahen Rostnikow wie immer zu. Sie saßen ganz still da und lauschten auf die Musik und auf sein Ächzen. Das Stöhnen und Pusten war nicht nur Teil des üblichen Rituals, sondern es half ihm, die Übungen durchzustehen.

Das Abendessen – Hühnerfrikassee, Rostnikows Lieblingsspeise – lag bereits hinter ihnen. Er fragte Sarah zwar nicht, woher sie das Hühnchen hatte, aber mit dem üblichen Genuß hatte er es dennoch nicht gegessen. Es gab etwas, was Sarah mit ihm besprechen wollte; das sah er ihrem Gesicht und ihren Bewegungen an, und er erkannte es an der Tatsache, daß sie ihm seine Lieblingsspeise gekocht hatte. Sie würden später reden, entweder im Bett oder wenn sie zusammen bei gedämpftem Licht auf dem Sofa saßen.

Er hatte seiner Frau auch etwas zu erzählen, doch er war sicher, daß sie Wichtigeres auf dem Herzen hatte. Es war ihr Gesichtsausdruck, ein Ausdruck, den er schon oft bei Zeugen gesehen hatte, die sich nach Stunden, Tagen, manchmal Jahren der Qualen hervorwagten, um zu sagen, was sie wußten, weil sie es einfach nicht mehr länger für sich behalten konnten.

Dinah Washington und Porfirij Petrowitsch endeten gleichzeitig. Er legte das Gewicht auf das Gestell, und die Sängerin endete mit einer leisen, wehmütigen Note, die Porfirij Petrowitsch fast die Tränen in die Augen getrieben hätte.

Er setzte sich auf, nahm sein Handtuch und wischte sich das Gesicht ab, während er die Mädchen ansah, die es sogar faszinierend zu finden schienen, wenn er sich den Schweiß abwischte.

»Sie sind der stärkste Mann der Welt«, sagte das ältere Mädchen.

Rostnikow warf Sarah einen Blick zu, die in einem Sessel saß und las.

Keins der Mädchen war sehr gesprächig gewesen, als man ihnen die Großmutter genommen und ins Gefängnis gesteckt hatte, aber sie kamen in der Schule relativ gut mit, seit sie sich in der Obhut der Rostnikows befanden. Und inzwischen hatten sie ihre Scheu verloren und redeten mehr und mehr.

»Irgendwann nehme ich euch mit zum Trainingszentrum, in dem unsere olympischen Hoffnungen Gewichte stemmen«, sagte er. »Wenn wir Glück haben, sehen wir dort einen ehemaligen Champion. Ein paar von ihnen sind jetzt Trainer und zeigen manchmal, was sie noch können. Dann seht ihr wirklich ein paar der stärksten Männer der Welt. Und der stärkste von allen war ...«

»Alexiew«, fiel das jüngere Mädchen ein.

Rostnikow lächelte. Normalerweise machte er an diesem Punkt den Plattenspieler aus – das tat er auch jetzt –, verstaute die Bank und die Gewichte hinter der Tür zwischen Bücherschrank und Wand – auch das tat er –, duschte und zog sich um, aber das sparte er sich heute.

Rostnikow hatte vieles, was er liebte: An erster Stelle standen seine Frau und sein Sohn, und seit neuestem kamen noch die beiden kleinen Mädchen hinzu, die ihn bewundernd beobachteten. Gleich nach seiner Familie kamen seine Arbeit und seine Kollegen, das Gewichtheben, amerikanische Krimis, besonders die Polizeiromane von Ed McBain, und das Klempnern.

An seinen freien Tagen verbrachte Rostnikow oft Stunden damit, die Straßenstände in der ganzen Stadt abzuklappern und nach Romanen in englischer Sprache zu suchen. Ein Ed McBain war jedesmal ein wertvoller Fund, genau wie ins Englische übersetzte Bücher von Georges Simenon, aber er freute sich auch über ein Buch von Lawrence Block, Donald Westlake und vielen anderen.

Als die Gewichte und die Bank aufgeräumt waren, wischte sich Rostnikow noch einmal die Stirn, den Nacken und das Gesicht ab und sagte zu den Mädchen: »Sollen wir uns an die Arbeit machen?«

Beide Mädchen nickten begeistert. Rostnikow schaute zu Sarah. Sie betrachtete lächelnd das Trio, aber in ihrem Blick lag etwas Trauriges.

Rostnikow ging ins Schlafzimmer und kam mit seinem Plastikwerkzeugkasten in der Hand und fünf einen Meter zwanzig langen Plastikrohren unter dem Arm zurück. Bulianika und seine Frau vom vierten Stock waren vorhin hier gewesen und hatten Sarah gebeten, Porfirij Petrowitsch auszurichten, daß der Abfluß ihres Waschbeckens verstopft war. Sarah hatte ihnen versichert, daß ihr Mann sich bestimmt heute noch darum kümmern würde, wenn ihn nichts Berufliches davon abhielte. Er bat das ältere Mädchen, den Eimer aus der Besenkammer neben der Küche zu holen. Das Kind flitzte los. Rostnikow liebte Klempnerarbeiten. Er hatte Bücher über dieses Thema und brütete oft über Konstruktionszeichnungen und Bildern, auch wenn die Bücher in Deutsch oder einer anderen Sprache geschrieben waren, die er nicht lesen konnte. Von Zeit zu Zeit schaute er im Detlev-Baumarkt vorbei, der früher eine Glühbirnenfabrik gewesen war. Auf der riesigen Verkaufsfläche stapelten sich alle möglichen Baumaterialien, auch Rohre, Armaturen und Werkzeuge.

Als Gegenleistung dafür, daß Detlev und sein Sohn – beide gutgebaute italienische Bauarbeiter mit Schnauzbärten und verwaschenen Overalls – Rostnikows Namen und Rang ins Spiel bringen durften, sobald Ärger aufkam, versorgten sie den Oberinspektor mit Ersatzteilen und Werkzeugen, für die sie einen lächerlich geringen Preis oder gar nichts verlangten. Die Detlevs waren überzeugt, daß sie bei diesem Handel das bessere Geschäft machten. Sie sparten sich eine schöne Summe, weil sie keine Polizei und Sicherheitskräfte in Anspruch nehmen und keine Schutzgelder an die Mafia zahlen mußten. Zwar bewachte nachts ein bewaffneter Wärter, ein Polizist außer Dienst, ihr Lager und das Geschäft, aber Rostnikows Ruf tat die weitaus größere Wirkung.

»Es wird nicht lang dauern«, rief Rostnikow seiner Frau zu, als das ältere Mädchen die Wohnungstür aufmachte.

Sarah nickte.

Auf dem Weg zu den Bulianikas liefen die Mädchen vor und öffneten Rostnikow, der ihnen gemessenen Schrittes und mit einem seiner wichtigen Aufgabe entsprechend ernsten Gesicht folgte, abwechselnd die Türen.

Für Rostnikow stellte dieses Gebäude mit den alten und schlecht installierten Rohrsystemen eine Herausforderung dar. Wenn er lange genug lebte und das Haus nicht vorher einstürzte, würde er irgendwann jedes Rohr, jedes Verbindungsstück, jede Toilette, und jedes Waschbecken ersetzt haben. Hinter den Wänden befand sich ein Netzwerk aus Metall und Plastik, das wie ein menschlicher Organismus arbeitete. Angeblich sauberes Wasser wurde zugeführt, und wenn es den Organismus verließ, war es meist schmutzig.

Die Bulianikas, ein altes ungarisches Paar, dessen Sohn vor Jahren nach Budapest zurückgegangen war, hießen das Handwerkertrio willkommen und boten Tee und Kekse an. Jedes der Mädchen nahm einen Keks, und Rostnikow meinte, sie würden später, wenn die Arbeit getan war, eine schnelle Tasse Tee trinken.

Es stellte sich heraus, daß die Reparatur nicht allzu schwierig war. Der Abfluß war verstopft, und das alte, rissige Waschbecken stand bis zum Rand voll mit Wasser.

»Die erste Regel in solchen Fällen ist«, erklärte Rostnikow den beiden aufmerksamen Mädchen, »dem Schaden nicht sofort mit der Saugpumpe oder der Abflußspirale zu Leibe zu rücken. Die Ursache könnte in den Rohren gleich hier unter dem Waschbecken oder in dem großen Abfluß liegen, in dem sich das Wasser und die Abfälle sammeln. Oder das Hauptrohr ist verstopft – dort kommen mehrere Abflüsse zusammen. Da kein anderer Mieter Probleme zu haben scheint, können wir den Schluß ziehen, daß dieses Rohr hier verstopft ist. Am besten fangen wir damit an, den Siphon hier zu säubern.«

Als Rostnikow sich den Installationen in dem schlecht konstruierten Gebäude zu widmen begann, hatte er als erstes bei den Mietern ein paar Kopeken gesammelt, um Filter und Siebe zu kaufen und sie überall einzubauen. Das löste zwar nicht die eigentlichen Probleme, aber es verhinderte zumindest kleinere Verstopfungen.

Rostnikow schwitzte noch mehr, als er das Sieb abschraubte und mit einer Taschenlampe in den Abfluß leuchtete. Bis zum Knie unter dem Becken war nichts zu sehen. Dann arbeitete er mit der Saugpumpe, und die Mädchen beobachteten ehrfürchtig, wie er sich dabei anstrengte – ohne Erfolg. Als nächstes führte er die lange, biegsame Abflußspirale in das Rohr ein, drehte und stocherte und stieß auf etwas, das er nur als kleines Hindernis beurteilte. Er stieß es weg, aber das faulige Wasser aus dem Becken floß immer noch nicht ab.

»Bei unserem nächsten Schritt«, sagte Rostnikow wie ein erfahrener Chirurg, als wären seine Zuhörer nicht zwei beeindruckte kleine Mädchen, sondern Kollegen, denen er ein schwieriges Operationsverfahren erläuterte, »haben wir die Wahl zwischen zwei Maßnahmen. Wir können einen chemischen Abflußreiniger verwenden, der möglicherweise nichts bewirkt, wenn das Rohr vollkommen verstopft ist. Dann wäre das gestaute Wasser mit Ätzmitteln versetzt – das wollen wir nicht. Also müssen wir den Siphon unter dem Becken aufschrauben und mit der Abflußspirale das Rohr säubern, das da unten im Boden verschwindet.«

Die Mädchen nickten verständig, als Rostnikow den Eimer unter das Becken stellte, die Rohrzange ansetzte und das Rohr aufschraubte. Das Wasser aus dem Becken schoß in den Eimer; der Siphon war ein bißchen schmutzig, aber nicht verstopft. Auch die Spirale richtete nichts aus. Rostnikow schraubte das Rohr wieder fest, hielt sich am Waschbecken fest und zog sich schwerfällig hoch. Dann leerte er den Eimer in der Toilette aus.

»Der Schaden liegt woanders«, sagte er und packte sein Werkzeug und die Plastikrohre zusammen.

Nachdem er den Bulianikas versichert hatte, daß er dem Problem auf der Spur sei, nahm er seine Ausrüstung und ging mit den Mädchen im Schlepptau durchs Treppenhaus in die Wohnung darunter, in der Witali Scharakow allein wohnte. Seine Frau hatte ihn vor zwei Jahren verlassen. Die Zeit davor war sie nur bei ihm geblieben, weil er Mitglied der kommunistischen Partei gewesen war und als Aufsichtsbeamter für sanitäre Einrichtungen in diesem Bezirk gutes Geld verdient hatte, obwohl er von sanitären Einrichtungen nicht das geringste verstand. Jetzt war Scharakow ein meist unrasierter, verdrossener Mann mit hangenden Schultern und dichter, dunkler Haarmähne, die immer so aussah, als könnte sie einen Schnitt gut gebrauchen.

Er ließ Rostnikow und die Mädchen mit der Geste eines Mannes herein, der daran gewöhnt war, ständig gestört zu werden, und sich mit dem Mangel an Privatsphäre wohl oder übel abfinden mußte.

»Verstopfter Abfluß in der oberen Wohnung«, sagte Rostnikow.

Scharakow nickte. Das Zimmer war dunkel bis auf das Licht vom Fernseher, der direkt vor einem Sessel stand. Soweit Rostnikow sehen konnte, war das Zimmer aufgeräumt und sauber.

Im Fernseher stritten zwei Männer wegen einer Frau, die mit einem der beiden verheiratet war.

»Haben Sie keine Probleme mit dem Waschbecken?« fragte Rostnikow.

Scharakow zuckte mit den Schultern. »Nicht mehr oder weniger als sonst.«

Er ging zurück zu seinem Sessel und dem Fernsehfilm und überließ es Rostnikow und den Mädchen, den Weg zum Waschbecken allein zu finden. Rostnikow stellte seinen Werkzeugkasten ab, legte die Rohre auf den Boden und drehte das Wasser auf. Der Strahl war schwach. Dann begann er mit der Arbeit. Er legte sich auf den Rücken und robbte linkisch zu der Klappe, die das Rohr verdeckte, das von oben herunterführte. Rostnikow fragte Scharkow, ob er mehr Licht haben könne.

»Ja«, sagte der Mann im Sessel, rührte sich aber nicht von der Stelle.

Das ältere Mädchen fand den Lichtschalter, und eine Hundertwattbirne flammte auf. Rostnikow nahm seine Taschenlampe und ein paar Werkzeuge und entfernte eine Metallplatte unter dem Becken. Die Schrauben waren verrostet. Er nahm sich vor, sie später durch neue zu ersetzen, die er im Werkzeugkasten hatte. Mit den alten mußte er vorsichtig umgehen, damit die Gewinde nicht abbrachen. Nachdem er die Schrauben ein Stück gelockert hatte, tropfte er ein bißchen Öl aus einem Aluminiumkännchen hinter die Schraubenköpfe und ließ es ein paar Sekunden einwirken. Dann nahm er die Metallplatte ganz ab und leuchtete mit der Taschenlampe in das Loch.

Das Verbindungsstück von zwei Rohren befand sich direkt vor seinen Augen – ein Glücksfall, denn normalerweise waren die Verzweigungen nicht so leicht zu erreichen. Mit Hilfe von noch mehr Schmieröl begann er das Verbindungsstück aufzuschrauben. Er brauchte etwa fünf Minuten, um den Dichtungsring zu lockern. Bei jeder Drehung mit der Rohrzange ertönte ein ohrenbetäubendes Quietschen – das Metall war ziemlich rostig, nachdem jahrzehntelang Abwasser an den Gewinden gefressen hatte.

Rostnikow rief nach dem Eimer und der Abflußspirale. Das ältere Mädchen reichte ihm den Eimer, das jüngere die Spirale. Porfirij Petrowitsch entfernte vorsichtig das Rohr. Dann legte er sich wieder auf den Rücken und stieß langsam die Spirale nach oben, bis er Widerstand spürte. Er faßte nach dem Eimer, während er weiter stocherte und an der Spirale drehte. Er machte eine kurze Pause, dann stieß er noch einmal zu und zog die Spirale rasch aus dem Rohr, als ein dunkles Rinnsal auf das Mauerwerk tropfte. Rostnikow bekam den Eimer gerade noch rechtzeitig unter die Rohröffnung. Das Rinnsal wurde plötzlich zu einem dicken Strahl und spülte Haare, Metallstücke, Papierfetzen und andere nicht identifizierbare Gegenstände mit.

Er wandte den Kopf ab, ohne den Eimer loszulassen. Dieser war fast voll mit Dreck, als der Fluß mit einemmal verebbte.

Rostnikow nahm den Eimer vorsichtig weg. Der faulige Gestank weckte sogar Scharakows Aufmerksamkeit.

»Was ist das?« rief er.

»Ich glaube, es ist besser, wenn wir das nicht so genau wissen«, erwiderte Rostnikow.

Er hätte die entfernten Rohre gern durch die neuen, die er mitgebracht hatte, ersetzt, aber ein Blick auf seine Uhr verriet ihm, daß ihm dazu nicht mehr genügend Zeit blieb; aber er setzte wenigstens neue Dichtungsringe ein und nahm die Plastikschrauben aus seinem Werkzeugkasten, um die Metallplatte wieder festzuschrauben.

Schweißnaß und schmutzig kroch Rostnikow unter dem Waschbecken hervor und kämpfte sich mühsam auf die Beine. Die Mädchen spähten in den Eimer.

»Ich glaube, ich sehe einen Käfer, einen großen Käfer«, sagte die Kleinere.

»Das würde mich nicht überraschen«, meinte Rostnikow, während er sich die Hände wusch und sie an seinem Sweatshirt abtrocknete. Sobald er in seiner Wohnung war, würde er sich gründlich unter der Dusche waschen.

»Ich komme wieder, wenn ich Zeit habe, und installiere neue Rohre«, sagte Rostnikow im Vorbeigehen zu Scharakow, der nur ein Grunzen von sich gab und das Drama im Fernsehen weiter verfolgte.

Rostnikow mußte den Eimer selbst tragen. Er war sehr schwer, und der Schlamm drohte überzuschwappen. Er überließ den Mädchen die relativ leichten Plastikrohre. Sie balancierten die langen Dinger mit ernsten Gesichtern und einiger Mühe.

»Geht und sagt den Ungarn, daß ihr Abfluß wieder frei ist«, trug er den Kindern auf. Beide nickten wie pflichtbewußte Soldaten. »Danach bringt ihr die Rohre in unsere Wohnung. Ihr habt gute Arbeit geleistet.«

Sie lächelten erfreut und huschten davon.

Rostnikow ging vors Haus und schüttete das Schmutzwasser direkt in den Gully. Als er in die Wohnung zurückkam, waren die beiden Kinder schon im Nachthemd – in extragroßen Männer-T-Shirts, auf die vorn THE TRUTH IS OUT THERE aufgedruckt war.

Sarah brachte die beiden ins Bett, während Rostnikow sein Bein abschnallte, es neben die Duschkabine stellte und sich unter der Brause mit der hochwirksamen, körnigen chinesischen Seife, die den schlimmsten Dreck vernichten konnte, einrieb. Er brauchte zehn Minuten, um sich die Haare zu waschen, abzutrocknen, das künstliche Bein wieder zu befestigen und sich anzuziehen. Er sagte den Mädchen gute Nacht und bedankte sich für ihre Hilfe.

»Ich werde heute nacht von diesem Käfer träumen«, sagte die Größere.

»Es war kein Käfer«, log Rostnikow. »Es war schwarzer Gummi.«

Das Kind atmete erleichtert auf, und Porfirij Petrowitsch machte die Tür zu und ging ins Wohnzimmer. Sarah saß da und hatte eine Tasse Tee für ihren Mann bereitgestellt.

Rostnikow ließ sich nieder, trank einen Schluck und eröffnete ihr, daß er noch einmal außer Haus und unter Umständen fast die ganze Nacht wegbleiben müsse. Aber er hatte noch ein, zwei Stunden, bevor es Zeit zum Gehen wurde. Er wartete, daß sie ihm anvertraute, was ihr Sorgen bereitete.

Sarah erzählte ihm leise und ruhig, was sie spürte, was sie dachte und was ihr Cousin gesagt hatte.

»Ich hatte Anfälle«, erklärte sie. »Leon hat mir ein Medikament gegeben, das diese Anfälle verhindern soll, aber vielleicht wirkt es nicht. Mir wird schwindlig. Ich glaube, ich zittere. Ich mache mich naß. Ich will nicht, daß mich die Mädchen so sehen, und ich will nicht, daß du es erlebst, aber du mußt darauf vorbereitet sein. Wahrscheinlich sollte ich auch den Mädchen und Josef Bescheid sagen.«

»Ja«, erwiderte Rostnikow und griff über den Tisch, um die Hand seiner Frau in die seine zu nehmen. »Ich habe mich schon gewundert, daß ich heute abend Hühnerfrikassee bekommen habe.«

»Ich werde nicht daran sterben«, sagte Sarah mit einem Lächeln auf den vollen Lippen und dem blassen Gesicht.

»Und wir werden durchhalten und alles erdulden«, sagte Rostnikow. »Überleben und durchhalten, das sind die Dinge, die wir Russen am besten können. Wir haben beinahe eine Kunst daraus gemacht.«

»Falls das Medikament nicht hilft«, erklärte Sarah weiter, »versuchen wir es mit einem anderen. Und wenn das ebenfalls nicht wirkt, wird die Ärztin, die den Tumor entfernt hat, einen Eingriff machen, bei dem der Druck auf mein Gehirn gelindert wird. Es ist keine richtige Operation wie die letzte. Es ist nur ein kleiner Eingriff, der mir ziemlich sicher Erleichterung verschafft und nicht lebensbedrohlich ist.«

Rostnikow schwieg.

»Porfirij Petrowitsch«, sagte Sarah leise. »Leon würde mich niemals belügen.«

Während Rostnikow mit dem Plastikeimer unter dem Waschbecken lag, saß Valentin Spaskow in einem Zivilwagen gegenüber der Nachrichtenredaktion des Moskauer Fernsehsenders. Der Motor lief nicht. Spaskow wollte nicht, daß jemand auf ihn aufmerksam wurde. Den Wagen hatte er vom Hof genommen und als Grund »Observation eines mutmaßlichen Waffenhändlers« in die Liste eingetragen.

Er musterte jede einzelne Person, die das Gebäude verließ, und wartete auf Magda Stern. Er wußte, daß sie noch in der Redaktion war. Er hatte vor fünf Minuten von einer Telefonzelle aus angerufen und nach ihr gefragt. Die Frau am Telefon sagte, sie sei in einer Besprechung. Spaskow gab sich als Inspektor Tkach aus und bat, Magda Stern auszurichten, daß die neuen Fotos fertig seien und sie sich die Aufnahmen am Morgen ansehen könne.

Valentin bemerkte die Kälte kaum. Er trug Zivilkleidung und eine leichte Jacke, die ihn nicht behindern würde, wenn er sich schnell bewegen mußte. Im Holster unter der Jacke steckte ein geladener Colt Delta 10-mm Gold Cup, den er aus der Asservatenkammer der Trotzki-Station entwendet hatte. Nach dem Mord an Magda Stern würde er die Waffe gründlich reinigen und in das Regal zurücklegen, in dem noch Dutzende anderer Waffen aufgehoben wurden.

Er hatte sich entschlossen, die Frau mit einer Handfeuerwaffe zu töten, weil so ein Zusammenhang zu der Schießerei hergestellt werden konnte, die vor einem knappen Jahr vor dem Gebäude des Moskauer Fernsehsenders stattgefunden hatte. Damals war vor dem Eingang ein bekannter Nachrichtensprecher und Moderator ermordet worden. Der Mann hatte sich in seinen Sendungen kritisch über die Regierung und die wachsende Anzahl von Extremisten geäußert. Valentin hatte keine Ahnung, welche politische Position Magda Stern vertrat. Er hatte lediglich die Absicht, den Mord an ihr so aussehen zu lassen wie den Mord an dem Nachrichtensprecher, in der Hoffnung, man würde dieselben Leute, die niemals gefaßt werden konnten, dafür verantwortlich machen.

Wenn der Tatort in seinem Zuständigkeitsbereich liegen würde, hätte er dafür sorgen können, daß diese Theorie durch ein paar kleine Hinweise untermauert wurde. Aber dies war nicht sein Bezirk, und nachdem das Innenministerium kürzlich eine neue Einteilung vorgenommen hatte, wußte er nicht einmal genau, welche Polizeistation hier Dienst tat. In letzter Zeit war Valentin mehrmals gebeten worden, Streitereien zu schlichten, wenn die Trotzki-Station und ein anderes Revier sich nicht einigen konnten, auf wessen Gebiet ein Verbrechen verübt worden war.

Die Inspektoren vom Dezernat für Sonderermittlungen würden sich, was die Motive betraf, bestimmt nicht täuschen lassen, dessen war sich Valentin bewußt. Sie würden es nicht als Zufall hinnehmen, wenn Magda Stern am Abend, bevor sie ihren Angreifer auf einem der Fotos identifizieren sollte, ermordet wurde. Sie würden ihre eigenen Schlüsse ziehen und als gesichert annehmen, daß ihr Angreifer und Mörder unter den Männern zu finden war, die sie fotografiert hatten. Aber welcher der Männer war der Täter? Sie würden alles in ihren Kräften Stehende tun, um herauszufinden, wo sich die fotografierten Männer zum Zeitpunkt jeder einzelnen Vergewaltigung aufgehalten hatten. Möglicherweise würden sie sogar Leutnant Valentin Spaskow auf die Liste der Verdächtigen setzen.

Er nahm sich vor, in diesem Fall ganz ruhig zu bleiben und so hilfsbereit wie möglich zu sein. Das war nicht das Problem. Sein Problem bestand darin, daß er gezwungen war, noch heute nacht eine unschuldige Frau zu ermorden, und er nicht wußte, ob er in der Lage sein würde, mit den Vergewaltigungen aufzuhören. Ihm kam der Gedanke, daß er nach dem Mord an Magda Stern durchaus fähig wäre, auch sein nächstes Opfer umzubringen.

Sie kam aus dem Gebäude und ging mit raschen Schritten und hochgeschlagenem Kragen, der sie vor dem kalten Winterwind schützen sollte, die Straße entlang. Ein paar andere Leute waren bei ihr. Falls sie mit ihnen noch irgendwohin ging, würde er ihr folgen und sie irgendwo anders töten. Aber die anderen bogen nach rechts zur Metrostation ab, und sie schlug allein die andere Richtung ein. Sie stapfte durch die Dunkelheit, gegen die die von aufgewirbeltem Schnee umwehten Straßenlaternen nicht viel ausrichten konnten, und spielte so ihrem eigenen Mörder in die Hände.

Valentin stieg ganz gelassen aus wie jemand, der in dieser Gegend zu Hause war oder einen Besuch machen wollte, überquerte die Straße und folgte der Frau. Er erinnerte sich an ihr blasses, hübsch zurechtgemachtes Gesicht, an ihre große Gestalt und die aufrechte Haltung.

»Gott«, stöhnte er leise. »Ich werde es wieder tun. Ich werde es tun, bevor ich sie töte.« Es war falsch. Alles würde auf den Serienvergewaltiger hindeuten und nicht auf die politischen Fanatiker, die den Nachrichtensprecher umgebracht hatten. Aber Valentin wußte, daß er sich nicht mehr unter Kontrolle hatte.

Er beschleunigte seine Schritte und verringerte die Distanz zwischen sich und Magda Stern. Sie schaute nicht zurück. Im Schnee waren seine Schritte nicht zu hören. Die Straße war fast menschenleer; es war kalt und schon ziemlich spät. Ein paar Autos parkten in der Nähe – die Besitzer hatten Radkappen und Scheibenwischer abgenommen, damit sie nicht gestohlen werden konnten. Die Umstände waren einigermaßen günstig, und ihm blieb keine andere Wahl. Die Besessenheit hatte ihn fest im Griff und die Überzeugung, daß er die Frau töten mußte, in den Hintergrund gedrängt. Ja, er würde sie umbringen, aber zuerst...

Valentin näherte sich ihr auf etwa zwei Meter, und plötzlich wußte er es. Er fühlte es, noch ehe er sie sah. Magda Stern drehte sich unvermittelt um, und der rachsüchtige Ausdruck auf ihrem hübschen Gesicht bestätigte seine Ahnung. Valentin blieb stehen.

»Halt!« ertönte eine bekannte Stimme hinter ihm. »Hände hinter den Kopf.«

Ohne über das, was er tat, nachzudenken, stürmte Valentin mit zwei, drei Sätzen zu Magda Stern, riß sie an sich, legte den linken Arm von hinten um ihren Hals, nahm gleichzeitig den Colt aus dem Holster und preßte den Lauf an ihre Schläfe.

Über ihre Schulter hinweg sah er, daß Sascha Tkach und Elena Timofejewa etwa zehn Meter weit weg standen und mit Pistolen auf ihn zielten.

»Was versprechen Sie sich davon, Spaskow?« rief Elena

ihm zu. »Sobald Sie auf den Abzug drücken, schießen wir auf Sie.«

»Sie wissen jetzt, wer ich bin«, sagte Valentin Spaskow. Die Sorge um seinen Ruf als aufrichtiger Polizist erwachte. »Ich werde nicht zulassen, daß diese Frau mich anklagt, daß ich anderen Frauen vorgeführt und erniedrigt werde oder daß meine Familie gedemütigt wird. Lieber würde ich auf der Straße sterben. Ich habe nichts zu verlieren, wenn ich sie töte.«

Magda Stern stand aufrecht und still da – auf keinen Fall wollte sie dem Mann, der sie überfallen hatte und drohte, sie zu töten, zeigen, daß sie Angst hatte.

Elena und Sascha wußten beide, daß Valentin Spaskow vermutlich nicht Magda Stern zu seinem ersten Opfer machen würde. Sein erster Schuß mußte Sascha gelten, und wenn Elena auch nur einen Augenblick zögerte, weil sie fürchtete, Magda zu treffen, würde er auf die Polizistin schießen. Magda wäre die letzte.

Die einzige, die Handschuhe trug, war Magda Stern. Die drei Polizisten hatten keine an, um besser mit ihren Waffen umgehen zu können. Ihre Hände waren kalt, aber ruhig.

»Ich brauche Zeit zum Nachdenken«, sagte Valentin und schob seine Geisel langsam vor sich her. »Machen Sie den Gehsteig frei und gehen Sie auf die Straße, damit wir vorbei können. Und versuchen sie nicht, hinter mich zu springen. Los jetzt, Bewegung.«

»Sie haben eine Frau und ein Kind«, sagte Sascha. »Wissen Sie noch? Ich habe das Foto gesehen.«

»Und Sie haben eine Frau und zwei Kinder«, entgegnete Valentin, als Sascha und Elena auf die Straße auswichen. »Was würden sie tun? Was würden sie denken, wenn sie herausfinden müßten, daß Sie waren wie ich? Ich will Sie nicht umbringen, aber wenn Sie mir keine Zeit geben, werde ich es tun.«

Sascha schwieg.

»Sehen Sie?« sagte Valentin. »Sie haben eine Menge zu verlieren.«

»Sie werden Hilfe bekommen«, sagte Elena. »Wir können Ihnen die Hilfe eines Psychologen zusichern. Bis jetzt haben Sie noch niemanden umgebracht.«

»Nein.« Valentin drehte Magda mit dem Gesicht zu den beiden Polizisten, während er rückwärts zum Gebäude des Moskauer Fernsehsenders ging. »Ich gehe nicht ins Gefängnis. Meine Frau und mein Kind könnten mir nicht mehr in die Augen schauen. Verstehen Sie denn nicht, daß ich Zeit zum Nachdenken brauche? Wie oft muß ich Ihnen das noch sagen? Wollen Sie mich dazu treiben, etwas zu tun, ohne vorher die Chance gehabt zu haben, gründlich zu überlegen?«

»Gut, dann nehmen Sie sich die Zeit«, sagte Elena. »Bleiben Sie stehen und denken Sie nach. Wir unternehmen nichts, solange Sie ihr nichts tun.«

Valentin blieb nicht stehen und achtete darauf, daß Magda immer zwischen ihm und den beiden Polizisten mit den gezogenen Waffen war. Als er zur Kreuzung kam, zerrte er seine Geisel über die Straße.

»Ich gehe zu meinem Wagen«, verkündete er. »Bleiben Sie zurück. Seien Sie vorsichtig. Ich nehme an, daß ich ein besserer Schütze bin als Sie beide. Ich will keinen Polizisten erschießen. Und keiner von uns möchte, daß das hier in einem Blutbad endet. Ich brauche nur Zeit, um eine Entscheidung zu fällen.«

»Wir können Sie nicht wegfahren lassen«, sagte Sascha. »Das wissen Sie.«

»Möglicherweise wird Ihnen nichts anderes übrigbleiben«, konterte Valentin, während er den Arm noch fester um Magdas Hals legte und rückwärts die Straße überquerte. Sie sperrte sich, und er mußte sie regelrecht mit sich zerren.

Selbst die schmerzliche Umklammerung, die ihr fast den Atem abschnürte, brachte sie nicht dazu, seinen Wünschen Folge zu leisten. Valentin bewunderte sie, und trotz allem, was jetzt geschah, spürte er Verlangen. In diesem Augenblick wurde ihm klar, daß er wirklich verrückt war.

Sascha und Elena rückten, noch immer mit schußbereiten Pistolen, weiter vor. Valentin hatte die Wagentür nicht abgesperrt, damit er schnell wegfahren konnte. Jetzt öffnete er sie und sagte mit vor Erregung – nicht vor Angst – zitternder Stimme: »Ich setze sie auf den Beifahrersitz. Später muß ich sie vielleicht gehenlassen, aber ich richte meine Waffe auf ihren Kopf. Wir sind an einem Punkt angelangt, an dem Sie mich erschießen – und damit ihr Leben riskieren – oder uns einsteigen lassen müssen.«

Valentin schubste Magda in den Wagen. Sascha und Elena schossen nicht, als er nach seiner Geisel einstieg und die Tür zuzog. Aber sie bauten sich direkt vor dem Auto auf und zielten mit vor Kälte tauben Händen auf die Windschutzscheibe.

Spaskow versuchte nicht, den Motor zu starten. Er hielt den Lauf des Colts an Magda Sterns Schläfe. Elena und Sascha realisierten gleichzeitig, was er im Sinn hatte. Im Wagen war es sicher nicht warm, aber doch entschieden wärmer als draußen. Bald würden die Hände der beiden Polizisten gefühllos sein, die Haut kribbelte bereits.

Valentin beobachtete sie durch die vereiste Scheibe – sie konnten nur seine vagen Umrisse erkennen und sehen, daß er Magda nach wie vor bedrohte.

Er war sicherlich in der günstigeren Position. Er brauchte nur zu warten, bis die Hände der Polizisten steif gefroren waren.

Valentins Auto war ein Mercedes. Die Polizei bevorzugte Wagen dieser Marke – ob gekennzeichnete oder neutrale Fahrzeuge –, weil sie zuverlässiger waren als in Rußland hergestellte Autos. Selbst bei eisiger Kälte sprangen sie sofort an. Spaskow hatte die Möglichkeit, auf sie zuzurasen und sie zu überfahren, ehe sie reagieren konnten. Sascha und Elena wußten nicht, ob die Windschutzscheibe kugelsicher war. Vielleicht war sie es nicht, aber bei der Dunkelheit und unter der Eisschicht war das nicht auszumachen.

Elena kam sich vor wie in einem Traum. Vor knapp zwei Stunden hatte Sascha sie angerufen, um ihr zu sagen, daß er sie abholen würde, kurz bevor Magda Stern um zehn Uhr den Sender verlassen würde. Elena nahm den Anruf im Wohnzimmer ihrer Tante entgegen. Das Abendessen war vorbei, und Elena hatte das Gefühl, gut gekocht zu haben. Davon überzeugten sie nicht nur Josefs Komplimente, es hatte ihr selbst geschmeckt. Sie führten ein gutes Gespräch, und Anna zog sich nach einer Weile in ihr Zimmer zurück, um sie allein zu lassen. Elena und Josef spülten gemeinsam das Geschirr ab und redeten über die Arbeit, ihre Familien, ihre Ideen und Ambitionen; dabei kamen sie auch auf Politik, Bücher und Kinofilme zu sprechen. Es war erstaunlich, wieviel Gemeinsames sie hatten und wie sehr sich ihre Ansichten auf vielen Gebieten deckten, obwohl Elena ein bißchen pessimistischer war und die Zukunft Rußlands und der Welt nicht so rosig sah wie Josef. Er schrieb diese unterschiedliche Haltung seinem Aufenthalt bei der sowjetischen Armee zu. Beinahe naiv nahm er an, daß die Zustände nicht schlimmer werden könnten als das, was er erlebt hatte.

Er küßte sie, als der letzte Topf sauber und das Geschirr in den Schrank geräumt war. Der Kuß war heftig, und Elena reagierte leidenschaftlich, und als er sie erneut fragte, ob sie ihn heiraten wolle, war sie drauf und dran »ja, ja, ja« zu rufen, doch genau in diesem Moment klingelte das Telefon, und Sascha sagte ihr, daß sie dringend gebraucht wurde.

Sie hatte den Anruf erwartet, aber nicht so früh.

Josef hatte Verständnis, schließlich war er selbst Polizist. Auch das war eine Gemeinsamkeit. Ein Ehemann oder Freund, der nicht denselben Beruf hatte, würde in solchen Situationen vermutlich ungehalten reagieren. Josef bot an, sie zu begleiten, aber sie lehnte ab. Dies war nicht sein Fall, sondern ihrer und der von Sascha. Wenn sie mit Josef am Ort des Geschehens auftauchte, wäre Sascha sicher beleidigt, weil sie ihn nicht vorher gefragt hatte. Sie selbst wäre auch nicht begeistert, wenn ihr Partner plötzlich Verstärkung mitbringen würde. Josef küßte sie erneut, aber diesmal weniger leidenschaftlich. Dann verabschiedete er sich und bat sie, ihrer Tante noch einmal seinen Dank für das Abendessen zu übermitteln. Er bat sie nicht, auf sich aufzupassen. Er wußte, daß sie so vorsichtig sein würde, wie es die Situation erforderte.

Und jetzt stand sie neben Sascha und hatte nicht die geringste Ahnung, was die Situation erforderte, und ihre Hände waren halb erfroren. Sie konnte den Revolver in einer Hand halten und versuchen, die andere in der Tasche zu wärmen, aber sie war Rechtshänderin und konnte mit der Linken so gut wie gar nicht schießen. Wenn sie oder Sascha Anstalten machten, eine Hand in die Tasche zu stecken, würde Valentin Spaskow vermutlich im selben Augenblick aktiv werden. Außerdem war die Tasche inzwischen sicher nicht sehr viel wärmer als die Luft. Und wenn die Windschutzscheibe kugelsicher war?

Saschas Abend war nicht so dramatisch oder romantisch wie Elenas verlaufen, aber auch nicht schlecht. Maja war offensichtlich sehr zufrieden mit ihm, weil er sich einmal gegen Lydia behauptet hatte, und hatte ihn so liebevoll wie schon lange nicht mehr behandelt. Ilja ging es viel besser, und Pulcharia hatte sich vor dem Zubettgehen auf den Schoß ihres Vaters gesetzt und sich von ihm »Die Schneekönigin« vorlesen lassen.

Jetzt war er hier, seine Hand fror an dem Revolvergriff fest, und er starrte auf ein Auto, das jeden Augenblick losfahren und ihn umbringen konnte. Möglich war auch, daß der Polizist in dem relativ warmen Auto ein besserer Schütze war als er und unvermittelt auf die Idee kam, das Feuer zu eröffnen.

Niemand konnte sagen, wie lange die Pattsituation angedauert oder was sie beendet hätte, wenn Magda Stern nicht gehandelt hätte. Valentin hatte den Blick starr auf die beiden Kontrahenten gerichtet und dachte daran, was aus seiner Frau und seiner Tochter werden sollte, und kam zu dem grausigen Schluß, daß er nicht nur die Frau auf dem Beifahrersitz, sondern auch die beiden Polizisten töten mußte.

Plötzlich spürte er, wie seine Hand mit dem Colt nach vorn gestoßen wurde, und ein stechender Schmerz machte sich bemerkbar, als Magda ihm eine tiefe Bißwunde zufügte. Valentin schoß, aber die Kugel schlug in die Seitenwand der Beifahrertür. Magda stieß die Tür auf, ließ sich auf die Straße fallen, gab der Tür einen Tritt und rollte ein Stück weg.

Elena und Sascha sprangen zur Seite und feuerten im selben Augenblick auf die Windschutzscheibe. Beide machten die Erfahrung, daß es schwierig war, mit kalten, steifen Fingern gezielte Schüsse abzugeben, und daß die Autoscheibe tatsächlich kugelsicher war. Trotzdem feuerten sie eine Kugel nach der anderen ab, weil sie wußten, daß auch Panzerglas nicht unzerstörbar war. Die Frage war nur, wie lange es halten würde.

Die Scheibe bekam Risse, und im Nu breitete sich ein Spinnwebmuster aus. Magda Stern war wieder auf den Beinen und rannte ins Redaktionsgebäude.

Elena und Sascha stellten das Feuer ein; sie hatten fast keine Munition mehr, und es war ihnen nicht gelungen, das Fenster ganz zu durchschlagen. Aber sie hatten erreicht, daß der

Mann am Steuer nichts mehr sehen konnte. Im nächsten Augenblick ging die Fahrertür auf.

Elena und Sascha ließen sich auf den Bauch fallen und zielten auf die Türöffnung. Valentin Spaskow streckte die linke Hand aus, und Sascha brüllte: »Steigen Sie langsam mit erhobenen Händen aus! Sie wissen, was Sie zu tun haben!«

Valentin gehorchte. In der blutigen rechten Hand hielt er immer noch seinen Colt. Er blieb auf dem Gehsteig stehen.

»Und jetzt«, sagte Elena, »lassen Sie die Waffe fallen.«

Blut tropfte in den Schnee. Spaskow zögerte, seufzte und bat: »Sagen Sie meiner Frau, daß es mir leid tut. Sagen Sie ihr, daß ich sie liebe und daß ich einfach nicht anders konnte. Sagen Sie ihr, daß ich mir wünschte, sie würde mich verstehen und unsere Tochter großziehen, ohne ihr zu erzählen, was ihr Vater getan hat.«

»Lassen Sie die Waffe fallen«, wiederholte Elena.

Für einen Moment sah es so aus, als würde er der Aufforderung nachkommen, aber dann riß er den Lauf nach oben und schoß sich in die Schläfe. Sascha schloß die Augen. Elena beobachtete voller Entsetzen die Szene.

Valentin Spaskow fiel zusammengekrümmt auf den Gehsteig.

Sascha und Elena standen auf, klopften sich den Schnee von den Mänteln und näherten sich der Leiche. Es konnte kein Zweifel daran bestehen, daß Spaskow tot war. Das viele Blut und seine Reglosigkeit ließen keinen anderen Schluß zu, zudem fühlten beide die Nähe des Todes.

Trotzdem zielte Sascha weiterhin auf die reglose Gestalt, während Elena ihre Waffe ins Holster steckte und nach Valentin Spaskows Handgelenk faßte, um nach seinem Puls zu fühlen. Sie wußte, daß es keinen Puls mehr gab.

Jewgenij hatte darauf bestanden, auf der Rückbank in Georgis verrostetem Karren zu sitzen. Sein Automatikgewehr lag quer über seinem Schoß. Er hatte nicht viel Platz, weil die Stahlfedern auf einer Seite der Bank aus dem Polster ragten. Gewöhnlich mußte sich Leonid mit diesem Platz begnügen, aber heute wollte Jewgenij unbedingt hinten sitzen. Georgi und Leonid war ganz und gar nicht wohl bei der Sache.

»Es ist dunkel«, sagte Georgi und schaute zu der alten Kirche, die die Juden zu einer Synagoge umfunktioniert hatten. »Da ist niemand drin.«

»Noch fünf Minuten«, sagte Jewgenij. »Elf Uhr. Wir haben elf Uhr ausgemacht, also warten wir auch bis elf.«

»Gut, dann warten wir eben bis elf«, meinte Georgi achselzuckend.

»Hast du das Werkzeug?« fragte Jewgenij.

»Das hast du mich schon mal gefragt«, sagte Georgi.

»Und ich frage es dich noch einmal«, herrschte Jewgenij ihn an.

»Alle Werkzeuge sind da. Im Kofferraum«, erwiderte Georgi.

Er weiß es, dachte Leonid. Er weiß es. Er wollte noch nie auf der Rückbank sitzen. Er möchte uns beide im Auge behalten. Wahrscheinlich wird er uns erschießen, wenn alles vorbei ist. Wenn wir drin sind, sollte ich besser versuchen, immer hinter ihm zu bleiben. Und ihm mit einem von Georgis Werkzeugen eins über den Schädel ziehen. Ich sollte beide töten. Die Gelegenheit nutzen.

»Es ist elf«, verkündete Georgi. »Laßt uns gehen.«

»Ja.« Leonid versuchte seine Nervosität zu verbergen – ohne Erfolg. »Laßt uns gehen.«

Jewgenij stieg aus und hielt sein Gewehr locker in der Hand; der Lauf deutete auf den Boden. Die Wagentür quietschte, als er sie zustieß. Er wartete, bis Georgi und Leonid ausgestiegen waren.

Jewgenij stand seinen beiden Partnern in dem eisigen Wind, der den Schnee von den Straßen aufwirbelte, gegenüber. Nach einem kurzen Moment öffnete Georgi den Kofferraum so leise wie möglich und reichte Leonid einige Geräte und Werkzeuge. Zum Schluß hievte er ein schwarzlackiertes Brecheisen auf seine Schulter und schloß den Kofferraum.

»Zur Rückseite. Kein Wort mehr, bis wir drin sind«, flüsterte Jewgenij.

Georgi ging voran, Leonid blieb dicht bei ihm, und Jewgenij kam ein paar Schritte hinter ihnen. Die Straße war, wie sie es erwartet hatten, menschenleer und ruhig. Es war keine Wohngegend, und in den meisten drei- oder vierstöckigen Backsteinhäusern in der Nachbarschaft waren Büros und Geschäfte untergebracht.

Hinter dem Gebäude lag tiefer Schnee. Hier war seit Wochen niemand mehr gewesen. Jewgenij hatte das vorausgesehen und seine hohen Stiefel angezogen. Georgi trug immer Stiefel. Nur Leonid hatte Halbschuhe an und spürte, wie seine Socken und die Aufschläge seiner Hose naß und kalt wurden.

Einen halben Block entfernt verbreitete eine Straßenlaterne trübes Licht; dennoch konnten sie genug sehen, um das Fenster ausfindig zu machen. Georgi lehnte das Brecheisen an die Wand und rüttelte an dem Fenster. Nichts rührte sich. Schließlich nahm er das Brecheisen und setzte es am unteren Rahmen an. Das Holz war zwar verwittert, aber auch vereist. Georgi mußte das Brecheisen einige Male hin und her schieben, bis er eine Stelle fand, an der er es unter den Rahmen schieben konnte. Sobald es festsaß, zog Georgi es langsam nach unten. Ein Knacken war zu hören, aber das Fenster ging noch immer nicht auf. Erst als Georgi fester zog, brach das Eis, und die Verriegelung schnappte mit einem viel lauteren Knall auf, als sie erwartet hatten.

Sie blieben einen Moment reglos stehen und sahen sich um. Nichts.

Das Fenster war offen. Georgi klemmte das Brecheisen so fest, daß das Fenster nicht zufallen konnte, dann kletterten sie in das Gebäude. Erst Georgi, dann Leonid und Jewgenij zum Schluß. Er stellte sich am ungeschicktesten an, weil er die eine Hand am Abzug des Gewehrs hielt und sein Bein noch immer schmerzte, dort, wo der Rabbi ihn getreten hatte.

Jewgenijs Fuß landete auf etwas, das sich nur etwa einen halben Meter unter dem Fenster befand. Er hatte ein metallisches Klirren gehört, kurz nachdem die anderen durch die Fensteröffnung verschwunden waren, und jetzt verursachte er dasselbe Geräusch.

Georgi streckte in der Finsternis die Hand nach Jewgenij aus. Dieser stolperte, ehe ihn der größere Mann festhalten konnte, und fiel auf den Rücken. Er rollte sich schnell herum und zielte auf Georgi, der mit einer Hand nach dem Brecheisen faßte und mit der anderen leise das Fenster schloß.

Jewgenij holte die kleine Taschenlampe hervor und leuchtete damit in die Gesichter seiner Partner. Falls vorher noch ein Zweifel bestanden hatte, dann war er jetzt ausgeräumt. Diese Partnerschaft würde in der Hölle enden. Jewgenij ließ die Waffe sinken.

Auch Georgi und Leonid knipsten ihre Taschenlampen an und duckten sich. Im Raum befand sich eine kleine Plattform mit einem Podest. Hinter dem Podest stand ein Schrank. Auf beiden Seiten dieses Schranks hingen gerahmte Schriftstücke. Jewgenij war sicher, daß es hebräische Schriftzeichen waren. Der Platz vor dem Podium war frei. In einer Ecke des Raums hatte man Klappstühle aufgestapelt.

»Sie machen es uns leicht«, flüsterte Georgi, während er den Lichtstrahl durch den Raum wandern ließ. Der Eingang zur Synagoge befand sich zu seiner Rechten. Er wußte, daß dort eine kleine Nische in die Wand eingelassen war – gerade groß genug für einen Tisch und einen Stuhl.

Jetzt entdeckten sie die Heizungsrohre, über die sie alle drei gefallen waren. Die Rohre verliefen über alle vier Wände und waren an vier Öfen angeschlossen, von denen Abzugsrohre zur Decke führten. Die Öfen waren kalt – genau wie der Raum.

Jewgenij nahm sein Gewehr in den Arm und ging in die Mitte des Raums. Er leuchtete den Boden ab und versuchte den richtigen Standort zu bestimmen.

»Jeder geht in eine Ecke und macht fünf Schritte in die Mitte den Raums, dann fangen wir an«, befahl er.

Die anderen beiden hörten zum erstenmal von dieser Vorgehensweise. Entweder hatte Jewgenij einen Plan, von dem sie nichts wußten, oder er hatte Informationen, die er ihnen verschwiegen hatte. In Wahrheit war es Jewgenij gelungen, Igors Brief an sich zu bringen, und dabei hatte er entdeckt, daß Igor ihm keine präzisen Angaben gemacht hatte – er hatte ihnen nicht die genaue Stelle in der Kirche beschrieben. Aber das spielte jetzt keine Rolle mehr.

»Wir müssen so leise wie möglich sein. Die Holzdielen dürften nicht allzu schwer zu lösen sein, und er ist bestimmt nicht tief vergraben. Der Boden ist sicher gefroren. Wir dürfen keine Zeit verlieren.«

Sie waren zu dritt, also blieb eine Ecke des Raums übrig. Doch die Chancen standen drei zu eins, und wenn keiner von ihnen fündig wurde, konnten sie sich gemeinsam die vierte Ecke vornehmen. Die Zeit müßte reichen, wenn sie schnell und effektiv arbeiteten.

Jewgenijs Plan sah nicht vor, daß sie die Erde und die Bodenbretter wieder an Ort und Stelle brachten, ehe sie die Flucht ergriffen. Statt dessen wollte er den Schrank umwerfen, das Podium wegzerren und die Ofenrohre von den Wänden reißen, damit es aussah, als hätten dieselben Antisemiten die Synagoge entweiht, die die Juden umgebracht hatten. Er war sogar so umsichtig gewesen, eine Sprühdose mit schwarzer Farbe mitzubringen, um ein paar Hakenkreuze an die Wände zu sprühen.

Jewgenij nahm Leonid, der sofort ängstlich ein, zwei Schritte zur Seite wich, eine lange Eisenstange ab. Dann zogen sich alle drei in je einen Winkel des Raumes zurück und gingen fünf Schritte zur Mitte. Sie plazierten ihre Taschenlampen auf dem Boden, damit sie etwas sehen konnten. Jewgenij legte sein Gewehr in Reichweite und schaute zu den anderen. Sie waren jeweils nur drei Meter voneinander entfernt.

Jewgenij ertastete mit den Fingern einen Spalt zwischen zwei Bodendielen und stieß mit der Eisenstange hinein. Das Brett löste sich viel zu leicht und schnellte gegen seine Wange.

Er ließ das Brett fallen und griff nach seinem Gewehr. In dem fahlen Licht der Taschenlampen sahen die Gesichter seiner Partner gespenstisch bleich aus, die Augen lagen in tiefen dunklen Höhlen, und die Schatten täuschten ein skelettartiges Grinsen vor.

Alle drei machten die gleiche Erfahrung. Die Bretter lagen lose auf dem Boden. Georgi hob als erster seine Taschenlampe auf und leuchtete die Erde ab, die er gerade freigelegt hatte.

»Uns ist jemand zuvorgekommen«, sagte er. »Jemand hat hier gegraben.«

»Hier auch«, vermeldete Leonid.

Jewgenij richtete den Strahl der Taschenlampe nach unten und schwieg. Die beiden anderen hatten recht.

»Woher wußtest du das mit den fünf Schritten?« fragte Georgi und schwang die Eisenstange wie einen Baseballschläger.

»Igor hatte einen Brief«, sagte Jewgenij, während er fieberhaft nachdachte.

»Einer von uns war schon mal hier und hat ihn sich geholt«, sagte Georgi.

»Ja«, sagte Jewgenij.

Georgi ging einen Schritt auf ihn zu, Leonid wich zurück.

»Nein!« ertönte eine Stimme.

Die drei Männer fuhren herum; das Licht der Lampen tanzte über die Wände und schien in die Ecken. Im nächsten Augenblick flammten die Deckenleuchten auf, und zwei Männer wurden sichtbar. Der eine war der Rabbi, der sie auf der Straße verprügelt hatte. Der andere war der Polizist, der Jewgenij in der Hotelwäscherei aufgesucht hatte. Er hielt etwas auf dem Arm, das in ein weißes Tuch gehüllt war.

»Ich habe hier das, wonach Sie suchen«, erklärte Rostnikow. Er zog das Tuch weg und enthüllte eine fleckig angelaufene, mit Edelsteinen verzierte Statuette von einem Hund oder einem Wolf. Selbst nach einem Jahrhundert unter der Erde sah man, daß es eine kunstvolle, kostbare Figur war. »Wenn sie fachmännisch gereinigt und restauriert ist, wird sie der Eremitage in St. Petersburg, der sie gestohlen wurde, oder dem Museum im Kreml übergeben. Sie haben umsonst gemordet. Sie haben die Morde nicht einmal aus Haß begangen, sondern aus reiner Habgier.«

»Stellen Sie den Wolf auf den Boden und treten Sie zurück«, kommandierte Jewgenij. Er zielte mit dem Gewehr auf die beiden Männer.

Rostnikow zuckte nicht einmal mit der Wimper.

»Wie viele warten draußen?« wollte Jewgenij wissen.

»Keiner«, antwortete Rostnikow.

»Leonid!« rief Jewgenij.

Leonid ging zum Fenster und spähte vorsichtig hinaus. Er rechnete fast damit, eine Kugel in den Kopf zu bekommen. Als er draußen nichts entdecken konnte, durchquerte er hastig den Raum und sah auf der Straßenseite nach.

»Ich sehe niemanden«, sagte er schließlich.

»So dumm können Sie gar nicht sein«, meinte Jewgenij.

»Danke«, erwiderte Rostnikow, der noch immer den goldenen Wolf auf dem Arm hielt.

»Georgi, wenn ich schieße, schnappst du dir den Wolf«, sagte Jewgenij. »Laß die Werkzeuge hier, wir hauen durch die Vordertür ab. Leonid, du machst die Lichter aus und schließt die Tür.«

Mehr gab es nicht zu sagen. Jewgenij drückte auf den Abzug. Nichts passierte. Er versuchte es noch einmal. Nichts.

»Wir haben das Gewehr gefunden, als Sie heute morgen bei der Arbeit waren«, erklärte Rostnikow. »Es befand sich hinter einem Brett an der Decke des Badezimmers, das auf demselben Flur liegt wie Ihr Zimmer. Wir haben die Munition entfernt.«

»Sie wußten Bescheid, ehe Sie in die Wäscherei kamen?« murmelte Jewgenij ungläubig.

Rostnikow zuckte mit den Schultern.

»Sie wollten uns hier erwischen«, fuhr Jewgenij fort.

Belinsky riß der Geduldsfaden. Er marschierte auf Jewgenij zu, stieß das Gewehr weg und schlug dem jungen Mann mit dem Handrücken ins Gesicht. Jewgenijs Kopf schnellte zur Seite. Ein Zahn fiel aus seinem weit aufgerissenen Mund. Er taumelte zurück und ließ das Gewehr fallen. Der Rabbi schlug noch fünfmal zu und sagte: »Ein Hieb für jeden Mann, den Sie umgebracht haben.«

»Ich glaube nicht, daß wir Waffen brauchen, was meinen Sie?« erkundigte sich Rostnikow.

Georgi holte mit der Eisenstange aus und stürmte an dem Rabbi vorbei. Rostnikow versperrte ihm den Weg zur Tür.

»Geben Sie mir den Wolf, oder ich schlage Ihnen den Schädel ein!« drohte Georgi.

»Da gibt es nur ein Problem«, sagte Rostnikow. »Ich glaube nicht, daß Sie ihn mit einer Hand festhalten können. Er ist ziemlich schwer, und wenn Sie beide Hände brauchen, müssen Sie wohl oder übel die Eisenstange weglegen. Was für ein Dilemma.«

Jewgenij lag auf dem Boden und versuchte mit dem Jackenärmel das Blut, das ihm aus Mund und Nase floß, zurückzuhalten. Leonid kauerte ängstlich auf einem der Aluminiumrohre an der Wand.

»Los!« kommandierte Georgi. »Leonid, komm her!«

Leonid reagierte nicht.

Als sich Georgi mit erhobener Eisenstange vor Rostnikow aufbaute, ließ der Inspektor den goldenen Wolf fallen. Er landete auf Georgis rechtem Fuß. Jeder hörte die Knochen brechen, gleich darauf ertönte ein Schmerzensschrei, und die Eisenstange knallte gegen eins der Aluminiumrohre. Selbst das weckte Leonid nicht aus seiner Lethargie.

Georgi verdrehte die Augen und sank bewußtlos von dem Schock und dem plötzlichen Schmerz zu Boden. Für einen kurzen Moment fragte sich Rostnikow, ob der Mann seinen Fuß verlieren würde.

Mit der Hilfe des Rabbis fesselte Rostnikow Jewgenij und Leonid mit Handschellen aneinander und brachte sie hinaus zu dem Wagen, in dem Selatsch wartete. Dann ging er zurück in die Synagoge, holte den goldenen Wolf und verstaute ihn im Kofferraum. Schließlich schleppte er den halb bewußtlosen, schlaffen Georgi Radzo, der nach Belinskys Schätzung mindestens zweihundertzwanzig Pfund wog, zum Auto. Er hob ihn ohne große Anstrengung hoch, obwohl er, wie Belinsky wußte, nur ein gesundes Bein hatte.

Nachdem der Rabbi die Lichter gelöscht und die Tür verriegelt hatte, nahm er eine Handvoll Schnee und drückte ihn vorsichtig an Jewgenij Tutsolows Mund. Jewgenij saß neben dem apathischen Leonid, der nicht einmal zusammenzuckte, als der benommene Georgi mit seinem ganzen Gewicht auf ihn sank.

»Das müßte die Blutung stoppen«, sagte Belinsky und musterte eingehend Jewgenijs Gesicht.

Jewgenij gab keine Antwort. Seine Hand war an die von Leonid gefesselt, und er war der Gnade dieses wahnsinnigen Juden ausgeliefert.

Eine gute Stunde später, nachdem die drei Mörder hinter Schloß und Riegel gebracht waren und Belinsky sich auf den Heimweg gemacht hatte, betrat Rostnikow die Petrowka, um sich mit dem Leiter des Dezernats für Sonderermittlungen zu treffen. Die Lichter in Jakowlews Büro brannten, und die Tür stand offen. Rostnikow ging mit dem goldenen Wolf auf dem Arm an Pankows Schreibtisch vorbei zur zweiten Tür. Sie wurde geöffnet, bevor er das Gewicht abstellen mußte, um auf die Klinke zu drücken.

Jakowlew trat beiseite, um ihn hereinzulassen, und deutete auf den Konferenztisch, auf dem ein dickes Handtuch lag. Rostnikow stellte den Wolf auf das Handtuch. Der Yak sagte kein Wort. Er schüttelte Porfirij Petrowitsch die Hand, ging zur Tür zurück und bedeutete seinem Stellvertreter mit einer Geste, den Raum zu verlassen; dann machte er die Tür hinter ihm zu.

Zwanzig Minuten später zog sich Rostnikow aus, nahm sein künstliches Bein ab und kroch neben Sarah unter die dicke Decke.

»Ist alles in Ordnung mit dir?« erkundigte sie sich verschlafen.

»Alles in Ordnung«, antwortete er.

Dann schliefen sie.

13

Es war eine schmale Gasse im alten Teil von Moskau, eine Straße, die vor einem Jahrhundert noch vornehm gewesen war und deren Backsteinhäuser jetzt tapfer gegen den Verfall ankämpften.

Karpo kannte die Straße gut.

Er war einige Jahre in regelmäßigen Abständen hergekommen, um Mathilde Verson in einem kleinen Zimmer zu treffen. In dem hübsch eingerichteten, hellen Raum hatten sie ursprünglich nur miteinander geschlafen, doch im Laufe der Zeit hatte sich beinahe so etwas wie Liebe zwischen ihnen entwickelt. Mathilde war eine patente Frau mit flammendrotem Haar, schönen Zähnen und außergewöhnlich heller Haut gewesen. Sie war nur wenig älter als vierzig geworden. Tagsüber hatte sie als Telefonistin gearbeitet. In den letzten sechs Monaten hatte sie sich geweigert, Geld von Karpo zu nehmen, obwohl er sich bei dem Gedanken daran, daß ihre Beziehung etwas anderes als ein Geschäft sein könnte, keineswegs wohl fühlte. Dennoch konnte er sich ihrer Vitalität und ihrem gutmütigen Humor, mit dem sie sich über seine Ernsthaftigkeit lustig machte, nicht entziehen.

Nachdem Mathilde, die zu diesem Zeitpunkt in einem kleinen Café saß und Tee trank, im Kreuzfeuer zweier Straßenbanden in Stücke gerissen worden war, hatte sich Karpo mit Rostnikows Unterstützung und der Hilfe von Craig Hamilton auf die Suche begeben und denjenigen, die Mathilde den Tod gebracht hatten, das Handwerk gelegt.

Die Vergeltung hatte Karpo ein wenig Genugtuung verschafft, und danach widmete er sich wieder voll und ganz seiner Arbeit. Porfirij Petrowitsch hatte ihm einmal klargemacht, daß er sich benahm wie jemand, der mit dem Tod liebäugelte. Falls das stimmte, dann war sich Karpo dessen nicht bewußt.

Heute war Donnerstag, der Tag, an dem er sich früher mit Mathilde getroffen hatte, und er ging durch diese Straße, fast um dieselbe Tageszeit wie damals, als er sie zum erstenmal gesehen hatte.

Emil Karpo hatte nur ein einziges Mal in seinem Leben das Gesetz gebrochen. Seit er ein kleiner Junge gewesen war und sein Vater ihn zu einer Parteiversammlung mitgenommen hatte, war er ein eifriger Verfechter des Kommunismus gewesen und hatte an seine Gesetze und Verheißungen geglaubt. Es hatte immer korrupte Regierungsbeamte und Polizisten gegeben, aber der in Schwarz gekleidete, bleiche Karpo war nie in Versuchung geraten.

Sein einziges Vergehen war der Kontakt zu einer Prostituierten gewesen. Er wollte keine Frau haben und hätte auch nicht gewußt, welche Frau sich ausgerechnet für ihn hätte entscheiden können, falls er sich eines anderen besonnen hätte. Besonders die Lehren von Lenin, Marx und Mao hatten ihm klargemacht, daß der Mensch dem Tier überlegen war – was ihn aber nicht davon abhielt, seine animalischen Triebe auszuleben.

Emil Karpo kam zu dem Schluß, daß er, um seine Pflicht als sowjetischer Staatsbürger richtig erfüllen zu können, den sexuellen, animalischen Trieb in sich nicht unterdrücken durfte, sonst würde er einige der Fähigkeiten, die ihn zu einem brauchbaren Polizisten machten, verlieren. Karpo war diese Entscheidung nicht leichtgefallen, besonders in der Sowjetunion, die die Existenz von Prostitution verleugnete.

Die Sonne schien, aber sie war nicht warm genug, um den Schnee zum Schmelzen zu bringen. Die Leute, die mit Plastiktüten in der Hand an Karpo vorbeikamen, wichen ihm aus, und er begegnete nur einem jungen Mann, der ihn direkt ansah.

Das Café, das er ansteuerte, war klein und hatte rissige Wände. An der Stelle, an der noch vor wenigen Jahren Lenin einer hoffnungsvollen Zukunft entgegengeblickt hatte, hing jetzt eine Ikone, die die Madonna mit dem Jesuskind zeigte. Der Besitzer des Cafés, das noch viel kleiner war als das, in dem Mathilde umgebracht wurde, war weder Kommunist noch Christ. Er war Türke, hatte einen dicken Bauch und einen Schnurrbart, und seine Miene drückte immer Bestürzung aus.

Die Prostituierten hatten ihm in den alten Tagen eine Gebühr dafür bezahlt, daß er ihnen ein paar Plätze in seinem Café reservierte. Heute versteckten sich die Mädchen nicht mehr – sie boten ihre Körper offen auf der Straße an und hatten ihre Standorte in der Nähe der großen Hotels, die spezielle Arrangements für durchreisende Geschäftsleute trafen. Die Neureichen, die skrupellosen kapitalistischen Unternehmer und die Mafiamitglieder hatten ihre eigenen Kontaktleute, die sie mit Prostituierten versorgten, und akzeptierten selten die Angebote der Frauen, die auf den Straßen auf und ab gingen.

Das Café war fast leer. Es gab lediglich fünf Tische und die Theke, die nur etwa ein Dutzend Schritte von der Tür entfernt war. An einem der Tische unterhielt sich ein Paar – vielleicht ein Ehepaar oder Liebende, vielleicht auch zwei Menschen, die die alten Gepflogenheiten beibehalten hatten und über Geld und besondere Gefälligkeiten verhandelten.

An einem anderen Tisch saß eine dunkelhaarige junge Frau und sah aus dem vereisten Fenster. Sie war dünner, als Mathilde gewesen war, und hatte weitaus mehr Make-up aufgelegt. Sie trug ein schlichtes grünes Kleid mit einem schwarzen Gürtel. Über dem Stuhl hing eine schwarze Jacke, die viel Geld gekostet haben mußte.

Karpo ging auf die Frau zu. Auf dem Tisch stand eine kleine Tasse mit schwarzem Kaffee, und eine glimmende Zigarette lag in dem Glasaschenbecher.

»Amelia?« fragte er und blieb neben ihrem Stuhl stehen.

Die Frau wandte sich ihm zu und hob den Blick. Sie war hübsch, aber älter, als sie im Profil ausgesehen hatte. Vielleicht hatte sie deshalb aus dem Fenster geschaut statt zur Tür, durch die er hereingekommen war. Karpo schätzte, daß sie in den Dreißigern war.

Sie lächelte – es war ein kleines, aber aufrichtiges Lächeln – und hielt ihm die Hand hin. Es war eine schlanke Hand mit relativ kurzgeschnittenen, rotlackierten Nägeln.

»Bitte, nehmen Sie Platz«, sagte sie und drückte ihre Zigarette aus. »Möchten Sie einen Kaffee? Oder Tee?«

»Nichts«, entgegnete er, setzte sich und knöpfte seinen Mantel auf.

»Sie machen es mir ein bißchen schwer, nicht wahr, Inspektor?« sagte sie mit einem Seufzen.

»Das ist nicht meine Absicht.«

»Wir sind uns schon einmal begegnet, wissen Sie das?«

»Vor fast zwei Jahren«, sagte er. »Auf der Straße. Mathilde hat Sie gegrüßt. Sie waren in Begleitung von zwei anderen Frauen.«

»Gutes Gedächtnis.« Sie sah ihn beeindruckt an.

»Ich bin Polizist.«

»Ich dachte eher, daß ich diejenige bin, die Sie beeindrucken sollte.«

In ihrer Stimme und in ihrem Verhalten schwang etwas Heiteres mit, das ihn an Mathilde erinnerte. Imitierte sie Mathilde? War das ein Teil ihres Plans? Hatte er eine Frau vor sich, die sich so gab, wie sie war?

»Sie haben mich um ein Gespräch gebeten«, sagte er. »Sie behaupteten, es handle sich um eine wichtige Angelegenheit.«

»Also kommen wir gleich zum Geschäftlichen«, sagte sie und schlug leicht mit beiden Händen auf den Tisch. »Schön. Mathilde und ich waren Freundinnen. Wir haben oft miteinander geredet, und ich wußte von Ihnen. Ich wußte, daß Sie beide sich am Ende ziemlich nahestanden. Aber Sie wollten die Beziehung auf geschäftlicher Basis halten. Gut. Falls Sie interessiert sind, würde ich Mathildes Stelle einnehmen. Nicht, was die persönliche, sondern nur, was die geschäftliche Beziehung angeht. Mein Tarif ist gering, und ich bin flexibel, was die Zeit betrifft. Ich würde das gern für Mathilde tun.«

Karpo, der die Kunst, nicht mit der Wimper zu zucken, meisterhaft beherrschte, sah ihr direkt in die Augen und entschied, daß sie zumindest in diesem Augenblick die Wahrheit sagte.

»Warum arbeiten Sie nicht in einem Hotel oder…?« begann er.

Sie lachte. Nicht Mathildes perlendes Lachen, sondern ein leises, tiefes Lachen. »Ich bin zu alt. Die gefragten Mädchen sind richtige Amateure, noch keine zwanzig Jahre alt oder knapp darüber. Ich habe meine Stammkunden und verdiene mir ein bißchen was dazu, indem ich… nun ja, andere Dinge mache. Ich weigere mich, vor billigen Restaurants oder Pensionen auf der Straße zu stehen. Ziehen Sie mein Angebot in Betracht? Man sieht Ihnen nicht an, was Sie denken.«

»Ich denke darüber nach«, sagte er.

Eine solche Sache schnell zu entscheiden, war nicht Emil Karpos Art.

»Haben Sie auch einen Nachnamen, Amelia?« fragte er.

»Möchten Sie den echten oder die Kurzform hören?«

»Beide.«

»Der echte lautet Boroskowitsch, Amelia Boroskowitsch. Mein Künstlername ist Boros. Als ich in diesem Gewerbe anfing, hielt ich diesen Namen für exotisch. Und er ist sozusagen an mir hängengeblieben.«

Karpo stand auf und sah auf die Frau hinunter. »Ich werde darüber nachdenken«, wiederholte er bedächtig und ohne irgendwelche Gefühle zu verraten. »Wenn ich mich entschließe, auf Ihr Angebot einzugehen, wäre das zunächst nur für einmal. Danach, falls es überhaupt dazu kommt, können wir entscheiden, was weiterhin geschieht. Ich möchte eine rein geschäftliche Beziehung.«

»Ihre Galanterie ist schmeichelhaft«, erwiderte sie mit einem Lächeln auf den knallroten Lippen. Die Ironie dieser Bemerkung konnte sich mit der von Mathilde messen.

»Wenn ich mich dafür entscheide, wäre Ihnen dann dieser Treffpunkt und dieselbe Zeit in einer Woche recht?« fragte er.

Sie zuckte mit den Schultern. »Mir wäre es jetzt gleich auch recht, aber ich weiß, Sie möchten sich die Sache erst durch den Kopf gehen lassen.«

»Ja. Es kann sein, daß ich ablehne. Das hätte aber nichts mit Ihrer äußeren Erscheinung oder Ihrer Persönlichkeit zu tun – beides ist durchaus akzeptabel.«

»Oh, ein echtes Kompliment«, sagte sie und zeigte wieder ihre weißen, bemerkenswert gleichmäßigen Zähne. »Ich werde in einer Woche um dieselbe Zeit hier sein, Emil Karpo. Wenn Sie kommen, freue ich mich. Wenn nicht, trinke ich einen starken Kaffee, rauche eine Zigarette und flüstere Mathilde zu, daß ich es versucht habe.«

Karpo nickte und verließ das Café. Er ging den Weg, den er gekommen war, zurück, ohne sich noch einmal umzudrehen, und nahm sich vor, gründlich über das Arrangement nachzudenken. Er wollte Amelias Hintergrund überprüfen, aber wenn er nicht etwas wirklich Verwerfliches fand, würde er in einer Woche um dieselbe Zeit wieder in dem Café erscheinen, dessen war er sich jetzt schon bewußt.

Der Yak stand mit auf dem Rücken verschränkten Händen am Fenster seines Büros und schaute hinaus, als Rostnikow hereinkam und die Tür zumachte.

»Es wäre schön, wenn noch ein wenig Neuschnee fallen würde«, sagte Jakowlew, noch immer abgewandt.

Rostnikow fiel keine intelligente Erwiderung auf diese Bemerkung ein, deshalb blieb er schweigend stehen. Er hatte die schriftlichen Berichte über den Bombenattentäter, den Vergewaltiger und die Männer, die die Juden ermordet hatten, in der Hand.

Jakowlew drehte sich um und ging auf Rostnikow zu, um ihm die Berichte abzunehmen und sie auf den Konferenztisch zu legen, ohne einen Blick darauf zu werfen.

»Noch gestern abend wurde unser Bombenattentäter Alexi Monochow per Flugzeug in eine psychiatrische Klinik nach Irkutsk in Sibirien gebracht. Ein Richter hat auf das Gutachten eines Psychiaters hin die Entscheidung gefällt, ihn sofort zu verlegen.«

Rostnikow sagte nichts.

»Monochow hat uns die Namen von acht Profiteuren und Kriminellen genannt, die sein Vater erpreßt hat«, sagte der Yak. »Die Beweise für ihre Vergehen haben wir auch.«

Rostnikow schwieg immer noch, obwohl er in dem Gespräch mit Alexi Monochow erfahren hatte, daß sechzehn maßgebliche Persönlichkeiten erpreßt worden waren. Er hatte mehr als nur eine vage Ahnung, wo die Beweise gegen die anderen acht Personen, die wahrscheinlich die einflußreichsten auf Monochows Liste waren, gelandet sein konnten.

Jakowlew wartete ab, ob Porfirij Petrowitsch eine Reaktion zeigte. Aber Rostnikow tat nichts dergleichen.

»Sie haben mich in meiner ersten Woche in diesem Dezernat aussehen lassen wie ein Genie«, sagte der Yak mit einem Unterton, der als Ausdruck der Erleichterung ausgelegt werden konnte. »Drei Schwerverbrechen wurden aufgeklärt. Meine Entscheidung, Sie zum Leiter aller laufenden Ermittlungen zu machen, hat mir widerstrebendes Lob von unterschiedlichen Seiten eingebracht.«

»Freut mich zu hören«, sagte Rostnikow.

»Möchten Sie Platz nehmen?« fragte der Yak und ging selbst zu seinem Schreibtischsessel.

»Nicht, wenn wir uns kurz fassen«, erwiderte Rostnikow.

»Wir werden uns sehr kurz fassen.« Jakowlew legte Zeigefingerspitze und Daumen aneinander, um anzudeuten, wie kurz. »Ich habe nur noch eine kleine Information für Sie. Bedauerlicherweise hat sich die Figur, die Sie gestern in mein Büro gebracht haben, als billige Kopie des Originals herausgestellt. Jemand muß sich im Laufe des letzten Jahrhunderts mit dem Original aus dem Staub gemacht und die Imitation vergraben haben.«

Rostnikow hörte ruhig zu. Es gab nichts, was er darauf hätte sagen können. Er war lange genug Polizist, um zu wissen, wann er echtes Gold, Smaragde, Diamanten und Rubine berührte. Und in der gestrigen Nacht hatte er eine mit wertvollen Edelsteinen verzierte Goldstatuette in Händen gehalten. Er hatte den Schatz auf den Tisch gestellt, auf dem jetzt die Berichte über die drei Fälle lagen. Zudem glaubte Rostnikow nicht, daß Jakowlew ernsthaft annahm, ihn täuschen zu können.

»Ein gewisses Mitglied der Regierung – ein hochrangiges, das durchaus eines Tages Präsident werden könnte – war in der letzten Nacht hier«, fuhr der Yak fort. »Ich weiß nicht, wie er davon erfahren hat, daß mir die Figur ausgehändigt wurde. Er sah sie sich genau an, untersuchte sie und erklärte sie für eine Fälschung. Dann nahm er sie mit.«

Der Yak hätte ihm nicht von dem namenlosen Regierungsmitglied erzählen müssen, und Rostnikow war klar, daß sich Jakowlew damit seinen Respekt verdienen wollte. Jakowlew war nicht auf Wohlstand aus, den er sich mit einer seltenen Kostbarkeit hätte verschaffen können; genausowenig hätte er sich an den Kriminellen der Atomwirtschaft bereichert. Er war lediglich daran interessiert, seinen Einfluß und seine Macht zu vergrößern. Schlußfolgerung: Er hatte die acht fehlenden Namen samt Beweisen für sich behalten, und ein bedeutender Regierungsbeamter erfreute sich an dem goldenen Wolf.

»Es wird eine Enttäuschung für die Angestellten in der Eremitage sein«, sagte Rostnikow.

»Ich habe bereits mit General Snitkonoi gesprochen und ihm die Sachlage erläutert«, sagte Jakowlew.

»Und jeder der drei Diebe hat ausführlich beteuert, daß die jeweils beiden anderen für die Morde an den Juden verantwortlich sind«, sagte Rostnikow.

»Sie sind alle schuldig«, stellte Jakowlew klar. »Sie werden schnell vor Gericht gestellt, und es wird öffentlich gemacht, mit welcher Entschlossenheit wir sie verfolgt und geschnappt haben.«

»Eine wirkliche Ironie«, sagte Rostnikow, der inzwischen wünschte, er hätte das Angebot, sich hinzusetzen, nicht ausgeschlagen. »Die vier Männer dachten, sie hätten ein Recht auf den goldenen Wolf, weil ihre Vorfahren ihn vor langer Zeit gestohlen haben.«

»Verdrehte Logik, keine Ironie, Porfirij Petrowitsch.«

»Zwei von ihnen und der, der ermordet wurde, waren tatsächlich Nachkommen einer Bande antizaristischer Diebe«, sagte Rostnikow, »aber der vierte, Jewgenij Tutsolow, war mit keinem der ursprünglichen Diebe verwandt. Die Mitglieder seiner Familie waren seit jeher Tagelöhner und Fabrikarbeiter. Er hat die anderen belogen.«

»Interessant«, meinte Jakowlew.

Rostnikow sah seinem Gegenüber in die Augen. »Vielleicht wird der echte Wolf eines Tages gefunden«, sagte er.

»Vielleicht – wer weiß?« erwiderte der Yak. »Bis dahin bleibt das, was wir heute hier besprochen haben, vertraulich.«

Und das, was wir nicht besprochen haben, ergänzte Rostnikow im stillen.

»Ich werde mit niemandem darüber reden«, versicherte er.

»In diesem Fall möchte ich Ihnen einen Gefallen erweisen – sowohl für Ihre ausgezeichnete Arbeit als auch für Ihre Diskretion. Dank der Ereignisse, von denen ich Ihnen erzählt habe, hat sich mein Einfluß enorm gesteigert.«

Rostnikow brauchte nicht lange nachzudenken. Er sagte seinem Vorgesetzten, was er von ihm wünschte. Er bat um zwei Gefälligkeiten.

»Sprechen Sie«, forderte Jakowlew ihn auf.

»Erstens mochte ich, daß Leutnant Spaskows Tod als Unglücksfall in Erfüllung seiner polizeilichen Pflichten in den Berichten angeführt wird. Er wird nicht offiziell als Serienvergewaltiger bezeichnet. Er hat eine Frau und eine Tochter.«

»Ihre Leute können den Bericht in diesem Sinne abfassen. Und Ihre andere Bitte?«

Rostnikow nannte sie ihm.

»Ich denke, das läßt sich arrangieren«, sagte der Yak.

»Darf ich fragen, wann?« erkundigte sich Rostnikow.

»Vielleicht schon heute nachmittag«, entgegnete Jakowlew, stand auf und hielt seinem Besucher die Hand hin.

Rostnikow ging zum Schreibtisch, stützte sich schwer mit der Linken auf und schüttelte mit der Rechten die Hand seines Vorgesetzten.

»Wir haben neue Fälle«, eröffnete ihm Jakowlew, während er in die Schublade faßte und drei Aktenordner herausnahm: zwei dünne und einen sehr dicken. Er reichte sie Rostnikow. »Halten Sie mich auf dem laufenden.«

Die Besprechung war zu Ende.

»Keine Lydia?« fragte Elena, als sie am frühen Abend in die Wohnung ihrer Tante kam.

Elena hatte sich heute früher freigenommen, weil sie die ganze Nacht und den Morgen auf den Beinen gewesen war, ganz zu schweigen davon, daß man sie beinahe getötet hätte.

Anna Timofejewa saß am Fenster und sah ihre Nichte über den Rand ihrer Brille hinweg an. Die Wohnung war nicht besonders warm, aber Anna mochte es so, und Elena störte es nicht. Anna trug einen dicken Rollkragenpullover. Auf ihrem Schoß lag ein aufgeschlagenes Buch, und im Sessel ihr gegenüber hatte es sich Bakunin bequem gemacht und schlief.

»Lydia ist irgendwo zum Abendessen eingeladen«, sagte Anna. »Sie meinte, daß sie nicht so bald nach Hause kommen würde, aber sie hat versprochen, noch vorbeizuschauen, falls es nicht zu spät wird.«

»Haben wir ein Glück!« rief Elena. Sie hängte ihren Mantel in den Schrank, als das Telefon klingelte.

Anna rührte sich nicht, obwohl der Apparat in Reichweite stand.

»Das ist er«, sagte sie. »Er hat schon viermal angerufen. Aus Rücksicht auf meine Gesundheit und auf seinen Vater habe ich eine Höflichkeit an den Tag gelegt, die meine nächsten Verwandten und meine Kollegen aus dem Büro der Staatsanwaltschaft nie an mir kennengelernt haben.«

Das Telefon klingelte weiter.

Nach dem fünften Klingeln nahm Elena ab. »Hallo?«

Sie stand mit leicht gespreizten Beinen da, den Ellbogen in die Hand gestützt.

»Ich hätte es dir gesagt, aber du warst den ganzen Tag nicht im Büro«, sagte Elena und drehte ihrer Tante den Rücken zu, um sich wenigstens zum Schein eine gewisse Privatsphäre zu sichern. »Ich möchte mir mehr Zeit nehmen, um es mir durch den Kopf gehen zu lassen. Ich will keine Geschenke. Keine Blumen. Keine Gedichte. Ich möchte Zeit. Es ist ja nicht so, daß ich…« Sie spähte zu ihrer Tante.

»Sag es«, zischte Anna Timofejewa und schaute in ihr Buch. »Ich habe so was schon mal gehört. Es macht mich nicht krank.«

»Es ist nicht so, daß ich dich nicht liebe, Josef«, sagte Elena, »aber ich muß mir auch eine Zukunft über die momentane Romanze hinaus vorstellen – ein Jahr, zwei Jahre, zehn Jahre. Verstehst du?… Danke… Ja, Samstagabend wäre gut. Ein amerikanischer Film ist auch prima. Und ja, du kannst ein Abendessen kochen… Ja, Sascha und ich mußten Valentin Spaskows Witwe und die Tochter von seinem Tod unterrichten… Wir haben gelogen. Porfirij Petrowitsch hat das vorgeschlagen. Leutnant Spaskow ist im Dienst ums Leben gekommen, als er auf dem Heimweg einem Mann, der von einer Straßengang überfallen wurde, das Leben gerettet hat… Ja… Am Samstag. Auf Wiedersehen.«

Sie legte auf und wandte sich ihrer Tante zu.

»Manchmal denke ich«, sagte Anna, »ich sehe aus wie eine dieser alten Frauen in den Filmen oder im Fernsehen – wie die Frauen, die sich in Stolas hüllen, in Schaukelstühlen sitzen und Pullover stricken, die niemand haben will.«

»Ich warte«, sagte Elena, während sie Bakunin hochhob, sich in den Sessel setzte und den Kater auf den Schoß nahm.

»Ich hätte nie gedacht, daß meine Zukunft einmal so aussehen würde«, fuhr Elenas Tante fort, nahm ihre Brille ab und schaute sich im Zimmer um. »Ich dachte, ich würde an meinem Schreibtisch sterben. An Überarbeitung. Herzanfall. Ein gut besuchtes Begräbnis, und ich liege in meiner Uniform im Sarg. Es ist ganz anders gekommen, als ich es erwartet hatte und wollte, und das Überraschende ist, daß es gar nicht so übel ist. Ich finde immer mehr Gefallen an diesem Dasein. Ich mag gelegentliche Besucher, ich mag es, wenn mich Porfirij Petrowitsch hin und wieder um Rat fragt oder um meine Hilfe bittet, aber ich lerne auch die Ruhe, den Blick aus dem Fenster und meine Bücher zu genießen. Hast du dieses hier schon gelesen?«

Sie hielt *Schuld und Sühne* in die Höhe.

»Ja«, antwortete Elena; dann sah sie aus dem Fenster und streichelte die Katze.

»Ich habe mich als junge Frau nie mit Literatur abgegeben, auch später nicht, um genau zu sein. Ich habe Urteilsbegründungen, Gesetzestexte, Ergänzungen und Revisionen bestehender Gesetze und Akten gelesen. Für mich gab es kein Leben außerhalb meiner Arbeit. Keine Ehe. Ich kam nicht einmal in Versuchung, über eine Ehe nachzudenken. Ich habe fast im Zölibat gelebt, und die wenigen Erlebnisse, die ich hatte, sind lange Zeit her und haben weit weg von Moskau stattgefunden. Anders als deine Mutter hatte ich nie einen besonderen Drang zum anderen Geschlecht. Aber ich bereue meine Entscheidungen nicht, und ich brüte auch nicht über meinen gegenwärtigen Status, obwohl ich einige Zeit gebraucht habe, um mich damit abzufinden.«

»Das ist dein Rat?« fragte Elena.

Anna zuckte mit den Schultern. »Ich gebe keine Ratschläge

mehr, abgesehen von Empfehlungen für eine gute Lektüre, und ich mache Vorschläge, was es zum Essen geben könnte«, sagte Anna. »Ich mag Josef. Ich erkenne seinen Vater und seine Mutter in ihm. Es ist eine gute Mischung. Ich sehe auch etwas hinter seinem guten Aussehen und seinen Augen. Er hat Humor. Er ist kreativ. Ob du dir deine Unabhängigkeit noch einige Zeit oder für den Rest deines Lebens bewahren willst, bleibt deine eigene Entscheidung. Ich kann dir nicht sagen, wie es ist, ein Leben mit einem Mann zu teilen. Bestimmt siehst du ein, daß ich nicht die Richtige bin, dir in dieser Angelegenheit zu raten.«

Elena sagte nichts. Wenn Josef ihr Zeit gab, würde sie sie sich nehmen und wahrscheinlich letzten Endes in eine Heirat einwilligen. Falls er ungeduldig wäre und eine rasche Antwort wollte, würde sie ihn vermutlich so freundlich wie möglich abweisen. Josef war ein Mann mit Intellekt und Intuition. Sie bezweifelte, daß er sie weiter bedrängte. Aber wenn sie zu lange zögerte, könnte er sich sein Leben auch ohne sie einrichten.

»Was haben wir zu essen?« fragte Elena.

»Käse, eine ganze Menge Käse, Brot, das uns Lydia großzügigerweise mitgebracht hat, eine Zwiebel, ein halbes Würstchen, das von gestern abend übriggeblieben ist, eine verdächtig aussehende Tomate, vier Dosen russischer Cola und ein halbes Päckchen Schokoladenkekse, die ich eigentlich nicht essen darf, denen ich aber leider nicht widerstehen kann.«

»Klingt prima«, sagte Elena, stand auf und setzte Bakunin wieder in den Sessel. »Ich richte etwas her. Ich möchte heute früh zu Bett gehen.«

Die Überraschung war perfekt. Rostnikow war mit den Mädchen ausgegangen, um ein Eis zu essen. Die Russen essen bei jedem Wetter Eis. Es ist eine Liebe, ein Bedürfnis, eine Besessenheit, die kein Dichter, Psychologe, Philosoph oder Romanschriftsteller jemals erklären konnte. Es ist bekannt, daß alte Männer bei Minusgraden in Schlägereien gerieten, während sie wegen einer Eiskugel Schlange standen. Kinder sparen wochenlang jede Kopeke, um sich eine kleine Eiswaffel kaufen zu können.

Die Mädchen aßen ihr Eis bewußt ganz langsam, um länger etwas davon zu haben. Rostnikow bemühte sich, dasselbe zu tun, aber eine Lebensgewohnheit war schwer abzustellen. Er aß seine Portion mit fünf kalten, köstlichen Bissen auf.

Als sie in die Wohnung zurückkamen, freuten sich die Kinder aufs Lesen und Fernsehen, falls Sarah Rostnikow es ihnen erlaubte. Porfirij Petrowitsch hatte schon vorher seine Gewichte gestemmt, und niemand im Haus brauchte eine Reparatur an den Installationen. Vielleicht las er ihnen etwas vor. Sarah würde nicht zulassen, daß er ihnen aus den französischen oder amerikanischen Kriminalromanen vorlas, obwohl er meinte, sie könnten viel von Georges Simenon und Ed McBain lernen. Sarah behauptete, sie seien zu jung dafür, aber sie hatte einen ganzen Stapel Bücher mit Geschichten, die sie selbst lesen konnten oder vorgelesen bekamen.

Sie öffneten die Tür und schauten zum Tisch, an dem drei Frauen saßen: Sarah Rostnikow, Lydia Tkach und ihre Großmutter, Galina Panischkoja. Einen Moment blieben die Mädchen wie angewurzelt in der offenen Tür stehen und schauten zu Rostnikow, der breit lächelte. Dann rannten sie los und stürzten sich in die ausgebreiteten Arme ihrer Großmutter.

Rostnikow zog seinen Mantel aus, hängte ihn auf und beobachtete die Versammlung am Tisch, wo eine Menge Tränen flossen. Die einzige, die nicht weinte, war Lydia Tkach – nicht weil sie nicht wollte, sondern weil sie einen Ruf zu wahren hatte, einen Ruf, an dem sie ein Leben lang gearbeitet hatte.

»Mußt du wieder ins Gefängnis?« wollte das ältere Mädchen wissen.

»Nein«, sagte die Großmutter.

»Eure Großmutter wird eine Weile hier bei uns wohnen«, sagte Sarah. »Es wird ein bißchen eng, aber wir kriegen das schon hin.«

»Offenbar war eure Großmutter ein bißchen durcheinander«, erklärte Porfirij Petrowitsch. »Sie hat gar nichts Falsches gemacht, auch wenn wir das zuerst dachten. Es war jemand anderer, den wir noch finden müssen. Eure Großmutter ist in eine unglückliche Lage geraten, und dabei hat man sie gesehen. Mein Vorgesetzter hat das Gerichtsprotokoll noch einmal ganz genau durchgelesen und ist drauf gekommen, daß wir sie sofort freilassen müssen. Er hat alles darangesetzt, daß ihr Gerechtigkeit widerfährt.«

»Und ich habe Arbeit«, fügte Galina hinzu, ohne ihre Enkelinnen loszulassen, die immer noch ihre Mäntel trugen. »Ich arbeite in der Bäckerei von Lydia Tkach. Dort kann ich auf einem Stuhl sitzen, Bestellungen entgegennehmen und lernen, wie man mit einer Registrierkasse umgeht.«

»Ältere Frauen sind bessere Arbeiterinnen als junge Mädchen«, sagte Lydia.

Weder Sarah noch Porfirij Petrowitsch waren ganz einverstanden mit einer solchen Verallgemeinerung, aber sie hatten nicht vor, deswegen an diesem Tag einen Streit mit Lydia anzufangen.

Sie gingen erst kurz vor elf ins Bett – viel zu spät für die Mädchen –, aber dies war ein ganz besonderer Abend. Lydia wehrte sich vehement dagegen, daß Rostnikow sie hinunterbrachte und zur Metrostation begleitete.

»Kein Mensch wird mich auf dem kurzen Weg zur Metro

überfallen«, behauptete sie. »Und außerdem müßte ich viel langsamer gehen, damit Sie mit mir Schritt halten können. Es ist kalt draußen, und ich möchte mich schnell bewegen.« Sarah richtete das Schlafzimmer für die Kinder und Galina her. Und nachdem sich die drei schlafen gelegt hatten, hörten Rostnikow und Sarah sie noch mindestens zehn Minuten miteinander flüstern.

Im Wohnzimmer ein Lager aufzuschlagen, war ziemlich umständlich. Und Rostnikow fragte sich, wie Sascha und Maja das Tag für Tag aushalten konnten, als Lydia noch bei ihnen gewohnt hatte. Ein einbeiniger Mann, der sich auf eine Matratze am Boden niederläßt, war ein Anblick, der am besten nur ihm selbst und Sarah vorbehalten blieb.

Sarah löschte die Lichter und kroch neben ihrem Mann unter die Decke, nachdem sie ihr Wollnachthemd angezogen hatte. Seit die Mädchen bei ihnen waren, trug Porfirij Petrowitsch nachts Boxershorts und weite T-Shirts in verschiedenen Farben und mit unterschiedlichen Aufschriften. Auf dem orangefarbenen, das er heute anhatte, stand in schwarzen Buchstaben: PFLANZ EINEN BAUM. Das Hemd war bequem, obwohl er nicht die Absicht hegte, einen Baum zu pflanzen. Bevor die Kinder hergekommen waren, hatte er gewöhnlich nackt geschlafen, genau wie Sarah.

»Wie hast du das gemacht?« wollte Sarah wissen.

»Was?«

»Porfirij Petrowitsch!« mahnte sie mit gespielter Verärgerung. »Galina Panischkoja. Wie hast du sie aus dem Gefängnis bekommen? Sie hat einen Mann getötet.«

»Es war ein Irrtum«, sagte er. »Du hast gehört, was ich den Mädchen erzählt habe.«

Rostnikow wälzte sich auf die Seite, um seine Frau zu küssen, und legte sich dann wieder auf den Rücken. Sein Arm stieß an das Plastikbein, das neben dem provisorischen Bett lag. Sie berührte seine Hand, und er sagte ganz leise: »Meinst du, eine wunderschöne Frau könnte in Betracht ziehen, heute nacht einen einbeinigen Polizisten zu lieben?«

Sie rollte über ihn, und er zog ihr das Nachthemd über den Kopf.

Irgendwann in dieser Nacht in Moskau schliefen zwei Betrunkene in einem Hauseingang ein und erfroren. Ein Ehemann und seine Frau, die mit einem anderen Paar in einem einzigen Zimmer wohnten, hatten einen Streit, weil er schnarchte. Er warf sie aus dem Fenster im vierten Stock. Zwei Morde, fünf Schlägereien, mehrere Dutzend Einbrüche und zahllose Drogengeschäfte und illegale Transaktionen ereigneten sich zwischen Mitternacht und Tagesanbruch.

Irgendwann in dieser Nacht fing es an zu schneien, und es schneite noch, als die Kollegen des Dezernats für Sonderermittlungen aufwachten und aus den Fenstern schauten. Da war Pankow, der furchtsame Adjutant und Sekretär, der schlaksige Selatsch, Elena Timofejewa, die kaum geschlafen hatte, Josef Rostnikow, der fast die ganze Nacht wach gewesen war und ein sehr schlechtes Gedicht für den Papierkorb geschrieben hatte, Sascha Tkach, der mit seiner Frau im Arm und dem Gedanken daran, daß er dem Tode sehr nahe gewesen war, eingedöst war, Jakowlew, der ehrgeizige Leiter des Dezernats, Emil Karpo, der bis Mitternacht an seinem Schreibtisch gesessen hatte und sofort in tiefen Schlaf gefallen war, als er sich in sein enges Bett gelegt hatte, und Porfirij Petrowitsch Rostnikow. Sie alle sahen einem Tag entgegen, an dem Moskau unter einer sauberen, weichen kalten Schneedecke lag.